U0090796

古典文獻研究輯刊

二四編

曾永義 主編

第18冊

古代文化散論

歐陽健 著

國家圖書館出版品預行編目資料

古代文化散論／歐陽健 著 -- 初版 -- 新北市：花木蘭文化事
業有限公司，2021〔民 110〕
目 2+276 面；19×26 公分
（古典文學研究輯刊　二四編；第 18 冊）
ISBN 978-986-518-580-0（精裝）
1. 中國文學 2. 文化研究
820.8　　　　　　　　　　　　　　　　110011672

ISBN-978-986-518-580-0

古典文學研究輯刊
二四編　第十八冊　　　　　　　　　ISBN：978-986-518-580-0

古代文化散論

作　　　者	歐陽健
主　　　編	曾永義
總 編 輯	杜潔祥
副總編輯	楊嘉樂
編　　　輯	許郁翎、張雅淋、潘玟靜　美術編輯　陳逸婷
出　　　版	花木蘭文化事業有限公司
發 行 人	高小娟
聯絡地址	235 新北市中和區中安街七二號十三樓
	電話：02-2923-1455／傳真：02-2923-1452
網　　　址	http://www.huamulan.tw 信箱 service@huamulans.com
印　　　刷	普羅文化出版廣告事業
初　　　版	2021 年 9 月
全書字數	256748 字
定　　　價	二四編 20 冊（精裝）台幣 45,000 元

版權所有・請勿翻印

古代文化散論

歐陽健　著

作者簡介

歐陽健，江西玉山人。1979 年 3 月發表第一篇論文《柴進‧晁蓋‧宋江》，1980 年 5 月發表《重評胡適的〈水滸傳考證〉》，1980 年經中國社會科學院招收研究人員的正式考試，被江蘇省社會科學院錄取為助理研究員。曾任江蘇省社會科學院文學研究所副所長、《明清小說研究》雜誌主編、江蘇省明清小說研究會副會長。1995 年調福建師大中文系，現為福建師範大學文學院教授。專業研究明清小說四十年，主編《中國通俗小說總目提要》、《全清小說》，先後出版《水滸新議》《明清小說新考》《紅樓新辨》《水滸解識》《紅樓新譚》等，曾在臺灣貫雅出版過《明清小說採正》、秀威出版過《晚清新小說史》、昌明文化公司出版過《還原脂硯齋》、萬卷樓出版過《魏子雲歐陽健學術信札》《中國歷史小說史》等。為結兩岸文字緣，《古代文化散論》由花木蘭文化事業有限公司出版。

提　　要

　　作者從事明清小說四十年，現將偶有軼出「明清」「小說」樊籬之論述，名以《古代文化散論》結集成冊，內容包括先秦伯夷文化、三國魏晉文化、唐代裴鉶傳奇、宋代散文小說、元代歐陽論範、明代稗說、清代陳廷敬詩歌、晚清民國林紓等。論述體現了作者倡導的「發現眼光」，即努力發現被掩蓋了的事實與努力發現被掩蓋了的價值，深信研究者的任務不是為了破壞，而是為了建樹。我們的側重點決不在於宣判某某作品為糟粕，禁止人們去接觸它；而是在於發掘被埋在歷史垃圾中的珍珠，讓它在新的條件下重放光芒。

目次

伯夷文化論

　　中國文化的源頭在先秦。距今三千多年前的伯夷故事，長期吸引著國人的情懷，圍繞伯夷事蹟之考述、伯夷精神之解讀與伯夷文學之演繹，更形成了恒久不衰的「伯夷文化」，成為中華傳統文化的有機組成部分，值得深入探討。

一、伯夷事蹟之考述

（一）

　　現存有關伯夷的文獻，最早見於孔子（前 551～前 479）的言論。而據 2000 年 11 月「夏商周斷代工程」公布的《夏商周年表》，武王伐紂為公元前 1046 年，孔子已在伯夷五百年以後，對伯夷事蹟的真偽是非發生疑問，是可以理解的。

　　唐代劉知幾（661～721）首先發難：「子長著《史記》也，馳騖窮古今，上下數千載。至如皋陶、伊尹、傅說、仲山甫之流，並列經誥，名存子史，功烈尤顯，事蹟居多，盍各採而編之，以為列傳之始，而斷以夷齊居首，何齷齪之甚也？」（《史通·人物》）齷齪者，局促也。李白《大獵賦》：「當時以為窮壯極麗，迨今觀之，何齷齪之甚也？」與「並列經誥，名存子史，功烈尤顯，事蹟居多」的皋陶、伊尹、傅說、仲山甫之流相比，司馬遷卻將史料極為局促的伯夷置於列傳之首，故受到劉知幾的質疑。不過，這與《史通·探賾》「案史之於書也，有其事則記，無其事則闕。馬遷之馳騖今古，上下數千載，春秋已往，得其遺事者，蓋唯首陽之二子而已」之說相矛盾，所以沒有受到過分的注意。

　　至宋代，王安石（1021～1086）始云：「讀書疑夷齊，古豈有此人？其才一莛芒，所欲勢萬鈞。」（《寓言》其六）其後，呂希哲（1039～1116）更挑明了說：「伯夷叔齊叩馬諫武王伐紂，不聽，不食周粟，此莊周寓言也。孔子言『餓於首陽之下』，孟子曰『伯夷辟紂耳，盜跖橫行天下』，此莊周寓言也。」（《呂氏雜記》卷上）後又有陳善，紹興間為太學生，作於紹興己巳（1149）之《捫虱新話》卷一云：「司馬遷書《伯夷傳》，載伯夷叩馬而諫父死不葬之語，是因伯夷餓於首陽之事而增益之也，《宰我傳》載宰我與田常作亂事，因孔子有『予也無三年之愛於父母』之說而妄意之也。遷於著書勤矣，然其為人淺陋不學，疏略而輕信，多愛而不能擇，故其失如此。」按，《史記·仲尼弟子列傳》確有「宰我為臨菑大夫，與田常作亂，以夷其族，孔子恥之」之事，司馬貞《索隱》按：「《左氏傳》無宰我與田常作亂之文，然有闞止字子我，而因爭寵，遂為陳恒所殺。恐字與宰予相涉，因誤云然。」

　　又有陳長方（1107～？），學者稱唯室先生，紹興戊午（1138）進士第，官江陰縣學教授，其《步里客談》卷下云：「《伯夷歌》云：『神農虞夏忽然沒兮，我安適歸兮。』陳古刺今，此意涵蓄，此太史公文筆，非伯夷意也。」葉適（1150～1223）《習學紀言序目》卷二十《史記》，列出了《伯夷列傳》的五條錯誤：1.「正於其所不必正」；2.「既正於其所不必正，復以所不必正者害其所正」；3.「孔子謂『餓於首陽』者，言其甘於貧賤而難之也，遷遂以為不食死」；4.「遷雖稱輕重清濁各有所在，而實理蓋未之知」；5.「遷雖定一尊於孔氏，而其陋若此者，非所以為尊」。有涉事蹟真偽的是第二條：

　　　　按冉有問於子貢曰：「夫子為衛君乎？」子貢曰：「諾，吾將問之。」入曰：「伯夷、叔齊何人也？」曰：「古之賢人也。」曰：「怨乎？」曰：「求仁而得仁，又何怨！」出曰：「夫子不為也。」子曰：「見善如不及，見不善如探湯，吾見其人矣，吾聞其語矣；隱居以求其志，行義以達其道，吾聞其語矣，未見其人也。齊景公有馬千駟，死之日民無得而稱焉。伯夷、叔齊餓於首陽之下，民到於今稱之。其斯之謂歟！」論夷、齊之事，無大於此者矣。以子臧、季札考之，未嘗有所怨，則夷、齊何怨焉？謂夷、齊為怨者，傳遠而說訛耳。遷雖以孔子之言謂伯夷之非怨，而又以妄人之詩疑伯夷之不能不怨，既正於其所不必正，復以所不必正者害其所正。

　　指摘司馬遷採信「妄人之詩」，以疑伯夷之不能不怨。還有第三條：「孔

子謂『餓於首陽』者，言其甘於貧賤而難之也，遷遂以為不食死，憨而不知命，豈仁人之意乎？」曾任宋度宗史館檢閱的黃震（1213～1280），其《黃氏日抄》卷四六《史記》也說：「太史公疑許由非夫子所稱不述，而首述伯夷，且悲其餓死，為舉顏子、盜跖，反覆嗟歎，卒歸之各從其志，幸伯夷得夫子而名益彰。其趣遠，其文逸，意在言外，詠味無窮，然豈知其心之無怨邪？堯讓許由，蓋莊周寓言，眇天下為不足道耳。太史公疑箕山上有許由冢，愚意雖無其事，嘗有其人歟！載伯夷父死不葬之語，與武王十一年伐紂事背馳。然漢人舊說以武王上繼文王，受命之九年為十一年，故云耳。」

元大德十一年（1307），馬端臨（1254～1324）著成《文獻通考》，卷一百九十一《經籍考十八》批評司馬遷說：「遷嘗從董仲舒遊，《史記》中有『余聞之董生』云，此等語言亦有所自來也。遷之學，也說仁義，也說詐力，也用權謀，也用功利，然其本意　只在於權謀功利。又如《伯夷傳》，孔子正說伯夷『求仁得仁，又何怨』，他一傳中首尾皆是怨辭，盡說壞了伯夷。」

明陸容（1436～1494）《菽園雜記》卷十五云：「常見元吳文正公、本朝王忠文公讀《史記·伯夷傳》，疑其不倫，皆有所更定，竊歎服前賢讀書精察如此。」按，吳文正公即吳澄（1249～1333），為臨川布衣，學者稱草廬先生，至大三年（1310）拜國子司業，以病還；至治三年（1323）召拜翰林學士，諡文正。王忠文公即王褘（1322～1373），元末隱青岩山著書，明太祖取婺州，用為中書省掾史，謂：「江南有二儒，卿與宋濂耳。學問之博，卿不如濂；才思之雄，濂不如卿。」洪武初詔編修《元史》，命宋濂、王褘為總裁官，「褘史事擅長，裁煩剔穢，力任筆削」。書成，擢翰林待制，同知制誥兼國史院編修官，諡文節，正統中改諡忠文。陸容說吳澄、王褘二人疑《史記·伯夷傳》的記載「不倫」，當有所據。《元史》本傳謂吳澄「於《易》、《春秋》、《禮記》各有纂言，盡破傳注穿鑿，以發其蘊，條歸紀敘，精明簡潔，卓然成一家言」。王褘撰有《原儒》，謂秦漢以下，儒析而為記誦之學、詞章之學與聖賢之學，感歎道：「嗚呼！周公、仲尼已矣，孟軻以後，自荀卿、揚雄已不能臻乎此，而董仲舒、韓愈僅庶幾焉，於是聖賢之學不明也久矣。」又道：「凡今世之所謂儒者，剽掠纖瑣、緣飾淺陋，曰我儒者，辭章之學也；穿鑿虛遠、傅會乖離，曰我儒者，記誦之學也。」吳澄之「盡破傳注穿鑿」，王褘之指責「穿鑿虛遠、傅會乖離」，皆當屬此。

任翰林二十餘年的王直（1379～1462），在《皇明文衡》卷十四《夷齊辨》

中說：「蓋孔子之後，尚論古人無如孟子。孟子止言伯夷，不及叔齊。其於伯夷也，大概稱其制行之清，而於孔子……之意亦未有所發。唯《史記》，後孔、孟而作，成書備而記事富，時有以補前聞之缺如。子貢『夷齊何人』之問，孔子『求仁得仁』之對，倘不得《史記》以知二子嘗有遜國俱逃之事，則夫子不為衛君之微意，子貢雖知之，後世學者何從而知之也！此史遷多見先秦古書所以為功於世也。然遷好奇而輕信，上世之事，經孔、孟去取權度，一定不可復易者，《史記》反從而變亂之，以滋表者無窮之惑，則遷之功罪其相掩哉！若夷齊不食周粟而已，《史記》既載此事於傳，又於《周紀》、《齊世家》諸篇歷言文王、武王志在傾商，累年伺間，備極形容，文字既工，盜人耳目，學古之士無所折衷，則或是之曰：『武王之事不可以已，而夷齊則為萬世立君臣之大義也。』昌黎韓公之論是已。其偏信者則曰：『夷齊於武王謂之弒君，孔子取之，蓋深罪武王也。』眉山蘇公之論是已。嗚呼，此事孔、孟未嘗言，而史遷安得此歟！」

　　明代又有胡其久，隆慶丁卯（1567）舉人，官龍南知縣，撰有《夷齊考疑》四卷。《四庫全書總目提要》卷五十九謂：「是編以好事者所傳《夷齊世系》，名字皆據《韓詩外傳》、《呂氏春秋》而附會之，並以叩馬、恥粟等事亦多不實，因各為駁正，而以先賢論定之語及傳記詩文附其後。」又有謝肇淛（1567～1624），萬曆二十年（1592）進士，歷任廣西按察使，升廣西右布政使。博學多才，勤於著述。其所著《五雜組》卷十三「事部」一云：「司馬子長，大如《帝紀》、《六書》，小至貨殖、刺客、龜策、日者，無不各極其致，意之所欲，筆必從之；至伯夷、屈原諸傳，皆無中為有，空外為色，直遊戲三昧耳。」「無中為有，空外為色」，對史書來說，貶抑的意味是得很重的。明末鄭仲夔，字龍如，其《耳新》卷六云：「『父死不葬，爰及干戈，可謂孝乎？』此《史記》稱夷齊諫武王伐商語也。按書惟十有三年春，大會於孟津。諸侯五月而葬，豈有十三年而文王猶未葬者乎？大抵史遷之敘商周間事，多摭拾齊東語而不必核。如衛武公，睿聖也，甚至謂其篡父兄自立，其背謬不經多如此。孟子不欲盡信書，而今人乃盡信史乎？」則從史實考證的角度，對《史記》提出質疑。

　　至清代崔述（1740～1816），竭半生之力成《考信錄》三十六卷，更掀起了一股疑古思潮，其《豐鎬考信錄》卷之八《伯夷叔齊‧辟紂與扣馬理無兩是》，從根本上對伯夷「異說」提出否定性判斷，道是：「蓋當戰國之時，楊墨

並起，處士橫議，常非堯舜薄湯武以快其私，故或自為論以毀之，或託諸人以毀之，是以毀堯則託諸許由，毀禹則託諸子高，毀孔子則託諸老聃，毀武王則託諸伯夷，其大較也。」梁玉繩（1744～1819）的態度更為激烈，《史記志疑》一口氣舉出十條以證明「《伯夷傳》所載俱非也」：「《孟子》謂夷齊至周，在文王為西伯之年，安得言歸於文王卒後，其不可信一已；《書序》謂武王伐紂，嗣位已十一年，即《周紀》亦有『九年祭畢』之語，畢乃文王墓地，安得言父死不葬，其不可信二已；《禮大傳》謂武王克商，然後追王三世，安得言祖征之始便號文王，其不可信三已；東伐之時，伯夷歸周已久，且與太公同處岐豐，未有不知其事者，何以不沮於帷帳定計之初，而徒諫於干戈既出之日，其不可信四已；曰『左右欲兵之』，曰『太公扶去之』，武王之師不應無紀律若是，其不可信五已；前賢定夷齊所隱為蒲阪之首陽，空山無食，采薇其常爾，獨不思山亦周之山，薇亦周之薇，而但恥食周之粟，於義為不全，其不可信六已；《論語》稱『餓於首陽之下』，未嘗稱餓死，且安知不於逃國之時餓首陽耶？其不可信七已；即云恥食周粟，亦止於不食稟祿，非絕粒也。《戰國策·燕策》蘇秦曰：『伯夷不肯為武王之臣，不受封侯。』《漢書·王貢兩龔鮑傳序》曰：『武王遷九鼎於洛邑，伯夷、叔齊薄之，不食其祿，』豈果不食而死歟？其不可信八已；即云不食餓死，而歌非二子作也。詩遭秦火，軼詩甚多，烏識《采薇》為二子絕命之辭？況言西山，奈何以首陽當之？其不可信九已；孔子稱夷、齊無怨，而詩歎命衰，怨似不免，且其意雖不滿於殄殷，而『易暴』之言甚戀，必不加於武王，其不可信十已。先儒多有議及者（按：如王安石、葉適、王直、王禕等），詞義繁蕪，不能盡錄，余故總攬而為此辨。」

要之，有關伯夷的文獻實有兩大來源：一為先秦諸人的說法，一是漢代司馬遷的說法；從王安石到梁玉繩，其「辨疑」的思路和方法，皆不出以下兩端：

一、在孔孟與他家的「異說」之間，信孔孟而非他人。呂希哲的信條是：「祖孔子而宗孟軻，學之正也；苟異於此，皆學之不正也」（《呂氏雜記》卷上）；崔述學說的宗旨是：「是非必折衷於孔孟，而真偽必取信於詩書。然後聖人之真可見，而聖人之道可明也。」斷言：「古之異端在儒之外，後世之異端則在儒之內。在外者距之排之而已，在內者非疏而剔之不可。」《清史稿·儒林三》謂其著書大旨，「不以傳注雜於經，不以諸子百家雜於傳注。以

經為主，傳注之合於經者著之，不合者辨之，異說不經之言，則辟其謬而削之」。

二、在孔孟與司馬遷的「異說」之間，信孔孟而非司馬遷。王安石說得尤為明白：「事有出於千世之前，聖賢辯之甚詳而明，然後世不深考之，因以偏見獨識，遂以為說，既失其本，而學士大夫共守之不為變者，蓋有之矣，伯夷是已。夫伯夷，古之論有孔子、孟子焉。以孔、孟之可信而又辯之反覆不一，是愈益可信也。孔子曰：『不念舊惡，求仁而得仁，餓於首陽之下，逸民也。』孟子曰：『伯夷非其君不事，不立惡人之朝，避紂居北海之濱，目不視惡色，不事不肖，百世之師也。』故孔、孟皆以伯夷遭紂之惡，不念以怨，不忍事之，以求其仁，餓而避，不自降辱，以待天下之清，而號為聖人耳。然則司馬遷以為武王伐紂，伯夷叩馬而諫，天下宗周，而恥之，義不食周粟，而為《采薇》之歌。」（《伯夷》，《王安石集》卷六十三）崔述也認為，「太史公尊黃老，故好採異端雜說，學者但當信論、孟，不當信《史記》」。

概括起來，所有「辨疑」者的取向，並不在辨伯夷其人之有無；對伯夷為孤竹君長子，遺命立叔齊為君，叔齊讓之，不受，二人相與往歸西伯之事，一般都是認可的。他們所「辨」的，乃在武王伐紂的扣馬而諫，及滅商後恥食周粟，隱於首陽山采薇而食，遂爾餓死之事。而後者恰是構成「伯夷文化」的基本點、大關節，實有辯證清楚之必要。

（二）

既然學者都以「孔、孟之可信」，就先來看孔子是怎樣談說伯夷的。《論語》共有四處提到伯夷：

1. 《公冶長第五》：「子曰：『伯夷、叔齊不念舊惡，怨是用希。』」

2. 《述而第七》：「冉有曰：『夫子為衛君乎？』子貢曰：『諾，吾將問之。』入曰：『伯夷、叔齊何人也？』曰：『古之賢人也。』曰：『怨乎？』曰：『求仁而得仁，又何怨？』出，曰：『夫子不為也。』」

3. 《季氏第十六》：「齊景公有馬千駟，死之日，民無德而稱焉。伯夷、叔齊餓於首陽之下，民到於今稱之。其斯之謂與？」

4. 《微子第十八》：「逸民：伯夷、叔齊、虞仲、夷逸、朱張、柳下惠、少連。子曰：『不降其志，不辱其身，伯夷、叔齊與！』謂『柳下惠、少連，降志辱身矣。言中倫，行中慮，其斯而已矣。』」

第一條說：「伯夷、叔齊不念舊惡，怨是用希。」孔安國注：「伯夷、叔齊，孤竹君之二子。孤竹，國名。」明確交代伯夷的身份，這點大概不會有錯。正義曰：「此章美伯夷、叔齊二人之行。不念舊時之惡而欲報復，故希為人所怨恨也。」這種理解，看來也是正確的。

第二條從字面上看，認定伯夷是「古之賢人」，「求仁而得仁，又何怨」。要理解孔子的真意，須瞭解其時對話的「語境」。原來，定公十四年（前496），衛太子蒯聵謀殺靈公夫人南子，不能，出奔宋。哀公二年（前493），衛靈公卒，南子立蒯聵之子蒯輒為君。後晉趙鞅納蒯聵於戚城，衛石曼姑帥師圍之。時孔子在衛，正為「衛君」蒯輒所賓禮，故人多疑孔子將助之，遂有子貢「問之」之事。聰明的子貢不直接發問，卻兜了一個大彎，問：「伯夷、叔齊何人也？」想從孔子對夷齊的態度來窺探他的意向。他的思路是：伯夷、叔齊與蒯聵、蒯輒有可比性：前者是兄弟讓國，後者是父子爭國，一讓一爭，性質正好相反。孔子若言夷齊為是，則不會助衛君；若言夷齊為非，則定會助衛君。孔子的回答十分鮮明：「古之賢人也。」這一答言，實已隱含伯夷叔齊是「古之讓國之賢人」的事實。子貢仍不放心，復問：「怨乎？」這一問的前提表明，夷齊的結局並不美好，足以證明「夷齊雖有讓國之賢，而終於餓死」之說的合理性。當然，站在子貢的立場，是想進一步試探孔子的態度：若言不怨，則不助衛君；若言有怨，則助衛君。而孔子回答：「求仁而得仁，又何怨？」對照《衛靈公第十五》所云：「志士仁人，無求生以害仁，有殺身以成仁」，說明夷齊初心讓國，求的就是仁；雖終於餓死，得成於仁，豈有怨乎！

果然，第三條用明晰的語言說：「伯夷、叔齊餓於首陽之下，民到於今稱之。」不僅肯定了餓死的事實，還指明了餓死的地點──首陽。辨偽者的理由之一，是「餓於首陽之下」，不等於「餓死於首陽之下」，純是強辭奪理。「餓於首陽之下」而未「殺身」，焉能說是「成仁」？在那生產力極端低下的古代，受餓的人何止千萬？孟子不是說過「民有饑色，野有餓莩」麼？伯夷縱受餓而不死，其誰知之？故朱熹《孟子》集注謂「武王伐紂，去而餓死」，是絕對正確的。夷齊為什麼會餓死首陽？不惟因了去孤竹之故，而且因了「義不食周粟」之故。餓死的夷齊為什麼使民到於今稱之？只要看孔子將他與齊景公對舉，便知分曉：景公有馬千駟，所以不餓，以有齊國也；夷齊去國，即無千駟，隱死首陽，即謂之餓，豈非對景公而言乎！

第四條是對「逸民」的分類。首先，孔子將伯夷、叔齊歸入逸民的範疇。

逸民就是遺民，即「遺留」之民，在多數場合，指的是亡國之民，或前朝留下之民。伯夷、叔齊是誰的遺民呢？無疑是已亡的殷商之民。其次，在伯夷、叔齊、虞仲、夷逸、朱張、柳下惠、少連這群逸民中，將伯夷、叔齊歸於最高尚的「不降其志，不辱其身」之列，而與「降志辱身」者劃清了界限。「不降其志，不辱其身」，就是不做新朝的順民，所以才會「餓於首陽之下」。

學者愛以孔子與孟子（前 372～前 289）並舉，其實，《孟子》提到伯夷次數雖多，信息量卻比《論語》要少。表現在絕口不言「不降其志，不辱其身」，最注重的是「非其君不事」：

1. 公孫丑問：「伯夷何如？」孟子曰：「非其君不事，非其民不使，治則進，亂則退，伯夷也。」（《公孫丑上》）

2. 孟子曰：「伯夷，非其君不事，非其友不友。不立於惡人之朝，不與惡人言。立於惡人之朝，與惡人言，如以朝衣朝冠坐於塗炭。」（《公孫丑上》）

3. 孟子曰：「伯夷，目不視惡色，耳不聽惡聲。非其君不事，非其民不使。治則進，亂則退。橫政之所出，橫民之所止，不忍居也。思與鄉人處，如以朝衣朝冠坐於塗炭也。當紂之時，居北海之濱，以待天下之清也。」（《萬章下》）

4. 孟子曰：「居下位，不以賢事不肖者，伯夷也。」（《告子下》）

所謂「非其君」者，非己認可之君也；「不立於惡人之朝」，「橫政之所出，橫民之所止，不忍居也」，「居下位不以賢事不肖者」，都可理解為「辟紂」。故《離婁上》曰：「伯夷辟紂，居北海之濱，聞文王作，興曰：『盍歸乎來！吾聞西伯善養老者。』」

孟子雖多次將伯夷與柳下惠相比，卻從未點明他的「逸民」（遺民）身份（對於柳下惠，倒是說過「遺佚而不怨，阨窮而不憫」），而只是說：「伯夷隘，柳下惠不恭；隘與不恭，君子不由也」（《公孫丑上》），更從未說起伯夷之死。如果伯夷聞文王作，興曰：「盍歸乎來！吾聞西伯善養老者。」他與太公兩位「天下之大老」一齊歸之，真是得其所哉，孔子怎麼會說他是「逸民」，又怎麼會餓死於首陽山呢？

問題的癥結就在於，武王伐紂之舉，孟子不以為是「臣弑其君」，而是正義的「誅一夫」，所以決不會贊成伯夷的扣馬而諫、恥食周粟。他要諱言伯夷的「不降其志，不辱其身」，是合乎邏輯的。由於「觀念先行」，孟子關於伯夷

說法的可信度，是無法與孔子相提並論的。

（三）

事實告訴我們，伯夷扣馬而諫、恥食周粟之事，並不是司馬遷首先傳播的。

《管子》中就有伯夷的記載。儘管《管子》是不是管仲（？～前645）所作，歷來有不同看法。如梁啟超說：「《管子》之中，有批評兼愛、非攻、息兵的話，這分明是戰國初年，墨家興起之後，才會成為問題」（《古書真偽及其年代》）。但《管子》總是較早的書，《韓非子·五蠹》云：「今境內之民皆言治，藏商、管之法者家有之」，可見戰國末年已經流傳。《管子·制分第二十九》云：「凡兵之所以先爭，聖人賢士，不為愛尊爵；道術知能，不為愛官職；巧伎勇力，不為愛重祿；聰耳明目，不為愛金財。故伯夷、叔齊非於死之日而後有名也，其前行多修矣；武王非於甲子之朝而後勝也，其前政多善矣。」言下之意，伯夷叔齊之享有盛名，不光是因了「死之日」的壯舉，而且是因了「前行多修」。將伯夷之死與武王之勝相對舉，表明二者確有內在的聯繫。

戰國著名辯士蘇秦也提到過伯夷。《戰國策》卷二十九《燕一》載，燕易王初立（前332），齊宣王因燕喪伐燕，取十城，蘇秦為燕往說齊王，乃歸燕城。適有人以「不信」惡蘇秦於燕王，蘇秦乃謂燕王曰：「使臣信如尾生，廉如伯夷，孝如曾參，三者天下之高行，而以事足下不可乎？」燕王曰：「可。」曰：「有此，臣亦不事足下矣。」他的解釋是：「孝如曾參，義不離親一夕宿於外，足下安得使之之齊？廉如伯夷，不取素湌，污武王之義而不臣焉，辭孤竹之君，餓而死於首陽之山。廉如此者，何肯步行數千里，而事弱燕之危主乎？信如尾生，期而不來，抱樑柱而死。信至如此，何肯揚燕、秦之威於齊而取大功乎哉？」善辯的蘇秦因而得出如下結論：「臣之不信，是足下之福也。」終使自己擺脫被動境地。蘇秦所說的「污武王之義而不臣焉，辭孤竹之君，餓而死於首陽之山」，就相當於扣馬而諫、恥食周粟。

與孟子同時的莊子（約前369～前286），也說過不少關於伯夷的話。《大宗師第六》說：「若狐不偕、務光、伯夷、叔齊、箕子、胥餘、紀他、申徒狄，是役人之役，適人之適，而不自適其適者也。」在他看來，伯夷、叔齊等人都是「役人之役，適人之適」，所以皆不能算作「真人」。《駢拇第八》還說：「自三代以下者，天下莫不以物易其性矣。小人則以身殉利，士則以身殉名，大

夫則以身殉家，聖人則以身殉天下。故此數子者，事業不同，名聲異號，其於傷性以身為殉，一也。」因此，「適人之適而不自適其適，雖盜跖與伯夷，是同為淫僻也。」理由是：「伯夷死名於首陽之下，盜跖死利於東陵之上，二人者，所死不同，其於殘生傷性均也。奚必伯夷之是而盜跖之非乎！天下盡殉也。彼其所殉仁義也，則俗謂之君子；其所殉貨利也，則俗謂之小人。其殉一也，則有君子焉，有小人焉；若其殘生損性，則盜跖亦伯夷已，又惡取君子小人於其間哉！」莊子說「伯夷死名於首陽之下」，因為他不是為了實利，而是為了某種虛名——所謂「義」；《秋水第十七》還用了「伯夷之義」的提法，「伯夷辭之以為名，仲尼語之以為博，此其自多也，不似爾向之自多於水乎？」《讓王第二十八》更詳盡地記述了伯夷的事蹟：

> 昔周之興，有士二人處於孤竹，曰伯夷叔齊。二人相謂曰：「吾聞西方有人，似有道者，試往觀焉。」至於岐陽，武王聞之，使叔旦往見之，與之盟曰：「加富二等，就官一列。」血牲而埋之。二人相視而笑曰：「嘻，異哉！此非吾所謂道也。昔者神農之有天下也，時祀盡敬而不祈喜；其於人也，忠信盡治而無求焉。樂與政為政，樂與治為治，不以人之壞自成也，不以人之卑自高也，不以遭時自利也。今周見殷之亂而遽為政，上謀而下行貨，阻兵而保威，割牲而盟以為信，揚行以說眾，殺伐以要利，是推亂以易暴也。吾聞古之士，遭治世不避其任，遇亂世不為苟存。今天下暗，殷德衰，其並乎周以塗吾身也，不如避之以潔吾行。」二子北至於首陽之山，遂餓而死焉。若伯夷叔齊者，其於富貴也，苟可得已，則必不賴。
>
> 高節戾行，獨樂其志，不事於世，此二士之節也。

在莊子筆下，伯夷叔齊是孤竹的「士」，他們拒絕了武王的封官許願，當面斥責其「殺伐以要利」、「推亂以易暴」，義正辭嚴地表示「亂世不為苟存」，選擇了「避之以潔吾行」之路，終於餓死首陽之山。雖然未寫扣馬而諫，精神卻是完全相通的。《盜跖第二十九》說：「世之所謂賢士，伯夷叔齊，伯夷叔齊辭孤竹之君而餓死於首陽之山，骨肉不葬。」「辭孤竹之君」云云，補充說明他們是孤竹君之子，且因相互讓位而辭去之情事。

又有列子，亦稱列禦寇，為戰國早期人物，《漢書》認為其年代早於莊子。伯夷事見之於《列子》有二。《力命第六》云：「季札無爵於吳，田恆專有齊國。夷齊餓於首陽，季氏富於展禽。」《楊朱第七》云：「實無名，名無實；名

者，偽而已矣。昔堯舜偽以天下讓許由、善卷，而不失天下，享祚百年。伯夷、叔齊實以孤竹君讓，而終亡其國，餓死於首陽之山。實偽之辯，如此其省也。」《太平御覽》卷八十二引戰國尸佼著《尸子》，中曰：「伯夷、叔齊，饑死首陽，無地故也。桀放於歷山，紂殺於鄗宮，無道故也。有道無地則餓，有地無道則亡。」意思基本相同。

作為法家的韓非（前280～前233），對伯夷不持肯定態度。《韓非子·姦劫弒臣第十四》曰：「古有伯夷、叔齊者，武王讓以天下而弗受，二人餓死首陽之陵。若此臣者，不畏重誅，不利重賞，不可以罰禁也，不可以賞使也，此之謂無益之臣也。」《說疑第四十四》曰：「若夫許由、續牙、晉伯陽、秦顛頡、衛僑如、狐不稽、重明、董不識、卞隨、務光、伯夷、叔齊，此十二人者，皆上見利不喜，下臨難不恐，或與之天下而不取，有萃辱之名，則不樂食穀之利。夫見利不喜，上雖厚賞無以勸之；臨難不恐，上雖嚴刑無以威之；此之謂不令之民也。此十二人者，或伏死於窟穴，或槁死於草木，或飢餓於山谷，或沉溺於水泉。有民如此，先古聖王皆不能臣，當今之世，將安用之？」也都肯定伯夷餓死首陽之事。

由呂不韋（？～前235）主持的《呂氏春秋》，將伯夷的事蹟說得十分明白。《季冬紀第十二·介立》云：

> 昔周之將興也，有士二人，處於孤竹，曰伯夷、叔齊。二人相謂曰：「吾聞西方有偏伯焉，似將有道者，今吾奚為處乎此哉？」二子西行如周，至於岐陽，則文王已歿矣。武王即位，觀周德，則王使叔旦就膠鬲於次四內，而與之盟曰：「加富三等，就官一列。」為三書同辭，血之以牲，埋一於四內，皆以一歸。又使保召公就微子開於共頭之下，而與之盟曰：「世為長侯，守殷常祀，相奉桑林，宜私孟諸。」為三書同辭，血之以牲，埋一於共頭之下，皆以一歸。伯夷、叔齊聞之，相視而笑曰：「嘻！異乎哉，此非吾所謂道也。昔者神農氏之有天下也，時祀盡敬而不祈福也，其於人也，忠信盡治而無求焉。樂正與為正，樂治與為治，不以人之壞自成也，不以人之庳自高也。今周見殷之僻亂也，而遽為之正與治，上謀而行貨，阻兵而保威也。割牲而盟以為信，因四內與共頭以明行，揚夢以說眾，殺伐以要利，以此紹殷，是以亂易暴也。吾聞古之士，遭乎治世，不避其任；遭乎亂世，不為苟在。今天下闇，周德衰矣。與其

並乎周以漫吾身也，不若避之以潔吾行。」二子北行，至首陽之下
而餓焉。人之情，莫不有重，莫不有輕。有所重則欲全之，有所輕
則以養所重。伯夷、叔齊此二士者，皆出身棄生以立其意，輕重先
定也。

此段直是從《莊子》引來者，惟增加了伯夷、叔齊西行如周，至於岐陽，
則文王已歿，武王即位的說明，使之更加符合史實而已。

《六韜》一書，相傳為太公望（姜子牙）所著，稱《太公六韜》。長期以
來被懷疑為偽書，1972 年臨沂銀雀山西漢古墓發現《六韜》竹簡五十多枚，
證明在西漢時已廣泛流傳。《太平御覽》卷三百二十九引《六韜》曰：

武王伐紂，諸侯已至，未知士民何如。太公曰：「天道無親，今
海內陸沉於殷久矣，百姓可與樂成，難與慮始。」伯夷、叔齊曰：
「殺一人而有天下，聖人不為。」太公曰：「師渡孟津，六馬仰流，
赤烏降，白魚外入，此豈非天非命也？師到牧野，天暴風電，前後
不相見，車蓋發越，轅衡摧折，旌旄三折，旗幟飛揚者精銳感天也。
雨以洗吾兵，雷電應天也。」

孟子說過：「伯夷辟紂，居北海之濱，聞文王作，興曰：『盍歸乎來！吾
聞西伯善養老者。』太公辟紂，居東海之濱，聞文王作，興曰：『盍歸乎來！
吾聞西伯善養老者。』二老者，天下之大老也，而歸之，是天下之父歸之
也。」（《離婁上》）被譽為「天下之大老」的伯夷與太公，雖一起「歸」了文
王，對武王伐紂的態度卻截然不同，《六韜》之所敘是可信的。伯夷、叔齊
曰：「殺一人而有天下，聖人不為。」大約是最早的「扣馬而諫」的紀錄。孟
子雖絕口不談伯夷的叩馬而諫、義不食周粟的氣節，但《公孫丑上》記公孫
丑見孟子言伯夷、伊尹，又言以孔子，曰皆古聖人也，又問之曰：「伯夷、伊
尹於孔子，若是班乎？」班，齊等之貌，意思是此三人之德班然而等乎？孟
子回曰：「否。自有生民以來，未有孔子也。」公孫丑又問曰：「然則有同與？」
孟子曰：「有。得百里之地而君之，皆能以朝諸侯有天下。行一不義、殺一不
辜而得天下，皆不為也。是則同。」而「行一不義、殺一不辜而得天下」者，
恰是《六韜》所記武王伐紂時，伯夷、叔齊「殺一人而有天下，聖人不為」的
別樣說法。

還有可注意者，遠在南方的屈原（約前 339～約前 278），也多次提到伯
夷的事：

一、《九章・橘頌》：「行比伯夷，置以為像兮。」有人說，《橘頌》歌頌的是堯舜時「佐堯」、「典三禮」的伯夷，與孤竹君長子伯夷不相干。《橘頌》託物詠志，將橘人格化，「蘇世獨立，橫而不流」，「閉心自慎，終不失過」，緊扣其嚮往的精神與人品。結末詠道：「年歲雖少，可師長兮。行比伯夷，置以為像兮。」行，德行；像，法也。意思是說你年歲雖小，卻足可為己之師長，你的品行誠能與伯夷相比，宜立以為像而效法之。堯舜時代的伯夷，掌秩宗、典三禮，以施政教，卻未聞有高尚之德行，故惟孤竹之伯夷方能當之。王逸以為是放逐江南之作，曰：「周武王伐紂，伯夷、叔齊扣馬諫之曰：『父死不葬，謀及干戈，可謂孝乎？以臣弒君，可謂忠乎？』左右欲殺之，太公曰：『不可。』引而去之，遂不食周粟而餓死。屈原亦自以修飾潔白之行，不容於世，將餓餒而終，故曰以伯夷為法也。」（《楚辭章句疏證》卷四）是有道理的。

二、《九章・悲回風》：「求介子之所存兮，見伯夷之放跡。心調度而弗去兮，刻著志之無適。」《悲回風》作於自沉前一年秋，「悲回風之搖蕙，心冤結而內傷」，乃秋天所作之內證（蔣驥說）。後文又有「浮江淮而入海兮，從子胥而自適，望大河之洲渚兮，悲申徒之抗跡」之句，將伯夷與介子推、伍子胥、申徒狄相提並論，則此伯夷必為叔齊之兄無疑。王逸《楚辭章句》注：「伯夷，叔齊兄也。放，遠也。跡，行也。」又曰：「無適，言己思慕子推、伯夷清白之行，克心遵樂，志無所復適也。」

三、《天問》：「驚女采薇，鹿何祐？北至回水，萃何喜？」何謂《天問》？游國恩先生說：「屈子以《天問》題篇，意若曰，宇宙間一切事物之繁之不可推者，欲從而究其理耳。……蓋天統萬物，凡一切人事之紛紜錯綜，變幻無端者，皆得攝於天道之中，而與夫天體天象天算等，廣大精微，不可思議者，同其問焉，此《天問》之義也。」（《天問纂義》）「驚女采薇，鹿何祐？北至回水，萃何喜？」，是屈原提出的170多個問題中的一個，屬於「往古聖賢凶頑之事」的範疇。毛奇齡《天問補注》曰：「此夷齊事也。按譙周《史考》云，夷齊采薇，有婦人難之。劉峻《辨命論》云，夷叔斃淑媛之言。注，夷齊采薇，有女子謂之曰，子義不食周粟，此亦周之草木也。因餓首陽，棄薇不食，白鹿乳之。又《類林》亦云，夷齊棄薇，有白鹿來乳。似言夷齊采薇，既驚於女，何以鹿復祐之也。驚，警也。夷齊初不知采薇之非，聞女言而後驚焉，故曰驚女，猶言警於是女也。李德裕譏夷齊云，聞媛不薇為不智，是也。回水，

河水回曲處也。首陽在蒲阪華山北河曲中。《禹貢》，河水至雷首下，屈曲而南，故曰河曲，曲即回也，猶《瓠子歌》所謂北渡回也。萃，止也。言夷齊諫武不聽，從而去之，則亦已矣，抑又何喜於首陽而就止之也？」俞正燮《癸巳存稿諸名家解說》曰：「《論語·義疏》云，夷齊反首山，責身不食周粟，惟食草木而已。後遼西令支縣祐家白張石虎（《莊子·天地篇》有赤張滿稽，《韓非子·說林》下、《呂覽·權訓》有赤張蔓枝，《莊子釋文》引李雲，赤張，姓也。此白張亦古姓），往蒲阪采材，謂夷齊曰，汝不食周粟，何食周草木？伯夷叔齊聞言，即遂不食，餓死。《文選·辨命論》注引譙周《古史考》云，伯夷叔齊者，殷之末世孤竹君之二子也。隱於首陽山，采薇而食之。野有婦人謂之曰，子義不食周粟，此亦周之草木也。於是餓死。《路史·餘論》注引《三秦記》云，夷齊食薇，三年顏色不變，武王戒之，不食而死。《後紀》注引《列士傳》云，王俾摩子往難之，遂不食。《金樓子·興王》云，餓於首陽，依麛鹿以為群，叔齊起害鹿，伯夷恚之而死。《類林》云，夷齊棄薇不食，有白鹿乳之。《繹史》引《列士傳》云，夷齊私念此鹿肉食之必美，鹿知其意，不復來，二人遂不食死。今按《南史》明僧紹所謂不食周粟而食周薇，古猶發議者，告以義也。《楚辭·天問》云，驚女采薇鹿何祐，北至回水萃何喜，注云，有女子采薇，驚而北走，至於回水之上，止而得鹿。注義難明。《天問》所言，當是夷齊事，屈原問者，皆廟畫典故，采薇則女子諫之，後乳鹿又北去也。」（參見《天問纂義》）

（四）

上述材料充分表明，遠在司馬遷（前145～？）之前，伯夷事蹟早已載在人口，記諸典籍。司馬氏世典周史，遷繼父談為太史公後，益致力於「網羅天下放失舊聞，王跡所興，原始察終，見盛觀衰」。《漢書》卷六十二《司馬遷傳》，評其作《史記》所採之書，兼論其得失云：「自古書契之作而有史官，其載籍博矣。至孔氏纂之，上斷唐堯，下訖秦繆。唐虞以前，雖有遺文，其語不經，故言黃帝、顓頊之事未可明也。及孔子因魯史記而作《春秋》，而左丘明論輯其本事以為之傳，又纂異同為《國語》。又有《世本》，錄黃帝以來至春秋時帝王、公、侯、卿、大夫祖世所出。春秋之後，七國並爭，秦兼諸侯，有《戰國策》。漢興伐秦定天下，有《楚漢春秋》。故司馬遷據《左氏》、《國語》，採《世本》、《戰國策》，述《楚漢春秋》，接其後事，訖於天漢。其言秦、漢，詳矣。至於採經摭傳，分散數家之事，甚多疏略，或有抵梧。亦其涉獵者廣

博，貫穿經傳，馳騁古今，上下數千載間，斯以勤矣。又，其是非頗繆於聖人，論大道而先黃老而後六經，序遊俠則退處士而進奸雄，述貨殖則崇勢利而羞賤貧，此其所蔽也。然自劉向、揚雄博極群書，皆稱遷有良史之材，服其善序事理，辨而不華，質而不俚，其文直，其事核，不虛美，不隱惡，故謂之實錄。」班固以為司馬遷「據《左氏》、《國語》，採《世本》、《戰國策》」，是正確的。良史之才的司馬遷以伯夷居列傳之首，可以見出對《戰國策》的採信態度。卷二十九《燕一》蘇秦所言伯夷「污武王之義而不臣焉，辭孤竹之君，餓而死於首陽之山」，被《蘇秦列傳》轉述為：「孝如曾參，義不離其親一宿於外，王又安能使之步行千里而事弱燕之危王哉？廉如伯夷，義不為孤竹君之嗣，不肯為武王臣，不受封侯而餓死首陽山下，有廉如此，王又安能使之步行千里而行進取於齊哉？信如尾生，與女子期於梁下，女子不來，水至不去，抱柱而死，有信如此，王又安能使之步行千里卻齊之強兵哉？」除了個別用語，如改「足下」為「王」之外，基本事實是完全一致的。

再看《史記》其他部分關於伯夷的說法。

卷四《周本紀》：「西伯曰文王，遵后稷、公劉之業，則古公、公季之法，篤仁，敬老，慈少。禮下賢者，日中不暇食以待士，士以此多歸之。伯夷、叔齊在孤竹，聞西伯善養老，盍往歸之。」乃取自《孟子》：「伯夷辟紂，居北海之濱，聞文王作，興曰：『盍歸乎來！吾聞西伯善養老者。』」（《離婁上》）

卷四十七《孔子世家》：「孔子遷於蔡三歲，吳伐陳。楚救陳，軍於城父。聞孔子在陳蔡之閒，楚使人聘孔子。孔子將往拜禮，陳蔡大夫謀曰：『孔子賢者，所刺譏皆中諸侯之疾。今者久留陳蔡之閒，諸大夫所設行皆非仲尼之意。今楚，大國也，來聘孔子。孔子用於楚，則陳蔡用事大夫危矣。』於是乃相與發徒役圍孔子於野。不得行，絕糧。從者病，莫能興。孔子講誦絃歌不衰。子路慍見曰：『君子亦有窮乎？』孔子曰：『君子固窮，小人窮斯濫矣。』子貢色作。孔子曰：『賜，爾以予為多學而識之者與？』曰：『然。非與？』孔子曰：『非也。予一以貫之。』孔子知弟子有慍心，乃召子路而問曰：『詩云「匪兕匪虎，率彼曠野」。吾道非邪？吾何為於此？』子路曰：『意者吾未仁邪？人之不我信也。意者吾未知邪？人之不我行也。』孔子曰：『有是乎！由，譬使仁者而必信，安有伯夷叔齊？使知者而必行，安有王子比干？』」又云：「顏淵死，孔子曰：『天喪予！』及西狩見麟，曰：『吾道窮矣！』喟然歎曰：『莫知我夫！』子貢曰：『何為莫知子？』子曰：『不怨天，不尤人，下學而上達，

知我者其天乎！』『不降其志，不辱其身，伯夷、叔齊乎！』謂『柳下惠、少連降志辱身矣』；謂『虞仲、夷逸隱居放言，行中清，廢中權』。『我則異於是，無可無不可。』」則從《論語》演繹而來。

又，卷九十《劉敬叔孫通列傳》記婁敬說曰：「陛下都洛陽，豈欲與周室比隆哉？」上曰：「然。」婁敬曰：「陛下取天下與周室異。周之先自后稷，堯封之邰，積德累善十有餘世。公劉避桀居豳，太王以狄伐故，去豳，杖馬棰居岐，國人爭隨之。及文王為西伯，斷虞芮之訟，始受命，呂望、伯夷自海濱來歸之。武王伐紂，不期而會孟津之上八百諸侯，皆曰紂可伐矣，遂滅殷。」卷一百二十四《遊俠列傳》：「鄙人有言曰：『何知仁義，已饗其利者為有德。』故伯夷醜周，餓死首陽山，而文武不以其故貶王；跖、蹻暴戾，其徒誦義無窮。由此觀之，『竊鉤者誅，竊國者侯，侯之門仁義存』，非虛言也。」卷一百三十《太史公自序》：「末世爭利，維彼奔義；讓國餓死，天下稱之。作伯夷列傳第一。」

凡此種種，說明有關伯夷的事，在司馬遷記載中已形成完整的系統。

下面再看《伯夷列傳》。此傳冠列傳之首，開篇即闡明史料處理的原則：「夫學者載籍極博，猶考信於六藝。《詩》《書》雖缺，然虞夏之文可知也。堯將遜位，讓於虞舜。舜禹之間，岳牧咸薦，乃試之於位，典職數十年，功用既興，然後授政。示天下重器，王者大統，傳天下若斯之難也。而說者曰堯讓天下於許由，許由不受，恥之逃隱。及夏之時，有卞隨、務光者。此何以稱焉？太史公曰：余登箕山，其上蓋有許由冢云。孔子序列古之仁聖賢人，如吳太伯、伯夷之倫詳矣。余以所聞由、光義至高，其文辭不少概見，何哉？」明明是給伯夷作傳，卻先提出許由及卞隨、務光的真實性問題，是饒有深意的。《索隱》按：「『說者』，謂諸子雜記也。然堯讓於許由，及夏時有卞隨、務光等，殷湯讓之天下，並不受而逃，事具莊周《讓王篇》。」張守節《正義》曰：「經史唯稱伯夷、叔齊，不及許由、卞隨、務光者，不少概見，何以哉？故言『何以稱焉』，為不稱說之也。」從「考信於六藝」的準則出發，對僅見於「諸子雜記」的許由、卞隨的真實性是本可懷疑的；對孔子序列甚詳的吳太伯、伯夷，則應該深信不疑。然而司馬遷偏偏說：「余登箕山，其上蓋有許由冢」，則諸子雜記仍有其可信度。

在作了如此一番議論之後，司馬遷鄭重引孔子「伯夷、叔齊，不念舊惡，怨是用希」、「求仁得仁，又何怨乎」之言以為根據，又道：「余悲伯夷之意，

睹軼詩可異焉」，遂為之作傳。《索隱》指出，「謂見逸詩之文，即下《采薇》之詩是也。不編入三百篇，故云逸詩也。」司馬遷說得非常清楚，他是親眼看到《采薇》之詩的。至於後文的「其傳」，方苞如《集虛齋學古文》卷一《伯夷列傳解》認為：「先立孔子之稱夷齊以為斷，乃次軼詩而及傳。其傳者，軼詩本傳云爾，非太史公之為之也。」鹿興世《史記私箋·伯夷列傳》亦謂：「中間又用『其傳曰』三字，或太史公時，夷齊已別有傳，故史公不復立傳歟？」不論如何，《采薇》之詩既是真實的，則其中的「以暴易暴兮，不知其非矣」（《索隱》云：「謂以武王之暴臣易殷紂之暴主，而不自知其非矣」），就透露了「父死不葬，爰及干戈，可謂孝乎？以臣弒君，可謂仁乎」的消息，證明「其傳」的內容是真實的。

　　懷疑伯夷之事真實性的人們，其動機往往是政治性的，其方法往往是想當然的絕對論。梁玉繩的所謂證據，如「曰『左右欲兵之』，曰『太公扶去之』，武王之師不應無紀律若是」，純然是對武王之師的理想化。崔述的理論武器是：「天下之是非，一而已矣」，用的是形式邏輯的排中律：「此是則彼非，此非則彼是，無兩是之理也」。在他看來，「桀紂之暴虐為非，則湯武之弔伐為是；湯武是，則佐湯武以伐桀紂者皆是；桀紂非，則助桀紂以抗湯武者皆非。」反之，「伯夷之扣馬果是，則殷紂之虐民無譏；苟武王之救民不非，則以伯夷之聖，安得有扣焉之事哉！」於是他得出結論說：「然則叩馬信則辟紂必誣，辟紂信則叩馬必誣，《孟子》與《史記》亦無兩皆是之理也。」（《豐鎬考信錄》卷之八《伯夷叔齊·辟紂與扣馬理無兩是》）梁玉繩、崔述的思維方法，甚至連東漢的王充（27～約97）都不如。王充向稱有自覺的懷疑精神，《論衡·書虛篇第十六》云：「夫世間傳書諸子之語，多欲立奇造異，作驚目之論，以駭世俗之人；為譎詭之書，以著殊異之名。」但在證明延陵季子見路有遺金的傳書是「虛言」的時候，卻肯定了伯夷的「廉讓之行」，道是「許由讓天下，不嫌貪封侯；伯夷委國餓死，不嫌貪刀鉤」。對於伯夷何以會在「聖世」餓死，《逢遇篇第一》以「乃有遇不遇」加以解釋：「虞舜、許由俱聖人也，並生唐世，俱面於堯；虞舜紹帝統，許由入山林。太公、伯夷俱賢也，並出周國，皆見武王；太公受封，伯夷餓死。夫賢聖道同，志合趨齊，虞舜、太公行耦，許由、伯夷操違者，生非其世，出非其時也。道雖同，同中有異，志雖合，合中有離。何則？道有精粗，志有清濁也。許由，皇者之輔也，生於帝者之時；伯夷，帝者之佐也，出於王者之世，並由道德，俱發仁義，主行道德，不清不

留；主為仁義，不高不止，此其所以不遇也。堯溷，舜溷；武王誅殘，太公討暴，同溷皆粗，舉措均齊，此其所以為遇者也。」既看到了「時」和「世」的不同，也看到了「道」和「志」的差異，就不是非此即彼的絕對論，具有相當的說服力。《清史稿·儒林三》評崔述之為學，「考據詳明如漢儒，而未嘗墨守舊說而不求其心之安；辨析精微如宋儒，而未嘗空談虛理而不核乎事之實，然勇於自信，任意軒輊者亦多。」是很有道理的。錢穆先生 1935 年為《崔東壁遺書》作序，中說：「我民族之光榮何在？曰：在古史。我民族文化之真價何在？曰：在古史。……然則儒家之所傳，《六籍》之所載，固於古史為若是其不可信歟？曰，又不然，儒家亦古學一大宗，《六經》亦古籍一大類，儒家之與《六經》，其自身即為古史一大部，謂必捨此二者而後可以求古史之真相，我未見其有當也。」無根據地「疑古」，是不可取的。

二、伯夷精神之解讀

　　縱貫伯夷的人生軌跡，充盈著一股中國獨有的「伯夷精神」，它是伯夷文化的核心和精髓。孔子是這種精神權威解讀者，他概括的「不念舊惡」、「求仁得仁」的「積仁潔行」，與「不降其志，不辱其身」的清風高節，抓住了伯夷精神內涵的本質。

　　應該看到，「伯夷精神」不是凝固不變的。在不同的歷史語境中，不同尚好和需求的人們對「伯夷精神」有不同的解讀；隨著時代的前進，經過充實光大的「伯夷精神」，將可能獲得現代的意義，或者成為可以現代意識去理解的歷史文化。

（一）

　　孟子是繼孔子之後伯夷精神最重要的解讀者。但對伯夷的評價，顯然比孔子低得多。從現象看，當公孫丑問他「伯夷之行何如」（亦即孟子之心可願比伯夷否？）時，孟子答曰：「不同道。非其君不事，非其民不使；治則進，亂則退，伯夷也。何事非君，何使非民；治亦進，亂亦進，伊尹也。可以仕則仕，可以止則止，可以久則久，可以速則速，孔子也。皆古聖人也，吾未能有行焉；乃所願，則學孔子也。」（《公孫丑上》）作為孔子的信徒，孟子當然不贊成伯夷「非其君不事，非其民不使，治則進，亂則退」的原則，但用「非其君」（非己所好之君）則不事，「非其民」（不以正道而得之民）則不使，倒是準確地概括了伯夷的本質的。

這一意見，孟子曾在不同場合反覆表述過。《萬章下》曰：「伯夷，目不視惡色，耳不聽惡聲。非其君不事，非其民不使。治則進，亂則退。橫政之所出，橫民之所止，不忍居也。思與鄉人處，如以朝衣朝冠坐於塗炭也。當紂之時，居北海之濱，以待天下之清也。」《公孫丑上》則曰：「伯夷，非其君不事，非其友不友。不立於惡人之朝，不與惡人言。立於惡人之朝，與惡人言，如以朝衣朝冠坐於塗炭。推惡惡之心，思與鄉人立，其冠不正，望望然去之，若將浼焉。是故諸侯雖有善其辭命而至者，不受也。不受也者，是亦不屑就已。」孟子再三突出他「不立於惡人之朝，不與惡人言」的「清介」，為的是要導引出下面的結論：「伯夷隘，柳下惠不恭；隘與不恭，君子不由也。」朱熹《孟子集注》謂：「隘，狹窄也。不恭，簡慢也。夷、惠之行，固皆造乎至極之地，然既有所偏，則不能無弊，故不可由也。」孟子出於一己的成見，竟然丟棄了備受孔子讚揚的「不念舊惡，怨是用希」，而朱熹《論語集注》評論說：「其介如此，宜若無所容矣，然其所惡之人，能改即止，故人亦不甚怨之也。」既說伯夷的清介，又說伯夷的寬容，就比孟子來得客觀全面。

孟子最感興趣的是伯夷的「廉」。《滕文公下》曾對號為廉士巨擘的陳仲子，作了異常苛刻的批判。陳仲子乃齊之世家，以兄之祿為不義之祿而不食，以兄之室為不義之室而不居，孟子認為這不能算廉，理由是：「仲子所居之室，伯夷之所築與？抑亦盜跖之所築與？所食之粟，伯夷之所樹與？抑亦盜跖之所樹與？是未可知也。」朱熹《孟子集注》解道：「言仲子以母之食、兄之室，為不義而不食不居，其操守如此。至於妻所易之粟，於陵所居之室，既未必伯夷之所為，則亦不義之類耳。今仲子於此則不食不居，於彼則食之居之，豈為能充滿其操守之類者乎？」孟子強調廉要有分辨，不苟取，而惟伯夷可以當之，「故聞伯夷之風者，頑夫廉，懦夫有立志。」（《萬章下》）則是很有識見的。正如孫奭《孟子注疏》所說：「言伯夷清潔其身，不欲以亂色留於明，奸聲留於聰也。於是使聞伯夷之清風者，頑貪之夫莫不變而為廉潔之人，懦弱之夫莫不變而為能有立其剛志也。」

和孟子一樣，戰國時代政治家心目中，伯夷是「廉」的象徵。《戰國策》卷五《秦三》，記蔡澤謂應侯曰：「……君之功極矣，此亦秦之分功之時也！如是不退，則商君、白公、吳起、大夫種是也。君何不以此時歸相印，讓賢者授之，必有伯夷之廉，長為應侯，世世稱孤，而有喬松之壽，孰與以禍終哉？此則君何居焉？」《戰國策》卷二十八《韓三》，記或謂韓王曰：「秦之欲併天

下而王之也，不與古同。事之雖如子之事父，猶將亡之也。行雖如伯夷，猶將亡之也。行雖如桀紂，猶將亡之也。雖善事之無益也。」取的都是伯夷的廉讓與品行。

那麼，為什麼他們都漠視伯夷的「不念舊惡，怨是用希」，否認伯夷的「不降其志，不辱其身」呢？究其本質，實與春秋列國紛爭的形勢密切相關。其時戰爭多因爭奪土地與人口而發，故孟子謂「春秋無義戰」，劉向《戰國策敘》更將春秋之後「禮義衰矣」的情形說得淋漓盡致：「篡盜之人，列為侯王；詐譎之國，興立為強。是以轉相放效，後生師之，遂相吞滅，併大兼小，暴師經歲，流血滿野，父子不相親，兄弟不相安，夫婦離散，莫保其命，愍然道德絕矣。」當此「君德淺薄」之際，「為之謀策者，不得不因勢而為資，據時而為畫」，「度時君之所能行，出奇策異智，轉危為安，運亡為存」。孟子、孫卿等儒術之士，尚且倡「可以仕則仕」與「法後王」，以蘇秦、張儀為代表的朝秦暮楚的游說權謀之徒，甚至厚顏無恥說出「臣之不信，是足下之福也」的話來，自然就更談不上風骨與氣節了。

（二）

到了大一統的強盛的漢代，情況便發生了變化。西漢初年，陸賈在《新語‧道基第一》中，說到「聖人懷仁仗義，分明纖微，忖度天地，危而不傾，佚而不亂者，仁義之所治也」時，提及「伯夷、叔齊餓於首陽，功美垂於萬代」，就透露出對於氣節的肯定。

始元六年（前 81），有詔書使丞相、御史與所舉賢良、文學討論財政方針，桓寬據記錄整理的《鹽鐵論》，反映出時人對伯夷的不同態度。對壘的一方為掌權的御史、大夫，一方為清流的文學、賢良，其間的原則分歧，一般理解為前者主張集權，後者主張分權，有人甚至以為前者改革，後者保守。但以義利觀來衡量，御史、大夫們多是功利主義者，這在伯夷問題上表現得尤為分明。如大夫曰：「伯夷以廉饑，尾生以信死，由小器而虧大體，匹夫匹婦之為諒也，經於溝瀆而莫之知也，何功名之有？蘇秦、張儀，智足以強國，勇足以威敵，一怒而諸侯懼，安居而天下息，萬乘之主莫不屈體卑辭，重幣請交，此所謂天下名士也。夫智不足與謀，而權不能舉當世，民斯為下也。」（《褒賢第十九》）褒蘇秦、張儀而貶伯夷、尾生，比當年的蘇秦走得更遠。所謂「文學」，並非現代意義的文學家，而是「祖述仲尼」的儒者。他們在伯夷問題上，重新拾起了被孟子等人捨棄了的氣節論。文學曰：「古之君子，守道

以立名，修身以俟時，不為窮變節，不為賤易志，惟仁之處，惟義之行。臨財苟得，見利反義，不義而富，無名而貴，仁者不為也。故曾參、閔子不以其仁易晉、楚之富。伯夷不以其行易諸侯之位，是以齊景公有馬千駟，而不能與之爭名。」（《地廣第十六》）「不為窮變節，不為賤易志」，是道出了伯夷精神的真諦的。

　　站在統治者的立場，一般是不會喜歡伯夷的思想方式和行為方式的。御史強調的是明理正法，曰：「水者火之備，法者止奸之禁也。無法勢，雖賢人不能以為治；無甲兵，雖孫吳不能以制敵。是以孔子倡以仁義而民從風，伯夷遁首陽而民不可化。」（《申韓第五十六》）文學則曰：「文王興而民好善，幽厲興而民好暴，非性之殊，風俗使然也。故商周之所以昌，桀紂之所以亡也，湯武非得伯夷之民以治，桀紂非得跖蹻之民以亂也，故治亂不在於民。孔子曰：『聽訟吾猶人也，必也使無訟乎！』無訟者難，訟而聽之易。夫不治其本而事其末，古之所謂愚，今之所謂智。以棰楚正亂，以刀筆正文，古之所謂賊，今之所謂賢也。」（《大論第五十九》）都認為治亂的根本不在於民而在於君，就具有顯然的片面性。

　　劉向（約前77～前6）的《說苑》也多次提到伯夷。卷四篇即題名為《立節》，可見對於氣節的重視。開篇即曰：

　　　　士君子之有勇而果於行者，不以立節行誼，而以妄死非名，豈不痛哉！士有殺身以成仁，觸害以立義，倚於節理而不議死地；故能身死名流於來世，非有勇斷，孰能行之？子路曰：「不能勤苦，不能恬貧窮，不能輕死亡，而曰我能行義，吾不信也。」昔者申包胥立於秦庭，七日七夜喪不絕聲，遂以存楚，不能勤苦，安能行此！曾子布衣縕袍未得完，糟糠之食，藜藿之羹未得飽，義不合則辭上卿，不恬貧窮，安能行此！比干將死而諫逾忠，伯夷叔齊餓死於首陽山而志逾彰，不輕死亡，安能行此！故夫士欲立義行道，毋論難易而後能行之；立身著名，無顧利害而後能成之。詩曰：「彼其之子，碩大且篤。」非良篤修激之君子，其誰能行之哉？王子比干殺身以作其忠，伯夷叔齊殺身以成其廉，此三子者，皆天下之通士也，豈不愛其身哉？以為夫義之不立，名之不著是士之恥也，故殺身以遂其行。因此觀之，卑賤貧窮，非士之恥也。夫士之所恥者，天下舉忠而士不與焉，舉信而士不與焉，舉廉而士不與焉；三者在乎身，

名傳於後世，與日月並而不息，雖無道之世不能污焉。然則非好死而惡生也，非惡富貴而樂貧賤也，由其道，遵其理，尊貴及己，士不辭也。孔子曰：「富而可求，雖執鞭之士，吾亦為之；富而不可求，從吾所好。」大聖之操也。詩云：「我心匪石，不可轉也，我心匪席，不可卷也。」言不失己也；能不失己，然後可與濟難矣，此士君子之所以越眾也。

劉向借用子路的話，闡述了能勤苦、恬貧窮、輕死亡與行義的關係，並以比干將死而諫逾忠、伯夷叔齊餓死於首陽山作為「輕死亡」的典範，清楚地道出了義與利、名與節對於士的重要性。

西漢末年，王莽專權，名節便由一般性的議論變成了緊迫的實踐。《後漢書》卷二十七敘「少修高節，顯名三輔」的宣秉（？～30），「哀、平際，見王氏據權專政，侵削宗室，有逆亂萌，遂隱遁深山，州郡連召，常稱疾不仕。王莽為宰衡，辟命不應。及莽篡位，又遣使者徵之，秉固稱疾病。」又有譙玄（？～35），王莽居攝時，變易姓名，閒竄歸家，因以隱遁。公孫述僭號於蜀，連聘不詣。述乃遣使者備禮徵之，若不肯起，便賜以毒藥。太守乃自齎璽書至玄廬，曰：「君高節已著，朝廷垂意，誠不宜復辭，自招凶禍。」玄仰天歎曰：「唐堯大聖，許由恥仕；周武至德，伯夷守餓。彼獨何人，我亦何人。保志全高，死亦奚恨！」遂受毒藥（《後漢書》卷八十一《獨行列傳》）。杜林（？～47），博洽多聞，時稱通儒。隗囂據隴西，素聞林誌節，深相敬待，以為持書，後因疾告去，辭還祿食。囂復欲令強起，遂稱篤。囂意雖相望，且欲優容之，乃出令曰：「杜伯山天子所不能臣，諸侯所不能友，蓋伯夷、叔齊恥食周粟。今且從師友之位，須道開通，使順所志。」林雖拘於囂，而終不屈節。建武六年，弟成物故，囂乃聽林持喪東歸。既遣而悔，追令刺客楊賢於隴坻遮殺之。賢見林身推鹿車，載致弟喪，乃歎曰：「當今之世，誰能行義？我雖小人，何忍殺義士！」因亡去（《後漢書·宣張二王杜郭吳承鄭趙列傳第十七》）。《東觀記》曰：「林寄囂地，終不降志辱身，至簪蒿席草，不食其粟也。」《後漢書·隗囂列傳》論曰：「隗囂援旗糾族，假制明神，跡夫創圖首事，有以識其風矣。終於孤立一隅，介於大國，隴坻雖隘，非有百二之埶，區區兩郡，以御堂堂之鋒，至使窮廟策，竭征徭，身殞群解，然後定之。則知其道有足懷者，所以棲有四方之桀，士至投死絕亢而不悔者矣。夫功全則譽顯，業謝則釁生，回成喪而為其議者，或未聞焉。若囂命會符運，敵非天

力，雖坐論西伯，豈多嚙乎？」隗囂對杜林的賞識與讚頌，是對伯夷精神的最好解讀。

又有傅燮（？～187），出為漢陽太守，金城賊王國、韓遂等進圍漢陽，城中兵少糧盡，燮猶固守。其子幹年十三，知燮性剛，有高義，恐不能屈志以免，進諫曰：「國家昏亂，遂令大人不容於朝。今天下已叛，而兵不足自守，鄉里羌胡先被恩德，欲令棄郡而歸，願必許之。徐至鄉里，率屬義徒，見有道而輔之，以濟天下。」燮慨然而歎，呼幹小字曰：「別成，汝知吾必死邪？蓋『聖達節，次守節』。且殷紂之暴，伯夷不食周粟而死，仲尼稱其賢。今朝廷不甚殷紂，吾德亦豈絕伯夷？世亂不能養浩然之志，食祿又欲避其難乎？吾行何之，必死於此。汝有才智，勉之勉之。主簿楊會，吾之程嬰也。」幹哽咽不能復言，左右皆泣下。王國使故酒泉太守黃衍說燮曰：「成敗之事，已可知矣。先起，上有霸王之業，下成伊呂之勳。天下非復漢有，府君寧有意為吾屬師乎？」燮案劍叱衍曰：「若剖符之臣，反為賊說邪！」遂麾左右進兵，臨陣戰歿（《後漢書》卷八十八）。又，范滂（137～169）被收，乃慷慨仰天曰：「古之循善，自求多福；今之循善，身陷大戮。身死之日，願埋滂於首陽山側，上不負皇天，下不愧夷、齊。」（《後漢書》卷六十七《黨錮列傳》）都是伯夷氣節的實踐者。

魏晉襲東漢餘緒，人們既感歎伯夷式的節操之不易見，卻又有意無意地貶抑伯夷的廉。《三國志·劉表傳》注引謝承《後漢書書》曰：「表受學於同郡王暢。暢為南陽太守，行過乎儉。表時年十七，進諫曰：『奢不僭上，儉不逼下，蓋中庸之道，是故蘧伯玉恥獨為君子。府君若不師孔聖之明訓，而慕夷齊之末操，無乃皎然自遺於世！』暢答曰：『以約，失之者鮮矣。且以矯俗也。』」就是突出的例子。

（三）

統一強盛的大唐，也對伯夷採取了表彰的態度。《貞觀政要》載魏徵貞觀十四年（640）上疏曰：「從仕者懷君之榮，食君之祿，率之以義，將何往而不至哉？臣以為與之為孝，則可使同乎曾參、子騫矣。與之為忠，則可使同乎龍逢、比干矣。與之為信，則可使同乎尾生、展禽矣。與之為廉，則可使同乎伯夷、叔齊矣。」（卷三《擇官第七》）著眼點仍在「廉」。開元中，梁昇卿撰《古義士伯夷叔齊二公碑》，謂：「自歷載所記，有國以來，事之美者，莫先於讓。是故君老於位，命立叔齊，齊固辭以請伯，伯固辭以不嗣，遂相與義退，

遁逃西周。當是時也,帝殷不臧,用錯天紀,人棄莫保,以戴於周,周武王秉白旄,仗黃鉞,經緯所以撥亂,威略所以襲罰,雷震萬國,風行六師。二公於時推忠臣之誠,明死君之節,伏車而諫,慷慨瀝血。且夫大運不以時曠,達節不以義距,黔首焉得以厭毒?鬼神焉得以無主?於是討罪於商,為天下王。二公以立志貞也,檢身操也。建侯戡難,不可以闕也;以臣伐君,不可以訓也。相於國莫非其土,異於事不食其粟。乃西上首陽之山,歌《采薇》而死,蓋天下義感之始也。」除了肯定伯夷之「讓」,復讚揚其「不辱其身,不降其志」的「伏車而諫,慷慨瀝血」。

　　至「特具承先啟後作一大運動領袖之氣魄與人格,為其他文士所不及」(陳寅恪:《論韓愈》)的韓愈(768~824)撰寫《伯夷頌》,方賦予伯夷精神以新的特質:「士之特立獨行,適於義而已矣。不顧人之是非,皆豪傑之士,信道篤而自知明者也。一家非之,力行而不惑者,寡矣。至於一國一州非之,力行而不惑者,蓋天下一人而已矣。若至於舉世非之,力行而不惑者,則千百年乃一人而已耳。」開篇舉出特立獨行的三等人:一是一家非之力行而不惑者,二是一國非之力行而不惑者,三是舉世非之力行而不惑者;而伯夷又在此三者之外,是「窮天地、亙萬世而不顧者」,「昭乎日月不足為明,崒乎泰山不足為高,巍乎天地不足為容」,真可謂推崇備至了。

　　韓愈在《通解》中呼籲向古之「三師」學習,以挽回世間之頹風:

　　　　堯之前千萬年,天下之人促促然不知其讓之為美也;於是許由哀天下之愚,且以爭為能,乃脫屣其九州,高揖而辭堯。由是後之人竦然則言曰:「雖天下,猶有薄而不售者,況其小者乎?」故讓之教行於天下,許由為之師也。自桀之前千萬年,天下之人循循然不知忠易其死也。故龍逢哀天下之不仁,睹君父百姓入水火而不救,於是進盡其言,退就割烹。故後之臣竦然而言曰:「雖萬死,猶有忠而不懼者,況其小者乎?」故忠之教行於天下,由龍逢為之師也。自周之前千萬年,渾渾然不知義之可以換其生也。故伯夷哀天下之偷且以強,則服食其葛薇,逃山而死。故後之人竦然而言曰:「雖餓死,猶有義而不懼者,況其小者乎?」故義之教行於天下,由伯夷為之師也。是三人俱以一身立教,而為師於百千萬年間;其身亡而其教存,扶持天地,功亦厚矣。

　　讓、忠、義,是韓愈最推崇的三件美德,而伯夷就是「雖餓死,猶有義而

不懼者」的故以一身立教，而為師於百千萬年間的代表。韓愈著意的不是伯夷的廉讓，而是「獨恥食其粟，餓死而不顧」的精神，是他所代表的「士」骨子裏應有「適於義」的「特立獨行」的精神和意志。他嘗學問，知義理，雖無常產而有常心，心中裝著整個民族與整個世界。他敢於站到歷史潮流的對立面，敢於指點江山、激揚文字，敢於糞土當年萬戶侯；他不是「有求而為」，不是為了一己的私利，而是為了盡責盡心。

　　唐代也有人對伯夷取保留態度。皇甫湜（約777～約830）的《夷惠清和論》，就認為以伯夷、柳下惠之所行校之聖人，「皆一方之士也」。具體說來，「彼伯夷者，揭標表於不滅，蹈臣子之所難行，信道之篤，執之如山，嫉惡之心，惡之如鬼，清風所激，有心必動，此其所長也；至於《傳》之泛愛，《易》之隨時，聖人之權，濟物之義，豈止未暇，亦將有妨」。李德裕（787～850）《夷齊論》則說：「昔夷齊不食周粟，餓於首陽之下，仲尼稱其仁，孟軻美其德，蓋以取其節而激貪也。所謂周粟者，周王所賦之祿是也，諫而不從，不食其祿可矣。至於聞淑媛之言，輟飧薇蕨，斯可謂不智矣。夫薇蕨者，元氣之所發生，四時之所順成，日月之所燭，風雨之所育，周焉得而有之哉？若以粟者周人之播殖，則夷齊得非周人乎？反復其道，盡未當理。然夷齊之行，實誤後人。於陵仲子慕夷齊者也，乃至不義其兄之祿，潔則潔矣，仁豈然哉？厥後商洛四友，畏秦之酷，避秦之禍，豈止潔其身而已，然飧紫芝以為糧，飲清泉以為漿，終老南山，以養其壽，斯可謂仁智兼矣。」在政壇浮沉的李德裕，認為宣揚伯夷的「節」只是為了「激貪」，他更欣賞「仁智兼矣」的商洛四友，是很自然的。晚唐皮日休（約834～883後），隱居鹿門山，性傲誕，自號「間氣布衣」，言己天地之間氣也。作《鹿門隱書》六十篇，多譏切謬政，曰：「毀人者自毀之，譽人者自譽之。」又曰：「古之殺人也怒，今之殺人也笑。」皆有所指云爾。從氣質與經歷與而言，皮日休與伯夷頗有相似之點，然亦言：「不仕非君，孰行其道？不治非民，孰急天下？以非君乎，湯不當事桀，文王不當事紂也。以非民乎，桀民不赴殷，紂士不歸周矣。故伯夷之道過乎高，吾去高而取介者也。」看起來，伯夷之高，確為功利在心之常人所難企及也。

　　到了宋代，王安石站出來與韓愈辯難，想從根本上否定伯夷的事蹟與其精神。《伯夷論》指責「韓子因之，亦為之頌，以為微二子，亂臣賊子接跡於後世，是大不然也」。王安石是改革家，但改革家往往都不大喜歡伯夷，因為

他們是不合作者，愛唱反調者。王安石認為伯夷不會阻擋行武王伐紂，理由是：「夫商衰而紂以不仁殘天下，天下孰不病紂？而尤者，伯夷也。嘗與太公聞西伯善養老，則往歸焉。當是之時，欲夷紂者，二人之心，豈有異邪？及武王一奮，太公相之，遂出元元於塗炭之中，伯夷乃不與，何哉？蓋二老所謂天下之大老，行年八十餘，而春秋固已高矣。自海濱而趨文王之都，計亦數千里之遠，文王之興，以至武王之世，歲亦不下十數，豈伯夷欲歸西伯而志不遂，乃死於北海邪？抑來而死於道路邪？抑其至文王之都而不足以及武王之世而死邪？如是而言伯夷，其亦理有不存者也。且武王倡大義於天下，太公相而成之，而獨以為非，豈伯夷乎？天下之道二，仁與不仁也。紂之為君，不仁也；武王之為君，仁也。伯夷固不事不仁之紂以待仁，而後出武王之仁焉，又不事之，則伯夷何處乎？」按照他的邏輯，只要是「正確」的、「正義」的事情，人民自會一無例外地擁護支持，這是極為幼稚可笑的。連劉秀都承認：「自古明王聖主，必有不賓之士。伯夷、叔齊不食周粟，太原周黨不受朕祿，亦各有志焉。」（《後漢書》卷八十三《逸民列傳第七十三》）

蘇軾（1037～1101）則異乎是。他不贊成一般地空談義利，以為義利觀是隨著時代變遷的：「夫三代之民，非誠好義也，使天下之利，皆出於義，而民莫不好也。後之所以使民要利者，非詐無由也。是故法令日滋而弊益煩，刑禁甚嚴而奸不可止。」所以，「見利而不動者，伯夷、叔齊之事也；窮困而不為不義者，顏淵之事也。以伯夷、叔齊、顏淵之事而求之無知之民，亦已過矣」（《關隴游民私鑄錢與江淮漕卒為盜之由》，《蘇軾集》卷四十八），這是很有辯證眼光的。在《志林·論古》中，更大膽地喊出「武王非聖人」，說：

伯夷、叔齊之於武王也，蓋謂之弒君，至恥之不食其粟，而孔子予之，其罪武王也甚矣。此孔氏之家法也，世之君子苟自孔氏，必守此法。國之存亡，民之死生，將於是乎在，其孰敢不嚴？而孟軻始亂之，曰：「吾聞武王誅獨夫紂，未聞弒君也。」自是學者以湯、武為聖人之正若當然者，皆孔氏之罪人也。使當時有良史如董狐者，南巢之事必以叛書，牧野之事必以弒書。而湯、武仁人也，必將為法受惡。周公作《無逸》曰：「殷王中宗，及高宗，及祖甲，及我周文王，茲四人迪哲。」上不及湯，下不及武王，亦以是哉？文王之時，諸侯不求而自至，是以受命稱王，行天子之事，周之王不王，不計紂之存亡也。使文王在，必不伐紂，紂不見伐而以考

終，或死於亂，殷人立君以事周，命為二王後以祀殷，君臣之道，豈不兩全也哉！武王觀兵於孟津而歸，紂若改過，否則殷人改立君，武王之待殷亦若是而已矣。天下無王，有聖人者出而天下歸之，聖人所以不得辭也。而以兵取之，而放之，而殺之，可乎？漢末大亂，豪傑並起。荀文若，聖人之徒也，以為非曹操莫與定海內，故起而佐之。所以與操謀者，皆王者之事也，文若豈教操反者哉？以仁義救天下，天下既平，神器自至，將不得已而受之，不至不取也，此文王之道，文若之心也。及操謀九錫，則文若死之，故吾嘗以文若為聖人之徒者，以其才似張子房而道似伯夷也。（《蘇軾集》卷一百五）

為什麼說「武王非聖人」？因為他行的是弒君，是以暴易暴，改變了歷史運行的法則。

到了南宋，朱熹站出來調和道：「泰伯之心，即伯夷叩馬之心；太王之心，即武王孟津之心，二者道並行而不相悖。然聖人稱泰伯為至德，謂武為未盡善，亦自有抑揚。蓋泰伯夷齊之事，天地之常經，而太王武王之事，古今之通義，但其間不無些子高下。」（《朱子語類》卷三十五《論語十七》）但在說到伯夷「不念舊惡，求仁得仁」，是清中之和時，道是：「凡所謂聖者，以其渾然天理，無一毫私意。若所謂『得百里之地而君之，皆能朝諸侯，有天下；行一不義，殺一不辜，而得天下者，皆不為也』，這便是聖人同處，便是無私意處。」（《朱子語類》卷五十七《孟子七》）卻是很到位的。

南宋末，羅大經在《鶴林玉露乙編》卷一中說：「昔武王伐紂，舉世不以為非，而伯夷、叔齊獨非之。東萊呂先生曰：『武王憂當世之無君者也，伯夷憂萬世之無君者也。』」《鶴林玉露乙編》卷六中也說過類似的意思：「太公之鷹揚，伯夷之叩馬，道並行而不相悖也。太公處東海之濱，進而以功業濟世。伯夷處北海之濱，退而以名節勵世。二老者，天下之大老也。故各為世間辦一大事，可謂無負文王之所養矣。使伯夷出而任太公之事，則太公亦必退而為伯夷之事，所謂易地則皆然。切意二老受文王之養，平居暇日，同堂合席，念王室之如毀，固欲起而救亂，思冠冕之毀裂，又恐因而階亂，故水火相濟，鹽梅相成，各以一事自任。如三仁之自獻自靖，或殺身以全節，或歸周以全祀，或佯狂以全道，均不失本心之德而已矣，豈故相矛盾者哉！觀伯夷之諫，太公扶而去之曰義士，意可見矣。」

對伯夷精神的解讀，更體現在南宋末年眾多忠烈之士身上，文天祥（1236～1283）是最傑出的代表。《柳塘詞話》曰：「德祐初，詔集勤王師，文山結諸路豪俊，發溪洞酋長以應之，有議其猖狂者。有『山河破碎水漂絮，身世浮沉風打萍。諸葛未亡猶是漢，伯夷雖死不從周』句。」（《古今詞話·詞評上卷》）又有謝枋得（1226～1289），據元初佚名《昭忠錄》載，先是丙子歲（1276），行臺侍御史程文海薦江南賢才三十二人，以枋得為首，特旨喚至，諭言為：「以公滅私，明達治體，可勝大任謝枋得。」故相留夢炎為吏部尚書，貼書促行，枋得復書云：「亡國之大夫不可以圖存，忠臣不事二君，烈女不更二夫，南八男兒死爾不可為不義屈，豈敢曰將以有為也。」辭嚴氣直，夢炎讀之汗下。明年，近臣同法師林樵谷詣江淮搜賢，仍以枋得稱首，枋得抗顏謝之。又明年，行省丞忙古臺奉旨驛召，親臨訪問，執手相勉，枋得曰：「上有堯舜，下有巢由，上有成湯，下有隨光，上有周武，下有夷齊，今存一謝枋得，聽其食西山之薇，又何損於國家。」丞相義之。未幾，江西省管左丞奉旨宣召，復謝之，乃深隱於建陽之後山堂。至元二十五年（1288）九月，福建省參政魏天祐齎特旨：「宣喚不覷面皮正當底人謝枋得，就交魏天祐上大都，來的時分就省裏索氣力，一同帶將來者行省委官。」翌日，強登舟，賦詩別友云：「雪中松柏愈青青，扶植綱常在此行，天下久無龔勝潔，人間豈獨伯夷清。義高便覺生堪捨，禮重方知死甚輕，南八男兒終不屈，皇天上帝眼分明。」遂卻粒不食七日，館伴者強進膳。九月二十日，又不食，而神氣清爽，時絕粒九日矣。十月十二日，賦詩云：「西漢有臣龔勝卒，閉口不食十四日。我今半月忍饑渴，求死不死更無術。精神時與天往來，不知飲食為何物。若非功行積未成，便是業債償未畢。太清群仙宴會多，鳳簫龍笛鳴瑤瑟。安得神靈羽翼生，騎雲直上寥天一。」長子熙之來省，枋得曰：「大丈夫無兒女情。」拒弗見，門人惠寒衣，弗受。十八日，啟行。十二月十日，抵龍興，左丞呂師夔夙相厚，遺寒衣一襲，力卻之，有「身不係綿二十年，後山凍殺分宜然」之句。二月十四日，至採石，賦詩絕粒，日啖五棗。至元三十六年己丑四月五日，至京，問太后殯所洎德祐主所在，各向其方慟哭再拜，館伴者曰：「此是文丞相斫頭處。」以脅之，枋得曰：「當年集英殿下賜進士第幸同榜，今復得從吾同年遊地下，豈非幸耶？」越四日，遷憫忠寺，壁間見曹娥碑，灑淚讀之曰：「汝小女子且能死，吾豈不汝若哉？」是夕卒。陶宗儀評論道：「嗟乎！伯夷叔齊，在周雖為頑民，而在商則為義士。孰謂數千載後，有商義士之風者，復

見先生焉。」（《南村輟耕錄》卷二）毫無疑問，文天祥、謝枋得們的精神支柱，就是伯夷。

有趣的是，作為「異族」的金、元王朝的統治者，居然也對伯夷表示敬重和仰慕。《金史》卷九十八《完顏匡傳》載，完顏匡（1152～1209）充太子侍讀，寢殿小底（群僕侍御之臣）駝滿九住問之曰：「伯夷、叔齊何如人？」匡曰：「孔子稱夷齊求仁得仁。」九住曰：「汝輩學古，惟前言是信。夷齊輕去其親，不食周粟餓死首陽山，仁者固如是乎？」匡曰：「不然，古之賢者行其義也，行其道也。伯夷思成其父之志以去其國，叔齊不苟從父之志亦去其國。武王伐紂，夷齊叩馬而諫。紂死，殷為周，夷齊不食周粟，遂餓而死。正君臣之分，為天下後世慮至遠也，非仁人而能若是乎！」而脫脫（1314～1355）修《宋史》時，亦大力彰據文天祥，卷四百一十八《文天祥傳》論曰：

> 自古志士，欲信大義於天下者，不以成敗利鈍動其心，君子命之曰「仁」，以其合天理之正，即人心之安爾。商之衰，周有代德，盟津之師不期而會者八百國。伯夷、叔齊以兩男子欲扣馬而止之，三尺童子知其不可。他日，孔子賢之，則曰：「求仁而得仁。」宋至德祐亡矣，文天祥往來兵間，初欲以口舌存之，事既無成，奉兩屢王崎嶇嶺海，以圖興復，兵敗身執。我世祖皇帝以天地有容之量，既壯其節，又惜其才，留之數年，如虎兕在柙，百計馴之，終不可得。觀其從容伏質，就死如歸，是其所欲有甚於生者，可不謂之「仁」哉。宋三百餘年，取士之科，莫盛於進士，進士莫盛於倫魁。自天祥死，世之好為高論者，謂科目不足以得偉人，豈其然乎！

（四）

據《明史‧本紀第二》載，洪武三年（1370），李文忠獲元嗣君之子買的里八剌，群臣請獻俘。朱元璋問曰：「武王伐殷用之乎？」省臣以唐太宗嘗行之對。曰：「太宗是待王世充耳。若遇隋之子孫，恐不爾也。」遂不許。出身微賤的開國之君朱元璋，雖以伐殷之周武王自命，卻決不會彰揚叩馬而諫的伯夷。但他顯然是知道伯夷故典的，還會借來對失節者表示鄙夷與調侃。據祝允明《前聞紀》載：「危學士素以勝國名卿，事我太祖，年既高矣，上重其文學，禮待之。一日上燕坐屏後，素不知也。步履屏外，甚為舒徐。上隔屏問為誰？素對曰：『老臣危素。』語復雍緩。上低聲笑曰：『我只道是伯夷、叔齊來。』」其《野記》則云，太祖聞危素履聲，笑曰：「我只道是文天祥。」曾經

任元朝禮部尚書、參知政事、纂修宋、遼、金三史的危素，自然是熟諳文天祥事蹟的，《宋史‧文天祥傳論》說不定還經過他的潤飾。據《明史》本傳，明師將抵燕，淮王帖木兒不花監國，起危素為承旨如故，甫至而師入，乃趨所居報恩寺，入井，寺僧大梓力挽起之，曰：「國史非公莫知。公死，是死國史也。」這就為危素未能死節找到冠冕堂皇的理由。洪武二年，授翰林侍講學士，數訪以元興亡之故，且詔撰《皇陵碑》文，皆稱旨。頃之，坐失朝，被劾罷。居一歲，復故官，兼弘文館學士。後御史王著等論素亡國之臣，不宜列侍從，詔謫居和州，守余闕廟。危素歸誠後受到的忽冷忽熱的遭遇，實與洪武帝對他的鄙夷有關。

建文四年（1402），燕王朱棣從侄子朱允炆手中奪得政權，卻意外地讓伯夷精神在明代獲得舒展的機會。蔣仲舒《堯山堂外紀》卷七十八《國朝》載練子寧事蹟曰：「建文之難，與齊泰、黃子澄、方孝孺俱族誅。於是建文遺臣有行遯者，題詩蛾眉亭云：『一個忠成九族殃，全身遠害亦天常。夷齊死後君臣薄，力為君王固首陽。』」（陳全之《蓬窗日錄》卷七亦記載同）姜清《姜氏秘史》卷一則謂：「夏進士過孝孺祠，題云：『一個為忠九族亡，全身遠害亦天常。夷齊死後君臣薄，力與君王繼首陽。』君子以為然。」郎瑛（1487～1566）《七修類稿》卷十《建文忠臣》評論道：「建文間死節之士，予得諸文廟榜示奸惡官員姓名二紙，及傳於文獻者，共百廿四人，隨名考事，舊有私抄一帙，後為兵火所失。今思周武應天順人，夷齊甘死首陽，兩不相妨。況文廟嘗曰：『彼食其祿，自盡其心。練子寧在，朕當用之。』昭廟又曰：『若方孝孺，皆忠臣也。』乃肆赦宥其子孫。至天順間，雖建庶人亦宥之，善善惡惡，亦難掩也。」郎瑛作為本朝之人，也只能把話說到「周武應天順人，夷齊甘死首陽，兩不相妨」這種模棱兩可的程度。

持調和論的還有王艮（1483～1541），其《語錄》載：或問：「《易》稱：湯武革命，順乎天而應乎人。《論語》稱：伯夷叔齊餓於首陽之下，民到於今稱之。是皆孔子言也，何事異而稱同邪？」先生曰：「湯武有救世之仁，夷齊有君臣之義，既皆善，故並美也。」曰：「二者必何如而能全美？」曰：「紂可伐，天下不可取。彼時尚有微子在，迎而立之，退居於豐，確守臣職，則救世之仁、君臣之義兩得之矣。且使武庚不至於畔，夷齊不至於死，此所謂道並行而不相悖也。《易》曰：『安貞之吉，應地無疆。』」又說：「伯夷之清、齊、莊、中正，有之矣，然而望望然去，不能容人而教之，此其隘也；柳下惠之

和、寬裕、溫柔有之矣，然而致袒裼裸裎於我側，此其不恭也。君子正其衣冠，尊其瞻視，儼然，人望而畏之，又從而引導之，其處己也恭，其待物也恕，不失己不失人，故曰：『隘與不恭，君子不由也。』」

沿著同一思路，謝肇淛（1567～1624）將話題引向不關緊要的清、任、和三者的難易，說：「清如伯夷，而不念舊惡；任如伊尹，而不以寵利居成功；和如柳下惠，而不以三公易其介；此其所以為聖也。後世若元禮，清矣，而龍門太峻；博陸，任矣，而晚節不終；夷甫，和矣，而比之匪人。其及不亦宜乎？」又說：「為伯夷之清較易，為柳下惠之和較難。清不過一味自守絕俗而已，和而不失其正，非有大識見，有大力量，不能也。後漢黃叔度，汪汪若千頃波，澄之不清，淆之不濁。夫淆之不濁，易耳；澄之不清，此地位難到也。」（《五雜俎》卷十五《事部三》）他們的著重點，都不在氣節上。這也許是有感而發的。海瑞是明朝著名的清官，據沈德符《萬曆野獲編》卷二十二說，「海開府吳中，人人以告訐為事，書生之無賴者，惰農之辨黠者，皆棄經籍、釋耒耜，從事刀筆間。後王弇州為華亭畫計，草匿名詞狀，稱柳跖告訐夷齊二人，占奪首陽薇田，海悟，為之稍止，尋亦以言去位。」王世貞戲草《柳跖告夷齊》一狀，使海瑞覽之始稍悟，真所謂譚言微中，可以解紛矣。這一有趣故事，反映地方上的誣訐之風，賢者反謹避以博忠厚之名，而地方使君「動云不畏彊禦」的景象。惟景泰辛未（1451）進士王賓，曾撰《忠義錄》，「是書取史傳忠義之事，分類編輯。以伯夷以下五百九十七人為上。張良以下五百七人次之。各節錄事實。有祠墓可考者，並詳其地。孟達等八十七人，或失節於前，或死不足贖；解文卿以下十人，或事非其主，或言非其時，皆不以忠義與之，持論頗正。」（《四庫全書總目提要》卷六十一）稍稍彌補了這一缺憾。

至甲申（1644）之變，李自成佔據北京城，崇禎皇帝自縊煤山，形勢發生了急劇的變化。然而，「大順」朝的正朔並未確立，明朝的政體也並未宣告完結；倒是吳三桂將數萬虜騎引入都門，使之順利地僭號「大清」，卻確確實實改變了中國歷史的航向。顧炎武說：「有亡國，有亡天下。亡國與亡天下奚辨？曰：易姓改號，謂之亡國；仁義充塞，而至於率獸食人，人將相食，謂之亡天下。」（《日知錄》卷十三）士大夫痛切感到自己面臨的已非「易姓改號」的「亡國」，而是「率獸食人，人將相食」的「亡天下」了。置身這一特定的「存亡之際」，士人只剩下了生死的抉擇，劉宗周是最受推崇的楷模。《明史》

本傳云：

> 六月，潞王降，杭州亦失守。宗周方食，推案慟哭，自是遂不
> 食。移居郭外，有勸以文、謝故事者。宗周曰：「北都之變，可以死，
> 可以無死，以身在削籍也，而事則尚有望於中興；南都之變，主上
> 自棄其社稷而逃，僕在懸車，尚曰可以死，可以無死，以俟繼起者
> 有主也。監國降矣，普天無君臣之義矣，猶曰吾越為一城一旅乎，
> 而吾越又後降矣！區區老臣尚何之乎？若曰身不在位，不當與城為
> 存亡，獨不當與土為存亡乎？」

從「殉難」的理由與時機言，甲申北都之變，劉宗周已是「削籍之身」，
可以死，亦可以無死；乙酉南都之變，則是「主上自棄其社稷而逃」，更可以
死，可以無死；如今，杭州監國的潞王也投降了，「普天無君臣之義矣」，「身
不在位」的劉宗周，又何必去死呢？但他還是選擇了殉難，他的說法是要「與
土為存亡」。他的弟子王毓蓍（元趾）卻喊出了更響亮的理由。《明史南略》卷
五云：「乙酉六月，清兵破杭州。時諸生無賴者群議犒師，毓蓍憤甚，榜其門
曰：『不降者會稽王毓蓍也。』」黃宗羲《王元趾先生傳》所敘更詳：

> 乙酉夏，□陷杭州。檄至，諸守臣惴惴崩角，惟張目以視念臺
> 劉先生，而居民日沸然翹首以瞻胡馬。昔之瞞瞞然拱手危坐誦王氏
> 書者，已風雨散去。而元趾獨日夜涕泗，以為化中國而為夷狄，則
> 此身必無有可生之理，揭「成仁取義」四字於座右，遂致書劉先生，
> 謂平昔所為，若與師門異；而於大義所關，則斷乎有同焉者矣。蓋
> 師之所處，與文信國同，而某亦不敢自後於王炎午。（《縮齋文集》，
> 上海古籍出版社，1983 年版，第 138 頁）

面對拱手危坐誦王氏書的書生已風雨散去，其無賴者竟群議「犒師」，
「化中國而為夷狄，則此身必無有可生之理」，乃是促使王毓蓍憤而投水的
原因。

但當時的形勢已不容許出現伯夷式的行為。明政權乃喪於李自成之手，
清攝政王多爾袞進入北京後，為崇禎帝舉哀三日，且發布文告曰：「深痛爾明
朝嫡胤無遺，勢孤難立，用移我大清宅此北土。厲兵秣馬，必殲醜類，以靖
萬邦。非有富天下之心，實為救中國之計。」多爾袞致史可法書中更說：「國
家之撫定燕都，乃得之於闖賊，非取之於明朝也。賊毀明朝之廟主，辱及先
人。我國家不憚徵繕之勞，悉索敝賦，代為雪恥。孝子仁人，當如何感恩圖

報？」而史可法在回信中，也以稱讚的口氣說：「忽傳我大將軍吳三桂假兵貴國，破走逆成。殿下入都，為我先帝、后發喪成禮，掃清宮闕，撫戢群黎，且免剃髮之令，示不忘本朝。此等舉動，振古爍今，凡為大明臣子，無不長跽北向，頂禮加額，豈但如明諭所云感恩圖報已乎！」對於清人之南進企圖，也只是勸導說：「今痛心本朝之難，驅除亂逆，可謂大義復著於《春秋》矣。若乘我國運中微，一旦視同割據，轉欲移師東下，而以前導命元兇，義利兼收，恩仇倏忽，獎亂賊而長寇讎，此不惟孤本朝借力復仇之心，亦甚違殿下仗義扶危之初志矣。」史可法措辭軟弱的覆信，反映了明末士人歷史觀的混亂。他們既無法阻止清兵的入關與南進，在弘光潞王都屈膝投降的情勢下，也沒有理由要求士人去「殉難」；「亡天下」也好，「化中國而為夷狄」也好，中國的歷史需要延續，更多的人仍要存活下來。在清廷成為中國大地的統治者、并日漸鞏固其地位的現實面前，由明入清的人們無論是否情願，實際上都已淪為被統治的對象。他們所能作出的最佳抉擇就是堅守民族氣節，不仕新朝。歸莊說：「凡懷道抱德不用於世者，皆謂之逸民；而遺民則惟在廢興之際，以為此前朝之所遺也。」（《歷代遺民錄序》，《歸莊集》卷三）這是歷代士人講究的「出」與「處」的大分界，也是對「遺民」生存方式與精神狀態的最好表述。正如《清史稿·遺逸列傳》所云：「太史公《伯夷列傳》，憂憤悲歎，百世下猶想見其人。伯夷、叔齊扣馬而諫，既不能行其志，不得已乃遁西山，歌《采薇》，痛心疾首，豈果自甘餓死哉？清初，代明平賊，順天應人，得天下之正，古未有也。天命既定，遺臣逸士猶不惜九死一生以圖再造，及事不成，雖浮海入山，而回天之志終不少衰。迄於國亡已數十年，呼號奔走，逐墜日以終其身，至老死不變，何其壯歟！今為遺逸傳，凡明末遺臣如李清等，逸士如李孔昭等，分著於篇，雖寥寥數十人，皆大節凜然，足風後世者也。」

但總的說來，遺民數量並不是很多的。卓爾堪（1653～？）多方搜索明代遺老的詩作，輯為《勝國逸民詩》（今改題《明遺民詩》）十六卷，收錄者不過五百餘人。清末孫靜庵作《明遺民錄》，亦僅得八百餘人。遺民的處境和艱難，書中有很細膩的記錄。如卷一《邱義》，敘閩敗之後，清命學使者試汀，其父強邱義就試，義於文中寫入「宗廟丘墟，鼎社遷改，荼毒攢心，無天可訴」等語，盛觸忌諱，免責除名。子四人，皆課讀經史，顧不許其應試，曰：「讀書所以立身，試則鬻身。吾雖貧，不鬻其子也。」（《明遺民錄》，浙江古

籍出版社，1995 年版，第 1 頁）對讀書人來說，能否抵制功名利祿的誘惑，乃是第一難關。邱義為父命所逼，不得已而就試，便有意在文中加入觸忌諱語，因而得到「除名」的結果；對於自己的兒子，則以不「鬻身」為由，決不許他們應試做官：邱義不愧真正「不食周粟」的伯夷式的遺民。

梁啟超《中國近三百年學術史》說：「滿洲人雖僅用四十日工夫便奠定北京，卻須用四十年工夫才得有全中國。他們在這四十年裏頭，對於統治中國人方針，積了好些經驗。他們覺得武力制服那些降將悍卒沒有多大困難，最難纏的是班『念書人』，尤其是少數有學問的學者。因為他們是民眾的指導人，統治前途暗礁，卻在他們身上。」為此，滿清統治採取的策略，除了大興文字獄，就是籠絡引誘。應該看到，清初優容漢族文人的政策，確實收到了相當成效。《明遺民錄》卷十六《李世熊》載，李世熊號寒支子，以文章氣節著，是當時著名的遺民。清帥某遣人移書逼之，世熊復之曰：「天下無官者十九，豈盡高士？來書謂不出山，慮有不測之禍。夫死生有命，余年四十八矣。諸葛瘁躬之日，僅少一年；文山盡節之辰，已多一歲。何能抑情違性，重取羞辱哉？」話是說得很露骨、甚至很「囂張」的，故一時蜚語沸騰，勢洶洶不測，但清帥出於種種考慮，竟未予治罪，以致「是時天下人，雖盜賊亦知有寒支矣」（第 128 頁）。

然而，在大局已定之後，「讀書所以立身」之義，本身就包含了那天經地義的「學而優則仕」。更多的士人們不得不考慮未來的出路。《明遺民錄》卷九《黃宗羲》載：「康熙戊午，徵博學鴻儒，葉方藹先以詩寄宗羲，慫恿之。宗羲次韻答以不出之意。方藹商於宗羲門人陳錫嘏，對曰：『是將迫先生為謝迭山矣。』其事遂寢。未幾，開明史館。宗羲為世家子弟，家有十三朝實錄，復嫻於掌故，葉方藹與徐元文又薦宗羲，督撫以禮敦遣，宗羲以母老及老病辭。方藹知不可致，乃請詔下浙江巡撫，就家鈔所著書有關史事者付史館。徐元文又延宗羲子百家，及弟子鄞處士萬斯同，參訂史事。宗羲戲答元文書曰：『昔聞首陽二老，託孤於尚父，遂得三年食薇，顏色不壞。今吾遣子從公，可以置我矣。』」（第 72 頁）這裡提到的葉方藹（1629～1682），順治十六年進士，康熙間受命閱博學鴻儒試卷，十八年充《明史》總裁；徐元文（1634～1691），順治十六年殿試第一，康熙十四年充翰林院掌院學士，旋召為《明史》監修總裁官。黃宗羲（1610～1695）固然是「真正的遺民」，但為了纂修《明史》這樣的大事，同時也為了兒子與弟子的前途，不得不允許黃百家與萬斯

同出來參訂史事，——縱然以「首陽二老託孤於尚父」來自嘲，實際上還是承認了自己的無奈和妥協。王應奎《柳南續筆》卷二《諸生就試》云：「鼎革初，諸生有抗節不就試者。後文宗按臨，出示：『山林隱逸，有志進取，一體收錄。』諸生乃相率而至。人為詩以嘲之曰：『一隊夷齊下首陽，幾年觀望好淒涼。早知薇蕨終難飽，悔殺無端諫武王。』及進院，以桌凳限於額，仍驅之出。人即以前韻為詩曰：『失節夷齊下首陽，院門推出更淒涼。從今決意還山去，薇蕨堪嗟已吃光。』聞者無不捧腹。」（《清朝野史大觀》文字略異）當然，抗拒者仍不乏其人，據《重修山陽縣志》載，秀才靳應升，自號「茶坡樵子」，後鼓動山陽縣二十餘名諸生拒考而集體落籍，時人贊為「一隊夷齊不下首陽」。真正有伯夷氣質的是呂留良（1629～1683），《朝野新譚乙編》謂其「自少聰穎過人，好學博問，負奇氣，出語驚長上」，「及壯，博大不拘宗陽明學，目空天下士，嘗以夷齊之節自勵，絕意仕進。四方名士負笈從遊者甚眾，輒於師友談論，間悲憤祖國淪亡，恥為遺民沒世。每一吟詠必寓情於鳥獸草木，以譏刺滿清之非我族類」。長子葆中於康熙時將應科舉，先生怒而責之曰：「吾誓不與胡夷共戴天，爾違吾命，吾將以石硯擊之，以畢爾不肖之命。」然已是鳳毛麟角矣。

清人在理論上對伯夷精神的闡發，呈現出弱化的趨勢。如黃宗羲《明夷待訪錄·原君》云：「古者天下之人愛戴其君，比之如父，擬之如天，誠不為過也。今也天下之人怨惡其君，視之如寇讎，名之為獨夫，固其所也。而小儒規規焉以君臣之義無所逃於天地之間，至桀紂之暴，猶謂湯武不當誅之，而妄傳伯夷叔齊無稽之事，使兆人萬姓崩潰之血肉，曾不異夫腐鼠。豈天地之大，於兆人萬姓之中，獨私其一人一姓乎？是故武王聖人也，孟子之言，聖人之言也。」黃宗羲從非君的立場出發，自然要肯定武王之伐紂，而將伯夷之事歸於「妄傳」「無稽」之列了。

顧炎武（1613～1681）《日知錄》亦提及伯夷之事。卷二《武王伐紂》云：「上古以來，無殺君之事。湯之於桀也，放之而已。使紂不自焚，武王未必不以湯之所以待桀者待紂；紂而自焚也，此武王之不幸也。當時八百諸侯，雖並有除殘之志，然一聞其君之見殺，則天下之人亦且恫疑震駭，而不能無歸過於武王，此伯夷所以斥言其暴也。及其反商之政，封殷之後人，而無利於其土地焉，天下於是知武王之兵非得已也，然後乃安於紂之亡，而不以為周師之過，故《箕子之歌》怨狡童，而已無餘恨焉。非伯夷親而箕子疏，又非武

王始暴而終仁也，其時異也。」顧炎武的本意，或許是希望清人能效法武王「反商之政，封殷之後人，而無利於其土地」，亦不可知；但他斷言「伯夷所以斥言其暴」，是因「聞其君之見殺」而歸過於武王，卻是不符合事實的：伯夷所斥言的是「以暴易暴」，而非因「其君之見殺」，況且其時紂尚未自焚。至於卷二十三《古人二名止用一字》云：「文中並稱兩人，而一名一字，尤為變體。」且舉《風俗通》「清擬夷叔」、邵正《釋譏》「偏夷叔之高懟」、《傅子》「夷叔迂武王以成名」、杜預《遺令》「南觀伊洛，北望夷叔」、陶潛詩「積善云有報，夷叔在西山」為例，皆謂伯夷、叔齊；漢《廣漢屬國侯李翊碑》「夷史之高」、《巴郡大守樊敏碑》「有夷史之直」為例，皆謂伯夷、史魚。又卷二十七《史記注》有關《伯夷傳》者兩條：「『其重若彼』，謂俗人之重富貴也；『其輕若此』，謂清士之輕富貴也。」雖有引證浩繁之長，但對伯夷精神失去興趣，實在是出人意表的。這也難怪，如顧亭林這般的大志士，也不能禁阻自己的外甥徐乾學去做滿清的重臣。

相比起來，倒是王士禎（1634～1711）的觀點較為激進。《古夫于亭雜錄》卷二云：「葉氏論《史記·伯夷列傳》云：『負芻、吳光皆弒君竊國，子臧、季札尚不恥立於其朝，況武王、周公以至仁大義滅商，夷、齊奚為而惡之？』云云。以此尚論古人，是長亂臣賊子之風，短忠臣義士之氣，其罪可勝誅哉！」但這種意見在清代已是鳳毛麟角，人們更多地是欣賞「不恥立於其朝」，這一動向尤其反映在清人評隲「逸民」標準耐人尋味的變異上。孔子曾將「逸民」劃分為三等：一、「不降其志，不辱其身，伯夷、叔齊與！」二、「柳下惠、少連，降志辱身矣。言中倫，行中慮，其斯而已矣。」三、「虞仲、夷逸，隱居放言。身中清，廢中權。」其中，「不降其志，不辱其身」的伯夷，向來受到最高的推崇。但隨著時間的推移，人們的認識卻發生了某種微妙的變化。劉寶楠道光八年（1828）著《論語正義》，評論道：

> 《孟子·公孫丑篇》孟子曰：「伯夷非其君不事，非其友不友，不立於惡人之朝，不與惡人言。立於惡人之朝，與惡人言，如以朝衣朝冠，坐於塗炭。是故諸侯雖有善其辭命而至者，不受也。不受也者，是亦不屑就已。」是即伯夷不降其志不辱其身之事也。舉伯夷則叔齊可知。又云：「柳下惠不羞污君，不卑小官。遺佚而不怨，阨窮而不憫。故曰：『爾為爾，我為我，雖袒裼裸裎於我側，爾焉能浼我哉？』故由由然與之偕而不自失焉，援而止之而止。援而止之

而止者，是亦不屑去已。」是即柳下惠降志辱身之事也。論出處之節，自以為不降不辱為憂，而夷齊亦失之過峻。《韓詩外傳》謂夷齊為「磏仁」，又曰：「仁磏則其德不厚」，又曰：「磏仁雖下，然聖人不廢者，匡民隱括有在是中者也。」是知夷齊雖聖人所許，亦聖人所不為也。惠、連降志辱身，出處之際，似無足觀，然中倫中慮，言行如此，實非枉道以殉人，故夫子亦許之也。虞仲、夷逸，亦是不降不辱，故能中清中權，隱居放言，於世亦所寡合，但不及夷齊之行。故述逸民之目，仲、逸亞於夷、齊；論行事，則夷、齊與惠、連為最異，故相次論之，而後及於虞仲、夷逸也。

　　他認為夷、齊之「不降其志不辱其身」固然可嘉，但從「出處」來考慮，亦未免「失之過峻」，一般人難以辦到──「雖聖人所許，亦聖人所不為也」；倒是乍看似乎「降志辱身」的惠、連，「遺佚而不怨，阨窮而不憫」，中倫中慮，非枉道以殉人，故夫子亦許之也。章太炎序《明遺民錄》，亦曰：「彼文王者，西夷之人也。孔子著《春秋》，嚴夷夏之辨，有能攘夷狄者，孔子予之。武王，文王之子，而天下之民歸心焉，是率天下而臣夷也。彼伯夷、叔齊者，矢不臣之之人也。」（《明遺民錄》，浙江古籍出版社，1995年版，第369頁）又要肯定「攘夷狄」，又要肯定「天下之民歸心焉」的「夷」，確實有點難為後世的史學家了。

　　到了晚清，主張改革維新的譚嗣同（1865～1898），對伯夷現象作出了全新的解釋。他說：

　　　　一姓之興亡，渺渺乎小哉，民何與焉？乃為死節者，或數萬而未已也。本末倒置，寧有加於此者？伯夷叔齊之死，非死紂也，固自言以暴易暴矣，則亦不忍復睹君主之禍，遂一瞑而萬世不視耳。且夫彼之為前主死也，固後主之所深惡也，而事甫定，則又禱之祠之，俎豆之，尸祝之，豈不亦欲後之人之為我死，猶古之娶妻者，取其為我罵人也。若夫山林幽貞之士，固猶在室之處女也，而必脅之出仕，不出仕則誅，是挾兵刃摟處女而亂之也。既亂之，又詬其不貞，暴其失節，至為貳臣傳以辱之，是豈惟辱其人哉，實陰以嚇天下後世，使不敢背去。夫以不貞而失節於人也，淫凶無賴子之於娼妓，則有然矣。始則強姦之，繼又防其奸於人也，而幽錮之，終知奸之不勝防，則標著其不當從己之罪，以威其餘。夫在弱女子，

亦誠無如之何，而不能不任其所為耳；奈何四萬萬智勇材力之人，

彼乃娼妓畜之，不第不敢微不平於心，益且詡詡然曰「忠臣忠臣」，

古之所謂忠乃爾愚乎？（《仁學》）

譚嗣同從他信奉的民權、平等學說出發，痛斥歷代專制君主都是「獨夫民賊」，大膽提出「廢君統，倡民主」的主張。他剖析君主專制之所以得以維持，「賴乎早有三綱五倫字樣，能制人之身者，兼能制人之心」，以為若「五倫不變，則舉凡至理要道，悉無從起點，又況於三綱哉！」為此，他不僅認為伯夷的死節是本末倒置，還徹底地撕下了滿清統治者表彰忠臣、鞭撻貳臣的虛偽本質。沈德潛乾隆二十五年（1760）刊《清詩別裁》，凡例中稱：「前代臣工，為我朝從龍之佐，如錢虞山、王孟津諸公，其詩一併採入。」錢謙益、王鐸、張坦公、傅掌雷、劉正宗、龔鼎孳等人，由「前代臣工」，變成「我朝從龍之佐」，再由「我朝從龍之佐」，變成令人切齒的「貳臣」，實質上就是譚嗣同所揭示的「必脅之出仕，不出仕則誅，是挾兵刃摟處女而亂之也。既亂之，又訴其不貞，暴其失節，至為貳臣傳以辱之，是豈惟辱其人哉，實陰以嚇天下後世，使不敢背去」。乾隆四十一年（1776）詔於國史內增立《貳臣傳》，將為清朝立下大功的明朝降將叛官統統列入，論曰：「錢謙益素行不端，及明祚既移，率先歸命，乃敢於詩文陰行詆謗，是為進退無據，非復人類。」（《清史列傳》卷七十九《貳臣傳》）想想也是，政權已經鞏固，自然需要提倡不仕二朝的節氣；但這班人如果料到「率先歸命」也是一款大罪，當初還有誰肯做「從龍之佐」呢？

譚嗣同還說：「如今之言節流者，至分為國為民為二事乎？國與民已分為二，吾不知除民之外，國果何有？無惑乎君主視天下為其囊橐中之私產，而天馬土芥乎天下之民也。民既擯斥於國外，又安得少有愛國之忱？何也？於我無與也。繼自今，即微吾說，吾知其必無死節者矣。」譚嗣同宣告了傳統「死節」觀的終結，在伯夷精神的解讀史上具有劃時代的意義。

但是，作為一種穩定的心理積澱，伯夷精神依然是國人寶貴的思想財富。「求仁得仁」與「不食周粟」兩個成語凝成的內涵，前者體現為精神品格上的追求，後者體現為堅持原則的骨氣。「求仁得仁」的謙恭廉讓，與「不降其志」恥食周粟，前者捨棄的是個人的私利，後者捍衛的卻是大眾的公義，兩種看似相反的品格與氣質集於一人之身，完全能夠找到內在的生成邏輯。作為孤竹國的嗣君，伯夷有崇高的社會地位，衣食充裕自然更不在話下。但在

財富面前，他取的態度是廉；在地位面前，他取的態度是讓。而在背後驅使他的，卻是「志」和「義」。伯夷處理問題的出發點是非功利主義的，為了實踐自己的「志」和「義」，他可以不貪財富，不戀王位；同樣，為了實踐自己的「志」和「義」，他可以挺身而出，捨生取義。如果說，他的去位讓權，還是效法許由、卞隨、務光之遺風，而他以衰暮之年、病殘之軀，懷著高度社會責任感，公然抗拒如泰山壓頂之「以暴易暴」的大兵，知其不可而為之，甚至不惜以自己的生命為代價，卻是空前絕後、驚世駭俗之壯舉。正如司馬遷所說，「歲寒然後知松柏之後凋，舉世混濁，清士乃見」，伯夷的主動的人生抉擇，使之成為中國士人最為景仰的高標。他對於中國士子的巨大影響，甚至超過了對百姓最崇拜的關羽。在某種程度上，流芳萬的古伯夷，堪稱中國文化的表徵，而「末世爭利，維彼奔義，讓國餓死，天下稱之」的「伯夷精神」，堪稱中國文化的精髓。

伯夷是聖之清者。「清」就是清高，就是有著源自內心的信念，就是莊子所說的「遭治世不避其任，遇亂世不為苟存」。面對「利」與「義」日漸分離的現實社會，他們明知清高是要付出代價的，而「治亦進、亂亦進」的伊尹們，卻能尋到實現「自我價值」的最佳機會，但寧肯堅持固有的操守、固有的道德；物質生活的貧乏與低下，不能熄滅他們「求仁」的信念與毅力。司馬遷《報任安書》說：「修身者，智之府也；愛施者，仁之端也；取予者，義之符也；恥辱者，勇之決也；立名者，行之極也；士有此五者，然後可以託於世，列於君子之林矣。」準確地道出了中國士人的精神標識。作為維繫社會的良知，伯夷精神將獨立於天地間，千古永存。

三、伯夷文學之演繹

作為著名的歷史人物，伯夷受到各個時代、各個階層人們的關注，成為他們確立思維與行為方式的參照物；作為複雜的歷史事件，伯夷現象也成為人們探討社會問題的重要話題。伯夷文學之演繹，實際上是伯夷精神闡釋的又一方式，只是它不光訴諸人的理性，也訴諸人的感情，因而創造出一片令人愉悅的具有審美價值的藝術天地。這種演繹包括伯夷品格的吟詠，與伯夷事蹟的演義兩大方面。歷代重要詩人，都有以伯夷為比興的佳作；歷代許多小說，也都重現了伯夷藝術形象，探討了伯夷事件的意蘊。以歷史學的眼光看，既可以從中窺見文學演進的脈搏，也可以窺見每位作家隱秘的內心世界。

（一）

秦失其鹿，天下共逐之，人人自以為得之者以萬數。在當時的情勢下，不可能出現伯夷式的叩馬而諫。漢晉時代的詩人，都以伯夷為廉潔正直的象徵而詠歎之。賈誼（前 200～前 168），是漢初最早涉及伯夷的詩人。賈誼有很高的才華，年十八以能誦詩屬書聞於郡中。孝文皇帝初立，召以為博士。每詔令議下，諸老先生不能言，賈生盡為之對，一歲中超遷至太中大夫。於是絳、灌之屬盡害之，乃短其「年少初學，專欲擅權，紛亂諸事」，天子亦疏之，乃以為長沙王太傅。及渡湘水，為賦以弔屈原，其辭曰：「鸞鳳伏竄兮鴟梟翱翔，闒茸尊顯兮讒諛得志，賢聖逆曳兮方正倒植。世謂伯夷貪兮，謂盜跖廉；莫邪為頓兮，鉛刀為銛。於嗟嚜嚜兮，生之無故。」那賢不肖顛倒易位的世界，竟以卞隨、伯夷為溷濁，而視盜跖、莊蹻為廉潔——賈誼的沉痛感歎，為同類作品定下了基調。

漢興，吳王濞招致四方遊士，嚴忌與枚乘、鄒陽等俱仕吳，以文辯著名。吳王稱疾不朝，陰有邪謀，於是又皆去之，從梁孝王遊。仕吳也好，之梁也好，嚴忌好像都是隨從者，並未受到應有的「奇重」。他的《哀時命》第一句就是：「哀時命之不及古人兮，夫何予生之不遘時！往者不可扳援兮，徠者不可與期。」他哀歎自己的生不逢時，並聯想到：「伯夷死於首陽兮，卒夭隱而不榮；太公不遇文王兮，身至死而不得逞。」這種為「不遇」感到苦惱、悲哀與憤懣的心緒，在董仲舒（前 179～前 104）《士不遇賦》、司馬遷（前 145～？）《悲士不遇賦》中亦有充分的流露。

東方朔（前 154～前 93）有《嗟伯夷》與《七諫》。東方朔字曼倩，武帝初待詔公車，尋待詔金馬門，拜大中大夫、給事中。被劾，免為庶人。後待詔宦者署，復為中郎。東方朔言詞敏捷，滑稽多智，然時觀察顏色，直言切諫。他的頭腦比較清醒，他看到蘇秦、張儀之時周室大壞，諸侯不朝，得士者強，失士者亡，故談說行焉；今則聖帝流德，天下震懾，「抗之則在青雲之上，抑之則在深泉之下；用之則為虎，不用則為鼠」。他不甘心於苟且的生存，《嗟伯夷》云：「穿隱處兮窟穴自藏，與其隨佞而得志兮，不若從孤竹於首陽。」這種會伯夷精神中汲取來的傲氣，在那個時代是是非常難得的。關於《七諫》，王逸注曰：「諫者，正也，謂陳法度以諫正君也。古者，人臣三諫不從，退而待放。屈原與楚同姓，無相去之義，故加為《七諫》，殷勤之意，忠厚之節也。或曰：《七諫》者，法天子，有爭臣七人也。東方朔追憫屈原，故作此

辭，以述其志，所以昭忠信、矯曲朝也。」《七諫·沉江》有句曰：「聯蕙芷以為佩兮，過鮑肆而失香。正臣端其操行兮，反離謗而見攘。世俗更而變化兮，伯夷餓於首陽。獨廉潔而不容兮，叔齊久而逾明。浮雲陳而蔽晦兮，使日月乎無光。忠臣貞而欲諫兮，讒諛毀而在旁。」與賈誼的「鸞鳳伏竄兮鴟梟翱翔，闒茸尊顯兮讒諛得志」，幾乎是同一個意思。面對專制的一統天下，士人要麼「隨佞而得志」，要麼「從孤竹於首陽」，作出這種人生選擇，是極其痛苦的事情。

劉勰《文心雕龍·哀弔第十三》說：「自賈誼浮湘，發憤弔屈，體周而事核，辭清而理哀，蓋首出之作也。」與賈誼之借伯夷以弔屈原不同，東漢的胡廣、阮瑀、王粲均撰有《弔夷齊文》，研究伯夷文學的演繹，是應該略加留意的。

胡廣（91～172），字伯始，在公臺三十餘年，歷事六帝，禮任甚優，凡一履司空，再作司徒，三登太尉，又為太傅，其所辟命，皆天下名士。胡廣雖權傾天下，性格卻異常溫柔謹素，常遜言恭色，且達練事體，明解朝章。故京師諺曰：「萬事不理問伯始，天下中庸有胡公。」《文心雕龍·章表第二十二》稱讚：「左雄奏議，臺閣為式；胡廣章奏，天下第一，並當時之傑筆也。」然而，就是這位柔媚謙恭的胡廣，卻在《弔夷齊文》中寫道：「遭亡辛之昏虐，時繽紛以蕪穢。恥降志於污君，溷雷同於榮勢。抗浮雲之妙志，遂蟬蛻以偕逝。徽六軍於河渚，叩王馬而慮計。雖忠情而指尤，匪天命之所謂。賴尚父之戒慎，鎮左右而不害。」大聲讚頌伯夷叩馬而諫的「抗浮雲之妙志」，堪稱繼司馬遷後之第一人。

阮瑀（？～212），字元瑜，少時曾受學於蔡邕。建安初，避役隱居，曹操素聞其名，召為司空軍師祭酒，管記室，當時軍國書檄文字，多為阮瑀與陳琳所擬。其《弔伯夷文》云：「余以王事，適彼洛師。瞻望首陽，敬弔伯夷。東海讓國，西山食薇。重德輕身，隱景潛暉。求仁得仁，報之仲尼。沒而不朽，身沉名飛。」阮瑀因出差經過洛師，當他瞻望首陽山時，不由得想起伯夷東海讓國、西山食薇的「重德輕身」，於是敬而弔之，情感是很真摯的。

王粲（177～217），字仲宣，少時即有才名，曾受到蔡邕的賞識。年十七，司徒辟舉，詔授黃門侍郎不應，往依荊州牧劉表。曹操南征，粲勸劉琮舉州歸降，操召授為丞相掾，賜爵關內侯，後遷軍師祭酒。魏國既建，拜侍中。王粲《弔夷齊文》曰：

　　歲旻秋之仲月，從王師以南征。濟河津而長驅，逾芒阜之崢嶸。覽首陽於東隅，見孤竹之遺靈。心於悒而感懷，意惆悵而不平。望壇宇而遙弔，抑悲古之幽情。知養老之可歸，忘除暴之為世。絜己躬以騁志，愆聖哲之大倫。忘舊惡而希古，退采薇以窮居。守聖人之清軌，要既死而不渝。屬清風於貪士，立果志於懦夫。到於今而見稱，為作者之表符。雖不同於大道，合尼父之所譽。

　　劉勰評論道：「胡阮之弔夷齊，褒而無聞；仲宣所制，譏呵實工。然則胡阮嘉其清，王子傷其隘，各其志也。」范文瀾曰：「『褒而無聞』，蓋謂伯始、元瑜所作，止有褒揚而無非難也。」《合校》曰：「胡阮則褒嘉無聞然之辭，仲宣則譏呵有傷之之意。」兩種態度，非出偶然。王粲曾祖父、祖父皆為漢三公，他本人則歷事數主，依劉表時未受重用，劉表一死卒，便勸其子劉琮舉州歸降曹操，心目中實無「漢室」之觀念。裴注引《文士傳》載粲說琮曰：「天下大亂，豪傑並起，在倉卒之際，強弱未分，故人各各有心耳。當此之時，家家欲為帝王，人人欲為公侯。觀古今之成敗，能先見事機者，則恒受其福。今將軍自度，何如曹公邪？」接著便稱讚「曹公故人傑也，雄略冠時，智謀出世」，還表白說是：「粲遭亂流離，託命此州，蒙將軍父子重顧，敢不盡言！」儘管裴松之認為《文士傳》是張騭假偽之辭，但其中的思維邏輯應該就是王粲的。王粲向劉琮許諾投降是「保己全宗，長享福祚，垂之後嗣」的萬全之策，得到好處的卻是他自己。有這種德性的人，是不會無條件稱讚伯夷的。於是便抓住孟子「伯夷隘」與「聖之清者」的話頭，又請出孔子的大駕，「傷夷齊不及『聖之時者』之孔子能集大成也」。

　　《藝文類聚》卷三十七又載魏靡元《弔夷齊》曰：「少承洪烈，從戎於王，側聞先生，處於首陽，敢不敬弔，寄之山岡。夫五德更運，天祚靡常，如見絕代之主，必有受命之王。故堯德終於虞舜，禹祚滅於成湯，且夏后之末禮，亦殷氏之所亡。若周武而為失，則帝乙亦有傷。子不棄殷而餓死，何獨背周而深藏。是識春香之為馥，而不知秋蘭之亦芳也。首陽誰山？而子匿之；彼薇誰菜，而子食之？行周之林，讀周之書，彈周之琴，飲周之水，食周之芩，而謗周之主，謂周之淫，是誦周之文，聽聖之音，居聖之世，而異聖之心，嗟乎二子，何痛之深。」魏靡元生平無考，他既「識春香之為馥」，而又知「秋蘭之亦芳」，倒是一位跟得上時代潮流的人。

　　以賦吟詠伯夷的有杜篤（？～78）的《首陽山賦》，賦曰：「嗟首陽之孤

嶺，形勢窟其槃曲。面河源而抗岩隴，堪隄而相屬。長松落落，卉木濛濛。青羅落漠而上覆，穴溜滴瀝而下通。高岫帶乎岩側，洞房隱於雲中。忽吾睹兮二老，時采薇以從容。於是乎，乃訊其所求，問其所脩，州域鄉黨，親戚疋儔，何務何樂，而並茲遊矣。其二老乃答余曰：『吾殷之遺民也，厥胤孤竹，作蕃北湄，少名叔齊，長曰伯夷。聞西伯昌之善教，育年艾於胡耉，遂相攜而隨之，冀寄命乎余壽。而天命之不常，伊事變而無方。昌伏事而畢命，子忽遘其不祥。乃興師於牧野，遂干戈以伐商。乃棄之而來遊，誓不步於其鄉。余閉口而不食，並卒命於山傍。』」（《藝文類聚》卷七《山部上》）杜篤，字季稚，少博學，不修小節，不為鄉人所禮。居美陽，與美陽令遊，數從請託，不諧，頗相恨。令怒，收篤送京師。故《文心雕龍·程器篇》列舉文士之疵，謂「杜篤之請求無厭」，《顏氏家訓·文章篇》亦云「杜篤乞假無厭」。但他的文章卻是好的，他曾奏上《論都賦》，欲令車駕遷還長安，耆老聞者皆動懷土之心，莫不眷然佇立西望。《首陽山賦》描述自己在「長松落落，卉木濛濛」的首陽山，遇到「時采薇以從容」的伯夷、叔齊，並親切地「訊其所求，問其所脩」。他之所遇抑伯夷、叔齊之鬼魂乎？抑二人已得成仙乎？杜篤沒有明說，但他筆下的意境卻是千古的首創。

蔡邕（132～192），字伯喈，博學多識，擅長辭章，精通音律。靈帝時召拜郎中，校書於東觀，遷議郎。熹平五年（176）天下大旱，禱請名山，求獲答應。時處士蘇騰夢陟首陽，有神馬之使在道。明覺而思之，以其夢陟狀上聞。天子開三府請雨使者，與郡縣戶曹掾吏登山升祠，天即降甘雨。蔡邕因撰《伯夷叔齊碑》曰：「惟君之質，體清良兮。昔佐殷姬，忠孝彰兮。委國損爵，諫國匡兮。譏武伐紂，欲喻匡兮。時不可救，曆運蒼兮。追念先侯，受命皇兮，憂懷感兮。雖沒不朽，名兮芳兮。」（《藝文類聚》卷三十七《人部二十一》）「意氣之感」的蔡邕，少師事胡廣，他對「委國損爵」、「譏武伐紂」的伯夷作出全面揄揚，是很自然的。

漢末天下大亂，欲濟之安之的曹操（155～220），對伯夷亦有所詠歎。《度關山》云：「天地間，人為貴。立君牧民，為之軌則。車轍馬跡，經緯四極。黜陟幽明，黎庶繁息。於鑠賢聖，總統邦域。封建五爵，井田刑獄。有燔丹書，無普赦贖。皋陶甫侯，何有失職？嗟哉後世，改制易律。勞民為君，役賦其力。舜漆食器，畔者十國，不及唐堯，采椽不斫。世歎伯夷，欲以厲俗。侈惡之大，儉為共德。許由推讓，豈有訟曲？兼愛尚同，疏者為戚。」《善哉行》

其一云：「古公亶甫，積德垂仁。思弘一道，哲王於豳。太伯仲雍，王德之仁。行施百世，斷髮文身。伯夷叔齊，古之遺賢。讓國不用，餓殂首山。智哉山甫，相彼宣王。何用杜伯，累我聖賢。齊桓之霸，賴得仲父。後任豎刁，蟲流出戶。晏子平仲，積德兼仁。與世沈德，未必思命。仲尼之世，主國為君。隨制飲酒，揚波使官。」「命世之才」的曹操，看來是非常重視吸取歷史教訓的，伯夷在他的施政綱領中，擔當的是「欲以厲俗」的功用。

但在其時的文士，卻不可能有曹操般的灑脫，壓抑在心底的苦悶無法言說，借助伯夷倒成為渲泄的渠道。

孔融（153～208），字文舉。曹操遷獻帝都許昌，徵孔融為將作大匠，遷少府。孔融乃性情中人，曹操攻屠鄴城，袁氏婦子多見侵略，而操子丕私納袁熙妻甄氏。融乃與操書，稱「武王伐紂，以妲己賜周公」。操不悟，後問出何經典。對曰：「以今度之，想當然耳。」時年饑兵興，操表製酒禁，融頻書爭之，多侮慢之辭。既見操雄詐漸著，數不能堪，故發辭偏宕，多致乖忤，終為曹操所忌，枉狀構罪，下獄棄市。孔融《雜詩》云：「岩岩鍾山首，赫赫炎天路。主明曜雲門，遠景灼寒素。昂昂累世士，結根在所固。呂望老匹夫，苟為因世故。管仲小囚臣，獨能建功祚。人生有何常，但恐年歲暮。幸托不肖軀，且當猛虎步。安能苦一身，與世同舉厝。由不慎小節，庸夫笑我度。呂望尚不希，夷齊何足慕。」（《古文苑》四、《廣文選》十五、《詩紀》三並作孔融雜詩，《文選》注三十四、四十三、四十四、五十八李善數引皆作李陵詩）「呂望尚不希，夷齊何足慕」云云，恰到好處地道出了孔融「負其高氣，志在靖難，而才疏意廣，迄無成功」（《後漢書》本傳）的緣由。

阮瑀之子阮籍（210～263），字嗣宗，本有濟世志，屬魏晉之際，天下多故，名士少有全者，籍由是不與世事，遂酣飲為常。阮籍《詠懷詩十三首》之十一云：「我徂北林，遊彼河濱。仰攀瑤幹，俯視素綸。隱鳳棲翼，潛龍躍鱗。幽光韜影，體化應神。君子邁德，處約思純。貨殖招譏，簞瓢稱仁。夷叔采薇，清高遠震。齊景千駟，為此埃塵。嗟爾後進，茂茲人倫。華門圭竇，謂之道真。」《詠懷詩八十二首》之九云：「步出上東門，北望首陽岑。下有采薇士，上有嘉樹林。良辰在何許？凝霜霑衣襟。寒風振山岡，玄雲起重陰。鳴雁飛南征，鶗鴂發哀音。素質遊商聲，悽愴傷我心。」號稱發言玄遠、口不臧否人物的阮籍，通過「夷叔采薇，清高遠震。齊景千駟，為此埃塵」，表達出他對現實世界的真實態度以及對「義不食周粟」的伯夷、叔齊的無限敬仰，並

排遣那深藏於內心的苦悶。

左思（約250～305），字太沖，貌醜口訥，不好交遊，然辭藻壯麗，構思十年作成《三都賦》，豪貴之家競相傳寫，洛陽為之紙貴。其妹被選入宮，任秘書郎。秘書監賈謐請講漢書，謐誅，退居宜春裏，專意典籍。齊王冏命為記室督，辭疾不就。及張方縱暴都邑，舉家適冀州。數歲，以疾終。其《招隱詩二首》其二云：「經始東山廬，果下自成榛。前有寒泉井，聊可瑩心神。峭蒨青蔥間，竹柏得其真。弱葉棲霜雪，飛榮流餘津。爵服無常玩，好惡有屈伸。結綬生纏牽，彈冠去埃塵。惠連非吾屈，首陽非吾仁。相與觀所尚，逍遙撰良辰。」「惠連非吾屈，首陽非吾仁」一句，反映了左思的獨特見解，他認為柳下惠、少連不能算「降志辱身」，伯夷、叔齊也不一定就「求仁而得仁」，還是「相與觀所尚，逍遙撰良辰」，各崇所尚，各隨其適為是。晉又有王康琚者，爵里未詳。其《反招隱詩》云：「小隱隱陵藪，大隱隱朝市。伯夷竄首陽，老聃伏柱史。昔在太平時，亦有巢居子。今雖盛明世，能無中林士？」與左思唱的是反調。

稍後則有郭璞（276～324），字景純，西晉末避地東南，丹陽太守王導引為參軍，晉元帝時任著作佐郎，遷尚書郎，後任大將軍王敦的記室參軍。璞好經術，博學有高才，而訥於言論，詞賦為中興之冠。《遊仙詩十九首》其一：「京華遊俠窟，山林隱遯棲。朱門何足榮，未若託蓬萊。臨源挹清波，陵岡掇丹荑。靈溪可潛盤，安事登雲梯。漆園有傲吏，萊氏有逸妻。進則保龍見，退為觸藩羝。高蹈風塵下，長揖謝夷齊。」郭璞的「遊仙」，實際上就是隱逸，無非將自我的坎壈之懷借遊仙獲得渲泄。可惜的是，他縱然認識到「朱門何足榮，未若託蓬萊」，在行動上卻仍然依違在王敦、溫嶠、庾亮等權貴之間，終因勸阻王敦圖逆，被害身亡。善筮的郭璞能預見自己「命盡今日日中」，又預知行刑必在南岡頭雙柏樹下，卻未能夠及早實踐「高蹈風塵下，長揖謝夷齊」，真是一大悲劇也。

陶淵明（365～427）倒是真正的隱士了，但對世事實未嘗忘情。他讀《史記》有所感而作的《讀史述九章》，首篇就是《夷齊贊》：「二子讓國，相將海隅。天人革命，絕景窮居。采薇高歌，慨想黃虞。貞風凌俗，爰感懦夫。」《韻語陽秋》卷五評價曰：「由是觀之，則淵明委身窮巷，甘黔婁之貧而不自悔。」清黃承吉說：「雖陶彭澤亦夷、惠、老、莊之列也。」（《夢陔堂文集》卷三《與梅蘊生書》）都是說得對的。正因為隱逸們將夷齊視為同道，他們在

訴說出與處的內心矛盾時，就自然地想起了伯夷，並賦予自己的詩作以雋永的意味。

當然，統治階層中人亦有吟詠伯夷的充分空間。如吳隱之（？～413）是晉代的著名清官，雖居清顯，然祿賜皆班親族，勤苦同於貧庶。廣州前後刺史皆多贓貨，朝廷欲革嶺南之弊，以隱之為龍驤將軍、廣州刺史。未至州二十里，地名石門，有水曰貪泉，飲者懷無厭之欲。隱之乃酌而飲之，因賦詩曰：「古人云此水，一歃懷千金。試使夷齊飲，終當不易心。」及在州，清操踰厲，常食不過菜及乾魚而已，帷帳器服皆付外庫，時人頗謂其矯，然亦終始不易。元興初詔曰：「清節踰乎風霜，實立人之所難。」吳隱之相信只要堅守伯夷的節操，在任何環境下都不會易心的。

（二）

入盛唐以後，詠伯夷之作呈現出了新的風景，李白（701～762）是最可注意的歌者。李白對夷齊無疑是崇敬的，《古風》第三十六有句云：「魯連及夷齊，可以躡清芬。」但從「古來聖賢皆寂寞，惟有飲者留其名」的信念出發，他對夷齊卻並沒有取頂禮膜拜的態度。《月下獨酌》其四云：「窮愁千萬端，美酒三百杯。愁多酒雖少，酒傾愁不來。所以知酒聖，酒酣心自開。辭粟臥首陽（一作餓伯夷），屢空饑顏回。當代不樂飲，虛名安用哉。蟹螯即金液，糟丘是蓬萊。且須飲美酒，乘月醉高臺。」這道佳作與「人生得意須盡歡，莫使金樽空對月」（《將進酒》）一脈相承，深沉地道出對人生短促的感歎。《雜曲歌辭・少年子》鉤畫了一位「青雲少年子」的影像：「鞍馬四邊開，突如流星過。金丸落飛鳥，夜入瓊樓臥。」這位「挾彈章臺左」的時尚少年，居然提出「夷齊是何人，獨守西山餓」的疑問，是令人驚詫的；《梁園吟》更公然坦言：「持鹽把酒但飲之，莫學夷齊事高潔。昔人豪貴信陵君，今人耕種信陵墳。」充分展示了他藐視傳統、無所顧忌的內心世界。

最奇特的是《笑歌行》：

> 笑矣乎，笑矣乎。君不見曲如鉤，古人知爾封公侯；君不見直
> 如弦，古人知爾死道邊。張儀所以只掉三寸舌，蘇秦所以不墾二頃
> 田。笑矣乎，笑矣乎。君不見滄浪老人歌一曲，還道滄浪濯吾足。
> 平生不解謀此身，虛作《離騷》遣人讀。笑矣乎，笑矣乎。趙有豫
> 讓楚屈平，賣身買得千年名。巢由洗耳有何益，夷齊餓死終無成。
> 君愛身後名，我愛眼前酒。飲酒眼前樂，虛名何處有！男兒窮通當

有時，曲腰向君君不知。猛虎不看機上肉，洪爐不鑄囊中錐。笑矣乎，笑矣乎。甯武子，朱買臣，叩角行歌皆負薪。今日逢君君不識，豈得不佯狂人。

蘇軾以為：「太白集中有《悲來乎》、《笑矣乎》及《贈懷素草書》數詩，決非太白作，蓋唐末五代間貫休、齊己輩詩也。余舊在富陽見國清院太白詩，絕凡近。過彭澤唐興院又見，亦非是。良由太白豪俊，語不甚擇，集中往往有臨時率然之句，故便妄庸敢爾。」朱諫《李詩辯疑》卷下云：「按《笑歌行》、《悲歌行》二詩，辭意格調如出一手，言無倫次，情多反覆，怨語切切，欲心逐逐。初則若薄於功名富貴者，末則眷戀流涎，而躁急忮害之不已，是則為可怪也。以之疑謫仙，謫仙豈若是之淺陋乎？……今《笑歌》、《悲歌》二行，較於《草書歌》、《東山吟》、《僧伽吟》、《白雲歌》、《金陵歌》諸篇，又是一等粗劣者，恐貫休輩亦不若是之甚也。」沈德潛《唐詩別裁集》卷六云：「太白七古想落天外，局自變生；大江無風，波浪自湧；白雲從容，隨風變滅；此殆天授，非人可及。集中如《笑矣乎》、《悲來乎》、《懷素草書歌》等作皆五代凡庸子所擬，後人無識，將此種入選。嗷訾者指太白為粗淺人作俑矣。讀李詩者於雄快之中得其深遠宕逸之神，才是謫仙人面目。」今人安旗、薛天緯《李白年譜》則辯駁云：「此不察李白作二詩時境況故也。夫李白於病篤之時，以精神失常之人，焉能好整以暇，為飄逸之辭乎？《笑歌行》多反語，《悲歌行》多絕望語，皆至怨至悲至痛之辭也。詩為心聲，若無至怨至悲至痛之身世，其何能至此！至於『言無倫次，情多反覆……』則正與此時之精神狀態相符。」按此詩宋刊本《李太白文集》和宋郭茂倩《樂府詩集》均定為李白作，當有所據。《笑歌行》首引後漢「直如弦，死道邊；曲如鉤，反封侯」的童謠，表達對是非顛倒的現實的憤激，以為「趙有豫讓楚屈平，賣身買得千年名。巢由洗耳有何益，夷齊餓死終無成」，公然宣稱：「君愛身後名，我愛眼前酒。飲酒眼前樂，虛名何處有！」完全是李白獨特個性的真切流露，只是在他筆下，伯夷輩不過是聖賢的符號，對於其中的內涵卻並沒有深加斟酌。

與李白同時代的吳筠（？～778），字貞節，性高潔，不隨流俗，考進士落第，乃入嵩山學道，師事著名道士潘師正。他的《高士詠‧伯夷叔齊》云：「夷齊互崇讓，棄國從所欽。聿來及宗周，乃復非其心。世濁不可處，冰清首陽岑。采薇詠羲農，高義越古今。」則是一首純正的伯夷頌。

儲光羲（約706～約763）為開元十四年（726）進士，仕宦不得意，隱

居終南山別業，後復出山任太祝，遷監察御史。安史亂起，叛軍攻陷長安，迫受偽職，後脫身歸朝，貶死嶺南。其《上長史王公責躬》中云：「覆舟無伯夷，覆車無仲尼。自咎失明義，寧由貝錦詩。松柏日已堅，桃李日以滋。顧己獨暗昧，所居成蒺藜。大賢薦時文，醜婦用蛾眉。惕惕愧不已，豈敢論其私。方朔既有言，子建亦有詩。惻隱及先世，析薪成自悲。靈鳥酬德輝，黃雀報仁慈。若公庶伏罪，此事安能遲。」引伯夷以自責，別成一格。

滿懷報國壯志的岑參（約715～770），經歷與儲光羲不同。安史亂起，東歸勤王，累官右闕，論斥佞，改起居郎，尋出為虢州長史，復入為太子中允。代宗總戎陝服，委以書奏之任，由庫部郎出刺嘉州。其《東歸晚次潼關懷古》云：「暮春別鄉樹，晚景低津樓。伯夷在首陽，欲往無輕舟。遂登關城望，下見洪河流。自從巨靈開，流血千萬秋。行行潘生賦，赫赫曹公謀。川上多往事，淒涼滿空洲。」《送薛弁歸河東》云：「薛侯故鄉處，五老峰西頭。歸路秦樹滅，到鄉河水流。看君馬首去，滿耳蟬聲愁。獻賦今未售，讀書凡幾秋。應過伯夷廟，為上關城樓。樓上能相憶，西南指雍州。」在這些詩作中，伯夷不過是淡淡的一抹，體現了岑詩辭意清切，迥拔孤秀的特點。

孟郊（751～814）無所遇合，四十六歲始登進士第，貞元十七年（801）任溧陽尉。有《罪松》云：「雖為青松姿，霜風何所宜。二月天下樹，綠於青松枝。勿謂賢者喻，勿謂愚者規。伊呂代封爵，夷齊終身饑。彼曲既在斯，我正實在茲。涇流合渭流，清濁各自持。天令設四時，榮衰有常期。榮合隨時榮，衰合隨時衰。天令既不從，甚不敬天時。松乃不臣木，青青獨何為。」不乏「矯激」、「清奇僻苦」之韻味。盧仝（約796～835），初隱少室山，自號玉川子，有《揚州送伯齡過江》：「伯齡不厭山，山不養伯齡。松顛有樵墮，石上無禾生。不忍六尺軀，遂作東南行。諸侯盡食肉，壯氣吞八紘。不唧溜鈍漢，何由通姓名。夷齊餓死日，武王稱聖明。節義士枉死，何異鴻毛輕。努力事干謁，我心終不平。」借伯夷唱出了內心的苦悶。

李頎（？～757？），開元二十三年（735）登進士第，一度任新鄉縣尉，不久去官。後隱居嵩山、少室山一帶，有時來往於洛陽、長安之間。他的《登首陽山謁夷齊廟》云：「古人已不見，喬木竟誰過。寂寞首陽山，白雲空復多。蒼苔歸地骨，皓首采薇歌。畢命無怨色，成仁其若何。我來入遺廟，時候微清和。落日弔山鬼，回風吹女蘿。」大曆十才子之一的盧綸（？～798），有《題伯夷廟》：「中條山下黃磝石，壘作夷齊廟裏神。落葉滿階塵滿座，不知澆酒

為何人。」這兩首題廟詩，寫出了因感歎世人冷落伯夷而無限悽愴之情。

元稹（779～831）的《陽城驛》，活用了伯夷的典故。陽城（736～805），字亢宗，《舊唐書》列入隱逸傳，《新唐書》則列入卓行傳，都有各自相當的理由。他先是隱於中條山，遠近慕其德行，多從之學，閭里有爭訟，不詣官而詣城決之。後李泌聞其名，薦為著作郎，陽城衣褐赴京，上章辭讓。德宗遣中官持章服衣之而後詔，尋遷諫議大夫。時裴延齡、李齊運等以姦佞相次進用，誣譖時宰，毀詆大臣，陸贄等咸遭枉黜，無敢救者。城乃伏閣上疏，論贄等無罪。後竟以陽城黨罪人，出為道州刺史。元稹的《陽城驛》就是吟詠陽城的詩篇。白居易後來有《和〈陽城驛〉》，介紹了此詩的寫作背景：「商山陽城驛，中有歎者誰？云是元監察，江陵謫去時。忽見此驛名，良久涕欲垂。」元稹讚美陽城的德行、政績與氣節，又言及左遷道州炎瘴地的命運。詩中說到陽城出山的經過：「天子得聞之，書下再三求。書中願一見，不異旱地虬。何以持為聘，束帛藉琳球。何以持為御，駟馬駕安輈。公方伯夷操，事殷不事周。我實唐士庶，食唐之田疇。我聞天子憶，安敢專自由。來為諫大夫，朝夕侍冕旒。」對陽城內心「出」與「處」的矛盾，表述得是很到位的。

「新樂府」始於李紳的《樂府新題》，元稹覺其「雅有所謂，不虛為文」，遂作《和李校書新題樂府十二首》，其中有題曰《立部伎》。《新唐書·禮樂志》云：「太宗貞觀中，始造宴樂。其後又分為立坐二部，堂下立奏謂之立部伎，堂上坐奏謂之坐部伎。」白居易亦有《立部伎》詩云：「太常部伎有等級，堂上坐者堂下立。堂上坐部笙歌清，堂下立部鼓笛鳴。笙歌一聲眾側耳，鼓笛萬曲無人聽。」借這種「立部賤、坐部貴」等級制度，以譏刺宮廷雅樂的衰落。元稹卻從個中聽出了世運的陵替，詩云：「宋沈嘗傳天寶季，法曲胡音忽相和。明年十月燕寇來，九廟千門虜塵涴。我聞此語歎復泣，古來邪正將誰奈。奸聲入耳佞入心，侏儒飽飯夷齊餓。」按太常丞宋沈，嘗傳漢中王舊說曰：「玄宗雖雅好度曲，然未嘗使蕃漢雜奏。天寶十三載，始詔道調法曲，與胡部新聲合作，識者深異之。明年冬而安祿山反。」元稹藉此發抒由於邪正顛倒，遂使侏儒飽飯而夷齊挨餓。元稹的《有鳥二十章》則是一組詠物詩，其一云：「有鳥有鳥群雀兒，中庭啄粟籬上飛。秋鷹欺小嫌不食，鳳凰容眾從爾隨。大鵬忽起遮白日，餘風簸蕩山嶽移。翩翻百萬徒驚噪，扶搖勢遠何由知。古來妄說銜花報，縱解銜花何所為。可惜官倉無限粟，伯夷餓死黃口肥。」以伯夷與黃口雀兒一餓一肥相對照，辛辣地諷刺貪官的醜惡與卑鄙，充分體現

了「新樂府」反映社會問題，針砭政治弊端的批判精神。

白居易（772～846）對伯夷與陶淵明都有很深的體認。《效陶潛體詩十六首》寫道：「太公戰牧野，伯夷餓首陽。同時號賢聖，進退不相妨。」道出自己對「同時號賢聖」的姜尚與伯夷的歷史評價。在《訪陶公舊宅》中，還將陶淵明與伯夷聯繫起來：「垢塵不污玉，靈鳳不啄膻。嗚呼陶靖節，生彼晉宋間。心實有所守，口終不能言。永惟孤竹子，拂衣首陽山。夷齊各一身，窮餓未為難。先生有五男，與之同飢寒。腸中食不充，身上衣不完。連征竟不起，斯可謂真賢。我生君之後，相去五百年。每讀五柳傳，目想心拳拳。昔常詠遺風，著為十六篇。今來訪故宅，森若君在前。」真可謂陶淵明的知己。

白居易常自覺地將一己的境遇與伯夷進行對比。寫於四十七歲的《雜曲歌辭‧浩歌行》云：「顏回短命伯夷餓，我今所得亦已多。」寫於官休病退的《履道西門》云：「夷齊黃綺誇芝蕨，比我盤飧恐不如。」更說得透徹的是《題座隅》：「幸因筆硯功，得升仕進途。歷官凡五六，祿俸及妻孥。左右有兼僕，出入有單車。自奉雖不厚，亦不至饑劬。若有人及此，傍觀為何如。雖賢亦為幸，況我鄙且愚。伯夷古賢人，魯山亦其徒。時哉無奈何，俱化為餓殍。念彼益自愧，不敢忘斯須。平生榮利心，破滅無遺餘。猶恐塵妄起，題此於座隅。」而《首夏》則自慰道：「食飽慚伯夷，酒足愧淵明。壽倍顏氏子，富百黔婁生。有一即為樂，況吾四者並。所以私自慰，雖老有心情。」這種知足常樂的心態，是從正是從反觀伯夷的遭際而萌發的。

晚唐詩人對於伯夷的態度，又有所變化。于濆，字子漪，咸通二年（861）進士，終泗州判官。其《古征戰》云：「高峰凌青冥，深穴萬丈坑。皇天自山谷，焉得人心平。齊魯足兵甲，燕趙多娉婷。仍聞麗水中，日日黃金生。苟非夷齊心，豈得無戰爭。」又有胡曾（839～？），號秋田，少負才譽，文藻煜然，咸通間為西川節度使高駢從事，他的《詠史詩》是一本廣為流傳的啟蒙讀物。《詠史詩‧首陽山》云：「孤竹夷齊恥戰爭，望塵遮道請休兵。首陽山倒為平地，應始無人說姓名。」都對因社會不平而導致的戰爭進行了譴責，希望大家都懷有夷齊之心，來維護人民生活的寧靜與和平。

另一位《詠史詩》的作者周曇，唐末守國子直講，對於伯夷的看法卻與眾不同。《三代門‧夷齊》云：「讓國由衷義亦乖，不知天命匹夫才。將除暴虐誠能阻，何異崎嶇助紂來。」他既不贊成伯夷的讓國，更不贊成伯夷的諫阻武王，甚至還扣上了「助紂」的大帽子。

皮日休（834至839～902後），咸通八年（867）登進士第，十年為蘇州刺史從事，其後入為太常博士，出為毗陵副使。黃巢入長安稱帝，皮日休任翰林學士。他的結局或說為巢所殺，或說巢兵敗後為唐所殺，或說後至浙江依錢鏐，或說流寓宿州以終。皮日休有《七愛詩》，其中一愛詠的就是元魯山（德秀）。按元德秀（696～754），字紫芝，開元二十一年登進士第。性純樸，事母以孝聞。家貧無以為禮，求為魯山令，有惠政。秩滿，南遊陸渾，見佳山水，杳然有長往之志，乃結廬山阿。歲屬饑歉，庖廚不爨，而彈琴讀書，怡然自得。卒後，士大夫高其行，謂之元魯山。皮日休詩云：「吾愛元紫芝，清介如伯夷。辇母遠之官，宰邑無玷疵。三年魯山民，豐稔不暫饑。三年魯山吏，清慎各自持。只飲魯山泉，只採魯山薇。一室冰檗苦，四遠聲光飛。退歸舊隱來，斗酒入茅茨。雞黍匪家畜，琴尊常自怡。盡日一菜食，窮年一布衣。清似匣中鏡，直如琴上絲。世無用賢人，青山生白髭。既臥黔婁衾，空立陳寔碑。吾無魯山道，空有魯山辭。所恨不相識，援毫空涕垂。」一位有伯夷之風的高士形象，躍然紙上。

徐寅，字昭夢，莆田人，登唐昭宗乾寧（894～898）進士第，授秘書省正字。往依王審知，禮待簡略，遂拂衣去，歸隱延壽溪。他的《逐臭蒼蠅》云：「逐臭蒼蠅豈有為，清蟬吟露最高奇。多藏苟得何名富，飽食嗟來未勝饑。窮寂不妨延壽考，貪狂總待算毫釐。首陽山翠千年在，好奠冰壺弔伯夷。」《聞司空侍郎訃音》云：「園綺生雖逢漢室，巢由死不謁堯階。夫君歿去何人葬，合取夷齊隱處埋。」將自己雖處季世而清高自重的傲骨，表露得淋漓盡致，而他的精神支柱，就是伯夷。

北宋有關伯夷的詩詞，多取來作一般性話題。如王安石的《讀墨》是批判墨家的，也涉及到伯夷：「伯夷不辱身，柳下援而止。孔子尚有言，我則異於是。」他還順帶批評了韓愈：「退之嘲魯連，顧未知之耳。如何蔽於斯，獨有見於彼。」「退之醇孟軻，而駁荀楊氏。至其趣舍間，亦又蔽於己。」基本上沒有多少詩味。蘇軾的《薄薄酒》是遊戲之作，其云「夷齊盜跖俱亡羊，不如眼前一醉是非憂樂都兩忘」，不過「聊以發覽者之一噱云耳」；《蒜山松林中可卜居余欲僦其地地屬金山故作此詩與金山元長老》同樣表現了詩人藐視虛名的豁達心緒，「東方先生好自譽，伯夷子路並為一。杜陵布衣老且愚，信口自比契與稷」，皆為他所不取。《和貧士詩》則云：「夷齊恥周粟，高歌誦虞軒。祿產彼何人，能致綺與園。古來避世士，死灰或餘煙。末路益可羞，朱墨手自

研。淵明初亦仕，絃歌本誠言，不樂乃徑歸，視世嗟獨賢。」言夷齊自信其去，雖武王、周、召不能挽之使留（《詩人玉屑》），是對夷齊、淵明式的真隱士的頌美。

「蘇門四學士」之一的黃庭堅（1045～1105），則對伯夷情有獨鍾。《荊南簽判向和卿用予六言見惠次韻奉酬》云：「覓句真成小技，知音定須絕弦。景公有馬千駟，伯夷垂名萬年。」是孔子言說的詩化。《傷歌行》則讚美：「伯夷不食周武粟，程嬰可託趙氏孤。」黃庭堅喜歡用伯夷來比喻竹子，《筇竹杖贊》云：「厲廉隅而不劌，故竊比於彭耽之壽。屈曲而有直體，能獨立於雪霜之後。伯夷食薇而清，陳仲咽李而瘦。」《寄題榮州祖元大師此君軒》云：「當時手栽數寸碧，聲挾風雨今連雲。此君傾蓋如故舊，骨相奇怪清且秀。程嬰杵臼立孤難，伯夷叔齊采薇瘦。霜鐘堂上弄秋月，微風入弦此君悅。」以彭耽、程嬰、杵臼、伯夷、叔齊等志士仁人喻竹子之壽之清之瘦之秀，可謂獨出機杼。

辛棄疾（1140～1207）是山東歷城人，出生時故鄉已為金兵所佔，故力圖恢復國家統一，但他所提出的抗金建議均未被採納，長期落職閒居於江西上饒、鉛山一帶。在他傾注愛國之情的詞作中，伯夷話題卻成了另一番心境的寄託。《鷓鴣天·有感》云：「出處從來自不齊，後車方載太公歸；誰知孤竹夷齊子，正向空山賦采薇（一本作「誰知寂寞空山裏，卻有高人賦采薇」）。黃菊嫩，晚香枝，一般同是採花時。蜂兒辛苦多官府，蝴蝶花間自在飛。」在他筆下，夷齊成了有高度政治責任感的象徵，「誰知孤竹夷齊子，正向空山賦采薇」，恰是他此時心緒的寫照。《玉樓春·樂令謂衛玠：「人未嘗夢搗虀餐鐵杵、乘車入鼠穴。」以謂世無是事故也。余謂世無是事而有是理，樂所謂無，猶之有也。戲作數語以明之》云：「有無一理誰差別，樂令區區渾未達。事言無處未嘗無，試把所無憑理說。伯夷饞採西山蕨，何異搗虀餐杵鐵。仲尼去衛又之陳，此是乘車穿鼠穴。」則是對世事是非顛倒的慨歎。

洪适（1117～1184）的父親，是被丁耀亢稱為「有十三年不奪之節」、「出處有道，患難不移」的洪皓。他紹興十二年（1142）舉博學宏詞科，曾官尚書右僕射、同中書門下平章事兼樞密使，罷為觀文殿大學士，乞休歸。其《番禺調笑·貪泉》云：「桃榔色暗芭蕉繁，中有貪泉湧石門。一杯便使人心改，屬意金珠萬事昏。晉時賢牧夷齊比，酌水題詩心轉厲。只今方伯擅真清，日日取泉供飲器。」貪泉在廣州西北石門，據說歷代貪官污吏，都曾飲過「貪泉」

之水。「晉時賢牧」指吳隱（？～413）。安帝時任廣州刺史，為考察貪泉與此地多貪官的關係，特意到「貪泉」酌而飲之，並當即賦詩一首：「古人云此水，一歃懷千金。試使夷齊飲，終當不易心。」伯夷叔齊連君主寶座都不動心思，他們的情志自然是清廉的。

　　許多南宋詞人，愛將伯夷的高尚品格與自然界美好事物相聯繫。如汪莘（1155～？），早年屏居黃山，嘉定中三次詣闕上封事，均未果。後築室於柳溪，自號方壺居士，布衣而終。其《西江月·賦紅白二梅》云：「紅白雖分兩色，清香總是梅花。早春風日野人家，相對伯夷柳下。愛影拈將燈取，惜香放下簾遮。長安如夢只堪嗟，樂此應須賢者。」劉克莊（1187～1269）為人正直，為當時學者所敬仰。其《沁園春·夢中作梅詞》云：「天造梅花，有許孤高，有許芬芳。似湘娥凝望，斂君山黛，明妃遠嫁，作漢宮妝。冷豔誰知，素標難褻，又似夷齊餓首陽。幽雅意，縱寫之縑楮，未得毫芒。曾經諸老平章。只一個孤山說影香。便詔書存問，漫招處士，節旄落盡，早屈中郎。日暮天寒，山空月墮，茅舍清於白玉堂。寧淡殺，不敢憑羌笛，告訴淒涼。」陳紀（1254～1315），咸淳九年（1271）鄉貢，官至通直郎。宋亡不仕，隱於家，以詩賦自娛。其《念奴嬌·梅花》云：「斷橋流水，見橫斜清淺，一枝孤嫋。清氣乾坤能有幾，都被梅花佔了。玉質生香，冰肌不粟，韻在霜天曉。林間姑射，高情迥出塵表。除是孤竹夷齊，商山四皓，與爾方同調。世上紛紛巡簷者，爾輩何堪一笑。風雨尤愁，年來何遜，孤負渠多少。參橫月落，有懷付與青鳥。」他們或以夷齊比擬梅花，或稱賞夷齊與梅花同調，與黃庭堅之意緒一脈相承。

　　趙以夫（1189～1256），嘉定十年（1217）進士，歷知邵武軍、漳州，皆有治績。後拜同知樞密院事，尋加資政殿學士，進吏部尚書兼侍讀，詔與劉克莊同修國史，編類仁宗、高宗《兩朝定儲本末》。其《賀新郎·芝山堂下蘭開雙花，瓣外環兩心中並，有同人之義焉。瑞蓮嘉禾，歌頌多矣，此獨創見，小詞紀之》云：「草色庭前綠。掩重門、國香伴我，畫簾幽獨。無奈薰風吹綠綺，閒理離騷舊曲。覺鼻觀、微聞清馥。可是花神嫌冷淡，碧叢中、炯炯駢雙玉。相對久，各歡足。冰姿帶露如新沐。想當年、夷齊二子，獨清孤竹。千古英雄塵土盡，凜凜西山雲木。總付與、一樽醽醁。學得漢宮嬌姊妹，便承恩、貯向黃金屋。終不似，在空谷。」由「有同人之義」的雙開蘭花，想起了當年獨清孤竹的夷齊二子，歸結為「千古英雄塵土盡」，「終不似，在空谷」，給人

以惆悵之感。戴復古（1167～？），一生不仕，浪遊江湖，其《白紵歌》云：
「雪為緯，玉為經。一織三滌手，織成一片冰。清如夷，可以為衣，陟彼西
山，於以采薇。」以伯夷比喻「雪為緯，玉為經」的白紵之清，亦可謂發前人
所未發。

金代元好問（1190～1257），有《箕山》詩云：「幽林轉陰崖，鳥道人跡
絕。許君棲隱地，唯有太古雪。人間黃屋貴，物外只自潔。尚厭一瓢喧，重負
寧所屑，降衷均義稟，汩利忘智決。得隴又望蜀，有齊安用薛？干戈幾蠻觸，
宇宙日流血。魯連蹈東海，夷齊采薇蕨。至今陽城山，衡華兩丘垤。古人不可
作，百念肝肺熱。浩歌北風前，悠悠送孤月。」

（三）

進入元代以後，由於種種因素的制約，士子逐漸喪失固有的獨立品格，
遂使以伯夷為題的作品，起了若干令人著目的變化。

元代關漢卿，有《雙調喬牌兒·無題》套數，將元代士人惟恐「金雞觸禍
機」，因而採取「展放愁眉，休爭閒氣」、唯求「貴自適」的人生態度表現得入
木三分。結末【歇拍煞】號召「急流勇退尋歸計」：「采蕨薇，洗是非，夷齊
等，巢由輩。這兩個誰人似得？松菊晉陶潛，江湖越范蠡。」對伯夷、叔齊的
形象進行了改造，認為他們也是非感淡漠了的陶潛和范蠡式的人物。

安熙（1270～1311），字敬仲，號默庵，真定槁城人。熙遭時承平，不屑
仕進，家居教授垂數十年，四方之來學者，多所成就。默庵樂府《石州慢·寄
題龍首峰》云：「龍蟠虎踞，朝楚暮秦，世路艱塞。夕陽淡淡餘暉，閶闔九重
天遠。千秋萬古，先天消長圖深，何人解識興亡本。夜鶴渺翩翩，盡平林鴉
滿。蕭散。不須黃鶴，遺書不用，洪崖相挽。蒼狗浮雲，平日慣開青眼。擬將
書劍，西山采蕨食薇，自應不屬春風管。只恐汝山靈，怪先生來晚。」喬吉
（1280～1345），字夢符，太原人，一生窮愁潦倒，寄情詩酒，自稱「不應舉
江湖狀無，不思凡風月神仙」（《自述》），多嘯傲山水和青樓調笑之作。《雙調
殿前歡·裏西瑛號懶雲窩自敘有作奉和》，奉和阿里西瑛《殿前歡》而作。阿
里西瑛，原名木八剌，善作曲，晚年在松江九峰間十二年，稱居室為「懶雲
窩」。阿里西瑛的原作也好，喬吉的奉和也好，都突出了元代士人「醒時詩酒
醉時歌」的放蕩生活，喬吉則有句云：「懶雲窩，雲邊日月盡如梭。槐根夢覺
興亡破，依舊南柯。休聽寧戚歌，學會陳摶臥，不管伯夷餓。無何浩飲，浩飲
無何。」他之所以要這樣做，為的是能在「懶雲窩裏避風波」，「無榮無辱無災

禍，盡我婆娑」。

張可久（1280？～1348），字小山，慶元人。曾任典史等小吏，仕途上不很得意。平生好遨遊，足跡遍江南各地。晚年居杭州。有《功堤漁唱》、《小山北曲聯樂府》等散曲集。今存小令八百多首，內容以表現閒逸情懷為主。《中呂朝天子·湖上》：「瘦杯，玉醅，夢冷蘆花被。風清月白總相宜，樂在其中矣。壽過顏回，飽似伯夷，閒如越范蠡。問誰是非，且向西湖醉。」同樣是不問是非的閒逸情懷的流露。

汪元亨，字協貞，號雲林，別號臨川佚老，饒州人。至正間出仕浙江省掾，後徙居常熟。散曲今存《小隱餘音》。他生當元末亂世，多吟詠歸田隱逸之作。內中最出色是《中呂朝天子·歸隱》和《雙調折桂令·歸隱》。前者說他看透了「珠履三千，金釵十二，朝承恩暮賜死」的榮華夢，「慕夷齊首陽，歎韓彭未央」，故「來商山紫芝，理桐江釣絲，畢罷了功名事」；後者則說：「賦歸來淺種深耕，任兔走烏飛，虎鬥龍爭。梅出脫林逋，菊支撐陶令，魚成就嚴陵。崔烈富一生銅臭，伯夷貧千古清聲。山可逃名，水可濯纓，用捨何難，去就皆輕。」既表現了對黑暗現實的憎惡，又道出了隱居生涯的快樂。

吳仁卿，名弘道，號克齋，金臺蒲陰。曾官檢校緣史、知縣，約在至順元年（1330）前以府判致仕。其《越調鬥鵪鶉·自悟》云：「棄職休官，張良范蠡。釋辭了紫綬金章，待看青山綠山。跳出狼虎叢中，不入麒麟畫裏。」又道：「邦有道則仕，邦無道則廢，齊魏裏使煞個孫龐，殷商中餓殺了夷齊。」真有點自悟的味道。

摧折了士人個性的明代，與伯夷相關的詩文無多，可觀者有胡纘宗（1480～1560）的《首陽吟》。纘宗，字孝思，號可泉、鳥鼠山人，秦州秦安縣人。二十九歲中進士，授翰林院檢討，歷任安慶、蘇州知府、山西、山東布政使司左參政、山東、河南右副都御史、巡撫。他巡遊至首陽，為詩云：「青青首陽草，白白首陽心。豈不惡濁亂，至潔亦可侵。伐商縱有詞，輾轉自不禁。長揖謝尚父，洗耳商山陰。周粟亦可食，商祀嗟誰歆？是以竟餓死，清風留古今。」對於伯夷的品格作了全面的讚揚。

離經叛道的李贄（1527～1602）以為，漢代以下「咸以孔子之是非為是非，故未嘗有是非爾」（《藏書·世紀列傳總目前論》），他在《自贊》中以調侃的筆調寫道：「其性褊急，其色矜高，其詞鄙俗，其心狂癡，其行率易，其交

寡而面見親熱。其與人也，好求其過，而不悅其所長；其惡人也，既絕其人，又終身欲害其人。志在溫飽，而自謂伯夷叔齊；質本齊人，而自謂飽道飫德。分明一介不與，而以有莘藉口；分明毫毛不拔，而謂楊朱賊仁。動與物迕，口與心違。其人如此，鄉人皆惡之矣。」與其說是他的自我寫照，不如說是對於世俗的嘲諷。

「天崩地解」的明清鼎革，本是吟詠伯夷的最好題目，但由於傳播環境的極度惡劣，使這方面作品很少得到保存，只能從後人的追憶中窺見一二。

邢昉（1590～1653）字孟貞，一字石湖，江蘇高淳人。明諸生，復社成員。入清，棄舉子業，築室石臼湖濱以自隱。王士禎《漁洋詩話》謂：「新安吳兆非熊、程嘉燧孟陽二君之後，當以石湖邢昉為第一人。」邢昉生當明清之際，對戰亂造成的流離失所有切身體驗。《廣陵行》控訴清兵殘暴道：「馬頭滾滾向揚州，史相堂堂坐敵樓。外援四絕誓死守，十日城破非人謀。揚州白日聞鬼嘯，前年半死翻山鷂。此番流血又成川，殺戮不分老與少。城中流血迸城外，十家不得一家在。到此蕭條人轉稀，家家骨肉都狼狽。亂骨紛紛棄草根，黃雲白日晝俱昏。彷彿精靈來此日，椒漿慟哭更招魂。魂魄茫茫復何有？尚有生人來酬酒。九州不肯罷干戈，生人生人將奈何！」基於這種強烈的痛切之感，邢昉對於抗清的民族志士是無限崇敬的，如《哭吳次尾》云：「九死聊將一羽輕，齊山真共首陽名。乾坤此日猶長夜，枉使夷齊號劣生。」吳次尾即吳應箕（1594～1645），號樓山，貴池大演人，復社領袖人物之一。順治二年（1645）五月，揚州失守，史可法殉難。是年閏六月，應箕在家鄉起兵，與徽州金聲義兵聯合抗清，一度占踞貴池、石埭等地。因寡不敵眾，兵敗被擒，十月十七日被殺害於池州城外石灰沖（又稱雞罩山）。邢昉讚頌吳次尾不屈節事清的氣節，使得「齊山」（雞罩山）共首陽山一樣聞名天下。

毛先舒（1620～1688），字稚黃，浙江仁和人。明諸生，明亡不仕。其《孔北海融述志》云：「炎炎當路客，奕奕朱門開。雄雞無三號，冠蓋紛沓來。志士大所營，漂漂窮無依。結根在累世，安能灼餘輝。歷觀古俊民，功成道何微。子牙尚陰謀，管仲器小哉！人生履國步，周道自我夷。猛虎扼其項，何況狐與狸。此身勤君父，安得慕夷齊。曲士矜一節，度外寧所希。寧為白玉碎，不為長伏雌。」沈德潛評曰：「北海目中，直無曹瞞，經營國難，不慕夷齊，其素願然也。寧玉碎而不為瓦全，故卒被禍。擬古詩，須設身處地為之。」

沈欽圻，字得輿，江南長洲人，諸生，贈內閣學士兼禮部侍郎。其《生祠》云：「虎丘七里塘，生祠何累累！榱棟高入雲，丹艧紛陸離。連牆與接牖，屹然豎豐碑。下承以贔屭，上蟠以龍螭。華文表德行，大論抒猷為。某公居官日，曲折行其私。析利如秋秧，忘卻民膏脂。文中頌清節，飲水邁伯夷。某公居官日，斷獄無矜疑。五刑任喜怒，罔恤童與耆。文中頌仁愛，皋陶為士師。周覽諛悅文，一例慚惡辭。舊有遺愛人，行政介且慈。行如打包僧，蕭然去官時。士民走相送，各各涕漣洏。誰為建祠宇，惟留後人思。好官無生祠，墨吏有生祠。好官與墨吏，行人知不知？」沈德潛評曰：「傾吐出之，如白傅《秦中吟》，辭氣風骨，無一不肖。」

伯夷話語，更是對失節之士抨擊的最好形式。褚人獲《堅瓠五集》卷三載：「皇朝初定鼎，諸生有養高行遁者。順治丙戌（1646），再行鄉試，其告病觀望諸生，悉列名與考。滑稽者作詩刺之曰：『聖朝特旨試賢良，一隊夷齊下首陽。家裏安排新雀帽，腹中打點舊文章。當年深自慚周粟，今日幡思吃國糧。非是一朝忽變節，西山薇蕨已精光。』聞者絕倒。」鈕琇（？～1704）在《觚賸·燕觚》中云：「潘稼堂未遇時，常遊京華，與余同主於柯都諫家。柯同鄉鄭文溪，少年善謔，以潘夙有高尚名，口占一絕嘲之，起曰：『夷齊陸續到皇畿，日向朱門乞蕨薇』云云。潘即和韻答曰：『蒲東回首思依依，欲向關西心事違。輸卻櫻桃紅一點，春風重著繡襦歸。』每句隱一事誚鄭。予笑謂：『其詞絕妙，而意極虐。』」潘稼堂，即顧炎武的學生潘耒（1646～1708），康熙十八年（1651），與朱彝尊、李因篤、嚴繩孫皆以布衣試鴻博，授檢討，同修《明史》，在鄭文溪看來，夙有高尚名的潘耒，理應堅守氣節，如今卻不惜屈膝乞活，故要嘲諷他是「向朱門乞蕨薇」的夷齊了。

（四）

早期與伯夷有關的小說多用文言寫成，內容較簡；後來的白話小說，或直接演繹伯夷故事，或借伯夷以為人物議論的題目，形成了五彩繽紛的局面。

《太平廣記》卷一七三《俊辯一》有《東方朔》：

> 漢武帝見畫伯夷、叔齊形象，問東方朔，「是何人？」朔曰：「古之愚夫。」帝曰：「夫伯夷、叔齊，天下廉士，何謂愚邪？」朔對曰：「臣聞賢者居世，與之推移，不凝滯於物。彼何不升其堂、飲其漿，泛泛如水中之鳧，與彼俱遊。天子轂下，可以隱居，何自苦於首陽？」上喟然而歎。

注：「出《小說》。」《小說》一書，《隋志》子部小說家類著錄，云：「梁武帝敕安右殷芸撰。」殷芸（471～529），字灌疏，陳郡長平人，曾為昭明太子蕭統侍讀，累遷通直散騎常侍，秘書監，司徒左長史。劉知幾《史通‧雜說》云：梁武帝作《通史》，以為「劉敬叔《異苑》稱晉武庫失火，漢高祖斬蛇穿屋而飛，其言不經」，遂令殷芸編為《小說》。這就是說，《小說》是將正史所不取的「不經之說」收錄而成的，「雖與諸史時有異同，然皆細事，史官所宜略」（晁載之：《續談助‧〈殷芸小說〉跋》）。正因為《小說》收的是正史所遺棄的瑣事，卻保留了不少逸聞趣事。東方朔深知，自命為天下英主的漢武帝，對犯顏諫阻的伯夷、叔齊是不會感興趣的，所以故意回答他們是「古之愚夫」，並且還說出一番「賢者與時推移，不凝滯於物」的道理來。

《太平廣記》卷二九二《神二》有《黃翻》：

漢靈帝光和元年，遼西太守黃翻上書：「海邊有流屍，露冠絳衣，體貌完全。翻感夢云：『我伯夷之弟，孤竹君子也。海水壞吾棺槨，求見掩藏。』民嗤視之，皆無病而死。」

注：「出《博物志》。」西晉的神怪小說，最著名的是張華的《博物志》。張華（232～300），字茂先，范陽方城（今河北涿州）人。父張平，曾任魏漁陽郡守。張華少孤貧，曾自牧羊為生。他學業優博，圖緯方伎之書，莫不詳覽。《搜神記》亦云：「漢不其縣有孤竹城，古孤竹君之國也。靈帝光和元年，遼西人見遼水中有浮棺，欲斫破之，棺中人語曰：『我是伯夷之弟，孤竹君也。海水壞我棺槨，是以漂流。汝斫我何為？』人懼，不敢斫，因為立廟祠祀。吏民有欲發現者，皆無病而死。」《搜神記》是干寶的作品。干寶（286？～336），字令升，新蔡（今河南新蔡縣）人。東晉元帝時，中書監王導表為史官，領國史，著《晉紀》二十卷奏之，咸稱良史。干寶於修史之餘，又「撰集古今神祇靈異人物變化」的《搜神記》。《搜神記》的素材有兩個來源，一是「承於前載」，二是「採訪近世之事」，關於海水壞叔齊棺槨之事，《搜神記》可能是從《博物志》承襲而來的，但又有若干變異，如增加立廟祠祀之事，則光和元年（178）所建的可能是最早的夷齊廟。

關於伯夷墓冢的故事，到宋代還有流行。王明清（1127～1214後）《揮麈後錄餘話》卷二云：

東坡先生出帥定武，黃門以書薦士往謁之。東坡一見云：「某記得一小話子。昔有人發冢，極費力，方透其穴。一人裸坐其中，語

盗曰:「公豈不聞此山號首陽,我乃伯夷,焉有物邪?」盗慊然而去。

又往它山,鑴治方半,忽見前日裸衣男子從後拊其背曰:『勿開,勿

開!此乃舍弟墓也。』」

謝肇淛《五雜俎》卷十六亦云:「蘇子由在政府,子瞻在翰林,有一故人
干予由而未遂,求子瞻助一言。子瞻徐曰:「舊聞有人貧甚,發冢為生。發一
冢,見一人裸坐,曰:『吾楊王孫也,裸葬,何以濟汝』?又發一冢,見王者,
曰:『朕漢文帝也,遺令薄葬,何以濟汝』?遂之首陽山,見二冢相連,先發
其左,見一人枯瘠如柴,曰:『我伯夷也,餓死山中,尚有物乎?』其人歎曰:
『用力之勤,久無所獲,不如且發右冢,看何如!』伯夷曰:『勸汝別謀於它
所。汝看我嘴臉若此,舍弟叔齊,豈能為人乎?』」此一故事郭子章(1542～
1618)《六語·諧語》亦載。郭子章號青螺,隆慶五年(1571)進士,曾官貴
州巡撫。《東坡詩話》:「蘇子由掌吏部時,東坡在翰苑。有人求東坡轉致子由,
有所干求。東坡戲謂之曰:「昔有一人,善掘墳,屢掘皆無所得。最後掘一帝
王之墳,墳中王者起,謂之曰:『朕漢文帝也,所葬皆紙衣、瓦器,他無所有
也。』盗乃搶去。又掘一墳,亡者曰:『予伯夷也,不食周粟而餓死,豈有厚
葬哉。』盗見旁有一冢,復欲穿之。亡者曰:『不勞下顧,此是舍弟叔齊。為
兄的如此貧苦,舍弟也差不多。』求者大笑而去。」這類小說借蘇東坡之口,
講述盜墓賊發夷齊冢的故事,更有力地彰揚了他們的廉潔。由宋到明,故事
雖有所豐富,主旨卻是貫通一致的。

(五)

宋元以後興起的白話通俗小說,以其廓大的篇幅,生動鮮活的語言,全
方位的敘事方式,以及特有的藝術情趣,既在作品中重塑了伯夷的形象,更
將有關伯夷的話語作作刻畫人物、組織情節的有機成分,從而使伯夷文學的
演繹進入了全新階段。

第一部將伯夷寫進作品的是元刊全相平話中的《武王伐紂書》,別題《呂
望興周》。《伐紂書》宣揚的主旨,是「君王不明,自亂天下」。它寫紂王天秉
聰明,力敵萬人,初治世時,有德有能,八方寧靜,四海安然。然而,就是這
位「天下皆稱堯舜」的紂王,一旦「心昏妲己貪淫色」,棄妻斬子,不修國政,
遂「惹起朝野一戰爭」。伯夷在書中則扮演了阻擋歷史潮流的角色,他諫武王:
「臣不可伐君,子不可伐父。啟陛下:父死不葬,焉能孝乎?臣弒君者,豈為
忠乎?陛下望塵遮道,今日諫大王休兵罷戰。紂君無道,天地自伐,願我王

納小臣之言，可以回兵，只在岐州為君。大王有德，紂王自敗也。」並且「故意先交前面揚塵遮日，只見昏暗，只圖武王聽之，回兵不戰」，這種小小伎倆，分明是市井藝人的趣味。武王不納伯夷、叔齊之諫，反而言曰：「紂王囚吾父，醢吾兄；損害生靈，剗戮忠良；剖剔孕婦，斫脛看髓；酒池薑盆，肉林炮烙之刑；棄妻逐子，民不聊生。朕順天意，伐無道之君；稟太公之智，東破不明之主。若不伐之，朕躬有罪。卿等且退。」作者的同情完全在武王一邊，詩曰：「將圖暴虐誠能阻，何是崎嶇助紂來。」話是說得很重的。小說的結局，將夷齊隱於首陽山，改為被武王貶去首陽山下，不食周粟，采蕨薇草而食之，餓於首陽之下，最後竟化作了石人。

明代余邵魚的《春秋列國志傳》，原本是述春秋故事的，但他的敘事不取《春秋》以魯隱公元年（前722）為開端，而是從武王伐紂（前11世紀）起頭，這就使伯夷得以進入他的小說。《題全像〈列國志傳〉引》中宣稱：「編年取法《麟經》，記事一據實錄。」《列國志傳》增寫的伯夷故事，比《武王伐紂平話》有所豐富和發展。

第四回「西伯建臺鑿池沼，子牙避紂隱磻溪」，敘子牙終日垂釣，忽見人民扶老負幼投奔西岐，以作太平百姓，歎曰：「西伯既善養老，吾盍西歸矣？」遂收綸竿，挈妻子奔岐州。將至之時，見二士峨冠博帶，狀貌非常，端坐息於道旁樹下。子牙進前長揖曰：「二公何方人氏？」其士曰：「吾乃孤竹國伯夷、叔齊也。」子牙忙拜於道曰：「公子何以至此？」伯夷曰：「吾之弟兄因讓國而出，欲投於商，商王失政，故處北海之濱，亡世三丘。今聞西伯發政施仁，尤善養老，所以徒步而來，欲為西方太平義士。」子牙歎曰：「得天下者得其民，吾知商德衰矣！」這與孟子所說「伯夷辟紂，居北海之濱，聞文王作，興曰：『盍歸乎來！吾聞西伯善養老者。』太公辟紂，居東海之濱，聞文王作，興曰：『盍歸乎來！吾聞西伯善養老者。』」是相合的。

第七回「周武王議伐商辛，姜子牙檄降殷郊」，敘伯夷、叔齊隱居洛舊城內，見武王車駕至此，二人乃叩武王之馬首而諫曰：「父死不葬，援及干戈，可謂孝乎？以臣弒君可謂仁乎？」武王心知其賢，亦不致罪，左右欲殺夷齊。太公曰：「不可，此義人也！」命左右扶而去之。武王伐紂有天下，伯夷、叔齊恥食周地之粟，乃隱於首陽山下，采薇而食，作歌自悲曰：「登彼西山兮，採其薇矣。以暴易暴兮，不知其非矣。神農虞夏，忽焉沒兮，安適歸矣。吁嗟徂兮，世之衰矣。」後遂餓死於首陽山下。作者從「首陽山下人，至今千古揚

芳譽」的基本態度出發，運用《史記》的記載，糾正了《武王伐紂平話》的貶斥，使之成為正面的形象。

《封神演義》亦名《武王伐紂外史》，它以《武王伐紂書》為藍本，借時代大變動的歷史輪廓，演出了一場人、神、怪一齊參與的活劇。伯夷在書中的身份也起了變化，第九回「商容九間殿死節」，伯夷、叔齊成了與亞相比干、微子、箕子、微子啟、微子衍及上大夫膠鬲、趙啟、楊任、孫寅、方天爵、李燁、李燧同殿共事的「百官」；第十一回「里城囚西伯侯」，也說「有亞相比干、并微子、箕子、微子啟、微子衍、伯夷、叔齊七人同出班俯伏」。第六十八回「首陽山夷齊阻兵」，則寫得更加具體：

> 話說大隊雄兵離了西岐，前往燕山一路上而來，三軍歡悅，百倍精神。行過了燕山，正往首陽山來。大隊人馬正行，只見伯夷、叔齊二人，寬衫博袖，麻履絲絛，站立中途，阻住大兵，大呼曰：「你是那去的人馬？我欲見你主將答話。」有哨探馬報入中軍：「啟元帥，有二位道者，欲見千歲並元帥答話。」子牙聽說，忙請武王並轡上前，只見伯夷、叔齊向前拱手曰：「賢侯與子牙公見禮了。」武王與子牙欠身曰：「甲胄在身，不能下騎。二位阻路有何事見論？」夷、齊曰：「今日賢侯與子牙公起兵，往何處去？」子牙曰：「紂王無道，逆命於天，殘虐百姓，囚奴正士，焚炙忠良，荒淫不道，無辜天，穢德彰聞。惟我先王顯於西土，皇天命我先王，肅將天威，大勳未集；今我輔助嗣君，恭行天之罰。今天子諸侯，大會於孟津，我故不得不起兵前往，以與諸侯會，觀政於商，此乃不得已之心也。」夷、齊曰：「吾聞『子不言父過，臣不彰君惡。』故父有諍子，君有諍臣。只聞以德而感君，未聞以下而伐上者。今紂王君也，雖有不德，何不傾誠盡諫，以盡臣節，亦不失為忠耳。況西伯以服事殷，未聞不足於商也。吾又聞『至德無不感通，至仁無不賓服。』苟至德至仁在我，何兇殘不化為淳良乎？以吾愚見，當退守臣節，禮先王服事之誠，守千古君臣之分，不亦善乎？」武王聽罷，停驂不語。子牙曰：「二位之言雖善，予非不知，此一得之見耳。今天下溺矣，百姓如坐水火，三綱已絕，四維已折，天怒放上，民怨於下，天翻地覆之時，四海鼎沸之際，惟天矜民，民之所欲，天必從之。況今天已肅命乎？我周若不順天，厥罪惟均。且天視自我民視，天

聽自我民聽，斷不能不興兵前往？如不起兵，便是違天，豈不有負百姓如望雲霓之意？」子牙左右將士欲行，二人知其必往，乃走至馬前，據其轡諫曰：「父死不葬，援及干戈，可謂孝乎？以臣伐君，可謂忠乎？我恐天下後世，乃有為之口實者。」左右眾將見夷、齊叩馬而諫，軍士不得前進，心中大怒，欲舉兵殺之。子牙忙止之曰：「不可，此天下之義士也。」忙令左右扶之而去，眾兵方得前進。迨至周兵入朝歌，紂王自焚之後，天下歸周後，伯夷、叔齊恥食周粟，入首陽山采薇，作歌曰：「登彼西山兮，採其薇兮！以暴易暴兮，不知其非兮！神農虞夏，忽焉沒兮。我安適歸兮？吁嗟徂兮，命之衰兮！」遂餓死於首陽山，至今人皆嘖嘖稱之，千古猶有餘馨，此是後事不表。

描述更加口語化，但在細部卻有不少毛病：武王伐紂，不應經過首陽山；伯夷叔齊既是商朝之臣，就不能算天下之義士。凡此種種，都是小說家所不管的。

而在相隔三十回之後的第九十八回「周武王鹿臺散財」，又一次讓伯夷出場：武王得勝之後，與子牙渡了黃河，來至金雞嶺，兵過首陽山，又見伯夷、叔齊在前面阻住，問子牙曰：「姜元帥！今日回兵，紂王致於何地？」當子牙答以「紂王自焚，天下大定」，伯夷、叔齊仰面涕泣大呼曰：「傷哉！傷哉！以暴易暴兮，予意欲何為？」道罷拂袖而回，竟入首陽山作采薇之詩，七日不食周粟，遂餓死首陽山。又借助後人以詩弔之：「昔日阻周兵在咸陽，忠心一點為成湯；三分已去猶啼血，萬死無辭立大綱。水土不知新世界，江山還念舊君王。可憐恥食周朝粟，萬古常存日月光。」完成了對伯夷的讚頌。

到了清代中期，艾衲居士「莽將二十一史掀翻，另數芝麻帳目」的《豆棚閒話》，第七則《首陽山叔齊變節》卻從另個角度切入，「倒顛成案，雖董帽薛戴，好象生成」（天空嘯鶴：《〈豆棚閒話〉敘》），寫了一個與傳統截然不同的伯夷，藉以諷刺世情。小說從「天下的弟兄和睦的少、參商的多」引起，講到伯夷叔齊「雖是同胞，卻有兩念，始雖相合，終乃相離」。對於夷、齊二人的讓國，敘述得比較具體：「只因伯夷生性孤僻，不肯通方，父親道他不近人情，沒有容人之量，立不得君位，承不得宗祧。將死之時，寫有遺命，道叔齊通些世故，諳練民情，要立叔齊為君。也是父命如此，那叔齊道：『立國立長，天下大義。父親雖有遺命，乃是臨終之亂命。』依舊遜那伯夷。那伯夷又道：

『父親遺命，如何改得？』你推我遜不已，相率而逃。把個國君之位看得棄如敝屣，卻以萬古綱常為重了。」惟對於扣馬而諫，卻挖出二人的心理活動：「伯夷、叔齊看見天命、人心已去，思量欲號召舊日人民起個義師，以圖恢復，卻也並無一人響應，這叫做孤掌難鳴，只索付之無可奈何。彼時武王興師，文王去世，尚未安葬。夷、齊二人暗自商量道：『他是商家臣子，既要仗義執言，奪我商家天下，把君都弒了。父死安葬為大，他為天下，葬父之事不題，最不孝了。把這段大義去責他，如何逃閃得去！』」

小說的新異處是首陽山環境的描述：「山上樹木稀疏，也無人家屋宇，只有玲瓏孤空岩穴，可以藏身；山頭石罅，有些許薇蕨之苗，清芬葉嫩，可以充饑；澗底岩阿，有幾道飛瀑流泉，澄泓寒冽，可以解渴。」小說的新異處更在揭示這種生存環境對夷、齊命運的影響：始初只得他弟兄二人，到也清閒自在。而後眾人聽見夷、齊扣馬而諫，說得詞嚴義正，又恐怕新朝功令追逼將來，也都也走到西山來了，弄得一個首陽本來空洞之山，漸漸擠成市井。生活資源的匱乏，使腹枵的叔齊發生了動搖，他想到：伯夷乃是應襲君爵的國主，於千古倫理上大義看來，守著商家的祖功宗訓是應該的；自己卻是孤竹君次子，原可躲閃得些，「前日粗心浮氣，走上山來，只道山中惟我二人，也還算個千古數一數二的人品；誰料近來借名養傲者既多，而托隱求徵者益復不少，滿山留得些不消耕種、不要納稅的薇蕨貲糧，又被那會起早占頭籌的採取淨盡」，於是乘著伯夷後山采薇，偷偷走下山去了。

小說借下山叔齊的眼睛，寫了市鎮人家門首都寫貼「順民」二字，路上行人往西方朝見新天子，「或是寫了幾款條陳去獻策的，或是敘著先朝舊職求起用的，或是將著幾篇歪文求徵聘的，或是營求保舉賢良方正的，紛紛奔走，絡繹不絕」。叔齊見了這般熱鬧，不覺動了念頭道：「這些紛紛紜紜走動的，都是意氣昂昂，望著新朝揚眉吐氣，思量做那致君澤民的事業，只怕沒些憑據，沒些根腳，也便做不出來。我乃商朝世臣，眼見投誠的官兒都是我們十親九戚，雖然前日同家兄衝突了幾句閒話，料那做皇帝的人決不把我們錙銖計較。況且家兄居於北海之濱，曾受文王養老之典，我若在朝，也是一個民之重望，比那些沒名目小家子騙官騙祿的，大不相同矣！」作者假託這個故事是於「偶見秦始皇焚燒未盡辭言野史」中的，正如總評所云：「滿口詼諧，滿胸憤激。把世上假高尚與狗彘行的，委曲波瀾，層層寫出。其中有說盡處，又有餘地處，俱是冷眼奇懷，偶為發洩。」其目的是諷刺喪失氣節的無恥

之輩，雖說是伯夷故事的變格，但對伯夷精神的肯定仍是一致的，故其結末寫眾人道：「怪道四書上起初把伯夷叔齊並稱，後來讀到『逸民』這一章書後，就單說著一個伯夷了。其實是有來歷的，不是此兄鑿空之談。敬服敬服！」

（六）

著力塑造伯夷式的人物，是許多的小說家的興趣所在。馮夢龍據《春秋列國志傳》重編《新列國志》，削去《列國志傳》開頭的一卷半，以平王東遷為全書之發端，雖然成了真正的「春秋戰國史演義」，卻連伯夷的故事也刪削了。不過，在他所寫人物身上，仍能找到與伯夷相通的氣質。第五十回《東門遂援立子倭，趙宣子桃園強諫》，敘魯宣公同母弟叔肸，為人忠直，見其兄殺弟自立，意甚非之，不往朝賀。宣公使人召之，欲加重用，肸堅辭不往。有友人問其故，肸曰：「吾非惡富貴，但見吾兄，即思吾弟，是以不忍耳！」友人曰：「子既不義其兄，盍適他國乎？」肸曰：「兄未嘗絕我，我何敢於絕兄乎？」宣公以粟帛贈之，肸對使者拜辭曰：「肸幸不至凍餓，不敢費公帑！」宣公使人夜伺其所為，方挑燈織屨，俟明早賣之，以治朝餐。宣公歎曰：「此子欲學伯夷、叔齊采首陽之薇耶？吾當成其志可也！」肸終其身，未嘗受其兄一寸之絲、一粒之粟，亦終其身未嘗言兄之過。

按，叔肸事載《春秋穀梁傳》宣公十有七年冬：「公弟叔肸卒。其曰公弟叔肸，賢之也。其賢之何也？宣弒而非之也。非之則胡為不去也？曰兄弟也，何去而之？與之財，則曰我足矣。織屨而食，終身不食宣公之食，君子以是為通恩也，以取貴乎春秋。」《新列國志》據史書而演其中之義，其所增益者惟宣公所言：「此子欲學伯夷、叔齊，采首陽之薇耶？」及史臣贊：「頑民恥周，采薇甘絕。惟叔嗣音，入而不涅。」都堪稱點睛之筆。

甄偉萬曆四十年（1612）「因略以致詳，考史以廣義」的《西漢通俗演義》，也將田橫寫成了有伯夷氣的人物。田橫身敗流亡海上，應漢祖召，驛站自刎，其隨亡者五百人亦皆自殺，乃千古之文學嘉話。小說據《史記》「使使赦田橫罪而召之」一句，敷衍出第八十六回「齊田橫義士死節」一篇精彩文字。善長「詔表辭賦，模仿漢作」的甄偉，還為漢帝代擬了一份詔書。詔曰：

　　夷齊恥食周粟，而武王卒有天下；介子推不欲事晉，而晉卒霸
　一國。爾田橫雖居海島，終為漢士；獨能超出人間，而與夷齊介子
　推齊名乎？否則可速來，大則為王，小則為侯，永保田氏，不失宗

祀，不亦愈於退處海涯，與魚鱉為友乎？如執迷不反，舉兵而東，
身為俘馘，絕滅田宗，其愚甚矣！幸其速來，勿誤！

開首兩句「夷齊恥食周粟，而武王卒有天下；介子推不欲事晉，而晉卒霸一國」，捕捉住穩獲統治地位的漢帝政治上的充分自信；正是這番有歷史感的言辭，從靈魂上觸動了田橫，自思曰：「今漢已有天下，差人召我至此，我若俯首歸降，受其封賞，大丈夫不能報主之仇，而北面屈膝以事他人，有何面目立身於天地間耶？」這就比《史記》敘謂其客曰：「橫始與漢王俱南面稱孤，今漢王為天子，而橫乃為亡虜而北面事之，其恥固已甚矣。且吾亨人之兄，與其弟並肩而事其主，縱彼畏天子之詔，不敢動我，我獨不愧於心乎？」更有一股深長的韻味。

崇禎年間齊東野人編演的《隋煬帝豔史》，說的是隋煬帝弒君篡位、淫亂亡國的故事。由於事涉朝代更迭，恰是檢驗隋朝大臣氣節的關鍵點。第四十回「弒寢宮煬帝死，燒迷樓繁華終」，敘宇文化及縊死煬帝後，大小官員俱至，唯僕射蘇威與給事郎許善心不到。宇文化命再差人去召，如仍不前來，即當斬首示眾。在這般淫威之下，兩位「素有重名」者作出了不同的抉擇：蘇威自思逆他不得，遂出往見，宇文化及加為光祿大夫。後人悲其直節不終，作詩傷之曰：「當時直諫言殊凜，今日如何屈膝行？總是頭顱拚不得，前忠後佞負虛名。」而許善心則閉門痛哭，不肯入朝，其姪許弘仁勸道：「此亦天道人事代終之常，何預叔事？乃固執如此，徒自苦也。」許善心道：「食君之祿，當死君之難；雖不能死，焉能屈膝而拜逆賊乎？」宇文化及差軍士將其綁縛入朝，眾臣齊勸道：「昔武王伐紂，不誅伯夷叔齊。今許善心雖違號令，然情有可原，望丞相恕之，令其謝罪改過。」宇文化及饒之，不想許善心走起來，抖一抖衣冠，也不拜謝，也不開言，竟昂昂然走出朝去。宇文化及大怒，復叫人拿回，牽出斬之。史官有詩讚云：「砥柱狂瀾強硬少，嚴霜弱草萎靡多。從來獨有忠臣骨，烈烈轟轟不可磨。」

據《隋書》本傳，宇文化及殺逆之日，善心獨不至。許弘仁馳告之曰：「天道人事，自有代終，何預於叔而低徊若此！」善心怒之，不肯隨去。宇文化及遣人就宅執至朝堂，復令釋之，善心不舞蹈而出。化及目送之曰：「此人大負氣。」命捉將來，罵云：「我好欲放你，敢如此不遜！」其黨輒牽曳，因遂害之。從史書「隋官盡詣朝堂謁賀」的情勢看，眾臣明言「昔武王伐紂，不誅伯夷叔齊」，似無可能，純是小說家欲藉此以彰揚許善心耳。

　　呂熊（1640？～1722？）的《女仙外史》，是一部虛擬的「歷史演義」。永樂十八年（1420）在山東起義的唐賽兒，被說成是月殿嫦娥降世的女仙，燕王朱棣靖難事發，賽兒在山東起兵勤王，鮑道師化身乳母助其成事。第八十七回「少師謀國訪魔僧，孀姊知君斥逆弟」，敘姚道衍六歲上由其姊撫養，讀書的束脩還是他針黹上來的。長大好賭，因輸得情極，隨遊方僧落了髮。後教唆燕王興兵造反，發跡後回來拜見其姊。姊問：「道衍汝大貴人，還來見我怎麼？」道衍欠身答道：「弟弟雖位列三公，隨身止有一缽，今得藩司送白金五千，特為姊姊稱壽，聊表孝心。」其姊勃然言道：「這都是江南百姓的脂膏，克剝來的，怎拿來送我？」道衍亟接口道：「朝廷尚有養老之禮，何況做兄弟的送與姊姊？」其姊厲聲道：「你說的那個朝廷？我只知道建文皇帝，卻不知又有個恁麼永樂！伯夷、叔齊恥食周粟，我雖不敢自比古之賢人，也怎肯受此污穢之金錢？」

　　據《明史》姚廣孝本傳：「其至長洲，候同產姊，姊不納。訪其友王賓，賓亦不見，但遙語曰：『和尚誤矣，和尚誤矣。』復往見姊，姊詈之，廣孝惘然。」可見，道衍拜姊的為實事，而其姊「伯夷、叔齊恥食周粟，我雖不敢自比古之賢人，也怎肯受此污穢之金錢」之言，卻純為作者之虛構。凡此種種基於揄揚伯夷的虛構，既使人物形象豐滿充盈，也使情節搖曳生色。

　　小說家還善於將借用談論伯夷的話語來刻畫人物、組織情節。如羅貫中（1315？～1385？）《三國演義》，向稱「七實三虛」，書中諸葛瑾關於伯夷的談話，就是出於作家的虛構。第第八十八回「周瑜定計破曹操」，敘孔明來至江東，周瑜欲殺之，魯肅則以為可令諸葛瑾招其同事東吳，瑜善其言。查《三國志》諸葛瑾傳，惟建安二十年，孫權曾「遣瑾使蜀通好劉備，與其弟亮俱公會相見，退無私面」，並沒有二人在江東會面之事。小說寫諸葛瑾投驛亭來見孔明，孔明接入，各訴闊情。諸葛瑾泣曰：「弟知伯夷、叔齊之情乎？」（小字注曰：「伯夷、叔齊，孤竹君之二子。孤竹，國名，殷湯所封。父墨胎氏，名初，字子朝。伯夷名允，字公信。叔齊名智，字公達。伯夷、叔齊乃謚號也。」）孔明暗思：「此必周郎教來說我也。」遂答曰：「夷、齊，古之聖賢也。」瑾曰：「二人讓位，皆逃在一處。後諫武王不從，隱居首陽山下，不食周粟，遂餓而死，亦在一處。活時一處，死時一處。我思與爾，同胞共乳，各事其主，不能早晚相隨，視夷、齊之為人，豈不羞赧乎？」忠厚人諸葛瑾接受了這份不討好的差使，倉促間難以措辭，竟搬出了夷、齊的典故，意在取兄弟二人

「雖死亦在一處」之義;卻不曾考慮勸亮棄劉事吳,正是對伯夷「不降其志,不辱其身」的最大悖違,故諸葛亮立刻反問:「兄所言者,義也。義與忠、孝,三者何重?」瑾曰:「人以忠、孝為本,義不可缺也。」孔明曰:「弟教兄全忠全孝,若何?」瑾曰:「何為也?」孔明曰:「弟與兄,皆漢朝人也。今劉皇叔,乃中山靖王之後,漢景帝閣下玄孫。兄能棄東吳而事劉皇叔,此全忠也。想父母墳塋,皆在北方,兄若歸江北,早晚得拜掃祭祀,此全孝也,以此忠、孝為重。與弟同扶孤弱之主,此全義也。兄戀江左,而不以忠、孝為重,徒欲使弟以全其義,不敢聽從也。望兄察之。」真是說得義正辭嚴,非怪諸葛瑾要懊悔起來:「我來說他,倒被他說了我也。」遂無言回答,起身辭去。伯夷典故的恰當運用,不啻為諸葛兄弟不同的性格頰上添毫。

　　《西漢通俗演義》也借伯夷話題來刻畫張良的性格。第二十九回「張良復為韓報仇」,敘劉邦封漢王後,張良忽然星夜奔回韓國,致祭於韓王,聲言要報不世之仇。後被項伯接到家中,問:「先生今往何處去?」張良曰:「故主已死,殘軀多疾,欲效老子玄默之術,學莊周放蕩之遊,羨箕山之巢許,愛首陽之夷齊,罷名利,喜觀雲水,避是非,樂處山林;倘遇蹈隱高人,得聞妙語,使性學復明,身心無病,是我之實心,乃良之至願也。」為了掩蓋「尋一個興劉滅楚定天下之大元帥」的真實意圖,張良借用「羨箕山之巢許,愛首陽之夷齊」的話頭,誤使項伯「知他無仕進之心」,遂留閒住數月,終於使他得以發現韓信這位傑出人才,並用「說韓信張良賣劍」一整回的篇幅,說其歸漢。按,關於張良與項伯的關係,《史記》說是:「秦時與臣遊,項伯殺人,臣活之。」《西漢通俗演義》卻將此節完全略去,遂使張良一番表白,有了合理的基礎。

　　道光七年(1827)的《忠孝勇烈奇女傳》,又名《木蘭奇女傳》,是據《木蘭辭》敷衍而成的小說,惟將背景放到隋末唐初,加進了紅拂夜奔李靖,以及尉遲恭、魏徵、房玄齡、秦瓊、褚遂良、程知節、長孫無忌等歷史人物的故事,木蘭則姓朱,是雙龍鎮人朱若虛的孫女。寫得講史不像講史,神怪不像神怪。第六回「評花卉盈川師李靖,觀書法若虛薦尉遲」,敘朱若虛將及長安,聞說煬帝廢倫自立,進京去見李靖,拜為師傅。後辭師回籍,至朱仙鎮,與尉遲恭結為兄弟。一日,若虛言君子趨吉避凶,是循天理之正,順人事之宜。尉遲恭曰:「謂循天理則必吉,則比干不見殺,伯夷不見餓,三閭大夫不見放。范增陷身於項羽,不失為傑士;武侯折兵於祁山,不失為草臣。君子盡人事,

循天理，至若吉凶禍福，何足以計心哉！」若虛歎曰：「真傑士之語也。」書中的尉遲恭不是一介武夫，而是筆筆風流、字字端正的孝廉，所以能說出「伯夷不見餓」這番話來。

第七回「魏徵揮金逢傑士，若虛解夢識天機」，敘魏徵逆料李氏日後必有爭立之禍，深以為憂。一日，世民問曰：「象日以殺舜為事，而舜不殺象，何愛象之甚也？」無忌曰：「舜非愛象之甚，愛象之身與吾一體也。殺象則損吾之體，而傷吾之性也。叔段死，莊公哭，出於至誠，是體損而性傷也。」世民曰：「設象殺舜而至於死，舜不怨之乎？」無忌曰：「否。象謀之於父而殺之，死於孝。人之生死衡於天，而象能殺之，是死於命。盡孝、死命，其性無傷，惡手怨？若比干之自殺而死，伯夷之自餓而死，申生之自蹈其死，衛伋與壽之自速其死，以致貞女殉節，良朋殉義，又誰怨？」公子乃跪拜，與建成、元吉日相親睦。魏徵就這樣以伯夷之死於義，來勸解李氏兄弟，可謂用心良苦。

講述平人故事的世情小說，也有濃鬱的伯夷情結。他們或借伯夷以描摹人物的心理狀態，或借伯夷以為議論的大題目，皆能各盡其妙。如李漁（1611～1680）《無聲戲》第一回「醜郎君怕嬌偏得豔」，寫的是世上最怪的事情：主人公闕里侯不但內才不濟，相貌一發醜得可憐，最令人無法忍受的是口中穢氣，身上狐腥氣，腳氣更像撞著臭鰲。最令人稱奇的是，這位集天下之惡醜於一身的人，卻一下子佔有了三位才貌雙全的女子，並使她們一心一意共事之。李漁寫鄒小姐成親之夜，領受了他身上「三種異香」，思量道：「我這等一個精潔之人，嫁著這等一個污穢之物，分明是蘇合遇了蜣螂，這一世怎麼醃臢得過？」滿月之後，就將書房改為靜室，看經念佛，打坐參禪，再不回頭。里侯善勸惡勸，甚至不送飯去，「誰想鄒小姐求死不得，情願做伯夷、叔齊，一連餓了兩日，全無求食之心」，只好作罷。闕里侯無疑是虛構的，李漁是隱射誰呢？或以「闕里」為孔子故里，故有人認定是指衍聖公，純是望文生義。若依「美人香草」之義，美人比的既是文人士子，闕里侯則是他們要無奈效忠的對象——入主中原的滿清新貴。口氣、體氣、腳氣，尤其是身上的狐腥氣（狐騷），絕對是他們的標誌；而「口不全吃，急中言常帶雙聲」，「剛剛只會記帳，連拜帖也要央人替寫」，則是對新主子文化水準的鄙薄性表述。「士為知己者死，女為悅己者容」，二者原本都有主動選擇的權利。對於待字閨中的美人來說，可以嫁，也可以不嫁——但嫁是絕對的，不嫁則是相對的；對

於講究行藏出處的士子來說，可以用，也可以不用——但用是絕對的，不用則是相對的。不過，事情往往不能盡如人願。才高八斗、滿腹經綸的士子，何嘗不想「賢臣擇主而事」？可惜他們所處之世，已非馬援所言「非但君擇臣，臣亦擇君」的時代了。猶如無辜婦女無法擺脫「賊頭」的強暴一樣，文弱的書生又何嘗能夠抗拒新主的污濁？順治丙戌鄉試時，「一隊夷齊」之所以下首陽，「非是一朝忽變節，西山薇蕨已精光」。可見作「夷齊」並不是那麼容易的，「合歡床上眠仇侶，交頸幃中帶軟枷」，就是對他們生存狀況的傳神寫照。歷史既然無法逆轉，只有在有限範圍內進行「反改造」：讓闞里侯在房裏買上七八斤速香，燒起來掩飾身上的穢氣；把三個女子當做菩薩一般供養，再不敢近身去藝瀆，等等。「醜郎君怕嬌偏得豔」，說的就是「不拒其濁，而恃有以澄之也」（王夫之：《詩廣傳》）。李漁最後叮囑那些「愚醜丈夫」道：「他們嫁著你固要安心，你們娶著他也要惜福。要曉得世上的佳人，就是才子也沒福受用的，我是何等之人，能夠與他作配？只除那一刻要緊的工夫，沒奈何要少加藝瀆，其餘的時節，就要當做菩薩一般燒香供養，不可把穢氣薰他，不可把惡言犯他，如此相敬，自然會像闞里侯，度得好種出來了。切不可把這回小說做了口實，說這些好婦人是天教我磨滅他的，不怕走到哪裏去！要曉得磨滅好婦人的男子，不是你一個；磨滅好婦人的道路，也不是這一條。萬一閻王不曾禁錮他終身，不是咒死了你去嫁人，就是弄死了他來害你，這兩椿事都是紅顏女子做得出的。」內中難道沒有弦外之音嗎？正是這弦外之音，《無聲戲》引起了不少人的共鳴。李一貞的評論是不可不注意的，他在《柬李笠翁》中寫道：「焚香啜茗，拂幾靜閱《無聲戲》，大則驚雷走電，細亦繪月描風，總人間世未抽之秘，不啻駭目蕩心已也。昔人云：施耐庵《水滸》成，子孫三世皆喑，僕甚為足下危之。雖然，旁引曲喻，提醒癡頑，有裨風教不淺，豈破空搗虛輩可同日語也。」孫治稱李漁是「以周、柳之制，寫屈、馬之蘊」，胡山亦謂：「其史司馬也，其怨三閭也，其曠漆園也，其高太白也，其諧曼卿也。」都是抓住了李漁為人及其作品的本質特徵的。

《醒風流》的作者崔市散人，將小說背景放在宋朝慶元年間，復將「金元二處，來侵疆界」，寫得十分醒目，說明他不願忘卻那時代的隱痛。其序曰：「余少時，得忠孝節義文數篇，喜而讀之，凡三易書，秘之筍篋，愛如珠玉，因其文重其人。越二十載，而時移事變，其人行與文違，殆不可說，余乃出其文，盡行塗抹，唾而罵之，滅之丙火。」又曰：「壬子夏，與二三同志嘯傲北

窗，追古論今，淑慝貞奸，宛在目前。」壬子為康熙十一年（1672），倒上去二十年，則為崇禎十五年（1642）。序所謂「忠孝節義文」，所謂「因其文重其人」，二十載後時移事變，「其人行與文違」，都是實有所指的。第一回「小書生讀書豪飲，老奸臣闖席成仇」，敘書生梅幹品行激烈慷慨，巨卿富宦稍或不端，便不相往來；即來亦閉門不納，恐浼了他一般，「猶如伯夷之清」；若是遇著義俠之流，就是出身卑賤，便結為知己，「又如柳下惠之和」，都是對他的操守讚揚。

惜陰堂主人的《二度梅》，敘歷城縣知縣梅魁，升任吏部都給事，決心起奏盧杞、黃嵩一班奸賊，為民除害。不想到任以後，眾衙役道：「盧太師是皇上恩寵，禮部黃嵩仗太師的勢，真正是人人害怕，個個欽遵。在朝中之官，無不侍奉。今老爺連陞進京，也須要先結交太師，面禮部黃嵩亦要留心。」梅公大怒道：「爾等胡言亂語，我也效他們結交趨奉不成！我今進京師，偏不奉承他們，看他們奈我何？如一時惱了我性子，只怕這一班奸賊，也不能安枕。」緊接著，作者寫了一個細節：梅公起身閒步，見壁上掛了伯夷、叔齊餓死於首陽山的圖畫，不意觸了忠臣之念，便在畫上題了四句詩：「昆仲當年餓首陽，至今留得姓名香。若存叔季如今世，豈忍群奸立廟堂。」說明伯夷的節操，是忠臣的力量源泉。

煙霞散人的《斬鬼傳》，是借鬼來諷刺世態的小說，矛頭對準的是種種陋習弊端。惟第八回「悟空庵懶誅黑眼鬼，煙花寨智請白眉神」，一反通部書驅邪斬鬼的基調，用同情的口吻寫那「家貧須耐」的窮胎鬼。咸淵道：「路上又逢著一鬼，實實可憐，住著半間茅庵，並無傢伙在內，頭上戴一頂開花帽子，身上穿一件玲瓏衣裳，炊無隔宿之米，爐無半星火。更可憐者，到一家，一家就窮。走一處，一處就敗。因此人都叫他是窮胎鬼。那些粗親俗友都不理他，甚是可憐。」鍾馗道：「如此破敗人家，就該殺了。」咸淵道：「殺不的，他雖如此，相交的卻是一般高人，伯夷、叔齊、顏子、范丹、閔損、袁安，皆與他稱為莫逆。」君子固窮，讀來真是令人酸鼻。

南北鶡冠史者編《春柳鶯》，敘書生石液學識過人，遠近地方皆知是個才子。第六回「秋風天解元乞食，明月夜才鬼做官」，敘石生鄉科不中，悶悶出京，苦被風浪羈阻，盤費殆盡，訪人不得。偶見數人席地飲酒，便將玉簫吹起。眾人問是何人，石生道：「小的窮途缺費，肚中飢餓。聞眾相公在此飲酒，特來化盞酒片肉，稍充飢餓。」一老者對眾人道：「這等一個青年人，流落乞

食，可見世情艱難。」而一少年卻笑道：「自古男兒立大節，不武便為文，哪曾見上天餓死好漢。」老者正色道：「兄論大錯。當初顏回糟糠不厭，卒壽早夭；夷齊廉潔，餓死首陽山，豈非好漢。」終究識得石生真面。

天花主人編次的《雲仙笑》，內有《勝千金》一篇，開卷詩曰：「勿怪世間人，營營覓一飯。夷齊未餓前，依然一飽漢。」接著發議道：「這四句詩，乃近日吳中一名士所作，是說人生天地間，惟衣食二字最為要緊。你看四民之中，那一個不為這兩個字，終日營營覓覓。多少具骨相的男子，戴眉眼的丈夫，到那飢寒相逼的時節，骨相也改變壞了，眉眼也低垂下來。所以伯夷、叔齊雖為上古聖人，隱在首陽山，到那忍不過飢餓的時節，也不免采薇而食。直到無薇可采，那時方才餓死。若使夷、齊肯食周粟，依然可終其天年。可見世人不比伯夷、叔齊，誰肯甘心餓死？」然後又從衣食兩件，又有輕重不同，再做文章，說明「寒冷的苦，還有解救的法兒，只有飢餓二字，實難擺佈」，那了無食的時節，「只怕雖不隱在首陽山，也要做伯夷、叔齊了」。有了這一番議論，方引出元順帝無道，旱蝗瘟疫的背景下，富宦黃通理設飯濟饑，挑水的劉三黑用領來捨飯救活「看看要上首陽山做伯夷、叔齊的夥伴」的窮書生曾琪的「一碗飯報德勝千金」曲折故事。小說結末道：「試看那黃平章只為一碗飯，不肯把與僧道吃，惡了西番和尚，幾乎受了殺身滅族的禍，虧得結識了劉黑三、李老四，救了性命。最奇的是劉黑三，借黃平章一碗飯，救了曾琪，救了自己，又救了黃平章，又救了一縣的生靈。豈不比那韓信淮陰千金報母，更勝幾倍。看官們，切莫把這一碗飯看輕了。假如韓信沒有漂母的一碗飯，做了淮陰城下的餓鬼，曾琪沒有劉黑三的一碗飯，做了山陽縣內的饑鬼；雖然與首陽山的伯夷、叔齊，在餓鬼域中成了個三分鼎足的世界，那漢朝一統，宋家一代，卻靠誰來？豈不是天下關係，也在這一碗飯？」真可謂首尾貫通，一氣呵成。

小說人物對於伯夷的議論，亦可見出其人的氣質與抱負。如筆煉閣編述的《八洞天》卷三《培連理》，說的是奇女子晁七襄，不嫌丈夫貧賤，甚至不嫌丈夫廢疾，夫妻相愛的故事。其夫莫豪，文才敏捷，賦性豪爽，不幸父母雙亡，家道蕭索，年近二十，未諧姻眷。惟聞聰與莫豪是至交。聞聰常說：「人不當以成敗論英雄，設使少康若敗，便是有窮的多士多方；武庚若成，便是有商的一成一旅。可笑世人識見淺薄，見伯夷指武王為暴，便道奇怪，不敢真個認他為暴；見武王指洛民為頑，便都說是頑了。」這番議論本是預言莫

豪的美好結局，但其識見卻非平人所能及。

《紅樓夢》第一百十八回「記微嫌舅兄欺弱女，驚謎語妻妾諫癡人」，寫了一段寶玉與寶釵的重要對話。寶釵抓住寶玉「不失其赤子之心」的話發揮道：「你既說『赤子之心』，古聖賢原以忠孝為赤子之心，並不是遁世離群、無關無係為赤子之心。堯舜禹湯周孔時刻以救民濟世為心，所謂赤子之心，原不過是『不忍』二字。若你方才所說的忍於拋棄天倫，還成什麼道理？」於是，寶玉搬出「堯舜不強巢許，武周不強夷齊」來抗衡，寶釵不等他說完，便道：「你這個話益發不是了。古來若都是巢許、夷齊，為什麼如今人又把堯舜、周孔稱為聖賢呢？況且你自比夷齊，更不成話。夷齊原是生在殷商末世，有許多難處之事，所以才有託而逃。當此聖世，咱們世受國恩，祖父錦衣玉食，況你自有生以來，自去世的老太太以及老爺太太視如珍寶。你方才所說，自己想一想，是與不是？」站在女道學寶釵的立場，她相信自己所說的一切都是天經地義的真理：第一，巢許、夷齊遁世離群，堯舜、周孔救民濟世，前者縱然是高士，後者卻是聖賢；第二，夷齊生在末世，所以有託而逃，如今當此聖世，世受國恩，就沒有理由出世離群。寶玉聽了，也不答言，只有仰頭微笑，是因為他不屑再辯，寶釵反倒以為他已經理屈詞窮，勸他收心用功，「但能博得一第，便是從此而止，也不枉天恩祖德了。」寶玉點了點頭，歎了口氣，說道：「一第呢，其實也不是什麼難事。倒是你這個『從此而止，不枉天恩祖德』，卻還不離其宗。」從他們關於伯夷的爭論中，不是能讓讀者窺見兩人不同的旨趣麼？

四、伯夷文化考說

平頂山學院「伏牛山文化圈研究中心」2009 年 7 月揭牌，同年 12 月主辦首屆伏牛山文化圈全國學術研討會。兩年來，在中心主任張清廉教授帶領下，全方位多層面挖掘古老的伏牛山文化礦藏，探究伏牛山文化的傳播演變，探索黃河文明與長江文明交匯交融的歷史，獲得了豐碩的學術成果。今年 12 月，第二屆華夏歷史文明傳承創新論壇暨伏牛山文化圈學術年會又將隆重召開，探討華夏歷史文明的傳承創新、中原大文化建設等重大課題，相信定會取得更加令人矚目的成就。

據張清廉、于長立先生的綱領性論述，「伏牛山文化圈」是一個新的地域文化體系，其範圍包括洛陽、平頂山、南陽、三門峽、鄭州、許昌、漯河、駐

馬店及豫北、湖北、陝西的部分縣區，它孕育了黃帝文化、堯文化、夏文化、龍文化、應文化、墨子文化、觀音文化、姓氏文化、瓷文化、酒文化、曲藝文化、魔術文化等，是中華民族的源文化和根文化，具有原生性與根源性、多元性與包容性、繼承性與創新性等特徵，開展伏牛山文化圈的研究，對傳承中華傳統文化具有重要作用。

在第二屆華夏歷史文明傳承創新論壇暨伏牛山文化圈學術年會召開前夕，我們想貢獻給研究中心的一點意見，那就是——可否以將「伯夷文化」也歸到「伏牛山文化圈」裏去？

伯夷的事蹟是大家熟知的。為防歧義，還是抄一段《史記·伯夷列傳》：

> 伯夷、叔齊，孤竹君之二子也。父欲立叔齊。及父卒，叔齊讓伯夷。伯夷曰：「父命也。」遂逃去。叔齊亦不肯立而逃之。國人立其中子。於是伯夷、叔齊聞西伯昌善養老，「盍往歸焉！」及至，西伯卒，武王載木主，號為文王，東伐紂。伯夷、叔齊叩馬而諫曰：「父死不葬，爰及干戈，可謂孝乎？以臣弒君，可謂仁乎？」左右欲兵之。太公曰：「此義人也。」扶而去之。武王已平殷亂，天下宗周，而伯夷、叔齊恥之，義不食周粟，隱於首陽山，采薇而食之。及餓且死，作歌，其辭曰：「登彼西山兮，採其薇矣。以暴易暴兮，不知其非矣。神農虞夏忽焉沒兮，我安適歸矣？於嗟徂兮，命之衰矣。」遂餓死於首陽山。

要將伯夷文化歸入伏牛山文化圈，須解決兩個問題。

第一個問題是：首陽山在哪裏？這是個老問題，舊說紛紜，莫衷一是。推崇伯夷的乾隆皇帝，於乾隆八年（1743）臨幸盧龍孤竹故城時，作了一首《夷齊廟》，序中鄭重地提出這個議題：「史稱夷齊恥食周粟，餓死首陽。《詩》云『采苓采苓，首陽之顛。』《疏》謂在河南蒲阪，而《莊子》則曰首陽山在岐山西北，曹大家云在隴西，《元和郡國志》謂首陽山在河南偃師，《說文》又謂在遼西：則是首陽凡五，各有證據，而其為夷齊餓死之處則一也，將孰之從？」他想憑藉自己的威權，一舉結束這個歷史爭議，斷云：

> 唯《遼史》所載，營州臨海軍下刺史，本商孤竹國，今之盧龍，即遼營州地也。《爾雅》所舉孤竹、北戶，注謂孤竹在北。周時幅員不廣，其以此處為極北，故宜。然則《說文》所謂首陽山在遼西者，此為近之。殆以詩在《唐風》，而扣馬而諫當武王伐紂之時，由是岐、

隴、蒲、偃，皆附會其說耳。

乾隆斷言首陽山在遼西孤竹國境內，其他諸說皆附會者，並勸誡人們：「夷齊清風在，天下何處非首陽，豈爭疆域乎？」意思是：夷齊清風已遍及全國，天下處處皆是首陽，就不要為地域的利益出爭論了。這對眼下到處爭名人故里的行為，倒是一劑清醒良藥。

有趣的是，四十五年後的乾隆五十三年（1788），著名學者孫星衍纂《偃師縣志》，卷四「陵廟」載錄：「商伯夷叔齊墓：在西北二十五里首陽山。」彷彿是要和乾隆皇帝唱對臺戲，孫星衍還加了一條按語，首引《水經注》：「河水又東逕平縣故城北，河水南對首陽山，夷齊之歌所矣，曰『登彼西山』，上有夷齊之廟，前有二碑，並是以漢河南尹廣陵陳導，洛陽令徐循，與處士平原蘇騰、南陽何進等立，事見其碑。」又著錄蔡邕（133～192）《伯夷叔齊碑》：「熹平五年，天下大旱，禱請名山，求獲答應。時處士平原蘇騰字元成，夢陟首陽，有神馬之使在道，明覺而思之，以其夢陟狀上聞。」（《後漢書‧五行志一》「靈帝熹平五年夏，旱」李賢注引），進一步肯定為乾隆所否定的首陽山偃師說，並特重提這一樁歷史舊案：

> 按：《水經注》稱偃師首陽山為夷齊之歌所，是即其死處也。又云有漢碑，則其說古矣。而裴駰《史記集解》引馬融曰首陽山在河東蒲阪華山之曲，河北之中，《水經注》又云引闞駰《十三州志》曰獨頭山，夷齊隱所也，山南有古冢，陵柏蔚然，攢茂邱阜，俗謂之夷齊墓，是謂蒲州之山。張守節《史記正義》據莊子云伯夷叔齊西至岐陽，見周武王伐殷云云，謂是今渭源首陽山，在岐陽西北，明即夷齊餓死處也。又據曹大家注《幽通賦》云夷齊餓於首陽山，在隴西首陽，是亦謂河源之山。此三說者，一本漢碑，一出裴駰，一推莊子之說，各有依據。若曰因孟子云伯夷避紂居北海之濱，謂是遼西首陽，其說最為不經矣。（附圖1）

孫星衍的分析是學術性的，雖然傾向於偃師說，但還是承認：「此三說者，一本漢碑（偃師），一出裴駰（蒲阪），一推莊子之說（岐陽），各有依據」，並不絕對說死；唯獨對於乾隆欽定的遼西說，採取了截然否定的態度：「若曰因孟子云伯夷避紂居北海之濱，謂是遼西首陽，其說最為不經矣。」沒有證據說孫星衍讀過乾隆的《夷齊廟》，但他所持偃師首陽山論，有漢碑為憑，其說甚古，相對於乾隆的「《遼史》所載」，依據確是充分得多了。

附圖 1

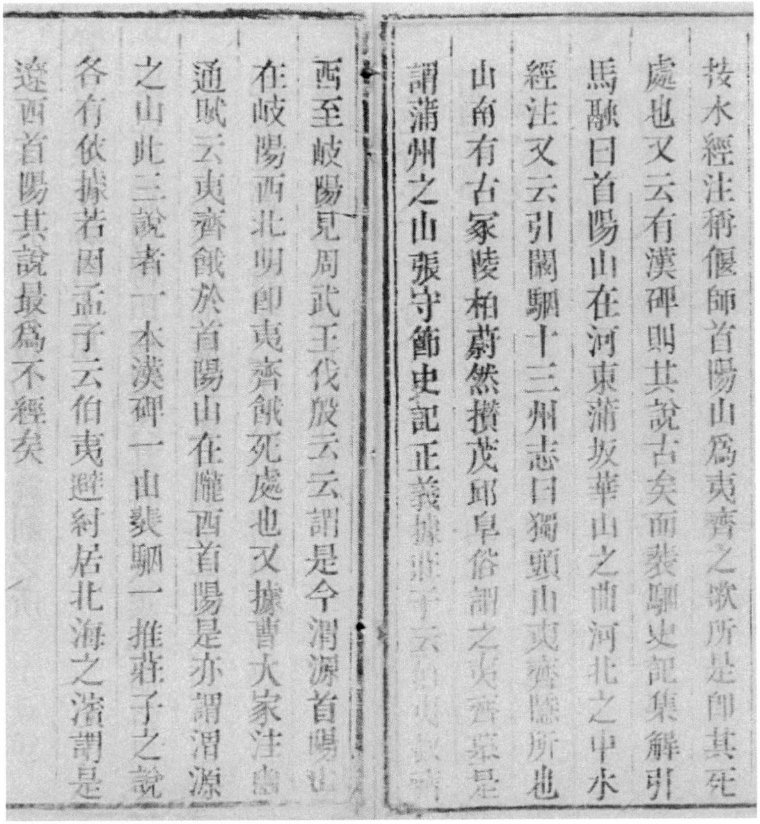

乾隆和孫星衍的意見，究竟誰更符合實際呢？就須將當時的政治形勢考慮進去了。《六韜》描述武王會八百諸侯於孟津的情景道：

> 武王伐紂，諸侯已至，未知士民何如。太公曰：「天道無親，今海內陸沉於殷久矣，百姓可與樂成，難與慮始。」伯夷、叔齊曰：「殺一人而有天下，聖人不為。」太公曰：「師渡孟津，六馬仰流，赤烏降，白魚外入，此豈非天非命也？師到牧野，天暴風電，前後不相見，車蓋發越，轅衡摧折，旌旄三折，旗幟飛揚者，精銳感天也。雨以洗吾兵，雷電應天也。」（《太平御覽》卷三百二十九引）

《六韜》一書，相傳為太公望（姜子牙）所著，曾被疑為偽書；1972年臨沂銀雀山西漢古墓發現《六韜》竹簡五十多枚，證明在西漢時已廣泛流傳。確定孟津、牧野的地理座標，問題就好解決了。孟津，古黃河津渡，在今河南孟津縣東北、孟縣西南。牧野，在今河南淇縣南。顧祖禹（1631～1692）《讀

史方輿紀要》:「周武伐紂，回師息戎，因我偃師。」連「偃師」之名，亦與周武伐紂有關。伯夷、叔齊之叩馬諫阻，只能在這附近。天一閣藏弘治十七年(1504)《偃師縣志》卷一「村」載錄有:「馬叩頭村:在縣北邙山後，跨偃師而帶孟津，周武王伐紂，夷齊馬叩而諫於此，故名。」(附圖2)可見明代中期，「馬叩頭村」的村名猶在，排除了後人與外人附會的可能。

伯夷、叔齊諫阻不成，義不食周粟，便隱居於首陽山。認同首陽山在盧龍縣的主要理由，是孤竹國乃二人故鄉，環境熟悉，生態亦好。但應當想到:當戰亂之際，遠涉千里回到孤竹，絕非易事;何況二人是為讓國而走的，若再返回，繼位問題仍然存在，豈非自找麻煩?

附圖2

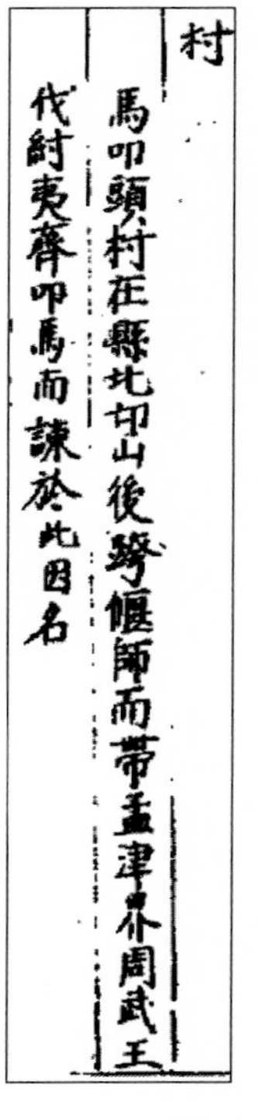
村
馬叩頭村在縣北邙山後跨偃師而帶孟津周武王
伐紂夷齊叩馬而諫於此因名

附圖3

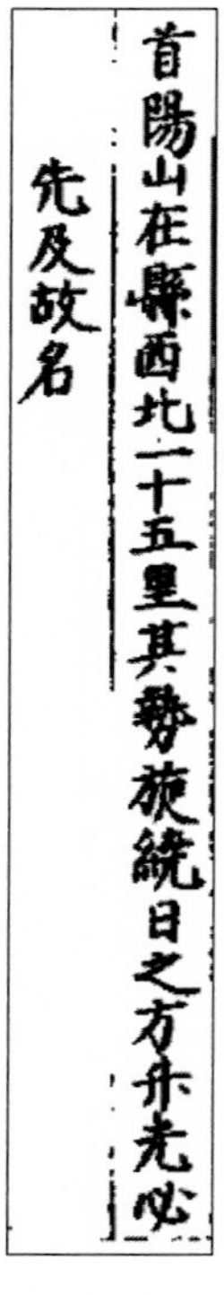
首陽山在縣西北一十五里其勢旋繞日之方升光必
先及故名

因此，他們只能選擇附近的首陽山。能證明這一點的，就是二人的墓地。除乾隆《偃師縣志》所載外，據1985年版《洛陽市文物志》，偃師首陽山車站東北郭墳村南，發現「古賢人伯夷叔齊墓道」碑，左刻「乾隆十五年五月下浣立」，碑陰刻《夷齊隱首陽山辨》，現立於市博物館碑廊。《偃師縣志》卷七又載古聖賢祠:「明知縣呂純如建，祠商伊尹、比干、伯夷、叔齊，田橫、杜子春、卓茂。魏王弼，唐許遠、顏真卿、杜甫，宋朱光庭。每歲春秋上丁後一日祭。」其祭文曰:「惟神或德於野，或功於朝，或以節著，或以名標，或學術盛，或理學昭。精英如在，靈爽非遙，今屆仲春(秋)，敬薦禮牢。尚饗。」盧龍縣遺存與伯夷、叔齊相關的遺跡，有「夷奇井」、「夷齊讀書處」，但沒有「馬叩頭村」，也沒有伯夷叔齊墓。

弘治《偃師縣志》卷一:「首陽山:在縣西北一十五里，其勢旋繞，日之方升，光必先及，故名。」(附圖3)這可能是對首陽山名的最權威的解釋。

河南大學歷史系鄭慧生教授據古人的描寫，剖析首陽山的地理特點道:

> 《史記》稱首陽山為「西山」，東漢杜篤作《首陽山賦》稱它為「孤嶺」。偃師首陽山為邙山最高峰，以其首見日出，故名首陽。邙山自洛陽迤邐而東，直到鄭州，除偃師境內的首陽山、虎頭山、菊

花山、二龍山為石山外，其他都是土嶺。山形一字排開向東，沒有重迭。從洛陽看首陽山，奇峰突兀，矗立於邙山土嶺之一端，所以杜篤稱它為「孤嶺」；它又處在其他石山虎頭山、菊花山之西，當然也就是「西山」了。

《首陽山賦》又說：「面河源而抗岩，隴埵限而相屬……」。任何一處的首陽山，都不可能看到黃河之源，這裡的「河源」即河流的意思。站在偃師縣首陽山之顛，眺望北面，黃河就在腳下，與首陽山邊岩隴相依。杜篤賦中的這些話，是對偃師首陽山勢的具體描寫。（《首陽山考》，《人文雜誌》1992年第五期）

杜篤（？～78），字季雅，京兆杜陵（今陝西省西安市東南）人，博學，善文辭。他的《首陽山賦》開首道：「嗟首陽之孤嶺，形勢窟其槃曲，面河源而抗巖，隴埵限而相屬。」提出了判定伯夷、叔齊隱居之首陽山的標準，這就是與河、洛相近。（附圖4）古人正是這樣來描述首陽山的：

附圖4

阮瑀（？～212）《弔伯夷文》：「余以王事，適彼洛師。瞻望首陽，敬弔伯夷。東海讓國，西山食薇。」

王粲（177～217）《弔夷齊文》：「歲旻秋之仲月，從王師以南征。濟河津而長驅，逾芒阜之崢嶸。覽首陽於東隅，見孤竹之遺靈。」

曹叡（204～239）《步出夏門行》：「步出夏門，東登首陽山，嗟哉夷齊，仲尼稱賢。」

阮籍（210～263）《詠懷詩》：「步出上東門，北望首陽岑。下有采薇士，上有嘉樹林。」

杜預（222～285）《卜兆首陽山南遺令》：「洛陽城東，首陽之南，為將來兆域，而所得地中有小山，上無舊冢，其高顯雖未足比邢山，然東奉二陵，西瞻宮闕，南觀伊洛，北望夷叔，曠然遠覽，情之所安也。」

范曄（398～445）《後漢書》：「滂乃慷慨仰天曰：『古之循善，

自求多福；今之循善，身陷大戮。身死這日，願埋滂於首陽山側，上不負皇天，下不愧夷齊。』」李賢注：「首陽山在洛陽東北。」

李頎（？～757？）《登首陽山謁夷齊廟》：「古人已不見，喬木竟誰過。寂寞首陽山，白雲空復多。蒼苔歸地骨，皓首采薇歌。畢命無怨色，成仁其若何。我來入遺廟，時候微清和。落日弔山鬼，回風吹女蘿。石門正西豁，引領望黃河。千里一飛鳥，孤光東逝波，驅車層城路，惆悵此巖阿。」

施閏章（1619～1683）《偃師懷古》：「伊洛波寒漸作霜，嵩山入望倚天長。吹笙廟古聞緱嶺，叩馬鄉傳自首陽。輔嗣斷碑秋草沒，田橫高冢暮雲黃。可憐武王休兵地，亂後空城半白楊。」

——所有這些吟詠，莫不指向偃師的首陽山。將「伯夷文化」納入「伏牛山文化圈」，誰曰不宜？

第二個問題，是如何評價伯夷文化的價值？

三十年來，有識之士不斷地呼籲「宏揚華夏歷史文明」，是有深刻原因的。由於「文化搭臺，經濟唱戲」，讓文化扮演配角，成了市場的婢女、奴僕，工具、手段，讓人心憂。為了改變這種狀況，各種嘗試都出現了。

先是有了茶文化，酒文化，飲食文化，旅遊文化，乃至消閒文化，麻將文化，等等。文化不願充當附庸，將自己直接「化」成了產業。這些嘗試，雖然也在講傳統文化，但仍脫不開以文化為手段的模式。

又有了各種與傳統文化相關的活動，首先是表演文化，即在舞臺演出的文化，如《印象雲南》、《印象大紅袍》之類；其次是展示文化，即可參觀性的文化，如古都文化、絲綢文化、金石文化、古建築文化、傢俱文化、民俗文化，等等。它們所以走紅，第一，最與市場配伍；第二，最能顯出成效；第三，也最容易操控。當下，熱衷於申請「世界文化遺產」，熱衷於申請「非物質遺產」，熱衷於創造「吉尼斯紀錄」，熱衷於各種類型的大賽，熱衷於各種名目的大節，終極指向都是市場效益，基本沒有擺脫與市場經濟的關連。

什麼叫文化？有關「文化」的定義，據說有二百多種，但不外乎有形的與無形的兩類。目下大眾所從事、所關注的，多是有形的文化，可以張顯的，淺俗的，立竿見影收到效益的文化；對於無形的文化，深涵不顯的，難以仿傚的，然而卻是最有價值的文化，反而相對的冷漠。文化的真義——文治教化，早已蕩然不存。這是我們在考慮文化問題時，絕對不能忽略的。

而我們所說的伯夷文化，不僅體現在首陽山、叩馬村等有形的旅遊資源之上，更體現在無形的伯夷精神之上。在從事伏牛山文化圈的開發的時候，固然不能不考慮運用經濟手段，來「建設中華文明傳承創新區」，但更要有反過來讓「經濟搭臺，文化唱戲」的氣魄，真正宣揚伯夷文化的歷史的和現實的價值。

那麼，伯夷的精神是什麼呢？

第一是讓。伯夷是孤竹國君的兒子，有崇高的社會地位。但在財富面前，他取的態度是廉；在地位面前，他取的態度是讓。在背後驅使他的，卻是「志」和「義」。《史記·太史公自序》說：「末世爭利，維彼奔義，讓國餓死，天下稱之。」李景星《史記評議》說：「世家首太伯，列傳首伯夷，美讓國高潔以風世也。」伯夷的讓，失去的是物質上的利，得到的卻是精神上的「仁」，所謂「求仁而得仁，又何怨！」這與一切為了金錢，都為自己的私利，構成了鮮明的對比。

第二是抗。伯夷對周武王「扣馬而諫」，反對「以暴易暴」；在天下人皆以周王為宗主的時候，發誓「義不食周粟」，隱於西山，采薇而食，最終餓死。這種以衰暮之年、病殘之軀，懷著高度社會責任感，公然抗拒如泰山壓頂之大兵，知其不可而為之，甚至不惜以自己的生命為代價的反潮流精神，是空前絕後、驚世駭俗的。正如司馬遷所說：「歲寒然後知松柏之後凋，舉世混濁，清士乃見。」

伯夷的心志，本質就是「風骨」二字。「求仁得仁」與「不食周粟」兩個成語凝成的內涵，前者體現為精神品格上的追求，後者體現為堅持原則的骨氣。「求仁得仁」的謙恭廉讓，與「不降其志」恥食周粟，前者捨棄的是個人的私利，後者捍衛的卻是大眾的公義，兩種看似相反的品格與氣質集於一人之身，完全能夠找到內在的生成邏輯。

伯夷處理問題的出發點，是非功利主義的。為了實踐自己的「志」和「義」，他可以不貪財富，不戀王位；同樣，為了實踐自己的「志」和「義」，他可以挺身而出，捨生取義。伯夷的主動的人生抉擇，使之成為中國士人最為景仰的高標。「末世爭利，維彼奔義，讓國餓死，天下稱之」的「伯夷精神」是國人寶貴的思想財富，中國文化的精髓。司馬遷教人以伯夷為法，而又深歎能識伯夷者之少。「聖之清者」的伯夷精神是最難學的。「清」就是清高，就是源自內心的信念，就是莊子所說的「遭治世不避其任，遇亂世不為苟存」。

面對「利」與「義」日漸分離的現實，明知清高是要付出代價的，明知「治亦進、亂亦進」的伊尹們能尋到實現「自我價值」的最佳機會，但寧肯堅持固有的操守、固有的道德。物質生活的貧乏低下，不能熄滅他們「求仁」的信念與毅力。作為維繫社會的良知，伯夷精神將獨立於天地間，千古永存。將「伯夷文化」納入「伏牛山文化圈」，誰曰不宜？

附錄：十處首陽山

1. 河南省偃師市首陽山，有首陽山鎮、扣馬村；
2. 河南省湯陰縣首陽山，有「首陽和合殿」；
3. 河南省新鄭首陽山有紀念伯夷叔齊母親的娘娘廟，有「首陽仙境」，有「首陽山二大賢廟」；
4. 甘肅省渭源縣首陽山，渭源縣古稱首陽縣，有首陽山、首陽村、伯夷叔齊墓和清聖祠，2007 年 6 月，渭源縣在首陽山舉辦數千人的伯夷叔齊公祭典禮；
5. 山西省永濟市首陽山，有首陽鄉、伯夷叔齊墓、二賢廟；
6. 江蘇省揚州市寶應縣首陽山，有伯夷叔齊墓；
7. 山東省昌樂縣首陽山，有夷齊祠，每年三月三有廟會；
8. 陝西省周至縣首陽山，道教太白廟中有伯夷叔齊鐵像，稱伯夷為大太白，叔齊為二太白，李白為三太白；
9. 遼寧省興城市首陽山，有首山、首陽橋、夷齊廟。
10. 河北省盧龍縣首陽山，又名陽山，坐落於今盧龍縣城東南 7.5 公里處。據《說文》載，陽山，既首陽山。據《永平府志》、《盧龍縣志》記載，首陽山東麓，建有「大窪寺」，山後又建有「九蓮庵」。首陽山的山形地勢又恰如一座屏風，環境優雅，素稱「陽山列屏」，列為「盧龍八景」之首。明代永平府郡首陳所立曾題詩讚道：「萬壑千崖列作屏，胡塵隔斷杳然青，射飛校尉多乘障，雁度風頭不敢停。」

論曹魏的文化建設

　　第三屆中國許昌三國文化學術研討會，主題為「曹操與魏都」，重點研討曹操都許時期的政治、軍事、經濟、文化思想與活動，是很有意義的。

　　三國是中國歷史上最為動亂的時期，留給後人的印象，多是破壞與殺戮，這自然反映了一定的真實；但人類歷史的本質，是建設而不是破壞，是進步而不是倒退。文明，不論是物質文明，還是政治文明、精神文明，都是建設起來的，而不是破壞出來的。從這個角度看，三國歷史最可稱道的，不是攻城略地、殺人毀屋，而是與前人有別的三國文化。回溯包括曹魏文化在內的三國文化，探討對於當今現代化進程的啟發借鑒作用與意義，應該立足於這個基點之上。

　　三國的文化建設，有各自不同的特點。這固與其所處形勢有關，也與創立者的秉賦密不可分。

　　劉備少孤，與母販履織席為業，不甚好讀書，陳壽謂其「機權幹略，不逮魏武，是以基宇亦狹」（《三國志·蜀書·先主傳》）。他對文化建設並無自覺觀念，從 214 年自領益州牧至 223 年病歿，掌控政權，不過區區十年，故建樹甚微。孫權非創基之主，200 年繼承兄位，至 252 年逝世，為時雖長，但開國格局實為乃父乃兄所立。曹操則不同。誠如晉人劉頌所云：「魏武帝以經略之才，撥煩理亂，兼肅文教，積數十年，至於延康之初，然後吏清下順，法始大行。」（《晉書·劉頌傳》）他 196 年迎漢獻帝遷都於許，「至是宗廟社稷制度始立」（《三國志·魏書·武帝紀》），雄踞許昌二十五年，「奉天子以令不臣」（《三國志·魏書·毛玠傳》），既有創建文化的自覺意念，又有一系列具體有效的措施，遂使曹魏文化成為三國文化最傑出的典範。

一

曹操所創建的文化，有有形者，有無形者。有形者最著名的，是銅雀臺。

《爾雅》云：「觀四方而高曰臺。」臺是供觀察眺望用的高而上平的方形建築物。《國語·楚語上》：「故先王之為臺榭也，榭不過講軍實，臺不過望氛祥。」古代名臺甚多，楚有雲陽臺，燕有黃金臺，吳有姑蘇臺，晉有吹臺，後改稱禹王臺等等。

建安十五年（210）冬，曹操在鄴城築銅雀臺。關於築臺的起因，《三國演義》第三十四回寫道：

> 卻說曹操於金光處，掘出一銅雀，問荀攸曰：「此何兆也？」攸曰：「昔舜母夢玉雀入懷而生舜。今得銅雀，亦吉祥之兆也。」操大喜，遂命作高臺以慶之。乃即日破土斷木，燒瓦磨磚，築銅雀臺於漳河之上。約計一年而工畢。少子曹植進曰：「若建層臺，必立三座：中間高者，名為銅雀；左邊一座，名為玉龍；右邊一座，名為金鳳。更作兩條飛橋，橫空而上，乃為壯觀。」操曰：「吾兒所言甚善。他日臺成，足可娛吾老矣！」

銅雀臺與其後相繼建造的金虎臺（後避後趙石虎諱改金鳳臺）和冰井臺，史稱鄴西三臺。《水經注·濁濟水篇》：「鄴西三臺，中曰銅雀臺，高十丈，有層百一間。」曹操築銅雀臺的用意，或謂炫耀功業，或謂軍事需要；但從根本上講，毋寧說是一種文化建設，是對傳統文明的繼承和發揚。其實用價值，就眼下來說，是與賓客姬妾飲宴歡娛之地；從長遠來看，則為後世留下了一處歷史名勝。

《三國演義》第五十六回「曹操大宴銅雀臺」寫道：

> 操自赤壁敗後，常思報仇；只疑孫、劉並力，因此不敢輕進，時建安十五年春，造銅雀臺成，操乃大會文武於鄴郡，設宴慶賀。其臺正臨漳河，中央乃銅雀臺，左邊一座名玉龍臺，右邊一座名金鳳臺，各高十丈，上橫二橋相通，千門萬戶，金碧交輝。是日，曹操頭戴嵌寶金冠，身穿綠錦羅袍，玉帶珠履，憑高而坐。文武侍立臺下。操欲觀武官比試弓箭，乃使近侍將西川紅錦戰袍一領，掛於垂楊枝上，下設一箭垛，以百步為界。分武官為兩隊：曹氏宗族俱穿紅，其餘將士俱穿綠：各帶雕弓長箭，跨鞍勒馬，聽候指揮。操傳令曰：「有能射中箭垛紅心者，即以錦袍賜之；如射不中，罰水一

杯。」號令方下，紅袍隊中，一個少年將軍驟馬而出，眾視之，乃曹休也。休飛馬往來，奔馳三次，扣上箭，拽滿弓，一箭射去，正中紅心。金鼓齊鳴，眾皆喝采。曹操於臺上望見大喜，曰：「此吾家千里駒也！」方欲使人取錦袍與曹休，只見綠袍隊中，一騎飛出，叫曰：「丞相錦袍，合讓俺外姓先取，宗族中不宜攙越。」操視其人，乃文聘也。眾官曰：「且看文仲業射法。」文聘拈弓縱馬一箭，亦中紅心。眾皆喝采，金鼓亂鳴。聘大呼曰：「快取袍來！」只見紅袍隊中，又一將飛馬而出，厲聲曰：「文烈先射，汝何得爭奪？看我與你兩個解箭！」拽滿弓，一箭射去，也中紅心。眾人齊聲喝采。視其人，乃曹洪也。洪方欲取袍，只見綠袍隊裏又一將出，揚弓叫曰：「你三人射法，何足為奇！看我射來！」眾視之，乃張郃也。郃飛馬翻身，背射一箭，也中紅心。四枝箭齊齊的攢在紅心裏。眾人都道：「好射法！」郃曰：「錦袍須該是我的！」言未畢，紅袍隊中一將飛馬而出，大叫曰：「汝翻身背射，何足稱異！看我奪射紅心！」眾視之，乃夏侯淵也，淵驟馬至界口，紐回身一箭射去，正在四箭當中，金鼓齊鳴。淵勒馬按弓大叫曰：「此箭可奪得錦袍麼？」只見綠袍隊裏，一將應聲而出，大叫：「且留下錦袍與我徐晃！」淵曰：「汝更有何射法，可奪我袍？」晃曰：「汝奪射紅心，不足為異。看我單取錦袍！」拈弓搭箭，遙望柳條射去，恰好射斷柳條，錦袍墜地。徐晃飛取錦袍，披於身上，驟馬至臺前聲喏曰：「謝丞相袍！」曹操與眾官無不稱羨。晃才勒馬要回，猛然臺邊躍出一個綠袍將軍，大呼曰：「你將錦袍那裡去？早早留下與我！」眾視之，乃許褚也。晃曰：「袍已在此，汝何敢強奪！」褚更不回答，竟飛馬來奪袍。兩馬相近，徐晃便把弓打許褚。褚一手按住弓，把徐晃拖離鞍鞽。晃急棄了弓，翻身下馬，褚亦下馬，兩個揪住廝打。操急使人解開。那領錦袍已是扯得粉碎。操令二人都上臺。徐晃睜眉怒目，許褚切齒咬牙，各有相鬥之意。操笑曰：「孤特視公等之勇耳。豈惜一錦袍哉？」便教諸將盡都上臺，各賜蜀錦一匹，諸將各各稱謝。操命各依位次而坐。樂聲競奏，水陸並陳。文官武將輪次把盞，獻酬交錯。操顧謂眾文官曰：「武將既以騎射為樂，足顯威勇矣。公等皆飽學之士，登此高臺，可不進佳章以紀一時之勝事乎？」眾官皆躬身而言

曰：「願從鈞命。」時有王朗、鍾繇、王粲、陳琳一班文官，進獻詩章。詩中多有稱頌曹操功德巍巍、合當受命之意。曹操逐一覽畢，笑曰：「諸公佳作，過譽甚矣。孤本愚陋，始舉孝廉。後值天下大亂，築精舍於譙東五十里，欲春夏讀書，秋冬射獵，以待天下清平，方出仕耳。不意朝廷徵孤為典軍校尉，遂更其意，專欲為國家討賊立功，圖死後得題墓道曰：『漢故征西將軍曹侯之墓』，平生願足矣。念自討董卓，剿黃巾以來，除袁術、破呂布、滅袁紹、定劉表，遂平天下。身為宰相，人臣之貴已極，又復何望哉？如國家無孤一人，正不知幾人稱帝，幾人稱王。或見孤權重，妄相忖度，疑孤有異心，此大謬也。孤常念孔子稱文王之至德，此言耿耿在心。但欲孤委捐兵眾，歸就所封武平侯之國，實不可耳：誠恐一解兵柄，為人所害；孤敗則國家傾危；是以不得慕虛名而處實禍也。諸公必無知孤意者。」眾皆起拜曰：「雖伊尹、周公，不及丞相矣。」

曹操借築臺以宣揚吉祥，在臺上大宴群臣，命武將比武，文官作文，以助酒興，並慨陳匡復天下之志，可謂上下交心，和諧之至。此種意趣，皆劉備、孫權輩難以想望者也。

曹操不僅自己創建有形之物，以為後世之名勝，且對古之名勝予以題詠，使之更加深入人心。昌黎城北的碣石山，是載於《山海經》《尚書‧禹貢》的名山。秦始皇北巡碣石，曾令李斯鐫《碣石門銘》。建安十二年（207），「登高必賦，及造新詩，被之管絃，皆成樂章」（《三國志‧魏書‧武帝紀》注引《魏書》）的曹操，登上碣石山，作《觀滄海》：

> 東臨碣石，以觀滄海。
> 水何澹澹，山島竦峙。
> 樹木叢生，百草豐茂。
> 秋風蕭瑟，洪波湧起。
> 日月之行，若出其中；
> 星漢燦爛，若出其裏。
> 幸甚至哉！歌以詠志。

「往事越千年，魏武揮鞭，東臨碣石有遺篇。」1954年夏，毛澤東在北戴河吟誦《觀滄海》，說：「曹操是了不起的政治家、軍事家，也是個了不起的詩人。」碣石山自經曹操、毛澤東品題，更成了著名的勝蹟。

二

有形之物，終難永久。歷經千年風雨洗蝕，昔日之銅雀臺，只剩下一堆殘垣頹壁。但由修築銅雀臺導引出來的文學創作，卻永世長存。

曹操於三臺落成之時，悉將諸子登臺，使各為賦，曹植乃作《銅雀臺賦》：

> 從明后而嬉遊兮，登層臺以娛情。見太府之廣開兮，觀聖德之所營。建高門之嵯峨兮，浮雙闕乎太清。立中天之華觀兮，連飛閣乎西城。臨漳水之長流兮，望園果之滋榮。仰春風之和穆兮，聽百鳥之悲鳴。天雲垣其既立兮，家願得而獲逞。揚仁化於宇內兮，盡肅恭於上京。惟桓文之為盛兮，豈足方乎聖明！休矣美矣！惠澤遠揚。翼佐我皇家兮，寧彼四方。同天地之規量兮，齊日月之暉光。永貴尊而無極兮，等年壽於東王。

《三國演義》從中添加「立雙臺於左右兮，有玉龍與金鳳。攬二喬於東南兮，樂朝夕之與共。俯皇都之宏麗兮，瞰雲霞之浮動。欣群才之來萃兮，協飛熊之吉夢」，又演義出孔明曲解《銅雀臺賦》智激周瑜的故事：

> 孔明曰：「愚有一計：並不勞牽羊擔酒，納土獻印；亦不須親自渡江；只須遣一介之使，扁舟送兩個人到江上。操一得此兩人，百萬之眾，皆卸甲卷旗而退矣。」瑜曰：「用何二人，可退操兵？」孔明曰：「江東去此兩人，如大木飄一葉，太倉減一粟耳；而操得之，必大喜而去。」瑜又問：「果用何二人？」孔明曰：「亮居隆中時，即聞操於漳河新造一臺，名曰銅雀，極其壯麗；廣選天下美女以實其中。操本好色之徒，久聞江東喬公有二女，長曰大喬，次曰小喬，有沉魚落雁之容，閉月羞花之貌。操曾發誓曰：吾一願掃平四海，以成帝業；一願得江東二喬，置之銅雀臺，以樂晚年，雖死無恨矣。今雖引百萬之眾，虎視江南，其實為此二女也。將軍何不去尋喬公，以千金買此二女，差人送與曹操，操得二女，稱心滿意，必班師矣。此范蠡獻西施之計，何不速為之？」瑜曰：「操欲得二喬，有何證驗？」孔明曰：「曹操幼子曹植，字子建，下筆成文。操嘗命作一賦，名曰《銅雀臺賦》。賦中之意，單道他家合為天子，誓取二喬。」瑜曰：「此賦公能記否？」孔明曰：「吾愛其文華美，嘗竊記之。」瑜曰：「試請一誦。」

堪稱稗官之妙筆。聯繫唐人杜牧之「東風不與周郎便，銅雀春深鎖二喬」，則此又非《三國演義》之杜撰也。

除曹植的千古絕唱，曹丕也寫了《登臺賦》：「登高臺以騁望，好靈雀之麗嫻。飛閣崛其特起，層樓儼以承天。步逍遙以容與，聊遊目於西山。溪谷紆以交錯，草木郁其相連。風飄飄而吹衣，鳥飛鳴而過前。申躊躇以周覽，臨城隅之通川。」（《藝文類聚》六十二）

曹操在戎馬倥傯之中，「朝攜壯士，夜接詞人，崇獎風流」（胡應麟《詩藪》外編卷一），銅雀臺成了他以文會友之地，曹丕、曹植、王粲、劉楨、陳琳、徐幹等常於此倡和，銅雀臺成了「建安文學」的活動中心。

曹操是開一代風氣的大詩人，他的最大長處，是敢於直面殘酷的現實，並且將其凝結為文學的詩篇。

曹操建安十四年令曰：「自頃已來，軍數征行，或遇疫氣，吏士死亡不歸，家室怨曠，百姓流離，而仁者豈樂之哉？不得已也。其令死者家無基業不能自存者，縣官勿絕廩，長吏存恤撫循，以稱吾意。」（《三國志‧魏書‧武帝志》）正因為懷有這種心理情結，就有了他的詩歌《蒿里行》：

> 關東有義士，興兵討群凶。
> 初期會盟津，乃心在咸陽。
> 軍合力不齊，躊躇而雁行。
> 勢利使人爭，嗣還自相戕。
> 淮南弟稱號，刻璽於北方。
> 鎧甲生蟣蝨，萬姓以死亡。
> 白骨露於野，千里無雞鳴。
> 生民百遺一，念之斷人腸。

「白骨露於野，千里無雞鳴。生民百遺一，念之斷人腸。」這種憫時悼亂、反映民眾悲苦的詩歌，出於最高統治者之手，顯然出於一種示範的意向。故後人謂曹操樂府為「漢末實錄，真詩史也」（鍾惺《古詩歸》）。

曹魏不僅提倡新詩的創作，對於舊籍的搜集也十分重視。蔡邕是後漢著名學者，「前在東觀，與盧植、韓說等撰補《後漢記》，會遭事流離，不及得成」（《後漢書‧蔡邕傳》）。其女蔡琰，字文姬，博學有才辯，又妙於音律。興平中，為胡騎所獲，沒於南匈奴左賢王。曹操素與邕善，痛其無嗣，乃遣使者以金璧贖之，而重嫁於董祀。操因問曰：「聞夫人家先多墳籍，猶能憶識之

不？」文姬曰：「昔亡父賜書四千許卷，流離塗炭，罔有存者。今所誦憶，裁四百餘篇耳。」操曰：「今當使十吏就夫人寫之。」文姬曰：「妾聞男女之別，禮不親授。乞給紙筆，真草唯命。」於是繕書送之，文無遺誤（《後漢書‧列女傳》）。讓文姬憑記憶將其父散佚之書籍誦記出來，顯示了曹操保存古典文化典籍的眼光。

曹丕《典論‧論文》說：「蓋文章，經國之大業，不朽之盛事。年壽有時而盡，榮樂止乎其身，二者必至之常期，未若文章之無窮。是以古之作者，寄身於翰墨，見意於篇籍，不假良史之辭，不託飛馳之勢，而聲名自傳於後。」反映了曹魏最高統治者對於文學價值的認可。就個人生命而言，「年壽有時而盡，榮樂止乎其身」；就人類社會而言，任何雄偉壯麗的建築，都會倒塌損毀。真正受享「無窮」的，惟有文章。曹丕歎息常人之「貧賤則懾於飢寒，富貴則流於逸樂，遂營目前之務，而遺千載之功」，可謂大有深意。

三

曹操是天下大亂時代的「非常之人」、「超世之傑」，破格用人，整飭吏治，是曹操政治文化的核心。他創建的更為無形的文化，是通過一系列法令傳達的出來倫理觀念的更新。

建安十五年，曹操下《求賢令》：「自古受命及中興之君，曷嘗不得賢人君子與之共治天下者乎！及其得賢也，曾不出閭巷，豈幸相遇哉？上之人不求之耳。今天下尚未定，此特求賢之急時也。孟公綽為趙魏老則優，不可以為滕薛大夫。若必廉士而後可用，則齊桓其何以霸世！今天下得無有被褐懷玉而釣於渭濱者乎？又得無盜嫂受金而未遇無知者乎？二三子其佐我明揚仄陋，唯才是舉，吾得而用之。」（《三國志‧魏書‧武帝紀》）

建安十九年令：「夫有行之士未必能進取，進取之士未必能有行也。陳平豈篤行，蘇秦豈守信邪？而陳平定漢業，蘇秦濟弱燕。由此言之，士有偏短，庸可廢乎？有司明思此義，則士無遺滯，官無廢業矣。」（《三國志‧魏書‧武帝紀》）

建安二十二年令：「昔伊摯、傅說出於賤人，管仲，桓公賊也，皆用之以興。蕭何、曹參，縣吏也，韓信、陳平負汙辱之名，有見笑之恥，卒能成就王業，聲著千載。吳起貪將，殺妻自信，散金求官，母死不歸，然在魏，秦人不敢東向，在楚，則三晉不敢南謀。今天下得無有至德之人放在民間，及果勇

不顧，臨敵力戰；若文俗之吏，高才異質，或堪為將守；負汙辱之名，見笑之行，或不仁不孝而有治國用兵之術；其備舉所知，勿有所遺。」（《三國志‧魏書‧武帝紀》注引《魏書》）

曹操提出不拘品行、唯才是舉的用人方針，首先是與其時的形勢分不開的。「今天下尚未定，此特求賢之急時也」，緊迫的形勢不容許在人才選擇上過於苛求。只要有真才實學，曹操甚至可以不問品行，都加以任用。

在選人的問題上，德、才兩條標準的權衡取捨，是歷來共有的大問題。當然，最佳的選擇是德才兼備；但在多數情況下，有德者不一定有才。為孔子稱道的孟公綽，廉潔自守，沒有私欲，其「德」顯然沒有問題。以他的才幹，到趙氏、魏氏擔任家臣可以遊刃有餘；但卻不能做好滕國、薛國的大夫。

「德」又是抽象的東西。一個人自稱有「德」，甚或通過某種評判程序獲得的「德」，都不一定能名副其實。有諺諷刺漢代察舉：「舉秀才不知書，察孝廉父別居，寒素清白濁如泥，高第良將怯如雞。」就是最極端的例證。

曹操不為表面的「德」所惑，從史上許多似乎缺「德」的人身上，看出了他們是難得的人才。從三道《求賢令》所舉史例看，「唯才是舉」的對象實有下列三種類型：

1. 出身低賤的人，如「伊摯、傅說出於賤人」，「蕭何、曹參，縣吏也」；
2. 曾經反對過自己的人，如「管仲，桓公賊也」；
3. 品德上確有缺陷的人，如「韓信、陳平負汙辱之名，有見笑之恥」。

事實證明，曹操貫徹了「唯才是舉」的方針，如「拔于禁、樂進於行陣之間，取張遼、徐晃於亡虜之內，皆佐命立功，列為名將。其餘拔出細微，登為牧守者，不可勝數」，選拔出身低賤的人，是對傳統門第等級觀念的反動，尤有進步的意義；又如陳琳為袁紹草檄罵過曹操，曹操說：「卿昔為本初移書，但可罪狀孤而已，惡惡止其身，何乃上及父祖邪？」但愛其才而不咎，仍任他為司空軍謀祭酒（《三國志‧魏書‧陳琳傳》）；又如魏種原本最得曹操信任，兗州叛，魏種走，後生擒之，曰：「唯其才也！」釋其縛而用之（《三國志‧魏書‧武帝紀》）。

為了貫徹「唯才是舉」的方針，曹操還對習俗進行了修正。如陳矯本劉氏子，出嗣舅氏而婚於本族，徐宣每非之，庭議其闕。曹操惜矯才量，欲擁全之，乃下令曰：「喪亂已來，風教凋薄，謗議之言，難用褒貶。自建安以前，

一切勿論。其以斷前誹議者，以其罪罪之。」（《三國志·魏書·陳矯傳》引《魏氏春秋》）可謂用心良苦。

但不論如何，忽視「德」的「唯才是舉」，畢竟是權宜之計，故曹操提出了兩條措施以補救之。

一是興教育。

建安八年，令曰：「喪亂已來，十有五年，後生者不見仁義禮讓之風，吾甚傷之。其令郡國各脩文學，縣滿五百戶置校官，選其鄉之俊造而教學之，庶幾先王之道不廢，而有以益於天下。」（《三國志·魏書·武帝紀》）立學校之外，還樹立足可效法的典型。建安十二年北征柳城，過涿郡，告太守令曰：「故北中郎將盧植，名著海內，學為儒宗，士之楷模，乃國之楨幹也。昔武王入殷，封商容之閭；鄭喪子產，而仲尼隕涕。孤到此州，嘉其餘風，春秋之義，賢者之後，有異於人。今亟敬遣丞掾修其墳墓，存其子孫，並致薄醊，以彰厥德。」（《三國志·魏書·盧毓傳》注引《續漢書》，又見《藝文類聚》四十）

二是齊風俗。

建安十年九月，令曰：「阿黨比周，先聖所疾也。聞冀州俗，父子異部，更相毀譽。昔直不疑無兄，世人謂之盜嫂；第五伯魚三娶孤女，謂之撾婦翁；王鳳擅權，谷永比之申伯，王商忠議，張匡謂之左道：此皆以白為黑，欺天罔君者也。吾欲整齊風俗，四者不除，吾以為羞。」（《三國志·魏書·武帝紀》）就是對「不德」的宣戰。

曹操還決心移風易俗，建安二十三年六月，令曰：「古之葬者，必居瘠薄之地。其規西門豹祠西原上為壽陵，因高為基，不封不樹。周禮冢人掌公墓之地，凡諸侯居左右以前，卿大夫居後，漢制亦謂之陪陵。其公卿大臣列將有功者，宜陪壽陵，其廣為兆域，使足相容。」是提倡薄葬；《明罰令》謂：「聞太原上黨、西河、雁門冬至後百有五日皆絕火寒食，云為介子推。子胥沉江，吳人未有絕水之事，至於推獨為寒食，豈不悖乎！且北方沍寒之地，老少羸弱，將有不堪之患。令到，人不得寒食，若犯者，家長半歲刑，主使百日刑，令長奪一月俸。」（《藝文類聚》四，《御覽》二十八，又三十，又八百六十八）是改革不良風俗。整頓風俗倫理、禮儀規範，都是社會內部凝聚力的核心所在。

同時，曹操又大力整飭吏治，打擊豪強，注意保護弱勢群體，社會秩序

得到保證。建安九年九月，平定河北之後，曹操頒布《收田租令》：「有國有家者，不患寡而患不均，不患貧而患不安。袁氏之治也，使豪強擅恣，親戚兼併，下民貧弱，代出租賦，炫鬻家財，不足應命。審配宗族，至乃藏匿罪人，為逃逃主。欲望百姓親附，甲兵強盛，豈可得邪！」（《三國志・魏書・武帝紀》注引《魏書》）他特別強調「重豪強兼併之法」，下令「無令強民有所隱藏，而弱民兼賦」（《三國志・魏書・武帝紀》注引《魏書》）。

曹操建安十一年十月《求言令》說：「夫治世御眾，建立輔弼，誠在面從。詩稱『聽用我謀，庶無大悔』，斯實君臣懇懇之求也。吾充重任，每懼失中，頻年已來，不聞嘉謀，豈吾開延不勤之咎邪？自今以後，諸掾屬治中別駕，常以月旦，各言其失，吾將覽焉。」（《魏志・武帝紀》注引《魏書》，又《文館詞林》六百九十五）又言：「自今諸掾屬侍中別駕，常以月朔，各進得失，紙書函封。主者朝，常給紙函各一。」（《初學記》二十一《紙》）他反對「面從」，廣開言路，時時將自己置於群臣的監督之中，實有政治民主的意味。

曹操提倡節儉，史稱他「以天下凶荒，資財乏匱，擬古皮弁，裁縑帛以為帢，合於簡易隨時之義，以色別其貴賤，」「雅性節儉，不好華麗，後宮衣不錦繡，侍御履不二採，帷帳屏風，壞則補納，茵蓐取溫，無有緣飾。攻城拔邑，得美麗之物，則悉以賜有功，勳勞宜賞，不吝千金，無功望施，分毫不與，四方獻御，與群下共之。常以送終之制，襲稱之數，繁而無益，俗又過之，故預自制終亡衣服，四篋而已。」（《三國志・魏書・武帝紀》注引《魏書》）其妻卞夫人亦「性約儉，不尚華麗，無文繡珠玉，器皆黑漆。」「以國用不足，減損御食，諸金銀器物皆去之。」（《三國志・魏書・后妃傳》注引《魏書》）「後宮食不過一肉，衣不用錦繡，茵蓐不緣飾，器物無丹漆，用能平定天下，遺福子孫。」（《三國志・魏書・衛覬傳》）

古代君主謙稱「寡人」，言己是「寡德之人」，實際上卻裝成「天」的代表，真理的化身，神聖不可侵犯。曹操則不然。他「為人佻易無威重，好音樂，倡優在側，常以日達夕。被服輕綃，身自佩小鞶囊，以盛手巾細物，時或冠帢帽以見賓客。每與人談論，戲弄言誦，盡無所隱，及歡悅大笑，至以頭沒杯案中，肴膳皆沾污巾幘，其輕易如此」（《三國志・魏書・武帝紀》注引《曹瞞傳》）建安十五年（210），曹操撰《讓縣自明本志令》，借退還皇帝加封三縣之名，表明自己的本志：

今孤言此，若為自大，欲人言盡，故無諱耳。設使國家無有孤，不知當幾人稱帝，幾人稱王！或者人見孤強盛，又性不信天命之事，恐私心相評，言有不遜之志，妄相忖度，每用耿耿。齊桓、晉文所以垂稱至今日者，以其兵勢廣大，猶能奉事周室也。《論語》云：「三分天下有其二，以服事殷，周之德可謂至德矣。」夫能以大事小也。昔樂毅走趙，趙王欲與之圖燕。樂毅伏而垂泣，對曰：「臣事昭王，猶事大王；臣若獲戾，放在他國，沒世然後已，不忍謀趙之徒隸，況燕後嗣乎！」胡亥之殺蒙恬也，恬曰：「自吾先人及至子孫，積信於秦三世矣；今臣將兵三十餘萬，其勢足以背叛，然自知必死而守義者，不敢辱先人之教以忘先王也。」孤每讀此二人書，未嘗不愴然流涕也。孤祖、父以至孤身，皆當親重之任，可謂見信者矣，以及子桓兄弟，過於三世矣。孤非徒對諸君說此也，常以語妻妾，皆令深知此意。孤謂之言：「顧我萬年之後，汝曹皆當出嫁，欲令傳道我心，使他人皆知之。」孤此言皆肝鬲之要也。所以勤勤懇懇敍心腹者，見周公有《金滕》之書以自明，恐人不信之故。然欲孤便爾委捐所典兵眾，以還執事，歸就武平侯國，實不可也。何者？誠恐己離兵為人所禍也。既為子孫計，又已敗則國家傾危，是以不得慕虛名而處實禍，此所不得為也。前朝恩封三子為侯，固辭不受，今更欲受之，非欲復以為榮，欲以為外援，為萬安計。孤聞介推之避晉封，申胥之逃楚賞，未嘗不捨書而歎，有以自省也。奉國威靈，仗鉞征伐，推弱以克強，處小而禽大。意之所圖，動無違事，心之所慮，何向不濟，遂蕩平天下，不辱主命。可謂天助漢室，非人力也。然封兼四縣，食戶三萬，何德堪之！江湖未靜，不可讓位；至於邑土，可得而辭。今上還陽夏、柘、苦三縣戶二萬，但食武平萬戶，且以分損謗議，少減孤之責也。

坦白磊落，直率真摯。「設使國家無有孤，不知當幾人稱帝，幾人稱王」，「顧我萬年之後，汝曹皆當出嫁，欲令傳道我心，使他人皆知之」，這樣的話，從古到今，沒有什麼人會這麼說。建安二十五年，曹操死於洛陽，年六十六。遺令曰：

吾夜半覺小不佳，至明日，飲粥汗出，服當歸湯，吾在軍中持法是也。至於小忿怒，大過失，不當效也。天下尚未安定，未得遵

古也。吾有頭病，自先著幘，吾死之後，持大服如存時勿遺。百官
當臨殿中者十五舉音，葬畢便除服，其將兵屯戍者，皆不得離屯部。
有司各率乃職。斂以時服，葬於鄴之西岡，上與西門豹祠相近，無
藏金玉珍寶。吾婢妾與伎人皆勤苦，使著銅雀臺，善待之。於臺堂
上安六尺床，施繐帳，朝晡上脯糒之屬，月旦，十五日，自朝至午，
輒向帳中作伎樂。汝等時時登銅雀臺，望吾西陵墓田。餘香可分與
諸夫人，不命祭。諸舍中無所為，可學作組履賣也。吾歷官所得綬，
皆著藏中；吾餘衣裘，可別為一藏。不能者，兄弟可共分之。（《全
三國文》卷三）

「吾在軍中持法是也，至於小忿怒，大過失，不當效也」，是曹操誠實的
政治遺言，承認自己既有「小忿怒」，又有「大過失」，確有自知之明。其他所
叮囑的，不過是一些家務瑣事，特別是「分香賣履」，要家屬準備過貧苦的生
活，真是現實極了。曹操死前不文過飾非，更不往自己臉上貼金，絕不講那
些警世的大話，在中國歷史上，是頭一個讓自己走下神壇的最高統治者。這
恐怕是曹魏文化對後人最重要的啟迪吧！

諸葛亮的決策、管理及其他

　　諸葛亮向來被看作「智慧的化身」。從現代管理科學的角度看，他的決策和管理，比「智慧」居於更高的層次。

　　什麼是「決策」？大體說來，就是為達到最佳目標在多種方案中選擇最佳方案的行為。劉備因「漢室傾頹，奸臣竊命」，「欲伸大義於天下」，然其「雖有匡濟之誠，實乏經綸之策」。諸葛亮所選擇的方案，不僅與劉備不同，而且出於常理之外：「先取荊州為家，後即取西川建基業，以成鼎足之勢，然後可圖中原也。」這種「不勸玄德取孫、曹之地，而勸玄德取二劉之地，將欲扶漢而反自戕其宗室」的決策，是建立在對於敵、友、我三方客觀形勢的全面、綜合的估計的基礎之上的。曹操「已擁百萬之眾，挾天子以令諸侯」，孫權「據有江東，已歷三世，國險而民附」，二者暫時都不是可以攻取的對象。避開強大敵手，首先在荊益二州建立自己的基業，以成鼎足之勢，然後徐圖中原的決策，大體上符合當時政治軍事鬥爭的形勢。美國管理學專家亞歷山大‧H‧科內爾說：「一切企業和事業單位的政策、策略、短期計劃、長遠規劃以至日常工作，都是由堅定的實際決定和更為堅定的預見兩部分組成。這些決定和預見應該是最佳的。」（《決策人員必讀》）。諸葛亮的決策活動，不僅包含關於「三分」的堅定的預見，也包含為實現這一預見所採取的一個個堅定的實際決定。他把自己的總的決策，化為一個個實際的決定；而一個個實際的決定，又無不為著實現那總的決策。充分體現了諸葛亮決策的整體觀、綜合觀和長遠觀。

　　從決策主體上分類，諸葛亮的決策屬於個人決策。而個人決策能否發揮其積極作用，關鍵在於他是否具備一定的個人條件和社會條件。就個人條件

而言，諸葛亮的品質、智慧、才能、經驗和精力都應該說是充分勝任的；就社會條件來說，諸葛亮自得劉備草廬三顧，即被委以重任，獲得了相當的權力。但這一點又不是一成不變的，我們可以依據社會條件的變化，把諸葛亮的決策活動分為兩大階段，自三顧茅廬至白帝城託孤為第一階段；白帝城託孤至五丈原歸天為第二階段。

在第一階段，劉備雖然說自得孔明，「猶魚之得水」，但劉備非凡庸之主，自有其主體性意志和信念，對於諸葛亮的決策，難免時有干擾和違離，而這種干擾與違離是來自諸葛亮的權力之上，所以結果就非同一般。如「取荊州為家」，本是隆中決策極為明確的一項屬於短期規劃中的實際決定，但劉備卻以「備受景升之恩，安忍圖之」加以拒絕。本來是可以輕易奪得的荊州，卻因劉備之「過於仁」，遂致失卻良機。劉備之不從諸葛亮的決策，還有一次是不聽諸葛亮的諫阻，討伐東吳，致為陸遜所敗。

但總的來說，諸葛亮還是獲得了得心應手的運籌帷幄之權的，使他的決策一步步得到了實現。他的第一個重大成就是荊州的獲得。面對曹操勢力的南侵，孫、劉雙方都有聯合的願望。但就實力對比而言，劉備明顯處於劣勢。諸葛亮在這力的不平衡的關係中，運用了他的決策才能，化被動為主動，既注意顧全大局，又注意聯合中的鬥爭，從而保證了赤壁抗曹的輝煌勝利。但是，諸葛亮並沒有把這種又聯合又鬥爭的實踐經驗上升為理論，化為決策的有機組成部分。他從沒有談到，孫劉聯合的基礎只是抗曹，一旦曹操退走，雙方的矛盾就會不可調和地突出起來。當龐統死後，諸葛亮不得不入川而交荊州於關公時，唯囑以「東和孫權，北拒曹操」之語，卻沒有想到，隨著形勢的急劇變化，孫、劉的關係已遠非赤壁大戰前夕可比。其時孫夫人已去，孫、劉聯盟實際上已經破裂。處其時其地，孔明不教以既聯合又鬥爭的應變之策，不教以警惕孫權背盟的危險，實在是太不夠了。他既使關公取樊城，又不遣別將代守荊州，「大意失荊州」，與其說是關公大意，不如說是孔明的失策。

諸葛亮決策的另一個成就是益州和漢中的獲得，實現了「鼎足三分」的目標。但諸葛亮的目標，是奪取益州以建「基業」。這實際上反映了重益輕荊的思想。荊州逼近孫、曹，形勢十分重要，唯其如此，方足以與其爭鋒競雄；一旦荊州丟失，就從此失去了在中原與曹操爭鋒的機會，實際上也就失去了統一中國的機會。「鼎足三分」，作為一種近期的戰略目標，是被諸葛亮

實現了，這是他的決策的勝利；但是，他的決策的種種弱點，又只能達到「三分」的限度，而無力實現更大的躍進，即「興漢滅曹」的最終目標，這又是他的悲劇。

白帝城託孤，標誌著諸葛亮決策活動第二階段的開始。後主庸碌無能，對諸葛亮事之如父，諸葛亮獲得了他之作為個人決策所應具備的社會條件，即真正唯一決策者的權力。按理說，他應該更加放開手腳地盡其所欲，以實現自己的宏圖大業了。然而，獨掌大權的孔明並沒有這樣做，他反而變得更加謹慎起來。表現在北伐的問題上，就是不「弄險」。從決策科學的角度看，便是企圖以最低的風險度，去換取最大的效益。諸葛亮初出祁山，魏延獻策，願得精兵五千取路出褒中，循秦嶺以東，當子午谷而投北，不過十日，可到長安。魏延此計，固有相當的風險度，但確為知彼知己，發揮主觀能動性去改變決策諸要素對比關係的有氣魄的抉擇。連司馬懿也說：「諸葛亮平生謹慎，未敢造次行事。若是吾用兵，先從子午谷徑取長安，早得多時矣。他非無謀，但怕有失，不肯弄險。」實踐證明，諸葛亮之取「平坦大路，依法進兵」的常規決策，導致了孟達之失上庸，馬謖之失街亭，平生不肯弄險的諸葛亮，卻偏偏碰到了以二千五百軍當十五萬之眾的危險局面。他的決策，把最低的代價和最小的風險度這兩個要素放在首要地位來考慮。諸葛亮伐魏之無成，不是偶然的。

諸葛亮決策本身的成敗利鈍，還與他的管理上的舉措相表裏。管理是對人、物、事等組成的系統的運動、發展、變化，進行有目的、有意識的控制行為，但諸葛亮對國家軍政事務的管理中，既不見系統的原則，也不見整分合的原則。蜀國使者回答司馬懿問「孔明寢食及事之煩簡若何」時說：「丞相夙興夜寐，罰二十以上皆親覽焉。」主簿楊顒也諫道：「某見丞相常自校簿書，竊以為不必。」並且指出：「夫為治有體，上下不可相侵。譬之治家之道，必使僕執耕，婢典爨，私業無曠，所求皆足，其家主從容自在，高枕飲食而已。若皆身親其事，將形疲神困，終無一成。豈其智之不如婢僕哉？失為家主之道也。是故古人稱：坐而論道，謂之三公；作而行之，謂之士大夫。昔丙吉憂牛喘，而不問橫道死人；陳平不知錢穀之數，曰：『自有主者。』」諸葛亮辛苦操勞，所啖之食，日不過數升。非怪司馬懿說：「孔明食少事煩，其能久乎？」

那麼，孔明是真的不懂在整體規劃下的明確分工、在分工基礎上有效綜

合的管理學嗎？不是的。他說：「吾非不知。但受先帝託孤之重，惟恐他人不似我盡心也。」道出了他心理因素上的負擔。劉備託孤時說：「君才十倍曹丕，必能安邦定國，終定大事。若嗣子可輔，則輔之；如其不才，君可自為成都之主。」不論劉備是真心還是權術，他這種不同尋常的做法，無疑給諸葛亮增添了巨大的責任感，或者說一種沉重的心理壓力。所以才會「受命以來，夙夜憂思，恐付託不效，以傷先帝之明」，甚至「生疑隙不逞之釁」。為此，他竟然忘掉管理的系統性、整體性原則，事事自己親自過問，不肯假手他人，加上在決策上又必須萬無一失，不敢承擔風險，「出師未捷身先死，長使英雄淚滿襟」，其中不是有很多足以令人深省的道理嗎？

「傳奇體」辨正
——兼論裴鉶《傳奇》在小說史上的地位

　　說到唐人小說，學人皆知有所謂「傳奇」者，但是，這種約定俗成的提法，並不符合唐代小說創作的實際，它的理論上表達是含混的，在研究的實踐中也難以操作。

　　章學誠《文史通義》卷《詩話》說：「唐人乃人有單篇，別為傳奇一類（原注：專書一事始末，不復比類為書。）」這種說法，未得到版本實物的檢驗。唐末陳翰編了一本《異聞集》（一作《異聞錄》），《新唐書・藝文志》曾加著錄，此書久已失傳，晁公武《郡齋讀書志》說它是「以傳記所載唐朝奇怪事，類為一書」的，肯定它是一種小說選本；從現存曾慥《類說》卷二十八、朱騰非《紺珠集》卷十及《太平廣記》所引《異聞集》佚文如《古鏡記》、《呂翁》（又名《枕中記》、《邯鄲記》）、《柳毅》（又名《柳毅傳》、《洞庭靈姻傳》）、《淳于棼》（又名《南柯太守傳》）等來看，這個說法大體符合事實。《太平廣記》還引錄了一些小說，如卷四百五十二的《任氏》，卷四百八十四至卷四百九十二《雜傳記》所錄的《冥音錄》、《東陽夜怪錄》、《靈應傳》等，都未注明出處，容易給人一種似乎它們當時以單篇的形式存在並流傳的印象，但也沒有確鑿的證據。宋趙彥衛《雲麓漫鈔》卷八說：「唐之舉人，先籍當世顯人以姓名達之主司，然後以所業投獻，逾數日又投，謂之溫卷，如《幽怪錄》、《傳奇》等皆是也。蓋此等文備眾體，可以見史才、詩筆、議論。」這裡所說舉人將小說以「行卷」或「溫卷」的形式送給「當世顯人」及「主司」的《幽怪錄》，或以為即李復言的《續玄怪錄》，《傳奇》則顯然是裴鉶的作品，可見投

獻的也是小說集而非單篇。

重要的是，不論這些小說是否有過單篇流傳的事情，但在當時及爾後相當長的時期內，人們並不曾將它們稱作「傳奇」，更沒有出現「傳奇體小說」的概念，卻是確定無疑的。晁公武說《異聞集》是「以傳記所載唐朝奇怪事類為一書」，他所用的概念是「傳記」而非「傳奇」。《太平廣記》卷四百八十四起所列，亦稱作《雜傳記》。中國是史傳文學極為發達的國家，無論紀實志怪，採用傳記體是很自然的。到了清代，盛彥時《姑妄聽之跋》傳述紀昀的話說：「《聊齋誌異》盛行一時，然才子之筆，非著書者之筆也。虞初以下，干寶以上，古書多佚矣。其可見完帙者：劉敬叔《異苑》、陶潛《續搜神記》，小說類也；《飛燕外傳》、《會真記》，傳記類也。《太平廣記》事以類聚，故可並收。今一書而兼二體，所未解也。」用的也是「傳記」的概念。自魯迅《中國小說史略》單列《唐之傳奇文》上下篇之後，這些單篇的唐人傳記，如《任氏傳》、《李娃傳》、《鶯鶯傳》、《謝小娥傳》、《柳毅傳》、《霍小玉傳》等，遂被稱之為「傳奇」，以至於造成了一種空前的錯覺：唐人的小說，就是「傳奇」；唐人小說中值得稱道的作品，就是那幾篇「傳奇」。在這種思維定勢下，大量優秀的唐人小說，如唐臨的《冥報記》、牛肅的《紀聞》、戴孚的《廣異記》、陸長源的《辨疑志》、張薦的《靈怪集》、鄭還古的《博異志》、薛漁思的《河東記》、段成式的《酉陽雜俎》、張讀的《宣室志》、溫庭筠的《乾𦠆》、盧肇的《逸史》、包湑的《會昌解頤》、袁郊的《甘澤謠》、皇甫氏的《原化記》、李隱的《大唐奇事記》、柳祥的《瀟湘錄》、皇甫枚的《三水小牘》等，都統統被忽視甚至抹殺不論了。

文學史家在這個問題上的最大失誤，不僅在於將「傳奇」當作唐人小說的全體，而且在於將「傳奇」當作了一種文體。魯迅稱《聊齋誌異》是「用傳奇法而以志怪」，就是從文體的意義上來使用「傳奇」一詞的。但是，將傳奇當作一種文體，始終沒有得到科學的論證。歷史上第一個使用「傳奇體」的是北宋的尹洙。據北宋人畢仲詢《幕府燕閒錄》：「范文正公作《岳陽樓記》，為世所貴，尹師魯讀之，曰：『此傳奇體也。』」（原文《說郛》卷十四）陳師道《後山詩話》則對何以稱《岳陽樓記》為「傳奇體」，有明確的解釋：

> 范文正公為《岳陽樓記》，用對語說時景，世以為奇。尹師魯讀
> 之，曰：「傳奇體爾。」《傳奇》，唐裴鉶所著小說也。

儘管陳師道已經清楚地將「傳奇體」之「傳奇」，指實為裴鉶所著小說，

但在尹洙的本意裏，「傳奇」是不是指裴鉶的《傳奇》？學術界仍有不同的看法。或以為元稹的小說《鶯鶯傳》的原名，也叫「傳奇」，故以為將唐人小說目為「傳奇」，以區別於以往的「志怪」，並不源於裴鉶的《傳奇》。但《鶯鶯傳》只是一個單篇，它之又名「傳奇」，是王銍的《默記》和趙令田寺的《侯鯖錄》的說法，他們都是宋代人，生活年代都比尹洙（1001～1047）要晚，甚至也不比畢仲詢（1082 年前後在世）和陳師道（1053～1101）早。即使他們所說的是真的，也不能改變尹洙指《岳陽樓記》為「傳奇體」之源於裴鉶《傳奇》的事實。

問題在於，《岳陽樓記》並不是小說，那麼，尹洙為什麼要將《岳陽樓記》說成是「傳奇體」呢？這裡的關鍵就是它的「用對語說時景」的特點。所謂「對語」，就是駢辭儷句。散文的駢儷化，是兩漢以來散文和辭賦發展的結果。韓愈提倡古文，以奇句單行、上繼先秦兩漢文體的散文為「古文」，與「飾其詞其遺其意」的駢文相抗衡，一時成為文壇風尚，駢文陣地大範圍的丟失，只能躲進不為正統文人所重視的小說之中藏身。裴鉶的《傳奇》就是這種文風的代表。只要細心地對比一下，就會發現《岳陽樓記》用駢語描繪、以散文論敘的亦駢亦散的文體，與《傳奇》是極其相似、一脈而承的。如《元柳二公》：

> 夜將午，俄颶風欻起，斷纜漂舟，入於大海，莫知所適。長鯨之鰭，搶巨鼇之背；浮浪雪嶠，日湧火輪；觸鮫室而梭停，撞蜃樓而瓦解。

而《岳陽樓記》則云：

> 若夫霪雨霏霏，連月不開，陰風怒號，濁浪排空；日星隱耀，山嶽潛形；商旅不行，檣傾楫摧；薄暮冥冥，虎嘯猿啼。

又如《高昱》：

> 忽見潭上有三大芙蕖，紅芳頗異，有三美女，各據其上，但衣白，光潔如雪，容華豔媚，瑩若神仙，共語曰：今夕闊水波澄，高天月皎，怡情賞景，堪話幽玄。

而《岳陽樓記》則云：

> 至若春和景明，波瀾不驚，上下天光，一碧萬頃；沙鷗翔集，錦鱗游泳；岸芷汀蘭，鬱鬱青青。而或長煙一空，皓月千里，浮光躍金，靜影沉碧；漁歌互答，此樂何極。

　　《傳奇》所敘的兩種情境，與《岳陽樓記》之「陰風怒號，濁浪排空」、「春和景明，波瀾不驚」諸語，都是「用對語說時景」的，在文體上確有相似之處，不能排除范仲淹在命筆時，曾經受到當時膾炙人口的《傳奇》文筆的影響。尹洙和范仲淹的關係是非常要好的，據《宋史·尹洙傳》：「會范仲淹貶，敕榜朝堂，戒百官為朋黨。洙上奏曰：『仲淹忠亮有素，臣與之義兼師友，則是仲淹之黨也。今仲淹以朋黨被罪，臣不可苟免。』」作為范仲淹的朋友，尹洙的玩笑，無意中說出一個文體上相仿的事實，絲毫不存在貶低的意思。陳振孫《直齋書錄解題》在著錄《傳奇》時也提到了尹師魯的話，強調「文體隨時，要之理勝為貴」，以為《岳陽樓記》不能與《傳奇》同日而語，其實是大可不必的。可見，尹洙所說的「傳奇體」，就是指《岳陽樓記》「用對語說時景」的駢儷筆法；因了裴鉶的這本《傳奇》，將「傳奇」作為唐人某一類小說文體的名稱，是違背尹洙的原意的。

　　將「傳奇」作為一種文體看待，實始自魯迅。他說：「傳奇者流，源蓋出於志怪，然施之藻繪，擴其波瀾，故所成就乃特異，其間雖亦或託諷喻，以紓牢愁，談禍福以寓勸懲，而大歸則究在文采與意想，與昔之傳鬼神明因果而外無他意者，甚異其趣矣。」其實，昔之神怪小說並非「傳鬼神而明因果而外無他意」，更不是毫無文采與波瀾可言，與唐人小說相比，充其量無非是低級階段與高級階段的關係。「志怪」與「傳奇」的構辭法是完全相通的：「志」的是「怪」，「傳」的是「奇」，二者都是從題材上著眼的。晁公武《郡齋讀書志》謂《傳奇》「其書所記皆神仙怪譎事」，梁紹壬《兩般秋雨盦隨筆》謂「裴鉶著小說。多奇異而可傳示，故號傳奇』」，都是從題材的角度作出的評論。宋代話本小說中的「傳奇」，胡應麟之將小說分為「志怪」、「傳奇」、「雜錄」、「叢談」、「辨訂」、「箴規」六種，講的也都是內容而非文體。唐人創作的小說，固然有著「篇幅曼長，記敘委曲」的種種優點和長處，但仍「尚不離於搜奇記逸」，所以並不曾因此形成一種以「傳奇」為名目的獨立文體，更不宜將其當作一個時代小說的標誌，與「志怪」對立起來。

　　古代小說研究的實踐證明，將「傳奇」作為一種特殊的文體，實際是很難操作的。我們看到，被當作正宗的「唐傳奇」的，說來說去，大約只有《霍小玉傳》、《李娃傳》、《鶯鶯傳》之類數量極少的單篇，對於多數小說作品集，如《玄怪錄》、《集異記》，它們到底算是「傳奇」，還是「志怪」？至今仍難取得一致的意見。若干小說史著作，在論到唐代文學時，一會講「傳奇」，一會

兒又講「志怪」（或「小說集」），弄得講的人好生吃力，讀的人也眼花繚亂。有的小說史著作，如吳志達先生的《中國文言小說史》在第九章中列有「傳奇體小說的正宗《傳奇》」的專節，有的研究著作，如程毅中先生的《唐代小說史話》，則將《傳奇》放在第八章「唐代後期的小說集」中論述，索性將《傳奇》劃出「傳奇」之外去了。由此可見，為了研究的便利，不取以「傳奇」為文體的視角，而只從題材的角度，將唐人小說分為神怪與人情兩類，恐怕是更為切實可行的。

關於唐人小說的貢獻，前人曾經作過許多論述。胡應麟《少室山房筆叢》卷三六說：「凡變異之談，盛於六朝，然多是傳錄舛訛，未必盡設幻語，至唐人乃作意好奇，假小說以寄筆端。」魯迅在《中國小說史略》中說：「小說亦如詩，至唐代而一變，雖尚不離於搜奇記逸，然敘述宛轉，文辭華豔，與六朝之粗陳梗概者較，演進之跡其明，而尤要者乃在是時始有意為小說。」這種歸納固然有一定道理，但諸如是「粗陳梗概」還是「篇製宏大」、是「傳錄舛訛」還是「好意作奇」，其實都是相對的，難以用三言兩語說清楚。篇幅的大小，本來就不易劃出一個字數的標準；是否虛構，或者包含有多大程度的虛構成分，更是無法以比例來計量。真正能體現唐人小說思想和藝術水準的，應該是裴鉶的《傳奇》，它同當時以「博異」、「集異」、「錄異」為名的小說，繼承了魏晉以來神怪小說的傳統，都是重在構想之幻、情節之奇，同時又有了新的長足的發展。

首先，《傳奇》對以往神怪小說所提出的基本觀念進行了新的思考。比如人、物之間的變化，以及物、物之間的變化，是神怪小說所需要處理的最大的問題，干寶《搜神記》最帶綱領性的《變化篇》，其要點是承認變化的合理性，「萬物之變，皆有由也」，如「朽草之為螢，由乎腐也；麥之為蝴蝶，由乎濕也」，這種變化，有「自無知化為有知而氣易也」和「不失其血氣而形性變也」兩類，「應變而動，是謂順常；苟錯其方，則為妖眚」，而「聖人理萬物之化者，濟之以道」。《傳奇》對於這類問題，也有很深刻的思考。如《蕭曠》寫處士蕭曠與洛浦神女和織綃娘子的答問，就具有很濃的哲理意味：

> 曠因語織綃曰：「近日人世，或傳柳毅靈姻之事，有之乎？」女
> 曰：「十得其四五爾，餘皆飾詞，不可惑也。」曠曰：「或聞龍畏鐵，
> 有之乎？」女曰：「龍之神化，雖鐵石金玉，盡可透達，何獨畏鐵乎？
> 畏者，蛟螭輩也。」曠又曰：「雷氏子佩豐城劍至延平津，躍入水，

化為龍，有之乎？」女曰：「妄也！龍，木類；劍乃金，金即剋木而
不相生，焉能變化？豈同雀入水為蛤、野雞入水為蜃哉？但寶劍靈
物，金水相生而入水，雷生不能沉於泉，信其下，搜劍不獲，乃妄
言為龍。且雷煥只言化去，張司空但言終合，俱不說為龍，任劍之
靈異。且人之鼓鑄鍛鍊，非自然之物，是知終不能為龍，明矣。」
曠又曰：「梭化為龍，如何？」女曰：「梭，木也；龍本屬木，變化
歸木，又何怪也？」曠又曰：「龍之變化如神，又何病而求馬師皇療
之？」女曰：「師皇是上界高真，哀馬之負重行遠，故為馬醫，愈其
疾者萬有四。上天降鑒，化其疾於龍唇吻間，欲驗師皇之能，龍後
負而登天。天假之，非龍真有病也。」曠又曰：「龍之嗜燕血，有之
乎？」女曰：「龍之清虛，食飲沆瀣；若飲燕血，豈能行藏？蓋嗜血
者乃蛟蜃輩。無信造作，皆梁朝四公誕妄之詞爾。」

　　裴鉶在這裡談到變化的內在根據和外部條件，並且糾正了時下流行的若
干謬見。他認為，在兩種物之間，如果存在相剋相生的關係，如梭與龍均
屬木，它們之間的轉化，是屬於「變化歸木」的範疇，因而是可信的；而劍
是金，又非自然之物，所以不能變化為龍。此種議論，在今天看來自然是幼
稚可笑的，但畢竟反映了古人對於自然規律的可貴探索，是神怪小說的積極
內容。

　　在以變化為中心的故事情節中，《傳奇》也有前人所未涉及的新的境界。
如關於虎變人、人變虎的故事，《傳奇》中就有好幾篇，其中《馬拯》寫到老
虎披上僧衣，便成一老僧，號曰「伏虎」，頗具欺騙性；《王居貞》寫人披上虎
皮，即為虎的故事，更是饒有新意。王居貞思歸，奪虎皮披之，變虎而歸。夜
覺深，不可入其門，乃見一豬立於門外，擒而食之。後歸家，方知其夜所食，
乃己子也。這篇作品告訴大家，人一旦變成了虎，他的視覺也就變得和虎一
樣，「人」在他的眼裏，只是一種攫食的對象。這是對動物的心理的揣想和思
考。《孫恪》一篇，敘下第秀才孫恪與由猿化成的麗人袁氏的感情糾葛，尤其
體現出一種新的思想因素。孫恪與袁氏成親以後，感情甚篤，而表兄張生則
從其詞色之間，看出袁氏有很濃的妖氣，力勸其除之。孫恪曰：「某一生，久
處凍餒，因茲婚娶，頗似蘇息。不能負義，何以為計？」張生怒曰：「大丈夫
未能事人，焉能事鬼？傳云：妖由人興。人無釁焉，妖不自作。且義與身孰
親？身受其災，而顧其鬼怪之恩義，三尺童子，尚以為不可，何況大丈夫乎？」

話說得何嘗有錯，孫恪只得接下張生之劍，懸於室內。但袁氏的法術更高，搜得此劍，寸折之若斷輕藕。矛盾發生以後，她先是嚴辭責孫恪：「子之窮愁，我使暢泰，不顧恩義，遂興非為。如此用心，則犬彘不食其餘，豈能立節行於人世耶？」繼而又笑曰：「觀子之心，的應不如是，然吾匹君已數歲也，子何慮哉！」她並不像一般的精怪化成的美女那樣，立刻採取了斷絕關係的抉擇，卻以寬容的胸懷，原諒了孫恪的過失，並與他和和美美地一同過了十餘年，為之生育二子，治家甚嚴。正當她作為一個賢內助促成孫恪終於進入仕途，並作為眷屬隨往南康赴任，讀者期待著一個喜劇結局的時候，事情卻發生了大的轉折：「袁氏每遇青松高山，凝睇久之，若有不快意」；路過端州峽江寺，看到「野猿數十，連臂下於高松而食於生臺上，後悲嘯捫蘿而躍」時，她方想起自己原先也是此寺老僧所養的猿，頓時喚醒了她的野性，「遂裂衣化為老猿，追嘯者躍樹而去。將抵深山，而復返視」。袁氏的離去，不是因了「緣分已盡」，被上天的主宰者喚回，也不是怨恨男方的負心，決撒而去；驅使她拋撇人間的真情，決然而去的根本原因，是對於大自然的自由生活的懷戀和嚮往：「剛被恩情役此心，無端變化幾湮沉。不如逐伴歸山去，長嘯一聲煙霧深。」作品寫出了作為自然之物的怪，對於尊嚴和價值的自我肯定，是新的思想成分的反映。

其次，《傳奇》站在新的時代高度，對前人的神怪小說創作，進行了新審視和觀照。在《蕭曠》中，處士蕭曠與洛浦神女、織綃娘子的答問，就對陳思王與洛神的故事、劉聰子死而復生的故事、柳毅靈姻的故事、雷氏子佩豐城劍入水化龍的故事、陶侃得織梭化為龍的故事、龍病而求馬師皇治療的故事、龍之嗜燕血的故事，一一進行了評說。這種評說，既是對前人創作的評價，又包含著作者自身的超勝前人的動機。如評說柳毅靈姻這事，認為是「十得其四五，餘皆飾詞，不可惑也」，同時自己又寫了《張無頗》一篇，為人和龍女的締親別開生面。這尚是對同代人作品的評說，更多的作品，則表現了對於前人作品的繼承、綜合和開拓。《元柳二公》寫南溟夫人「昔時天台有劉晨，今有柳實；昔有阮肇，今有元徹；昔時有劉、阮，今有元、柳，莫非天也」之語，就是為寫出新的天台二女故事張目。值得注意的是，《幽明錄》故事的場景在深山叢絕岩邃洞，而《傳奇》故事的場景則在海外的孤島：「忽睹海面上有巨獸，出首回顧，若有察聽，牙森劍戟，目閃電光，良久而沒。逡巡，復有紫雲自海面湧出，漫衍數百步，中有五色大芙蓉，高百餘尺，葉葉而綻，內有

帳幄，若綺繡錯雜，耀奪人眼，又見虹橋忽展，直抵島上」，既打上了時代的變遷留下的烙印，又未嘗沒有勝過前人的用意。臨別夫人贈玉壺一枚，題詩云：「來從一葉舟中來，去向百花橋上去，若到人間扣玉壺，鴛鴦自解分明語。」及歸，中途因餒而扣壺，遂有鴛鴦語曰：「若欲飲食，前行自遇耳。」俄而道左有盤饌豐備，二子食子，數日不思他味。扣壺而出飲食的寶物，且有鴛鴦報語，真是情趣盎然。

在物怪方面，《傳奇》對於《搜神記》也極為關注。《江叟》所寫的大槐樹王，就頗有「怒特」風格。這裡聽到樹精對話的，不是因砍樹傷足的卒，而是廣尋方術的老者。他因酒醉，臥於大槐樹下，於是聽到了樹神們的對話：

> 乃夜艾，稍醒，聞一巨物行聲，舉步甚重。叟暗中窺之，見一人，崔嵬，高數丈，至槐側坐，而以毛手詣叟曰：「我意是樹畔鋤兒，乃甕邊畢卓耳。」遂敲大樹數聲，曰：「可報荊館中二郎來省大兄。」大槐乃語云：「勞弟相訪。」似聞槐樹上有人下來與語。須史，飲酌之聲交作。荊山槐曰：「大兄何年拋卻兩京道上槐王耳。」大槐曰：「我三甲子當棄此位。」荊山槐曰：「大兄不知老之將止，猶顧此位，直須至火入空心，膏流節斷，而方知退，大是無厭之士。何不如今因其震霆，自拔於道，必得為材用之木，構大廈之梁棟，尚得存重重碎錦，片片真花，豈他日作朽蠹之薪，同入爨為煻爐耳。」大槐曰：「雀鼠尚貪生，吾焉能辦此事耶？」槐曰：「老兄不足與語。」告別而去。

樹神之間的對話，透露了若干人生的哲理意味，與《搜神記》中鬼神對話暴露自身的弱點，是不同質的。江叟乃至荊山中訪之，自言：「一生好道，但不逢其師。樹神有靈，乞為指教。」槐神乃告之去尋鮑仙師，並囑曰：「慎勿泄吾言也。君不憶華表告老狐，禍及余矣！」照應了《搜神記》卷十八《張茂先》條敘燕昭王墓前斑狐，變幻作一書生，欲詣張華，墓前華表以為此舉「非但喪之千歲之質，亦當深誤老表」的故事，用一「憶」字，親切之至。

最後，從謀篇布局的角度講，《傳奇》對於小說創作的貢獻，不止於「敘述宛轉，文辭華豔」，或者「施之藻繪，擴其波瀾」，而在於情節單元的擴充，作品格局的廓大。早在隋末唐初，王度的《古鏡記》就借助於古鏡這一物體的來歷、易主經過、以及種種奇異功能的描述，將十數則小故事串聯成一

篇容量更大的作品，這是對古代短小的小說文體的一種發展。同《古鏡記》以物體聯結由不同的人物扮演的故事相比，《傳奇》則在對於前人作品的綜合與超越上取得了更大的進步。以《崔煒》這一出色的作品為例，它實際上是多元的神聖要素或神怪故事的綜合，我們可以將它分解為以下幾個情節單元：

第一，南海崔煒，不事家產，多尚豪俠，財業殫盡，棲止佛舍。中元日，見乞食老嫗蹶而誤覆人之酒甕，為當壚者所毆，計其直，僅一緡耳。崔煒見而憐之，脫衣為償其所直，嫗不謝而去，異日又來，送給他可以灸治贅疣的越岡艾少許，並告他因此「不獨愈苦，兼獲美豔」，煒笑而受之；

第二，後數日，因遊海光寺，老僧贅於耳，崔煒出艾試灸之，一炷而愈。僧感之，曰：「山下有一任翁，藏鏹鉅萬，亦有斯疾，君子能療之，當有厚報」；

第三，崔煒至任家，一而愈。任翁擬以錢十萬奉贈，留以數日。煒素善絲竹，主人之女聽其彈琴而有意焉。眼看「不獨愈苦，兼獲美豔」的好事就要實現，不料任家出了一樁大事：其家事鬼曰「獨腳神」，每三歲，必殺一人饗之；時已逼近，求人不獲，任翁負心而計之曰：「吾聞大恩尚不報，況愈小疾乎？」夜半將欲殺之以祭。任女聞而告之，崔煒越窗出逃；

第四，崔煒迷道，失足墜於大枯井中，及曉視之，乃一巨穴，深有五丈，無計可出。中有大白蛇，並不相害。崔細視蛇之唇吻，要有疣焉，乃以艾灸之，是贅應乎而落。蛇遂吐徑寸珠酬之。煒不受而啟蛇：「但得一歸，不願懷寶。」蛇遂咽沫，蜿蜒將有所適；

第五，崔煒遂跨蛇而去，於洞中行數十里，至一洞府，綿繡芬芳。有四女皆古鬟髻，曳霓裳之衣，謂曰：「何崔子擅入皇帝玄宮耶？」問皇帝何在，則曰：「暫赴祝融宴爾。」中有一女曰田夫人，涉德美麗，皇帝已許奉箕帚；

第六，俄有日影入照座中，上有一穴，有白羊自空冉冉而下，背有一丈夫，衣冠儼然，云是羊城使者，四女酌醴飲使者，曰：「崔子欲歸番禺，願為挈往。」並贈陽燧珠，云當到時有胡人具十萬緡易之。臨行，囑其於中元日具美酒豐饌於廣州蒲澗寺，當送田夫人往；

第七，崔煒躡使者之羊背而至廣州，至所稅居舍，主人謂曰：「子何所適，而三秋不返？」不實告。抵波斯邸，潛鬻是珠，有老胡人以十萬緡易此珠。此時方知他所入的洞府是南越王趙佗墓，此珠乃大食國寶陽燧珠，漢初趙佗使

異人盜歸番禺，以之殉葬，已千載矣；

第八，崔煒於中元日豐潔香饌甘醴，夜將半，果四女伴田夫人至。問之，田夫人乃齊王田橫之女，國亡為南越王所虜，王崩，因以為殉。四女中，其二為甌越王搖所獻，其二為章法虎王無諸所進，俱為殉葬之人，而那贈艾的老嫗，竟是葛洪之妻鮑姑，多行灸於南海。於是乃挈家往訪羅浮鮑姑，後竟不知所終。

以上八個情節單元，在早期的神怪小說中，都曾經不止一次地以單獨成篇的形態存在過，如《幽明錄·癡龍珠》的情節，就為此篇所擷取演化一。但裴鉶借助於鮑姑贈艾以報答的由頭，又利用歷史傳說的輪廓將其組織得天衣無縫。通篇波譎雲詭，環環相扣，趣味盎然，充分展示了作者編織故事的能力，是小說由短小篇幅向長篇巨著演進的中間環節之一，其意義是絕非細節上的「敘述宛轉，文辭華豔」所可比擬的。

《三歐文選》歐陽修文的選注詮次 [註1]

　　《古代三歐文選》是世界三歐（歐、歐陽、區）宗親聯誼會《三歐文化系列叢書》最早完稿的一種，全書以作者為單元，入選作者 131 人，其中晉代 1 人，唐代 9 人，宋代 14 人，元代 4 人，明代 46 人，清代 57 人，文章 303 篇，約 50 萬字。

　　編選《三歐文選》包括兩個方面的工作：一是從有傳世別集的歐陽詹、歐陽修、歐陽守道、歐陽玄、歐陽德、歐大任諸人的文集中按既定標準選擇，二是從史書、方志、族譜中搜羅散佚的三歐先人的遺文，如從《宋史・律曆志》輯出歐陽之秀《律通自序》，從《明史・刑法志》輯出歐陽一敬《論錦衣緝事識弊》，從《永豐縣志》輯出歐陽發《鄂州武昌縣尉歐陽府君墓誌銘》，從《白沂歐陽三修族譜》輯出歐陽中立《逍遙堂記》等。

　　兩方面工作性質不同，都屬古籍整理的範疇。相對於從浩如煙海的文獻中爬羅剔抉，從現存文集中選擇成文，似乎要容易得多；實行起來，卻不盡然。歐陽修是開創一代文風的大家，一生中寫作了 500 多篇散文，不少是膾炙人口的名篇，選得少了不行，選得多了也不行，煞是頗費苦心。經反覆斟酌，確定選取 15 篇，雖然不足歐陽修全部文章的 0.33%，仍是入選最多的一位，占《三歐文選》303 篇的 4.95%。

　　我們是以何種標準或曰眼光，進行選注詮次的呢？為了說明問題，不妨與幾種有影響的《歐陽修文選》比較一番，它們是：

　　　①《歐陽修選集》，陳新、杜維沫選注，上海古籍出版社，1986 年版

[註 1] 與歐陽縈雪合撰。

②《歐陽修散文選集》，王宜瑗選注，百花文藝出版社，1995 年版

③《歐陽修散文精品選》，姜光斗選注，陝西人民出版社，1995 年版

④《歐陽修散文選集》，陳必祥編，上海古籍出版社，1997 年版

⑤《歐陽修散文精選》，江湧豪、江習波選注，東方出版中心，1999
年版

⑥《唐宋八大家——歐陽修》，喬萬民、吳永哲選注，天津人民出
版社，2001 年版

⑦《六一風神：唐宋八大家之歐陽修散文集》，堵軍主編，延邊人
民出版社，2004 年版

⑧《歐陽修詩詞文選評》，黃進德撰，上海古籍出版社，2004 年版

⑨《唐宋八大家散文大典》，北京出版社，2008 年版

入選《三歐文選》的 15 篇文章是（附該文在幾種《文選》入選情況）：

01《〈歐陽氏譜圖〉序》（無）

02《先君墓表》（無）；（①②③④⑤⑦⑧⑨選《瀧岡阡表》）

03《永春縣令歐君墓表》（無）

04《尚書工部郎中歐陽公墓誌銘》（無）

05《論修河第二狀》（無）；（⑤選《論修河第三狀》）

06《論救賑江淮饑民箚子》（無）

07《朋黨論》（③④⑤⑥⑦⑧⑨）

08《免進〈五代史〉狀》（無）

09《薦布衣蘇洵狀》（⑤）

10《與高司諫書》（①②③④⑤⑥⑦⑧⑨）

11《送徐無黨南歸序》（①②③④⑤⑥⑦⑧⑨）

12《遊儵亭記》（②⑤）

13《醉翁亭記》（①②③④⑤⑥⑦⑧⑨）

14《與范文正公書》（無）

15《六一居士傳》（①②③④⑤⑦⑧⑨）

在這 15 篇文章中，有 8 篇未被所有《文選》入選，占入選 15 篇的 53.33%；有 1 篇被一種《文選》入選，占入選 15 篇的 6.66%；有 1 篇被兩種《文選》入選，占入選 15 篇的 6.66%；其餘 5 篇被七種以上《文選》入選，占入選 15 篇的 33.33%。下面依次說明這 15 篇文章入選《三歐文選》的理由，順帶論及

編次與詮解的情況，識者正之。

01《〈歐陽氏譜圖〉序》：此文所有 9 種文選皆不曾入選，唯堵軍《六一風神：唐宋八大家之歐陽修散文集》在開篇《歐陽修簡介》中提到：「《歐陽氏圖譜》是記載歐陽家族世系和人物事蹟的歷史圖籍，圖籍以時間為經，以人物為緯，採用『五世則遷』的小宗之法，創製家譜新體例，成為明清新譜牒的規範之作。」《三歐文選》將其置於歐陽修文的首篇，乃因本書不是一般意義的文選，而在作為家族文化的歷史地位與精神內涵。

首先，《歐陽氏譜圖》創立了族譜編寫的體例，開啟了譜牒學的新時代。歐陽瑾（1706～1780）在《〈胡氏族譜〉序》中說：「譜之作也，序倫理，敦愛敬，闡揚先徽，昭示來者，其史之外篇乎？吾家文忠公與眉山蘇氏倡修譜牒，世經人緯，百世昭穆，朗然揭日月而行。」歐陽修創立的族譜編修理論和方法，在紀傳體史書中恢復史表，首創了引譜入史的做法；提出編修族譜的目的在於傳承家族歷史、弘揚祖德遺訓；族譜編修應當本著詳近略遠的原則，堅持實事求是的精神；創立了記載世系傳承的譜圖法，首次提出「九族之親備」的主張，對譜法衝破宗法制度的束縛起到了推動作用，在後世廣為流傳，影響深遠。

其次，此序考證了歐陽得姓之由，梳理了因唐末社會動亂，失其世次的歐陽氏世系，具有極高的文獻價值。

第三，所錄「吾先君諸父子所行於厥躬，教於其子弟」的「以忠事君，以孝事親，以廉為吏，以學立身」，概括了三歐家族文化的精髓，尤其值得珍視。《三歐文選》選文，不在文章「漂亮」與否，而在是否體現了歐陽修提出的「四以」精神。

02《先君墓表》：此文所有 9 種文選也沒有入選，但有 8 種都選了其定稿《瀧岡阡表》。人稱《瀧岡阡表》敘述先德，情文深婉，令謦欬千載如生，可謂仁孝之言。按修之父歐陽觀卒於大中祥符三年（1010），次年歸葬永豐縣沙溪鎮之瀧岡；母鄭氏卒於皇祐四年（1052），次年七月將母柩送歸故里，與父合葬，因作《先君墓表》。熙寧三年（1070），又將《先君墓表》改寫為《瀧岡阡表》，刻石立於永豐沙溪父母墓道前，人稱「千古至文」。

為什麼不選公認的名篇《瀧岡阡表》，而要選原稿《先君墓表》？通過兩文的比對，發現《瀧岡阡表》所作改動，除字句略有推敲，主要是篇首添加「嗚呼，惟我皇考崇公，卜吉於瀧岡之六十年，其子修始克表於其阡，非敢

緩也，蓋有待也」一段，篇末添加「蓋自先君之亡二十年，修始得祿而養，又二十有三年，修為龍圖閣直學士、尚書吏部郎中、留守南京」，與皇考賜爵崇國公、太夫人進號魏國等，意在光宗耀祖，流芳百世。其敘述先父廉潔奉公、謹慎吏事、慷慨待人、奉行孝道，先母守節自誓、教子成才、治家儉薄、仁惠剛毅，都是《先君墓表》原文就有的。而從家族文化著眼，原稿中有銘文曰：

> 而耕而田，歲取百千。而耘而學，久而不獲。田何取之？囷倉峨峨。學而取之，簪笏盈家。量功較收，所得孰多？先君之學，獲不及時。匪於其躬，而利其後。疾遲幾何，善無不報。先君之貽，子修不肖。豹有才子，於何不有？豹我歐陽，世家惟舊。自始氏封，烏程之亭。在北有聞，或冀或青。中顯彌長，或吉或衡。勢大必分，枝葉婆娑。惟吉舊居，子孫今多。木久而林，有喬其秀。豹我歐陽，扶疏並茂。先君之德，吾母知隆。子修不肖，以俟其宗。以勉同鄉，敢及他人。

被《瀧岡阡表》刪去的銘文，有對家世的追溯：「豹我歐陽，世家惟舊」，更有對「耕」、「學」的比較，尤有深意。因為從眼前效益看，耕似乎更為實惠，學的收效則很不及時：「而耕而田，歲取百千；而耘而學，久而不獲」，但對家族素質的提升，對後代的培養，「學」卻是不容忽視的：「先君之學，獲不及時；匪於其躬，而利其後」，講的就是這個道理，故將其置於第二篇，且在疏解中予以強調。

03《永春縣令歐君墓表》：此文9種文選都沒有入選。歐陽修撰有不少墓誌銘名篇，由於是《三歐文選》，故選取墓主為三歐家人者。文曰歐君以天聖七年（1029）卒，《文忠集》卷二十四定於「天聖□年」，但文中有「修嘗為其縣令」一句，歐陽修任乾德縣令是景祐五年（1038）三月至寶元二年（1039）六月，所以墓表所作當在這之後。

歐陽修在乾德任縣令時，問知乾德有三賢，為張士遜、戴國忠和歐慶，「三人者學問出處，未嘗一日不同，其忠信篤於朋友，孝悌稱於宗族，禮義達於鄉閭。乾德之人初未識學者，見此三人，皆尊禮而愛親之」。三人未達時就已是賢人，為道雖無不同，窮達卻有大異，「其一人曰太傅、贈太師、中書令鄧文懿公，其一人曰尚書屯田郎中戴國忠」，惟歐慶命運最不順暢，後二十年，始以同三禮出身為潭州湘潭主簿，陳州司法參軍，監考城酒稅，遷彭州

軍事推官，知泉州永春縣事。其時鄧公已貴顯於朝，君尚為州縣吏，所至上官多鄧公故舊，君絕口不復道前事，至終其去，不知君為鄧公友也。

三人都是賢人，命運各異，但三人都不以為意，周圍的人也沒有區別對待，這是一種何其理想的境界。「其幸不幸，豈足為三人者道哉！然而達者昭顯於一時，而窮者泯沒於無述，則為善者何以勸？而後世之來者何以考德於其先？」劉向《說苑·君道》：「故明君在上，慎於擇士，務於求賢。」古代君主依賢人治國，張士遜、戴國忠、歐慶三人都是賢人，卻窮達有異，令人感歎。歐陽氏和歐氏，同是越王無彊之後，歐陽修在「慶曆黨爭」後被貶夷陵，又調乾德縣，自然生出無限感慨。為了表彰歐慶之賢，歐陽修作了此墓表，以勉勵後人。也正因為認識到賢人的窮達有異，歐陽修在後來的政治生涯中更注重推薦人才，如三蘇、曾鞏、王安石等。

04《尚書工部郎中歐陽公墓誌銘》：此文 9 種文選也都沒有入選。歐陽載是歐陽修的仲父，是歐陽氏歸朝後第一位以進士登科者，其御史材能，廉清儉恭，躍然紙上：

> 淳化三年（992），修仲父府君始以進士中乙科，其後為御史，有能名。真宗嘗自擇御史，府君以秘書丞見。見者數人皆進，自稱薦，惟恐不用。府君獨立墀下，無所說。明日，拜監察御史。中丞王嗣宗指曰：「是獨立墀下者，真御史也。」絳州守齊化基犯法，制劾其事。化基，嗣宗素所惡者，諷之，欲使蔓其獄。府君曰：「如詔而已。」嗣宗怒，及獄上奏，用他吏覆之，索其家，得銅器十數。府君坐鞫獄不盡，免官。明年，復得御史，監蘄州稅。又明年，遷殿中侍御史、左巡使。居二歲，奏事殿中，真宗識之，勞曰：「御史久矣，亦勞乎！」問何所欲，府君謝不任職而已。後數日，真宗語宰相與轉運使，宰相疑其有求而不先白己，對以員無闕，復使與一大郡。宰相召至中書，問御史家何在，欲郡孰為便？對曰：「無不便。」宰相怒，與海州，又移睦州。

歐陽載孤傲、正直，不阿諛奉承，令人肅然起敬。唐韓愈《伯夷頌》：「士之特立獨行，適於義而已。」歐陽載正是這樣的人，他嚴懲妖僧，不慕浮利。「歐陽有聞，始我仲父。以貢中科，來者繼武。仲父之材，御史其能。廉清儉恭，直躬以行。銘以藏之，子孫之承。」歐陽家族興旺發達，正需要這樣的典範。

05《論修河第二狀》：此文9種文選都沒入選，惟王運熙主編《唐宋八大家散文精選叢書》江湧豪、江習波選注的《歐陽修散文精選》，分雜記、論說、書信、序跋、奏摺、碑銘祭文傳記六類，收了《論修河第三狀》。

按《宋史・志第四十四・河渠一》：「景祐元年（1034）七月，河決澶州橫隴埽。慶曆元年（1041），詔權停修決河。自此久不復塞，而議開分水河以殺其暴。未興工而河流自分，有司以聞，遣使特祠之。三月，命築堤於澶以扞城。八年（1048）六月癸酉，河決商胡埽，決口廣五百五十七步，乃命使行視河堤。皇祐元年（1049）三月，河合永濟渠注乾寧軍。二年（1050）七月辛酉，河復決大名府館陶縣之郭固。四年（1052）正月乙酉，塞郭固而河勢猶壅，議者請開六塔以披其勢。至和元年（1054），遣使行度故道，且詣銅城鎮海口，約古道高下之勢。」至和二年（1055）三月二十九日，歐陽修上《論修河第一狀》，列舉「天災歲旱，民困國貧」等五「大不可」駁斥了河北安撫使賈昌朝提出「塞商胡，開橫隴，回大河於故道」的修河之役。九月二十一日，又上《論治河事第二狀》，反對引黃河水歸故道，提出具體的治河方略。至和三年（1056）二月，上《論修河第三狀》，闡述此役必然無功，「中外之臣皆知不便，而未有肯為國家極言其利害者，何哉？蓋其說有三：一曰畏大臣，二曰畏小人，三曰無奇策。」「眾人所不敢言而臣今獨敢言者，臣謂大臣非有私仲昌之心也，直欲興利除害爾。若果知其為患愈大，則豈有不回者哉？至於顧小人之後患，則非臣之所慮也。」

《三歐文選》選了第二狀，這是因為此狀從治河的實際出發，提出了治河的具體方略：「臣聞河本泥沙，無不淤之理。……大抵今河之勢，負三決之虞：復故道，上流必決；開六塔，上流亦決；今河下流若不濬使入海，則上流亦決。臣請選知水利之臣，就其下流，求其入海之路而濬之。不然，下流梗澀，則終虞上決，為患無涯。」歐陽修是學者型的政治家，主張的是務實，「臣聞鯀障洪水，九年無功。禹得《洪範》五行之書，知水趨下之性，乃因水之流，疏決就下，而水患乃息」。大禹治水的道理，人人明白，然而就因為賈昌朝、李仲昌以及仁宗等人的好大喜功，「嘉祐元年（1056）四月壬子朔，塞商胡北流，入六塔河，不能容，是夕復決，溺兵夫、漂芻蒿不可勝計」（《宋史・志第四十四・河渠一》）。商胡決口塞而復決，回河失敗，證明歐陽修的論斷是正確的。《論治河事第二狀》為《宋史・河渠志》全文抄錄，足見史料價值之高。《論治河事三狀》，雖屬應用之奏議，然率意深切，洞悉世情，表現了

從實際出發的科學態度與心繫百姓的黃河情結。

06《論救賑江淮饑民劄子》：此文9種文選都沒有選入。慶曆新政剛開始半年，歐陽修任諫官，「今春大旱，至有井泉枯竭、牛畜瘴死、雞犬不存之處，九農失業，民庶嗷嗷，然未聞朝廷有所存恤。」朝庭出內庫金帛求陝西的饑民，但對江淮的旱災沒有救濟的動靜。「苟有所聞，必須留意，下民疾苦，臣職當言」，是歐陽修為官的準則。《容齋隨筆》記其貶官夷陵，取陳年公案觀之，「見其枉直乖錯不可勝數，以無為有，以枉為直，違法徇情，滅親害義，無所不有。且夷陵荒遠褊小，尚如此，天下固可知也。當時仰天誓心曰：『自爾遇事不敢忽也。』」令人動容。「江淮之民，上被天災，下苦賊盜，內應省司之重斂，外遭運使之誅求，比於他方，被苦尤甚。今若不加存恤，將來繼以凶荒，則饑民之與疲怨者相呼而起，其患不比王倫等偶然狂叛之賊也。」江淮之民遭受了四重災害，歐陽修希望朝庭迅速做出對策，「不惟消弭盜賊之患，兼可以悅其疲怨之心。」

07《朋黨論》：有7種文選選入。慶曆三年（1043）改革派推行新政，保守派唆使內侍藍元震上《論范仲淹等結黨奏》，誣陷范仲淹等人結黨營私，羅織罪名，危言聳聽，意圖罷免革新派。在此背景下，歐陽修針對關於「朋黨」的俗見，寫出了著名的《朋黨論》，分析了「小人無朋」和「君子有朋」，「故為人君者，但當退小人之偽朋，用君子之真朋，則天下治矣」。其所倡導的「所守者道義，所行者忠信，所惜者名節」，也是家族文化的精髓。

08《免進五代史狀》：此文9種文選都沒有選入。宋仁宗認為五代所撰《唐書》「紀次無法，詳略失中，文采不明，事實零落」，慶曆四年（1044）下詔重修，嘉祐五年（1060）完成。前後參預其事的有宋敏求、范鎮、歐陽修、宋祁、呂夏卿、梅堯臣，主要作者宋祁、歐陽修，歐陽修負責本紀、志、表部分，宋祁負責列傳部分。《新五代史》是歐陽修私撰，卻早於《新唐書》的重修。《宋史·歐陽修傳》：「自撰《五代史記》，法嚴詞約，多取《春秋》遺旨。」按《孟子·滕文公下》：「孔子作《春秋》而亂臣賊子懼。」春秋時期，諸侯割據爭霸，禮法遭踐踏，於是孔子編定《春秋》，寓說理於敘事之中，即「春秋大義」，希望藉此來警戒後人，亂臣賊子非常害怕被孔子提到而遺臭萬年。歐陽修撰《五代史記》，也正是因為五代春秋相似，作此書以警醒世人。

嘉祐五年（1060），范鎮等奏請歐氏《五代史》繕寫上進。歐陽修上《免進五代史狀》。這時，《五代史記》已於皇祐五年（1053）完成初稿，歐陽修認

為還不夠完善，一直不斷地補正修訂，直到熙寧五年（1072）八月歐陽修去世的一個月後，宋神宗下詔命他的家人奏上。金章宗時，這本新的五代史才逐漸代替了《舊五代史》。

09《薦布衣蘇洵狀》：唯江湧豪、江習波選注的《歐陽修散文精選》選入，中云：「文章寥寥三百餘字，於其人德行文章推崇備至。得作者揄揚，蘇洵文章遂名動天下。嘉祐五年（1060）蘇洵再至京師，得任秘書省試校書郎，這應該是本篇薦狀的實際效果。」

《宋史‧蘇洵傳》：「蘇洵，字明允，眉州眉山人。年二十七始發憤為學，歲餘舉進士，又舉茂才異等，皆不中。悉焚常所為文，閉戶益讀書，遂通《六經》、百家之說，下筆頃刻數千言。至和、嘉祐間，與其二子軾、轍皆至京師，翰林學士歐陽修上其所著書二十二篇，既出，士大夫爭傳之，一時學者競效蘇氏為文章。所著《權書》、《衡論》、《機策》，文多不可悉錄，錄其《心術》、《遠慮》二篇。」蘇洵年二十七始發憤為學，但因不擅時文，舉進士不第。慶曆五年（1045），因舉制策入京。正值慶曆新政失敗，范仲淹諸人多被貶逐，於是他暫不求仕，「悉取所為文數百篇焚之，益閉戶讀書，絕筆不為文辭者五六年，乃大究六經百家之說」。後為知益州張方平賞識。嘉祐元年（1056），蘇洵攜子蘇軾、蘇轍，帶著張方平的推薦書信，入京謁見韓琦、歐陽修。這時又值歐陽修等慶曆新政時期的人物用事，歐陽修立即向朝廷推薦蘇洵，在《薦布衣蘇洵狀》中說：「其所撰《權書》、《衡論》、《幾策》二十篇，辭辯閎偉，博於古而宜於今，實有用之言，非特能文之士也。其人文行久為鄉閭所稱，而守道安貧，不營仕進，苟無薦引，則遂棄於聖時。」歐陽修看準蘇洵是真正的人才，力加稱譽薦舉，遂為名人，與其子蘇軾、蘇轍合稱「三蘇」，均入「唐宋八大家」。「四海之廣，不能無山岩草野之遺」，實乃至理名言。

10《與高司諫書》：9種文選均選。景祐三年（1036）五月，知開封府范仲淹以上《百官圖》及《帝王好尚》、《選賢任能》、《近名》、《推委》四論，並於宰相呂夷簡辯於仁宗前，被貶至饒州。當時朝臣紛紛論救，而身為左司諫的高若訥不但不救，反而加以詆毀。在這種情況下，歐陽修不顧朝庭「戒百官越職言事」的詔令，寫信痛斥，指高若訥「不復知人間有羞恥事」。歐陽修後來在《與尹師魯第一書》中說，「當與高書時，蓋已知其非君子，發於極憤而切責之，非以朋友待之也」，顯出歐陽修嫉惡如仇、不避險難的正義感。

高若訥見信後惱羞成怒，將此書給仁宗看，「恐中外聞之，謂天子以迂意

逐賢人，所損不細」。歐陽修因此被貶為夷陵令。高若訥雖然後來官運亨通，做了宰相，但是「是直可欺當時之人，而不可欺後世也」。歐陽衡刻本《歐陽文忠公集》卷首載清高宗乾隆評語：「是歲修甫三十歲，年少激昂慷慨，其事之中節與否，雖未知孔、顏處此當何如，然而凜凜正氣，可薄日月也。時修筮仕才五年，為京職才一年餘，未熟中朝大官老於事之情態語言大抵如此，千古一轍，於是少所見多所怪，而有是書。至今傳高若訥不復知人間羞恥事也，人固有幸不幸歟！」本書「疏解」云：

> 范仲淹被貶，身為左司諫的高若訥不但不救，反加詆毀，歐陽修便寫信痛斥，指為「不復知人間有羞恥事」。其時，歐陽修甫三十歲，筮仕才五年，為京職方年餘，激昂慷慨，凜凜正氣，與唐代歐陽秬《移陸司勳沔書》精神，一脈相承。

11《送徐無黨南歸序》：9種文選都選。本書「疏解」云：「本文認為，立德、立功、立言之『三不朽』中，應以修身立德為根本，並以『文章麗矣，言語工矣，無異草木榮華之飄風，鳥獸好音之過耳也』來推徐無黨之『盛氣而勉其思』，立論甚高。」

12《遊儵亭記》：只有2種文選選入。文章末尾有「景祐五年（1038）四月二日，舟中記」，這一年，歐陽修32歲，經歷了《與高司諫書》後的被貶夷陵，調乾德令。在赴乾德的途中，歐陽修為其兄歐陽昞「遊儵亭」作記。「不以汪洋為大，不以方丈為局，則其心豈不浩然哉！」這正是莊周惠施的濠梁之樂，宣揚了「視富貴而不動，處卑困而浩然其心者，真勇者也」的達觀思想。

13《醉翁亭記》：9種文選都選。歐陽修因上書為范仲淹辯護，被貶滁州，內心抑鬱，此文卻以蕭然自遠的筆調，抒寫了幽深秀美的自然景物，和「與民同樂」的高尚旨趣。「人知從太守遊而樂，而不知太守之樂其樂也。」歐陽修以樂為樂，這是他不願自怨自艾的體現，也是他積極向上的體現。

14《與范文正公書》：9種文選都沒有入選，倒不是由於眼光的不同，而在其發現年代之晚。《中華文史論叢》2012年第1期東英壽、陳狪《新見九十六篇歐陽修散佚書簡輯存稿》，揭示日本天理圖書館所藏《歐陽文忠公集》中中土久佚的九十六篇書簡，本書所選為第九十篇，題「此帖恐是與范文正公」。洪本健先生《東英壽教授新見歐陽修散佚書簡解讀》認為：

> 歐陽修、韓琦、范仲淹與尹洙關係均甚密切。洙卒，歐撰墓誌

銘，韓撰墓表，范於尹洙身後事極為關心。孫甫，字之翰，為尹洙
知交。此簡論孫甫為尹洙作行狀事，云：「師魯功業無隱晦者，修考
之翰行狀無不是處，不知稚圭（韓琦字）大罵之翰，罪其何處，此
又不諭也。稚圭處，修自附去也。」范、韓、歐、尹的友誼，在慶
曆革新中經受考驗，更加深厚，他們都很珍惜。此簡批評尹材（洙
兄尹源之子）「率然狂妄」地責難作行狀的父執孫甫，謂「明公若愛
師魯，願與戒勗（勗）此子」，同時，極不滿於同命運、共患難的摯
友韓琦責怪孫甫的舉動。此種情緒，看來也只有向革新陣營的領袖、
歐待之以師友的范仲淹抒發才合適。稱「明公」，望其「戒勗（勗）
此子」，亦符合范仲淹的身份，故謂本簡「與范文正公」，當是正確
的判斷。歐慶曆八年作《尹師魯墓誌銘》，時在知揚州任上。本簡云：
「修在揚州，極不平之，亦曾作書拜聞。」觀其口吻，已離揚州，
疑本簡作於皇祐初。

　　孫甫是尹洙的知交，洙卒，孫甫為尹洙作行狀，尹材（洙兄尹源之子）
表示不滿，作書責難。歐陽修致書范仲淹，認為孫甫所作行狀「不過文字不
工，或人所見不同」，「後生小子，但見其叔平生好論議，遂欲傚效，既學問未
精，故所論淺末，不知其叔平生潛心經史，老方有成。其自少所與商較切磨，
皆一時賢士，非一日而成也。」仲尼曰：「由也兼人，故退之。」所以歐陽修
願與范仲淹來戒勗此子，無使陷於輕率，表現了對友朋後輩的負責精神。

　　15《六一居士傳》：8種文選選入。此文作於歐陽修六十四歲時，既老而
衰且病，以「藏書一萬卷，集錄三代以來金石遺文一千卷，有琴一張，有棋一
局，而常置酒一壺」與「以吾一翁老於此五物之間」，自號六一居士，表現了
達觀精神與至性真情。

　　「文章者，千古之大業，不朽之盛事」。近代以來，由於受西方文學觀念
的負面影響，文章的地位一落千丈。西方的純文學觀認為，文學是形象的、
有感情的，其文學向以小說、戲曲為正宗。近代以來，王國維、魯迅得時代風
氣之先，推動了中國小說研究、戲曲研究發展。至於文章，如欲歸入文學範
疇，就必須是寫景的，抒情的，才被認作「文學創作」，方有寫進文學史的資
格。在這套觀念影響下，大量被看好的千古名篇，如《原毀》、《師道》這些文
章，都不認為是文學，被排斥在文學史之外了。人們不去研究論說、雜記、奏
摺、碑銘、祭文、傳記、書信、序跋，將關注點放在寫景狀物的小品，使我們

離傳統越來越遠，離中華文化的精髓也越來越遠。我們在看三歐文的時候，最激動的不是《醉翁亭記》，也不是《秋聲賦》，而是《論修河第二狀》、《論救賑江淮饑民劄子》，是歐陽澈的三篇《上皇帝萬言書》，是歐陽守道的《歐陽監丞祠堂記》，這些奏書，這些說理文，充滿激情，關心國家，關心民族，它們不是「創作」出來的，而是用心、甚至用血寫出來的，恰恰是千古不朽的最好文章。中國文學有中國文學特點，文章才是中國文學的主脈和正宗。要抵禦西方的觀念，至少不要被控制，古代散文研究才有光明的前途。

《全宋文》失收歐陽氏遺文輯補〔註1〕

　　纂輯一代全文的總集，始於嘉慶十三年（1808）由文華殿大學士董誥領銜的《全唐文》，其後，嚴可均以個人之力，編成《全上古三代秦漢三國六朝文》（包括《全上古三代文》《全秦文》《全漢文》《全後漢文》《全三國文》《全晉文》《全宋文》《全齊文》《全梁文》《全陳文》《全後魏文》《全北齊文》《全後周文》《全隋文》《先唐文》），直與《全唐文》相接，學者稱便。

　　唐而後的斷代總集，首推四川大學古籍整理研究所曾棗莊、劉琳先生主編的《全宋文》。此書歷經二十年爬梳剔抉、搜輯校點，2006 年由上海辭書出版社、安徽教育出版社聯合出版，收兩宋近萬名作者的文章 178292 篇，總字數逾一億字，容量十倍於《全唐文》，其中 95% 的作家此前未被編入過專集，不少孤本珍本是首次披露，堪稱宋代文史資料寶庫。

　　「網羅放佚，使零章殘什，並有所歸」，是《四庫全書總目・總集類》提出的纂修總集的準則之一。《全宋文》巴蜀版前言，亦將「收文力求不重不漏不誤」置於首位。新版《全宋文》序言，更稱「普查搜採之難」為「四難」之最，說：「宋代文章，有別集流傳者七百餘種，如以無別集而文章零散傳世者合而計之，作者將逾萬人，作品超出十萬。故編纂《全宋文》，自別集、總集之外，史乘方志、類書筆記、碑刻法帖、釋道二藏等，均應在網羅之列。既名為《全宋文》，即斬能無一篇遺漏者。」曾棗莊先生更下定決心：「宋代的一切著述，只要是搞得到手的，都要搞到手。」可謂懸鵠高遠，志向闊大，令人欽佩。

〔註 1〕與歐陽縈雪合撰。

　　面對這套三百六十冊的煌煌巨著，在讚賞其收羅宏富、涉及面廣、編排合理、易於檢索、有助研究的同時，不由得令人想到：它會不會如《全唐文》存有遺漏，甚至需要如陸心源《唐文拾遺》、《唐文續拾》，陳尚君《全唐文補編》那樣，來補輯遺文、新增作者呢？

　　筆者對宋文向無研究，近年因研究姓氏文化，頗留意歐陽氏的文學作品。懷著以上的好奇心，對《全宋文》進行檢索，發現全書所收竟然只有歐陽修（1007～1072）、歐陽澈（1097～1127）、歐陽守道（1209～1273）三位有文集傳世者，不覺吃一大驚。

　　歐陽守道《經訓堂記》稱：「歐陽世遠矣，自漢興，先聖之書甫出壁藏，即以經師名家，立於學官，講於禁殿，而父子祖孫傳於儒林。漢氏既衰，斯文中喪。涉唐武德貞觀復起，率更令在諸儒間，其文藝亦拔一時而名後世。暨於文忠公生遇聖代，卓為儒宗，既以粹然經術，佐天子致太平，而孫石之學，曾蘇之文，扶翼主張，一於公是賴，士到於今，受其賜也。蓋自周衰至於今，天下凡三治，每一治歐陽氏必以文學著聞，雖不盡同，而大較可見已。」《全宋文》只收三位歐陽氏的作品，顯然不足以反映有宋一代「歐陽氏必以文學著聞」的盛況。

　　顧名思義，「全宋文」應指宋代全部已有的全部文章；要做到這一點，幾乎是不可能的。古代書籍歷經的災難，向有五厄、十厄、十五厄、十六厄之說。現存的宋代文集，只能是滄海之一粟。僅從現存文集著眼，就必然會遺漏許多散見於他處的文章。而史書、方志、家譜，向被視為歷史的三大支柱，由此入手，不僅會尋到發現的線索，而且能搜集到重要的文章。

　　以歐陽氏的著述為例，《宋史》藝文志著錄有：

　　　　歐陽丙《三禮名義》五卷

　　　　歐陽融《經典分毫正字》一卷

　　　　歐陽迴（一作「炳」）《唐錄備闕》十五卷

　　　　歐陽伸（一作「坤」）《經書目錄》十一卷

　　　　歐陽忞《巨鼇記》五卷，《輿地廣記》三十八卷

　　　　歐陽濬《周紀聖賢故實》十卷

　　　　歐陽發《渾儀》十二卷，又《刻漏》五卷》一卷，《晷影法要》
　　一卷

　　　　歐陽邦基《勸誡別錄》三卷

　　《歐陽袤集》一卷

　　《歐陽備集》五十卷，又《別集》二十卷

　　所著錄的多數文集，如今確已亡佚了，但歐陽忞的《輿地廣記》卻是存在的。歐陽忞為歐陽修族孫，徽宗政和中（1111～1118）作《輿地廣記》。此書雖為區域地理專志，但歐陽忞自撰的《〈輿地廣記〉序》，遵循凡例當補入《全宋文》。

　　《宋史》律曆志謂：「淳熙間，建安布衣蔡元定著《律呂新書》，朱熹稱其超然遠覽，奮其獨見，爬梳剔抉，參互考尋，推原本根，比次條理，管括機要，闡究精微。其言雖多出於近世之所未講，而實無一字不本於古人之成法。」又謂：「久之，宜春歐陽之秀復著《律通》」，且評價道：

　　　　《律通》上、下二篇：《十二律名數》第一，《黃鐘起數》第二，《生律分正法》第三，《生律分變法》第四，《正變生律分起算法》第五，《十二宮百四十四律數》第六，《律數傍通法》第七，《律數傍通別法》第八；《九分為寸法辨》第九、第十，《五十九律會同》第十一，《空圍龠實辨》第十二，《十二律分陰陽圖說》第十三，《陽聲陰聲配乾坤圖》第十四，《五聲配五行之序》第十五，《七聲配五行之序》第十六，《七聲分類》第十七，《十二宮七聲倡和》第十八，《六十調圖說》第十九，《辨三律聲法》第二十。真德秀、趙以夫皆盛稱之。

　　律曆志還全文載錄歐陽之秀《律通》自序近二千字，理當補入《全宋文》。

　　藝文志著錄的歐陽發，為歐陽修長子。他與歐陽棐的傳記，都附在歐陽修傳後：

　　　　子發字伯和，少好學，師事安定胡瑗，得古樂鍾律之說，不治科舉文詞，獨探古始立論議。自書契以來，君臣世系，制度文物，旁及天文、地理，靡不悉究。以父恩，補將作監主簿，賜進士出身，累遷殿中丞。卒，年四十六。蘇軾哭之，以謂發得文忠公之學，漢伯喈、晉茂先之流也。

　　　　中子棐字叔弼，廣覽強記，能文辭，年十三時，見脩著《鳴蟬賦》，侍側不去。修撫之曰：「兒異日能為吾此賦否？」因書以遺之。用蔭，為秘書省正字，登進士乙科，調陳州判官，以親老不仕。修

卒，代草遺表，神宗讀而愛之，意修自作也。服除，始為審官主簿，累遷職方員外郎、知襄州。曾布執政，其婦兄魏泰倚聲勢來居襄，規占公私田園，強市民貨，郡縣莫敢誰何。至是，指州門東偏官邸廢址為天荒，請之。吏具成牘至，棐曰：「孰謂州門之東偏而有天荒乎？」卻之。眾共白曰：「泰橫於漢南久，今求地而緩與之，且不可，而又可卻邪？」棐竟持不與。泰怒，譖於布，徙知潞州，旋又罷去。元符末，還朝。歷吏部、右司二郎中，以直秘閣知蔡州。蔡地薄賦重，轉運使又為覆折之令，多取於民，民不堪命。會有詔禁止，而佐吏憚使者，不敢以詔旨從事。棐曰：「州郡之於民，詔令苟有未便，猶將建請。今天子詔意深厚，知覆折之病民，手詔止之。若有憚而不行，何以為長吏？」命即日行之。未幾，坐黨籍廢，十餘年卒。

無論從什麼角度看，歐陽發、歐陽棐都是宋代文化史上的重要人物。歐陽發（1040～1089）少好學，師事胡瑗得古樂鍾律之說，究歷朝君臣世系，制度文物，旁及天文、地理等，有《宋朝二府年錄表》、《古今系譜圖》及《渾儀》、《刻漏》、《晷影法要》等，僅僅因文集不傳，在《全宋文》竟然沒有一席之地，顯然是不合適的。實際上，歐陽發非無傳世之文章，《文忠公集》附錄有他寫的《先公事蹟》，對歐陽修「為人天性剛勁，而氣度恢廓宏大，中心坦然，未嘗有所屑屑於事。事不輕發，而義有可為，則雖禍患在前，直往不顧」的秉賦，「與人言，抗聲極談，徑直明辨，人人以為開口可見心腑。至於貴顯，終始如一，不見大官貴人事位貌之體，一切出於誠心直道，無所矜飾」的性格，「平生以獎進賢材為己任」、「樂成人之美，不掩其所長」的精神，都有親切細緻的描述，不予收錄，可謂遺珠之憾。

再如歐陽棐（1047～1113），字叔弼，是歐陽修第三子。英宗治平四年（1067）進士乙科。歷知襄、潞、蔡州，後以坐黨籍廢十餘年，有《蔡州文集》二十卷，已佚。但歐陽修《集古錄目》附有他的《〈集古錄目〉記》，記錄了歐陽修的叮囑：「吾集錄前世埋沒缺落之文，獨取世人無用之物而藏之者，豈使出於嗜好之僻，而以為耳目之玩哉！其為所得，亦已多矣。故嘗序其說而刻之，又跋於諸卷之尾者二百九十六篇，序所謂可與史傳正其闕謬者，已粗備矣。若撮其大要，別為目錄，則吾未暇，然不可以闕而不備也。」又記下了自己的考訂感言，說：「蓋自文武以來，迄於五代，盛衰得失，賢臣義士、

奸雄賊亂之事，可以動人耳目者，至於釋氏道家之言，莫不皆有。然分散零落數千百年而後聚於此，則亦可謂難矣。其聚之既難，則其久也又將遂散而無傳，宜公之惜乎此也。」

　　與正史相比，地方志所收的材料更其豐富。有心人尤其注重於歷代單篇佚文的收集。如夏允彝《長樂縣志》藝文志序曰：「載籍之易散而難聚也，文人姓氏易泯而難傳也，自古歎之矣。況長邑僻在一隅，苟非鴻公巨卿，安能以空文走天下？……自來長邑，乃知炳然可傳者尚多，海內所傳，百不得一也。為詳志之，讀其書論其世，豈曰文焉已乎？」《安福縣志》藝文志序亦曰：「昔班史紀藝文，僅列篇目。及有明修志，乃載及詞章，非體例異也。志以紀事，文藝即紀事之言，凡政治所繫，因革所宜，以及山川風物，弔古言情，皆有不容自己之心，然後其事傳者文亦傳，其人亦因以並傳。」《永豐縣志》就收有歐陽發的《鄂州武昌縣尉歐陽府君墓誌銘》，對曾任韶州曲江主簿、象州司理參軍的歐陽通理「守而不渝，勇而知義，不屈於貧，不撓於利」的品德予以彰揚。《永豐縣志》加按語道：「此碑在永豐縣沙溪之嚴坑，距崇國公墓十里許，舊為土痤。道光間，樹拔碑出，其圓勁古樸，宛與六一公阡表碑筆勢相似。」「人以文傳」，將《先公事蹟》、《鄂州武昌縣尉歐陽府君墓誌銘》、《〈集古錄目〉記》補入《全宋文》，讓歐陽發、歐陽棐佔有了一席之地。

　　各姓家譜的編纂者，多有重視先人文存的自覺意識，如《白沂歐陽三修族譜》設有「遺翰志」，其序曰：

　　　　錄遺翰，所以為文獻徵也。孔子歎夏商之禮不能言，以文不足以證之也。是故發揮性命，揚推世教，恒必由之，文之不可以已也。

　　　　永和在宋元者，不可縷計，譜凡三修，科甲三十餘，撰之己，贈之人，豈無文翰？監丞、節孝、巽齋三公，皆有文集；其他諱鈇者有《寓庵集》，漢老有《樸庵集》，諱彝者有《樂庵集》，其名雖傳，而文不獲睹，可勝歎哉。今所存，不過灰燼一二之餘焰耳。以宋、元、明、國朝為次，其中多雜著，標題不一，難悉分類。本支先後所得於諸名公者，間一附之。

　　　　雖然，文，文也；獻，賢也。無文則獻不顯，非獻則不知所以重其文，世大家更不可以無獻也。今之子弟，二其才者，稍知章句，乘時僥倖於一時之進取，侈然自多，先世有美德即知之，以為不必述也；其不才者，驕悍縱肆，無所顧忌，行乎墟墓之間，而嬉焉邀

焉，不少動其心，先世有美德即知之，不能述也。然二者均之為不
肖也。刻存此，所以便吾宗子姓知所珍重，曷求免於不肖哉？慎毋
使後人而復歎後人也。紀《遺翰志》。

歐陽氏宋元科甲三十餘，撰之己，贈之人，文翰當極可觀。然考《遺翰
志》所云「監丞（歐陽珣）、節孝（歐陽中立）、巽齋（歐陽守道）三公，皆有
文集」，傳世的惟歐陽守道《巽齋文集》；他如歐陽鈇的《寓庵集》，歐陽漢老
的《樸庵集》，歐陽彝的《樂庵集》，當時已是「其名雖傳，而文不獲睹」。今
所存，不過灰燼一二之餘焰耳。在《白沂歐陽三修族譜》中，收有歐陽中立
的《逍遙堂記》，歐陽文龍的《薦德亭記》、《上江太守檢樣先生書》、《郡學增
祀監丞公記》、《〈紹興錄善集〉序》，賴譜書所載保存於世，可補《全宋文》
之闕。

歐陽中立，字存道，歐陽萬五世孫，登元豐二年己未（1079）時彥榜進
士，授河南司戶參軍，遷淮南節度推官，知江陵府松滋縣事，又任中武軍節
度使掌書記，知懷州武陟縣事，加通直郎，所至多所樹立。為司馬光門人，崇
寧（1102）元年蔡京立《元祐黨籍碑》，書司馬光等三百零九人之罪狀，歐陽
中立與歐陽棐俱入，名下注「故」。其《逍遙堂記》為元豐庚申（1080）所撰，
文曰：

> 逍遙堂，始余高祖之所建也，逮今五十年，而會稽文士子和，
> 方闢其基葺其而一新之。且永和為廬陵之盛地，而清都觀永和之勝
> 槩，逍遙堂者於清都尤更幽絕。
>
> 然斯堂之設，非以為遊宴嬉戲之所，與夫探奇攬勝者之居也。
> 梁棟柱璪，奈梲檼桶，無繁文麗藻以為崇飾，無雕蟲篆刻以為榮觀，
> 純素質樸，高明疏潔，足清淨而脫喧囂，乃以為逍遙者之所寓也。
> 堂之前具有餘地，廣數百步，晴空爽夕，舉目一瞬，鮮有疑礙。花
> 芳藥苗，佳蔬異果，靡所不有；杉松筠檜，旁種環植，遠遠映帶，
> 若此者，人固以為美矣。至於方外之士，一徬徨乎其側，見俛伸乎
> 其下則疑，亦不獨以是為美也。又有滴足以襲貞神，爽足以棲其氣，
> 物象之廣，莫有發於意之外。戶牖之虛白，有待於心之貞。四勝之
> 美，若可以寓目而情不在也。或琴或弈，或觴或歊，若可以適性而
> 志不專也。非憂非樂，非動非靜，以遂其天年，則此逍遙之所得而
> 為斯堂者，亦將有待於其人乎。

　　嗚呼，物之生乎天地，而涉乎人間世，其能遊乎逍遙亦寡矣。蓋命於陰陽，役於造化，則制有數，麗於有形而不自知也。故大椿之修，而老於春秋；朝菌之短，而不知晦朔。修短雖不均，而其生一也，數制之然也。制於數者，則有修短之可憂；制於形者，則有上大之可悲。悲憂之態作，則彼物之所以不能逍遙也歟。若夫遺形離散，均修短，齊小大，睹冥極而遊於無窮，則然後可達夫名斯堂之旨也。

　　余升其堂，閱其名，喜為之書其立室之意，而與述其所謂逍遙之詔者，意使一曲之士覽其文，驚其柱言而余有所得也。彼有蔽蒙，不解貪騖，躁進役役以待盡者，又不足以與之語此。

　　文記逍遙堂之修建，發揮出一番「均修短，齊小大，睹冥極而遊於無窮」的議論，文情並茂，彌足珍貴。

　　歐陽文龍，嘉定庚午（1210）進士，歷任從政郎，監三省樞密院激賞酒庫門。《薦德亭記》為嘉定三年（1210）所撰，讚揚歐陽中立之「主張國事，扶植正學」，歐陽中立因反對王安石新法，入蔡京所立《元祐黨籍碑》。此文記其對策語曰：「國家自熙寧以來，新參預政，學不知道，勇於去君子，勇於塞人言，勇於任民怨，以天下之事惟出於我己者為最，是以天下之材惟出於新法，若為私有。」可補正史之闕。而主張國事，扶植正學，則是宗旨之所在。

　　歐陽文龍《上江太守檢樣先生書》為嘉熙三年（1239）所撰，以為「忠義之氣，散在字壞間。不以有生而存，亦不以無生而亡。日月雖往，而耿耿之在心者，不與之而俱往也」。歐陽珣（1081～1127），字全美，又字文玉，號歐山，歐陽詹之十世孫。崇寧五年丙戌（1106）進士。金人犯京師，朝議割河北絳、磁、深三鎮地講和。珣率其友九人上書，極言祖宗之地，尺寸不可以與人。及事急，會群臣議，珣復抗論當與力戰，戰敗而失其地，它日取之直；不戰而割其地，它日取之曲。時宰怒，欲殺珣，乃遣珣奉使割深州。珣至深州城下，慟哭謂城上人曰：「朝廷為奸臣所誤至此，吾已辦一死來矣，汝等宜勉為忠義報國。」金人怒，執送燕，焚死之。歐陽珣是一位微官（監丞），初上不可割之書，是他；繼執不當割之說，是他；竟奉往割之命，也是他。從程序上講，割地是君命，執行並無不可；但從道義上講，割地又是賣國，是絕對不能執行的。歐陽珣便處在「將從義而妨命乎？抑徇命而違義乎？」的矛盾之中。

結果，歐陽珣選擇了徇命死在河朔，監丞雖死，而馨風所至，百年而如新，監丞雖死而不死矣，堪稱是忠義的頌歌。

《郡學增祀監丞公記》為淳祐七年（1247）所撰，靖康之厄，歐陽氏以言死國者二：一是歐陽澈，一是歐陽珣。作為後世子孫的文龍，為表彰先輩之忠義，費盡周折，終於使其祠於學宮，其以「監丞乃天下之忠義，非一家一國之忠義」贊之，十分貼切。

《〈紹興錄善集〉序》為淳祐元年（1241）所撰，皆為表彰歐陽珣而作。歐陽文龍稱頌其「忠義之氣，散在宇壤間。不以有生而存，亦不以無生而亡。日月雖往，而耿耿之在心者，不與之而俱往也。」感情激越真切，彌足珍貴，當補入之。對於前輩偉人歐陽珣，歐陽文龍堂而祠之，贊而記之，又萃集鴻筆題詠為一編，擔心「志士殺身成人而沒世無稱也」。

說到歐陽珣，由於慘遭殺害，其文集不存，幸好《歐陽宗譜》存有他的《譜序》、《續編譜圖序跋》，《譜序》為宣和三年（1121）所撰，與《續編譜圖序跋》皆存，彌足珍貴，當補入之。

此外，《歐陽宗譜》還收有歐陽伋的《歐陽譜序》、歐陽子榮的《〈義歷續譜〉序》。歐陽伋曾令陽山，宰會稽，知饒州，知靖州，新差知處州，罷新任。樓鑰（1137～1213）《攻愧集‧靜退居士文集序》：「歐陽文忠公為本朝文章宗師……。嘗訪求遺文於館中，僅三十餘篇，每恨不得其全。公（歐陽修）之孫伋守連州，以公家集二十卷鋟諸版而來求序，始得而盡見之。……歐陽氏久不振，連州能傳斯文，於其家世，尚勉之哉。」其《歐陽譜序》為嘉泰甲子（1204）所撰。「世系有遠近，而倫序自若；人事有窮達，而誼弗可渝」，是處理族譜的指針，決不能「不求其序而相視遼邈，不顧其誼而自謂超絕」。

歐陽子榮，生平待考。《〈義歷續譜〉序》為淳祐十年（1250）所撰，皆當補入之。歐陽修是歐陽家族最有成就者，序曰：「戍之後迄今十有四五世，未即聞如文忠公者，豈將有所待耶？」

在中華姓氏中，三歐是小姓，尚且有如許闕漏，則王、李、張等大姓之闕漏，當更加可觀。聞四川大學古籍整理研究所有《全宋文補編》意向，故撰此小文，芻蕘之獻，以備一採耳。

《青瑣高議》論考

一、《青瑣高議》和它的撰輯者劉斧

（一）

　　《青瑣高議》是北宋時期一本著名的小說集，問世以後，贏得了大批的讀者。北宋末年的蔡絛，在他所著的《鐵圍山叢談》卷五中，稱它為《青瑣小說》；與他同時的阮閱，在自己編纂的《詩話總龜》中，也多次引用此書，稱之為《青瑣集》、《青瑣後集》。南宋紹興七年（1137）編成的小說集《紺珠集》，收入了《青瑣高議》的故事若干則；其後，曾慥所編的《類說》，也收入了《青瑣高議》的故事四十八則。書中的有關內容，還被《新編分門古今類事》、《歲時廣記》等書大量選錄，這些都足以說明它的影響是非常大的。

　　關於《青瑣高議》的作者，北宋神宗年間的高承，在《事物紀原》卷十中說：「熙寧中（1068～1077）劉斧撰《青瑣集》」，肯定劉斧是此書的作者。不過對高承的說法，應該作兩點必要的修正：第一，《青瑣高議》所收的作品，並不都是劉斧的個人創作，其中有相當一部分內容是從前人著作抄錄、或者據前人作品改編的，因此，對於本書來說，劉斧除了「撰」以外，還做了大量的「編」和「輯」的工作，嚴格地說，稱他為《青瑣高議》的撰輯者，可能更為合適；第二，《青瑣高議》後集中的若干篇章，寫到了發生在熙寧年以後的事，如卷二《王荊公》一篇，稱王安石為「荊公」；《司馬溫公》一篇，稱司馬光為「溫公」，就都打下了寫作時間的印記。我們知道，「荊公」、「溫公」，都是人的諡號；而諡號是帝王、大臣去世後，按照他們生前的事蹟品行所贈予的稱號。王安石、司馬光都死於宋哲宗元祐元年（1086），分贈「荊國公」和

「溫國公」，據此可以推知這兩篇的寫作時間，都應該在他們死後。後集卷二《直筆》一篇，記述了范仲淹的兒子范純仁後來做到了丞相，這更是在元祐三年（1088）的事情，時間比前一件事又晚了兩年。因此，劉斧於熙寧中撰輯的很可能是《青瑣高議》的前集，此後他又不斷有所增補，《青瑣高議》的後集，成書是應該在元祐之後了。

我們還應該瞭解，由於年代久遠，《青瑣高議》在流傳中，曾經發生過不少變遷。最明顯的是卷數的變化。南宋紹興年間（1131～1162）的晁公武，在他的《郡齋讀書志》中著錄道：「《青瑣高議》十八卷，不題撰人。」《宋史·藝文志》在「小說類」中，也著錄《青瑣高議》為十八卷。而宋元之際的馬端臨，在《文獻通考》中卻說《青瑣高議》前集十卷，後集十卷；清代的《四庫全書總目》也說《青瑣高議》是二十卷，已經和宋人的說法有了差異。流傳至今的明代抄本和萬曆間的張夢錫刊本，除了有前、後集各十卷外，又多出了別集七卷；清代的抄本，卻只有前、後集各十卷，沒有別集。這種種變化，主要是由長期的傳抄所造成的。現存的《青瑣高議》的本子上，還留下了一些與傳抄有關的記錄，如後集卷五《隋煬帝海山記》一篇文末，有「弘治乙丑歲（1490）臘月二十四日竹野山齋謹錄」字樣，後集卷十《僧卜記》一篇文末，又有「明嘉靖元年（1522）上元日閶門外蕭安裝於太平橋之南塊，沈文辨之記」字樣。由於經過多次傳抄，學者們一般認為《青瑣高議》現在的通行本，已經不是完整的原本，在分集和分卷上也與原本面貌相去甚遠。比如，關於今本的前、後集會比宋人的著錄多出兩卷的原因，學者們推測可能是編次的竄亂所致。他們的證據是，據《詩話總龜》所引，《隋煬帝海山記》注明在《青瑣高議》的前集，但今本《青瑣高議》卻收錄在後集；後集卷六的《甘棠遺事後序》，從內容看分明是後集卷五的《溫琬》篇的續篇，既不應分割開來置於不同兩卷之中，更不應該在它們中間夾雜一篇與此內容無關的《張宿》，這些都應該是在抄錄中被無心弄亂了的。而那直到明代抄本中才出現的別集，其中卷一《西池春遊》和卷二《譚意歌記》兩篇，在南宋的《類說》已經引到，可見應放當在前集才是；而卷四《張浩》和《王榭》兩篇，目錄下又注有「新增」二字，前篇來歷未明，後篇據《詩話總龜》注，是引自劉斧的另一本書《摭遺》，因此學者又懷疑別集可能是後人拼合而成的。

與篇章的篡亂相比，更無法彌補的缺憾是，《青瑣高議》在流傳中所造成的許多篇章文字的散佚。上海古籍出版社 1983 年出版的《青瑣高議》，增補

了程毅中先生據《類說》、《綠窗新話》、《分門古今類事》、《詩話總龜》、《歲時廣記》等輯得的《〈青瑣高議〉補遺》三十六條，是很有價值的，只是由於是從引文中所輯，已經離原本的面貌相去甚遠了。李劍國先生經過覆核，又輯得十四條，其中《紺珠集》本一條：《枕龍臥鳳》；《說郛》本四條：《唐宣宗》、《毗陵憤氏》、《李筌》、《曹翰》；《綠窗新話》卷下引一條：《越州女姿色冠代》；《四庫全書》本《分門古今類事》卷一一引一條：《趙明奇中》；人民文學出版社校本《詩話總龜》前集引四條：卷一引《李廷臣》（又見《古今事文類聚》前集卷二七《青瑣》）、卷一六引《屈平廟》（又見《竹莊詩話》卷三引《青瑣後集》及《輿地紀勝》卷六九引《青瑣》）、卷一九引《方勉》（又見《竹莊詩話》卷二二引《青瑣集》）、卷四七引《江南李先生》；《古今事文類聚》別集卷二二引一條：《包孝肅》；《苕溪漁隱叢話》後集卷一六引一條：《陳圖南》（又見《記纂淵海》卷六七引《青瑣》）；《永樂大典》卷一三一四〇引一條：《夢黃巢化蛇》。李劍國先生還從後集卷一《議醫》有「余嘗患其（指庸醫）若是，前集嘗言之矣」的話，推知前集應當還有記庸醫事的一篇；前集卷八有一篇題目叫《何仙姑續補》，認為前面相應有一篇《何仙姑》，認定還可能有其他篇章的散佚。除此而外，專家們認為，今本各篇中的文字，也有缺脫的情形。如《施注蘇詩》卷三〇《和趙景貺栽檜》注引《青瑣高議》云：「亳州太清宮八檜有左紐、煉丹等名。」而在今本前集卷一《御愛檜》一條中卻無八檜之說，就是今本《青瑣高議》文字有缺的證明（參見李劍國：《宋代志怪傳奇敘錄》，南開大學出版社，1997 年版，第 184 頁）。

所幸的是，《青瑣高議》現存的本子雖有種種不盡如人意的地方，但此書的主要內容——即一百四十多篇極有價值的小說作品還是被保存下來了。我們現在讀到的《青瑣高議》的本子，是以清代的董康據著名版本學家黃丕烈本校印的誦芬室刊本為底本的校刊出版的，從總的方面說，是一種較好、基本上可以滿足我們閱讀和研究需要的版本。

（二）

毫無疑問，《青瑣高議》的撰輯者劉斧，完全可以稱之為中國小說史上一位重要的人物，可是，由於輕視小說的傳統觀念，歷史沒有為我們留下任何有關他的生平資料；只有《青瑣高議》這本書自身，成了可供窺知他的身世的唯一文獻，這是非常可悲的。憑藉這些數量很少的文獻，要對他的一生作出明晰的說明，當然是困難的；學者們由此產生一些分歧的意見，也就是非

常自然、可以理解的了。

打開本書，首先看到的是卷首署名「資政殿大學士孫副樞」的人所作的一篇《青瑣高議序》，序中說：「劉斧秀才自京來杭謁予，吐論明白，有足稱道。復出異事數百篇，予愛其文，求予為序。子之文，自可以動於高目，何必待予而後為光價？予嘉其志，勉為道百餘字，敘其所以。」北宋的京城是汴京，也就是今天的開封，它和杭州都是當時最繁華的都市。孫副樞稱劉斧為秀才，而程毅中先生從孫序中稱讚他「吐論明白，有足稱道」，推測劉斧的身份「似為說話人之流，與隋之侯白同科」（《古體小說鈔》），乍一聽去，似乎有點不可理解，但從道理上講，倒是很有可能的。試看宋代的羅燁在《醉翁談錄》這本書《小說開闢》一節中，就是這樣來讚揚當時的說話藝人的：「論講處，不滯搭，不絮煩；敷演處，有規模，有收拾。冷淡處，提掇得有家數；熱鬧處，敷演得越久長。曰得詞，念得詩，說得話，使得砌。言無訛舛，遣高士善口讚揚；事有源流，使才人怡神嗟訝。」所用的語氣與孫副樞的序就很有點相像。宋代還有一本《武林舊事》，書中所載「說話人」中，就有號為「陳進士」、「張解元」、「許貢士」、「戴書生」、「周八官人」、「喬萬卷」的，這些大都是有較高文化修養的下層文人，並不一定真的是什麼進士或解元；劉斧號為「秀才」，來往於開封與杭州兩大城市之間，說他是說話人之流，是完全有可能的。另外，從魯迅開始，學者們都注意到《青瑣高議》在每篇文題之下，都係有七言大字的標目，如《流紅記》下有「紅葉題詩娶韓氏」、《趙飛燕外傳》下有「別傳敘飛燕本末」、《韓魏公》下有「不罪碎盞燒須人」、《王榭》下有「風濤飄入烏衣國」等，「皆一題一解，甚類元人劇本結末之『題目』與『正名』，因疑汴京說話標題，體裁亦或如是，習俗浸潤，乃成文章。」（魯迅：《中國小說史略》第十三篇《宋元之擬話本》）魯迅雖然只是推測劉斧的著作「亦蒙話本之影響」，而沒有說他就是說話藝人，但《青瑣高議》中一律採用的很像話本的回目或戲曲的題目、正名，以及此書語言俚俗，有詩有說的寫作特點，也都增加了判定劉斧為說話藝人的可能性。

但另一方面，從《青瑣高議》敘事的字裏行間所留下的劉斧一生行事的記錄看，他又極像是一位真的秀才。如後集卷三《巨魚記》中說：「嘉祐（1056～1063）年，余侍親通州獄吏，秋八月十七日，天氣忽昏晦」，由此可知，他的先人曾做過通州獄吏。後集卷三《程說》中說：「程說，字潛道，潭州長邑人，家甚貧。說為工以日給其家，暇則就學舍授業，士君子聞之，頗哀其志，

好義者與之米帛，以助其困，說益得以為學。慶曆間（1041～1048）魁薦於潭，次舉及登第，授郴州獄官。替日赴調中銓，泊於隋河之南小巷中。」篇後又補充交代道：「程說與余先子嘗同官守，都下寓居，又與比鄰，故得其詳也。」把這兩條材料聯繫起來，可以知道劉斧的父親於宋仁宗慶曆間，曾經和程說同在湖南的郴州為獄官，又一同到汴京寓居以候官，然後方至江蘇通州擔任新的獄官。既然程說是登第後方授予郴州獄官的，那麼劉斧的父親的身份大致與程說相同，是屬於科舉出身的官員，作為他的兒子的劉斧，讀書後考上一個秀才，恐怕也在情理之中。

劉斧不僅到過開封、杭州，從《青瑣高議》的記載看，他的蹤跡，北至山西，南至廣東，西至湖南，東至江蘇，幾及大半中國。如後集卷九《鱷魚新說》中說：「熙寧二年（1069），余有故至海上，首詢其事，又欲識鱷魚之狀。」這篇作品是因讀《唐書·韓愈傳》而發的，所以文章中所說的「海上」，指的就是廣東的潮州。前集卷四《王寂傳》一篇中說：「熙寧中，余自太原來汴京，道出驛下。」前集卷九《詩淵清格》一篇中說：「余向過吳江，常觀諸公詩。」後集卷九《仁鹿記》一篇中說：「余嘗遊湘共衡，下洞庭，入雲夢。」像這樣天南海北到處遊歷，不像是一般說話藝人之所為。

《青瑣高議》還反映了一個重要情況，那就是與劉斧交往的，多半是當時的才藝之士，如前集卷三《嬌娘行》說：「余友孫次翁，幼負才不羈，貴家多慕其名，所與往還皆當世偉人。一日，出所為《嬌娘行》示余，意豪而清，文富而麗，有足嘉尚，因載於集。」而所收《嬌娘行》之序云：「熙寧丙寅歲（按：熙寧無丙寅，疑為甲寅、丙辰之誤；甲寅為熙寧七年即1074，丙辰為九年即1076），余自杭及蘇，北渡江，過儀真郡，有瀟湘之逢，各盡所懷，遂作《嬌娘行》。」前集卷九《詩議》中說：「余友張行退翁，都下人也，幼好學，與當世豪傑曳長裾、遊場屋，藉藉有聲。」後集卷一《畫品》中說：「歐陽介與予有二紀之舊，從遊固非一日也。介初甚好學，屢求薦於有司，久而未售。回顧親老族重，囊無百金之直，乃拊髀歎曰：『大丈夫生當重因臥，列鼎食，設使為白首博士，有何足道哉！吾且事父母，畜妻子，然後言昔日之志。』因寫丹青，尤工傳神，落筆神奇，想入心匠，移之縑素，迴奪天真，既得乎生平之容，又全乎言笑之和，一時妙手，皆出其下，士君子推重焉。」劉斧知識淵博，有高度的文化藝術修養，故能夠與當世文人相交往。《青瑣高議》前集卷五有《名公詩話》一篇，錄有李方、符彥卿、蘇子美、李清臣，張士

遜、蔣棠、呂夷簡、范仲淹等人的詩，這種作風就是自宋代開始興盛起來的「詩話」的反映。前集卷九《詩淵清格》記錄道：「吳江長橋千尺，跨太湖，危亭構爽塏，登臨者毛骨寒凜，乃二浙之絕境也，能詩者過亭下，俱有吟詠。」文中錄下了蘇子美、楊蟠、鄭毅題吳江長橋詩，張祜、羅隱、孫山題金山寺詩等，亦屬詩話之類。前集卷三《嬌娘行》、《瓊奴記》等篇，雖然也有生動的故事，但寫作的目的還是為了詩，可以看作是詩話的變體。後集卷一還有一篇《議畫》，討論畫山石竹木花卉之「大概」，如說：「畫山水則貴乎石老而潤，水淡而明，泉石分乎高下，山川辨乎遠近，野徑縈紆，雲煙出沒，千里江山，盡歸目下，乃其妙也」，堪稱極其出色的畫論。

綜合以上情況，雖然不能肯定劉斧本人就是職業的說話人，但有一個現象卻是十分明顯的，那就是他對於當時在城市的瓦舍勾欄中已經廣為流行的說話藝術，確實比較熟悉，也比較喜愛，所以在所撰輯的《青瑣高議》中，留下了受到這種新興說話藝術影響的痕跡。許多學者把劉斧稱為中國小說上重要的過渡型的人物，是很有道理的。

劉斧的作品，除《青瑣高議》外，還有《翰府名談》、《摭遺》等，這些也都是小說史上的重要文獻。《翰府名談》一書，《宋史·藝文志》著錄為二十五卷，已佚，今存《類說》收有節本，《詩話總龜》、《永樂在大典》等書引有佚文。《摭遺》一書，《宋史·藝文志》著錄為二十卷，又名《摭遺集》，已佚，《紺珠集》、《類說》等書引有佚文，讓我們還能窺見其中的若干面貌。

至於那位為他作序的孫副樞，丁丙《善本室藏書志》卷二一認為：「副樞不署名，亦不記歲月，疑坊賈所為。」《四庫全書總目》也認為序「不稱名而舉其官，他書亦無此例，其為里巷俗書可知也。」但有學者經過考證，認為孫副樞就是孫沔（996～1066），字元規，他是越州會稽（今浙江紹興）人，仁宗皇祐五年（1053）四月，以樞密直學士、給事中知杭州，未赴而召為樞密副使，仁宗至和元年（1054）二月，以資政殿學士知杭州，三年八月（按：此年九月改元嘉）加大學士，徙京東西路安撫使、知青州，《歐陽文忠公集·內制集》卷四有至和三年八月十六日《賜新除資政殿大學士知青州孫沔告敕》可證。從其為劉斧作序結銜為資政殿大學士看，當在至和三年（1056）八月後，時孫猶未離杭，其官稱、地點、姓氏三者全合，無一牴牾，而且劉斧嘉祐中侍親通州，前此詣孫於杭，時間上亦無紕漏，所以很難說是坊賈的編造（參見李劍國：《宋代志怪傳奇敘錄》，南開大學出版社，1997年版，第182～183頁）。

（三）

本書為什麼要稱為《青瑣高議》呢？劉斧本人和為他作序的孫沔，都沒有正面加以說明，我們在這裡也只能作一些初步的猜測。

《漢書》卷九八《元后傳》說：「曲陽侯根驕奢僭上，赤墀青瑣。」顏師古注云：「青瑣者，刻為連瑣文，而青塗之也。」漢成帝時，外戚王莽專權，同一日封王譚為平阿侯，王商為成都侯，王立為紅陽侯，王根為曲陽侯，王逢時為高平侯，時人稱為「五侯」。五侯爭為奢侈，大治第宅，其中尤以曲陽侯王根最為出格，他園中的土山漸臺，造得像未央宮中的白虎殿，又用赤色來塗飾臺階，青色來塗飾門戶，這些都是「僭越犯上」的行為。據《後漢書》卷六六《王允傳》的記載，漢南宮裏就有一個青瑣門，《後漢書》卷三十六《百官志》（三）「黃門侍郎」注：「漢舊儀曰：黃門郎屬黃門令，日暮入對青瑣門，拜名日夕。宮閣簿：青瑣門在南宮。衛瓘注：《吳都賦》曰：青瑣，戶邊青鏤也。一曰：天子門內有眉格再重，裏青畫曰瑣。」到了後世，事情逐漸起了變化，一般的貴族也可以用青色來裝飾刻鏤成格的窗戶了。如《世說新語・惑溺》說：「韓壽美姿容，賈充闢以為掾，充每聚會，賈女於青瑣中看見壽，說之，恒懷存想，發於吟詩。」總之，青瑣的本意是宮門上鏤刻為連瑣圖紋而以青色塗飾的意思，劉斧用「青瑣」作為小說集的書名，或許正與他認為自己所撰輯的作品大多比較精巧別致，有文采，重藻飾，較有藝術性有關。

我們在前面已經提及，《青瑣高議》中有許多作品，不是劉斧自己所作，其中最顯著的是有十三種小說題署了作者名號，如前集卷二《廣〈謫仙怨〉詞》（題「台州刺史竇弘餘撰」）、前集卷五《流紅記》（題「魏陵張實子京撰」）、前集卷六《溫泉記》（題「亳州秦醇子履撰」）、前集卷七《孫氏記》（題「寺丞丘濬撰」）、《趙飛燕別傳》（題「譙川秦子復撰」）、前集卷八《希夷先生傳》（題「南燕龐覺從道撰」）、前集卷十《王幼玉記》（題「淇上柳師尹撰」）、《王彥章畫像記》（題「歐陽參政撰」）、後集卷六《桑維翰》（題「錢希白內翰作」）、後集卷八《甘棠遺事後序》（題「丹邱蔡子醇述」）、別集卷二《譚意歌》（題「譙郡秦醇子復」）、別集卷三《越娘記》（題「錢希白內翰」）、別集卷六《用城記》（題「漢川杜默」）；另外，後集卷七《溫琬》，雖然未題撰人，但在所加標題中已經注明「陳留清虛子作傳」，開首又附有清虛子熙寧乙巳仲冬序，知此篇原名《甘棠遺事》，作者是陳留清虛子，劉斧在收入《青瑣高議》時改題為《溫琬》。合計起來，就有十四篇肯定不是劉斧的作品。在這些人當中，錢

易、丘濬、張實、秦醇等都是值得注意的小說家。其中生平可考者有錢易，字希白，五代吳越王錢鏐後裔，真宗時進士及第，祥符中以度支員外郎直集賢院，宰開封，以「博聞強記，研深覃精」著稱，尤長於書畫，著有《青雲總錄》、《青雲新錄》、《洞微志》、《南部新書》等。丘濬，字道源，歙州黟縣人，天聖五年（1027）進士及第，作有《牡丹榮辱志》等。

　　《青瑣高議》中未署名的作品，也不都出於劉斧之手。如前集卷三《李誕女》，取自東晉干寶《搜神記》，別集卷五《張華相公》，也是據《搜神記》改作的。又如前集卷一《紫府真人記》，源於北宋張師正（1016～？）所撰《括異志》卷一《大名監埽》。前集卷二《書仙傳》，文後有「長安小隱永元之善丹青，因圖其狀，使余作記，時慶曆甲申（1044）上元日記。」出於北宋張君房纂輯的《麗情集·任生娶天上書仙》，也都是他人作品。

　　但是，劉斧所輯錄的前人作品，一般不是簡單地抄錄，大多是以前人之作為素材而重加修飾改作而成的。其中最常用的方法是增飾。如後集卷一《大姆記（因食龍肉陷巢湖）》，就是據《搜神記》卷二十《古巢老姥》重加改編的。我們先來看《搜神記》的原文：

　　　　古巢一日江水暴漲，尋復故道。港有巨魚，重萬斤，三日乃死。合郡皆食之，一老姥獨不食。忽有老叟曰：「此吾子也，不幸罹此難。汝獨不食，吾厚報汝。若東門石龜目赤，城當陷。」姥日往視。有稚子訝之，姥以實告。稚子欺之，以朱傅龜目。姥見，急出城。有青衣童子曰：「吾龍之子。」乃引姥登山，而城陷為湖。

　　相比之下，《大姆記》的描寫就詳盡多了：

　　　　究地理，今巢湖，古巢州也。或改為巢邑。一日江水暴泛，城幾沒。水復故道，城溝有巨魚，長數十丈，血鬣金鱗，電目赭尾，困臥淺水，傾郡人觀焉。後三日，魚乃死。郡人臠其肉以歸，貨於市，人皆食之。有漁者與姆同巷，以肉數斤遺姆，姆不食，懸之於門。一日，有老叟霜鬢雪鬚，行步語言甚異，詢姆曰：「人皆食魚之肉，爾獨不食懸之，何也？」姆曰：「我聞魚之數百斤者，皆異物也；今此魚萬斤，我恐是龍焉，固不可食。」叟曰：「此乃吾子之肉也，不幸罹此大禍，反膏人口腹，痛淪骨髓，吾誓不捨食吾子之肉者也。爾獨不食，吾將厚報焉。吾又知爾善能拯救貧苦，若東寺門石龜目赤，此城當陷。爾時候之。若然，爾當急去無留也。」叟乃去。姆

日日往視，有稚子訝姆，問之。姆以實告。稚子欺人，乃以朱傅龜目，姆見，急去出城。俄有青衣童子曰：「吾龍之幼子。」引姆升山。回視全城，陷於驚波巨浪，魚龍交現。大姆廟今存於湖邊，迄今漁者不敢釣於湖，簫鼓不敢作於船。天氣晴朗，尚聞水下歌呼人物之聲。秋高水落，潦靜湖清，則屋宇階砌，尚隱見焉。居人則皆龍氏之族，他不可居，一何異哉！

在《青瑣高議》中，劉斧增飾了困龍「血鬐金鱗，電目赭尾」、老叟「霜鬢雪鬚，行步語言甚異」一類有關外貌、行步的細節描寫，十分貼切生動。又突出了老姆所以不食魚的理由是：「我聞魚之數百斤者，皆異物也；今此魚萬斤，我恐是龍焉，固不可食」，這樣，就使她的行為具有較強的理性色彩。小說最後補敘道：「大姆廟今存於湖邊，迄今漁者不敢釣於湖，簫鼓不敢作於船。天氣晴朗，尚聞水下歌呼人物之聲，秋高水落，潦靜湖清，則屋宇階砌，尚隱見焉」，撲朔迷離，愈益增加了可信性，它還讓人們意識到：魚龍確實應該有一方自己的天地，人類是不應該去侵擾它們的安寧的。

又如前集卷二《廣〈謫仙怨〉詞》一篇，原已署上「台州刺史竇弘餘撰」，而在題目之下又加了一個「竇弘餘賦作仙怨」的副題，顯然不會出原作者之手；此篇在記述了唐玄宗吹奏《謫仙怨》曲以及後來劉長卿、竇弘餘的兩首詩後，又加了一節：「劉隋州之詩未知本事，及詳其意，但以貴妃為懷；明皇登駱谷之時，本有思賢之意，竇之所制，殊不述焉。因更廣其詞，蓋欲兩全其事，雖才情淺拙，不逮二公，而理或可觀，貽諸識者。詞云：『晴山凝日橫天，碧映君王馬前，鸞輿西幸蜀國，龍顏東望秦川。曲江魂斷芳草，妃子悉凝暮煙。長笛此時吹罷，何言不為嬋娟？』」竇弘餘的原作本名「廣」《謫仙怨》，劉斧則「更廣」其詞，顯然屬於新的增飾。

在某種意義上，省縮也是《青瑣高議》在處理前人作品常用的一種修飾方法。如別集卷五《張華相公（用華表柱驗狐狸）》，本是源於《搜神記》卷十八《張茂先》的，原文是：

　　燕昭王墓前有一斑狐，積年能為變幻，乃變作一書生，欲詣張公。過問墓前華表曰：「以我才貌，可得見張司空否？」華表曰：「子之妙解，無為不可。但張公智度，恐難籠絡，出必遇辱，殆不得返。非但喪子千歲之質，亦當深誤老表。」狐不從，乃持刺謁華。華見其總角風流，潔白如玉，舉動容止，顧盼生姿，雅重之。於是論及

文章，辨校聲實，華未嘗聞。比復商略百家，談老莊之奧區，披風雅之絕旨，包十聖，貫三才，箴八儒，搦五禮，華無不應聲屈滯，乃歎曰：「天下豈有此年少！若非鬼魅，則是狐狸。」乃掃榻延留，留人防護。此生乃曰：「明公當尊賢容眾，嘉善而矜不能，奈何憎人學問？墨子兼愛，其若是耶？」言卒，便求退。華已使人防門，不得出。既而又謂華曰：「公門置甲兵欄騎，當是致疑於僕也。將恐天下之人，捲舌而不言，智謀之士，望門而不進，深為明公惜之。」華不應，而使人防禦甚嚴。時豐城令雷煥，字孔章，博物士也，來訪華，華以書生白之。孔章曰：「若疑之，何不呼犬試之？」乃命犬以試，竟無憚色。狐曰：「我天生才智，反以為妖，以犬試我，遮莫千試萬慮，其能為患乎？」華聞益怒曰：「此必真妖也。聞魑魅忌狗，所別者數百年物耳；千年老精，不能復別，惟得千年枯木照之，則形立見。」孔章曰：「千年神木，何由可得？」華曰：「世傳燕昭王墓前華表木，已經千年。」乃遣人伐華表。使人慾至木所，忽空中有一青衣小兒來，問使者曰：「君何來也？」使曰：「張司空有一年少來謁，多才巧辭，疑是妖魅，使我取華表照之。」青衣曰：「老狐不智，不聽我言，今日禍已及我，其可逃乎？」乃發聲而泣，倏然不見。使乃伐木，血流，便將木歸，燃之以照書生，乃一斑狐。華曰：「此二物不值我，千年不可復得。」乃烹之。

但到了《青瑣高議》中，卻簡略得多了：

> 晉時，有客艤御溝岸下。夜將半，有人切切語言。客望之，乃一狐坐於華表柱下。狐云：「吾今已百歲矣，所聞所見亦已多矣。」曰：「將謁丞相張公。」華表柱忽發聲云：「張華相公博物，汝慎勿去。」狐云：「吾意已決。」柱曰：「汝去，他日無累老兄。」狐乃去。客為丞相公乃是表親，不知相公。一日，見有若士人者謁張公。既坐，辯論鋒起，往往語出異語出於義外。公歎服，私念：「此乃秀民，若居於中，豈不聞其名乎？此必怪也。」乃呼吏視之，云：「汝為吾平人津岸東南角華表枯木。」其人已變色，少選將至，公命視之，其人惶愧下階，化為老狐竄去。客乃出為公曰：「向宿於橋旁，已聞呱呱不□，□□□□入火焚燒柱，而狐何故化去？」公曰：「惟怪知怪，惟精知精，茲已百餘年矣。焚其柱，狐□柱之言，其怪乃

化去也。」即知狐之為怪，並今日也。議曰：妖魅之變化，其詳論
足以感人。自非博物君子，孰能知之？

同樣的故事，《青瑣高議》的文字比《搜神記》減省了許多，如刪去了原
作對狐狸所變的書生「總角風流，潔白如玉」的舉動容止的描寫，「談老莊之
奧區，披風雅之絕旨」的學識的交代，以及張華應聲屈滯以後，「天下豈有此
年少！若非鬼魅，則是狐狸」的感歎，總的取向是為了突出他「惟怪知怪，惟
精知精」以及「妖魅之變化，其詳論足以感人，自非博物君子，孰能知之」的
「高議」而已。

《青瑣高議》中當然還有不少劉斧自己的創作，如前集卷二的《群玉峰
仙籍（牛益夢遊群玉峰）》、《高言（殺友人走竄諸國）》，前集卷四的《王寂傳
（王寂因殺人悟道）》，後集卷三的《異魚記（龍女以珠報蔣慶）》、《程說（夢
入陰府證公事）》，後集卷四的《陳叔文（叔文推蘭英墮水）》，後集卷九的《仁
鹿記（楚元王不殺仁鹿）》、《朱蛇記（李百善救蛇登第）》，別集卷七的《楚王
門客（劉大方夢為門客）》等，都是描寫委曲、淋漓酣暢的富於藝術性的小說，
以「青瑣」為名，亦是當之無愧的。

還需要指出的是，《表瑣高議》在部分作品（如上面提到的《張華相公》）
篇後，會加有一些冠以「議」或「評」的文字（其中加「議」的有二十一篇，
加「評」的有四篇），這些議論當然更是劉斧個人的看法，書名中的「高議」
二字，即緣於此。對於宋人小說中的議論，人們向來的評價都是比較低的。
如魯迅說：「唐人小說少教訓，而宋則多教訓。大概唐時講話自由些，雖寫時
事，不至於得禍；而宋時則諱忌漸多，所以文人便設法迴避，去講古事。加以
宋時理學極盛一時，因之把小說也多理學化了，以為小說非含有教訓，便不
足道。但文藝之所以為文藝，並不貴在教訓，若把小說變成修身教科書，還
說什麼文藝。」（《中國小說的歷史的變遷》第四講《宋人之「說話」及其影
響》）客觀地說，劉斧在《青瑣高議》中所發的議論，有的確實不甚高明，但
也不能說一無是處，這點擬放到後面結合具體作品再作評論。這裡應該說明
的是，作者的議論是否高明，是一回事；應不應該在小說作品中適當發表議
論，則是另外一回事，不能將二者混同起來。劉斧採用「青瑣高議」為書名，
自覺地兼顧了既突出小說的藝術性，又注意到小說的教育作用，這種創作觀，
還是比較通達的。

二、《青瑣高議》中的神怪小說

（一）

《青瑣高議》問世以後，受到了讀者的普遍歡迎。據南宋洪邁（1123～1202）《夷堅三志己》卷二《程喜真非人》的記載：「新淦人王生，雖為閭閻庶人，而稍知書，最喜觀《靈怪集》、《青瑣高議》、《神異志》等書。」但也遭到一些正統文人的批評。如晁公武在《郡齋讀書志》中，就指責《青瑣高議》「辭意頗鄙淺」，宋代的趙與時在《賓退錄》卷六中，也認為「斧著書多誕妄」，元代的楊維禎《〈山居新語〉敘》乾脆說：「若《幽冥》《青瑣》，妖詭淫佚，君子不道之已。」不論是歡迎還是批評，都與此書中的神怪內容有關；因為所謂「多誕妄」，所謂「妖詭淫佚」，矛頭所向顯然都是《青瑣高議》中的神怪故事。

事實確是如此，《青瑣高議》寫神怪的作品不但比重最大，而且所包蘊含的內涵也最有新意，所以，如何看待這類作品，就成了褒貶此書的關鍵。按照一般人的觀念，神怪小說的特徵是「張皇鬼神，稱道靈異」，因此免不了有涉「唯心主義」之嫌，有人甚至認定它們的主導傾向是宣揚宿命論、因果報應等迷信觀念，理當屬於應予批判的糟粕。如周作人在五四時期寫過一篇《人的文學》，文章一口氣列舉了十類所謂「非人的文學」，其中就包括被他斥為「迷信的鬼神書類」的《西遊記》和「妖怪書類」的《聊齋誌異》，文章斷言神怪小說「全是妨礙人性的生長，破壞人類的平和的東西，統統應該排斥」。拿這種觀念來衡量《青瑣高議》，當然不可能有高的評價。所以，研究者在向讀者介紹《青瑣高議》的時候，一般只注重書中關於男女愛情或歷史題材的作品，而對其中數量最多的記敘異物異事的神怪小說，總難免持否定的態度；如果他們偶而為神怪型小說說一兩句好話，那也是強調它同樣也是社會現實生活的反映，因而都該算作「人的文學」，只不過採用了非人或超人的離奇譎詭的形式而已。

這就向我們提出了一個重大的理論問題：為了正確評價《青瑣高議》，必須更新觀念，對在中國文學史上產生年代最為久遠、數量最為豐富的，以神怪鬼魅等非人世、非現實事物為描寫對象的神怪小說，重新進行必要的認識。而為《青瑣高議》作序的孫副樞，對於神怪觀念的產生，恰恰有著與傳統的偏見不同的精闢見解，特別值得向大家進行介紹。他說：

> 萬物何嘗不同，亦何嘗不異。同焉，人也；異焉，鬼也。茲陰

陽大數、萬物必然之理。在昔堯洪水，群品昏墊，吾民幸而不為魚
者幾希矣。人鬼異物，相雜乎洲渚間，聖人作鼎象其形，使人不逢；
又驅其異物於四海之外，俾人不見。凡異物萃於山澤，氣之聚散為
鬼，又何足怪哉？故知鬼神之情狀者，聖人也；見鬼神而驚懼者，
常人也。吾聖人所不言，慮後人惑之甚也。

　　孫副樞從人與自然萬物的「同」「異」著眼，來看待神怪的問題，堪稱大
有見地。他看到人和「異物」，本來就是「相雜乎洲渚間」，也就是共處於地球
這個大環境中的，人中的「聖人」，為了人類自身的利益，做了兩件事情：一
是「作鼎象其形，使人不逢」，一是「驅其異物於四海之外，俾人不見」，說得
是很深刻的。

　　「作鼎象其形，使人不逢」的典故，出在《左傳》宣公三年，中間記載了
王孫滿對楚子說的一段話：「昔夏之方有德也，遠方圖物，貢金九牧，鑄鼎象
物，百物而為之備，使民知神奸。故民入川澤山林，不逢不若，螭魅罔兩，莫
能逢之，用能協於上下，以承天休。」明代的楊慎在《〈山海經〉後序》中，
對這段話作了很好的發揮，他說：「神禹既錫玄圭以成水功，遂受舜禪以家天
下，於是乎收九牧之金以鑄鼎，鼎之象則取遠方之圖，山之奇，水之奇，草之
奇，木之奇，禽之奇，獸之奇，說其形，著其生，別其性，分其類。其神奇殊
匯，駭世驚聽者，或見，或聞，或恒有，或時有，或不必有，皆一一書焉。蓋
其經而可守者，具在《禹貢》；奇而不法者，則備在九鼎。九鼎既成，以觀成
國，同彼象而魏之，日使耳而目之，脫　軒之使，重譯之貢，續有呈焉，固以
為恒而不怪矣，此聖王明民牖俗之意也。」大意是說，夏禹在治水成功以
後，收九牧之金以鑄鼎，鼎上所鑄的圖像，取自於遠方所貢之圖，其中有各
種奇異的山、水、草、木、禽、獸，而從根本上講，這鼎之所以重要，是因為
它與「物」有著密切的關係。上面所引的王孫滿的話中，「物」字一共出現了
三次：第一次是「遠方圖物」，杜預注解說：「圖畫山川奇異之物而獻之」；第
二次是「鑄鼎象物」，杜預注解說：「象所圖物，著之於鼎」；第三次是『百物
而為之備』，杜預注解說：「圖鬼神百物之形，使民逆備之」，「民無災害，則
上下和而受天祐」。王孫滿這段話，深刻地揭示了「怪」的觀念與客觀存在的
「物」之間的關係。遠古時代的人們，經常要到川澤山林中去捕漁打獵，難
免要碰到種種奇怪的「百物」，因為對它們不熟悉，不瞭解，就不免會產生神
秘感、恐懼感，以致把它們稱作「螭魅罔兩」。這就是說，怪，首先是物；不

過，對於人來說，它們是異己的物，不熟悉、不瞭解的物而已。《史記‧留侯世家》云：「學者多言無鬼神，然言有物。」司馬貞《索隱》：「物，謂精怪及藥物也。」說明在司馬遷的理解中，物的概念，是先於鬼神而存在的，「神」「怪」觀念都是從外物引發出來的。遠方圖物也好，鑄鼎象物也好，都是出於一種功利的目的，即讓人們事先能夠認知種種奇怪的「惡物」「神奸」而「逆備」之：趨利避害，恰是人的生存本性所驅使，目的是為了妥善地解決人與自然的矛盾。

由此可見，神怪小說連同它背後潛藏的神怪觀念，都不是用「宗教迷信」一類的簡單判斷所能解釋的，從認識論的根源上講，它們實際上來源人類對於天地萬物、亦即整個自然環境的關注，來源於人類對於自身的命運、包括如何充分發揮自身的潛能以爭取更大程度自由的關注，等等。中國的古代小說，總的說來可以算作是「人的文學」，但又不僅僅是狹隘的「人的文學」。《莊子‧達生》說得好：「天地者，萬物之父母也。」天、地、人「三才」的協調統一，「天道」與「人道」的內在聯繫，構成了中國文化的核心。惟此之故，中國古代小說除了十分重視反映人與人之間的關係，還十分重視反映人與自然之間的關係。而在這後一方面，尤其是神怪小說所獨擅的領地。神怪小說通過人與異物之間相互構通、甚至相互變化的離奇怪誕的情節，表達了它期待人類與自然界的萬物相互間平等對話的鮮明主題。《青瑣高議》中的不少篇章，正是體現了這一精髓的作品。

《青瑣高議》後集卷三有一篇《巨魚記（殺死巨魚非佳瑞）》，記敘了作者親眼所見到的巨魚的不幸遭遇：「秋八月十七日，天氣忽昏晦，海風泯泯至，而雨隨之，是夜潮聲如萬鼓，勢若雷動，潮逾中堰，若有數千人哭泣聲。及曉，有巨魚臥堰下，長百餘丈，望之隆隆然如橫堤，困臥沙中，喘喘待死，時復橫轉，遂成泥沼，然或有氣，沙雨交飛，後三日乃死。」生動地寫出了對於作為「異物」的魚類命運的關心。出於同樣心境的驅動，劉斧據《搜神記》改編了《大姆記（因食龍肉陷巢湖）》，進一步深化了這一主題，突出表現了由於江水的暴泛，給魚龍等水族生物帶來的災禍。這條血鬣金鱗、電目赭尾的巨魚，由於軀體太大，運轉不靈，也會困臥淺水，陷於困境。在它極需要得到幫助的時候，本應是它的朋友的人類卻無動於衷：傾郡人前往觀看，並無人出來設法救助；等它死了以後，郡人又臠其肉以歸，當作商品貨於市，人皆食之。只有那位老姆與眾不同，她不但不食魚肉，還將其懸之於門。她的這

番好心，終於得到了龍王的厚報。

後集卷三《異魚記（龍女以珠報蔣慶）》則是一篇更為精彩的神怪故事。故事敍廣州漁者網得一魚，重百斤，人面龜身，腹有數十足，頸下有兩手如人手，其背似鱉，項有短髮甚密，腦後又有一目，胸腹五色，皆紺碧可愛。對於這一陌生的不知名的異物，眾人一致的態度是：殺之不祥，於是漁人荷而歸，置於庭下，以敗席覆之。於是奇異的事情發生了：

> ……夜切切有聲，漁者起，尋其聲而聽之。其聲出於敗席之下，其音雖細，而分明可辨，乃魚也。漁者躡足附耳聽之，云：「因爭閒事離天界，卻被漁人網取歸。」漁者不覺失聲，則魚不復言。漁者以為怪，欲棄之，且倡言於人。有市將蔣慶知而求之於漁者，得之，以巨竹器荷歸，復致於軒楹間，以物覆之。中夜則潛足往聽之。魚言云：「不合漏泄閒言語，今又移來別一家。」至曉不復言。明日，慶他出，妻子環而觀之。魚或言曰：「渴殺我也。」觀者回走，急求慶而語之。慶曰：「我載之以巨盆，汲井水以沃之。」及暮，魚又言曰：「此非吾所食。」慶詢漁者，魚出於海，海水至咸，慶遣僕取海水養之。是夜慶與妻又聽之。魚曰：「放我者生，留我者死。」妻謂慶曰：「亟放出，無招禍也。」慶曰：「我不比人，安懼？」竟不放。更後兩日，慶乘醉執刀臨魚而祝曰：「汝能言，乃魚之靈者。汝今明言告我，我當放汝歸海。汝若默默，則吾以刀屠汝矣。」魚即言曰：「我，龍之幼妻也，因與龍競閒事，我忿然離所居至近岸，不意入於漁網中。汝若殺我，無益；放我，當有厚報。」慶即以小舟載入海，深水而放之。

在這個故事中，不幸被人捕獲的怪魚，是通過自己的努力而獲得再生的。故事的轉捩點在於魚之能言。按照人類的「常識」，魚是不會說話的，而漁者竊聽到了魚的私語，自然以為是「怪」，欲棄之；蔣慶則是明知其怪而求之於漁者：對於同樣的「怪」，兩種人的態度竟完全相反。蔣慶最後之所以要放走異魚，在於他瞭解到這條魚不僅和人一樣會說話，是「魚之靈者」，而且通過它的「因爭閒事離天界，卻被漁人網取歸」的自責，懂得魚類也會有自己的矛盾和苦惱，便產生了同情之心。當魚忽然說：「渴殺我也」時，同觀者回走相反的態度相反，蔣慶先是汲井水以沃之，及魚言曰「此非吾所食」後，又去詢問漁者，方知魚出於海，海水至咸，便遣僕取海水養之，處處寫出了蔣慶

的細心呵護的美意。後來，蔣慶果然受到了龍之幼妻贈珠之厚報。

後集卷九《朱蛇記（李百善救蛇登第）》，寫的也是龍神報恩，與此篇可稱得上是異曲同工，各有千秋。小說敘書生李元泛舟道出吳江，獨步於岸，見一小朱蛇，「長不滿尺，赭鱗錦腹，銅鬣紺尾，迎日望之，光彩可愛」，寥寥數語，將蛇寫得很美。此蛇不幸為牧童所困，情狀狼狽。李元出於憐憫之心，用百錢買下，並以自己的衣服裹歸，沐以蘭湯，浣去傷血，夜分放於茂草中，明日乃去：他報做的一切，都是那麼自自然然，毫無造作勉強之處。與《異魚記》不同的是，這篇小說後面的故事寫得很長，並深深地打上了人的意識的烙印：第二年，李元再過吳江，縱步長橋，忽有一少年進士朱濬拜謁，原來他就是被李元救下的小朱蛇——龍王之幼子。龍王為報答李元的仁義存心，將李元邀入龍宮作客。小說寫泛舟至龍宮的情景道：

> 元與濬同泛舟，桂楫雙舉，舟去如飛。俄至一山，已有如公吏者數十立俟於岸。元乘肩輿既至，則朱扉高闕，侍衛甚嚴，修廊繩直，大殿雲齊，紫閣臨空，危亭枕水，實飾虛簷，砌秋寒玉，穿珠落簾，磨壁成牖，雖世之王侯之居莫及也。

辭采華美，極盡鋪敘誇張之能事。最有哲理意味的是，小說寫出了人類和異物對待生活截然相反的兩種態度：生活在大自然中的龍王，以「江闊湖深，可以棲居，水甘泉潔，足以養老」為幸事，而生活在人類社會中的李元，卻「方急利祿，以為親榮」，一心嚮往功名富貴。龍王深知李元的心意，便將小女雲姐嫁之，目的是「當得其助」。果然，當李元前往應試時，雲姐憑藉她的「異能」，偷偷進入禮闈，竊得所試題目而歸，李元大喜，將雲姐所探知的題目「檢閱宿構」，於是連戰皆捷，榮登科第，拜授潤州丹徒簿。在完成龍王交予的使命以後，雲姐便要告辭而去，李元再三泣留，不可。只是在臨別時，雲姐作了一首詩，中曰：「六年於此報深恩，水國魚鄉是去程。莫謂初婚又相別，都將舊愛與新人。」看來還是很有點戀戀不捨的。文末「議」曰：「魚蛇，靈物也，見不可殺，況救之乎？宜其報人也。古之龜蛇報義之說，彰彰甚明，此不復道；未若元之事近而詳，因筆為傳。」劉斧此「議」，雖從報應著筆，但他那種愛護野生動物的用心，還是好的，稱之為「高議」，亦未嘗不可。

後集卷九《仁鹿記（楚元王不殺仁鹿）》，是大致可以確定出於劉斧之手的優秀作品之一。開頭交代說：「殿直蔣彥明誠之《地理志》云：『楚有雲夢之

澤，方一千五百里，東有仁鹿山、仁鹿谷、仁鹿廟，世數延遠，莫知其端。』
余嘗遊湘共衡，下洞庭，入雲夢，詢諸故老，莫有知者，因遊岳陽，見退休崔
公長官，且叩仁鹿事。公曰：『吾得古書於禹穴所藏，子為我編集成傳。』余
既起，獲其書，乃許之。」小說寫道：

> 楚元王在鬱林凱旋，大獵於雲夢之澤。有鹿群萬餘趨於山背，
> 王引兵逐之。值晚，鹿陷大谷，四面壁立，中惟一鳥道，盡入曲阿。
> 王曰：「晚矣，以兵塞其歸路，明日盡取此鹿，天賜吾犒軍也。」既
> 曉，王令重兵環谷口，王自執弓矢。有一鉅鹿突圍而入，至於王前，
> 跪前膝拜焉，口作人言曰：「我鹿之首也，為王見逐奔走，逃死無地，
> 今又陷絕谷。王欲盡取犒軍，乞王赦之，願有臆說，惟王裁之。」
> 王曰：「何言也？」鹿曰：「我聞古者不竭澤，不焚山，不取巢卵，
> 不殺乳獸，由是仁及飛走，鳥獸得以繁息。舜積仁而鳳巢閣，湯去
> 羅而德最高。人與鹿雖若異也，其於愛性命之理則一焉。吾欲日輸
> 一鹿與王，則王庖之不虛，吾類得以繁息，王得食肥鮮矣；若王盡
> 取之，吾無噍類矣，王將何而食焉？於王孰利也？王宜察之。」王
> 乃擲弓矢於地，言曰：「汝王也，吾亦王也，汝愛其類，何異吾愛其
> 民？傷爾之類，乃傷吾之民也。」王乃下令云：「有敢殺鹿者，與殺
> 人之罪同！」王謂鹿曰：「歸告爾類，我將觀爾類之出谷。」乃令鹿
> 行，王登峰而望焉。鉅鹿入群鹿中，如告如訴。鉅鹿前引，群鹿相
> 從，呦呦和鳴而出谷。王歡惋還國。

通篇故事寫得極其曲折感人而又發人深省。人類為了慶祝戰爭的凱旋，
竟要以犧牲萬千野生動物的無辜生命為代價，還說是出於「天賜」，這本來
就是極為荒唐的邏輯。鉅鹿冒死向楚元王直言，希望他能效法古代的聖者
「不竭澤，不焚山，不取巢卵，不殺乳獸，由是仁及飛走，鳥獸得以繁息」的
高尚行為，並且委宛指出，即便是從人類的利益出發，採用「盡取之」、即斬
盡殺絕的辦法，同樣是一場災難：「吾無噍類矣，王將何而食焉？於王孰利
也？」楚元王終於被它所說的「人與鹿雖若異也，其於愛性命之理則一焉」
道理所感動，說出：「汝王也，吾亦王也，汝愛其類，何異吾愛其民？傷爾之
類，乃傷吾之民也。」鮮明地點出了主題。小說後文寫楚王伐吳，不勝而還，
又為吳所困，情勢危迫之際，鉅鹿引萬鹿馳繞吳營，若萬馬奔騰，吳使誤以
為救兵至，乃遁去，終於解救了楚兵。面對鹿王的厚報，楚王按照人的方式

勞謝曰：「今欲酬子，將欲何物？」鹿的回答真有點叫人無地自容：「我鹿也，食野草而飲溪水，又安用報也？」最後，作者借鹿王的口，說出了如下一番話來：

> 楚含九澤，包四湖，迴環萬里，負山背水，天下莫強焉。加有山林魚鹽之利，蝦蟹果栗之饒，苟能善修仁德，勤撫吾民，可坐取五伯。彼不修仁義，毒其人民，王從而征之，彼將開門而內吾軍，此不戰而勝者也。王不修仁德而事征伐，向吳之侵楚，乃王先伐之也，何不愛民而行仁義，坐而朝天下，豈不美也？

作者希望人間的統治者能夠效法自然的法則，同正確處理人與異物的關係一樣，堪稱代表千萬被人虐殺的野生動物，道出了它們悲憤心聲的佳作。而關於正確處理人與人之間的關係，即「愛民而行仁義」的主張，則無疑更是劉斧的「高議」了，亦可謂意味深長。

（二）

當然，人在處理與異物關係的時候，也不能一味消極地「趨吉避凶」，在必要的時候以武力驅除異物，從而讓人類能夠佔領盡可能大的生存空間，也是一種明智的抉擇。《青瑣高議》前集卷一《東巡（幸太嶽異物遠避）》，敘真宗將要東巡，泰山耕者見熊虎豺豹，累累入於徂徠山，後有百餘人驅之，詢問其人：「獸將安往？」回答說：「聖主東巡，異物遠避；至於蛇虺，亦皆潛伏，嶽靈敕：五百里內蜂蠆蠆毒之微，亦不得見」；同卷《善政（張公治鄆追猛虎）》，敘鄆州道有虎害物，行客莫敢過。張侍郎知鄆州，書符召虎來，怒叱曰：「汝本異物，輒敢據道食行旅！」命吏以法撻之，誡虎三日出境。虎死於地，化為石，他虎皆入於遠山。這些作品，都是孫副樞所說的「驅其異物於四海之外，俾人不見」的最好注腳。

後集卷九《夢龍傳（曹鈞夢池龍求救）》，寫的是另一種類型的故事。西湖塘之龍，愛其澄澈，戀以門戶，凡興致雲雨之期，皆從天命，看來是一條善龍。而西北有陷池龍來，欲與其爭鬥，西湖塘龍不得已，化為白衣老人，託夢曹鈞相救，允之。至時，果見二青牛於平川中酣鬥，曹鈞按原先所約，挽弓流矢，射中腰中無素帛者，終使塘龍獲勝。對於自然之物，人類總是要選擇對自己有利的一方來作為救助的對象的。

人與自然之物相互間也會產生衝突，這種矛盾衝突有時可能完全是因生存方式的不同引起的。如前集卷一《紫府真人記（殺黿被訴於陰府）》，就是

非常出色地表現了這一主題的作品。《青瑣高議》這篇小說，本源於張師正所撰《括異志》卷一《大名監埽》，原文本來就比較生動：

> 河自大坯而下，多泛濫之患。岸有缺圯，則以薪芻窒塞，補薄增卑，謂之埽岸，每一二十里則命使臣巡視。凡一埽岸，必有薪芨竹捷椿木之類數十百萬，以備決溢。使臣始受命，皆軍令約束。熙寧九年，大名府元城縣一監埽使臣所主埽岸，有大黿屢來齧岸之薪芻，似將穴焉，遂轂弩射之，中首而死。是夜夢一綠衣創首，謂監埽曰：「汝殺我，我已訴於官矣。」又月餘，病疽死。見二使者執之而去曰：「汝嘗殺人。」監埽竊思之曰：「此必殺黿事也。」行僅百里，入一城，使者曰：「吾有事，當先白所由司，汝姑止此，無他適。」二使既去，仰視高閣，金碧相照，有二神人守閣，如道士觀所謂龍虎君者。以姓名白之，乃引入。仰視其閣，有榜題曰：「朝元之閣」。下見韓侍中稚圭憑几而坐，侍者數十人，若神仙儀衛。乃再拜訖。韓問來狀，遂白殺黿事。因曰：「堤岸有決，當受軍令之責，非徒殺也。」韓曰：「汝亦何罪，倘見陰官，但乞檢《上清格》。」即出門，見二使者至，遂引到一官府庭下。果詰以殺黿事，對曰：「某主埽岸，河流奔猛，漲溢不常，苟有決漏則當誅。黿敗吾防，不可不殺，乞檢《上清格》。」陰官取格視訖，謂曰：「《上清格》云：『無益於世，有害於人，殺而不償。』罪固難加。」陰官命前使者引出。行十餘里，若墮眢井，遂寤。

而《青瑣高議》通過改作，就更為精緻了：

> 右侍禁孫勉受元城史。城下一埽，多墊陷，頗費工役材料，勉深患之。乃詢埽卒：「其故何也？」卒曰：「有巨黿，穴於其下。茲埽所以壞也。」勉曰：「其黿可得見乎？」卒答以：「平日黿居埽陰，莫得見也；或天氣晴朗，黿或出水近洲曝背，動經移時。」勉曰：「伺其出，報我。我當射殺之，以絕埽害。」他日，卒報曰：「出矣。」勉馳往觀之。於時雨霽日上，氣候溫煦，黿於沙上迎日曝背，目或開或閉，頗甚舒適。勉蔽於柳陰間，伺其便，連引矢射之，正中其頸，黿匍匐入水。後三日，黿死於水中，臭聞遠近。
>
> 勉一日晝臥公宇，有一吏執書召勉，勉曰：「我有官守，子召吾何之？」吏曰：「子已殺黿，今被其訴，召子證事。」勉不得已，隨

之行，若百里，道左右宮闕甚壯，守衛皆金甲吏兵。勉詢吏曰：「此何所也？」吏曰：「此乃紫府真人宮也。」勉曰：「真人何姓氏？」曰：「韓魏公也。」勉私念：「向蒙魏公提拂，乃故吏，見之求助焉。」勉乃祝守門吏入報。少選，引入。勉望魏公坐殿上，衣冠若世間嘗所見圖畫神仙也，侍立皆碧衣童子。勉再拜立，魏公亦微勞謝。云：「汝離人世，常往陰府證事乎？」勉曰：「以殺黿被召。」乃再拜曰：「勉久蒙持拂，今入陰獄，慮不得回，又恐陷罪，望真人大庇。」又懇拜。魏公顧左右，於東廡紫復架中，取青囊中黃詰，公自視之。傍侍立童讀詰曰：「黿不與人同。黿百餘歲，更後五百世，方比人身之貴。」勉曰：「黿穴殘塝岸，乃勉職也。」公以黃詰示勉，公乃遣去。勉出門，見追吏云：「真人放子，吾安敢攝也。」乃去。一青衣童送勉至家，童呼勉名，勉乃覺。

河水的泛濫，往往會給人類，也給其他生物帶來禍患，所以，防范水災對於人和生物來說，都是極為重要的。在這個意義上，人與自然之物本來是有共同利益的。人類是有主體意識和主觀能動性的，巡視河岸，如發現有缺坝，以薪芻窒塞，這種「塝岸」工作，無疑十分必要的。但大黿並不懂得這一點，它屢來齧岸上的薪芻，穴於其下，被監塝的孫勉射死，當然感到銜冤負屈，告到了陰間，於是召孫勉前往證事。幸虧陰間的韓侍中韓稚圭是孫勉的上司，事先提示他說：「倘見陰官，但乞檢《上清格》。」果然，見到陰官之後，監塝者申辯曰：「某主塝岸，河流奔猛，漲溢不常，苟有決漏則當誅，黿敗吾防，不可不殺。乞檢《上清格》。」陰官取格視訖，謂曰：「《上清格》云：『無益於世，有害於人，殺而不償。』」便將塝監放還。從孫勉的立場講，殺死破壞防汛工程的黿，是他的職責；而從黿的立場上講，它之齧薪穴居，亦是為了自身的生存，《青瑣高議》在改寫時添加了「於時雨霽日上，氣候溫煦，黿於沙上迎日曝背，目或開或閉，頗甚舒適」幾筆，更證明此黿並無害人之動機。但是，裁決二者是非曲直的紫微真人韓魏公，本來就是人死後充當的，那權威性的法律《上清格》，又何嘗不是由人制訂的呢？最後的判決必然有利於人，是毫無疑問的；從事件的後果看，大堤一旦潰決，對於多數生命來說，確是害大於利的，這樣看，判決又是有理的。不管怎麼說，仲裁人與自然之物的法律畢竟是制訂出來了，與此相關的官司也畢竟是立案受理了，這本身終究是一種進步。

至於那些殘害人命的「惡物」，《青瑣高議》則主張徹底除滅之。前集卷三的《李誕女（李誕女以計斬蛇）》，基本是照抄《搜神記》卷十九《李寄》的：

東越閩中有庸嶺，高數十里，其下北隰中有大蛇，長八丈，圍一丈，土人常懼。東治都尉及屬城長史多有死者，祭以牛羊，故不得禍。或與人夢，或諭巫祝，欲得啗童女年十二三者，都尉令長患之，共求人家生婢子，兼有罪家女養之，至八月朝祭送蛇穴口，輒夜出吞嚙之。累年如此，前後已用九女。

一歲將祀之，募索未得。將樂縣李誕有六女，無男，其小女名寄，應募欲行。父母不應。寄曰：「父母毋相留，今汝有六女無一男，雖多奚為？女無緹縈濟父之功，既能供養，徒費衣食，生無益不如早死，賣寄之身，可得少錢，以供父母，豈不善耶？」父母慈憐不聽去，終不可禁止，乃聽寄行。寄請好劍一口，及咋蛇犬數頭。至八月朝，使詣廟中坐，懷劍係犬，先作數十米糉蜜面，以置穴口。蛇夜夜出，頭大如囷，目如二尺鏡，聞糉香氣，先啗食之。寄便放犬就齧咋，寄從後斫蛇，因擁出至庭而死。寄入視穴，得其九女髑髏，悉舉出，吒言曰：「汝曹怯弱，為蛇所食，甚可哀憐。」於是寄女緩步而歸。

越王聞之，聘為後，拜其父為將樂令，母及子皆有賜賞。自是東治無復有妖邪焉。

閩中庸嶺的大蛇，累年吞嚙童女年十二三者，小女李寄懷劍將犬，機智勇敢地殺死大蛇，為民除害，這種精神是可敬的。面對被蛇吞嚙的九女髑髏，她所說的「汝曹怯弱，為蛇所食，甚可哀憐」的話，更是發人深省的。

（三）

神怪觀念的來源，除了自然界的「怪物」之外，還來自於人類在異國他鄉的同類，亦即那「絕域之國，殊類之人」。比起禽獸鱗介之類的「怪」來，遠方「絕域之國，殊類之人」之「異」，是更為令人矚目的。所以，遐方異域的奇聞異事，向來是神怪小說關注的重點，《青瑣高議》在這方面也有出色的篇章。如前集卷三《高言（「殺友人走竄異國」）》，敘高言因因一時忿怒，殺了寡恩忘義的友人，不得已奔竄南北，身踐數異國，所遊之地，人物詭異，二十

年後方得再回故土，自述其難忘的經歷：

　　　　言別後，北走入胡地，數日為候騎所得，縶我兩馬間以獻名王。王問：「汝長於何術？」對：「知書數，能詩，善臂鷹放犬。」名王頗喜，由是久之。王如漠北，令吾往焉。二十餘日，方至其池，黃沙千里，不生五穀，地氣大寒，五月草始生，木皮二寸，冰厚六尺，食草木之實，飲牛羊之乳。名王為吾娶妻，妻年雖少，腥膻垢膩，逆鼻不可近。夜宿於土室，衣獸皮，胡婦不通語言。吾是時思欲為中國之犬，莫可得也。凡在漠北，不見生草，時亦得酒飲並麵食，皆名王特令人遺吾也。吾自思：此活千百年，不若中國之生一日也。日逐胡婦，刈沙草，掘野鼠，生奚為也！或臨野水，自見其形，不覺驚走，為鬼出於水中，枯黑不類可知也。一日，胡婦為盜去，吾愈不足，為書上名王，得還舊地。他日，名王至境上，吾夜盜騎馬，南走至吾國，縱其馬歸。因奪牧兒之衣，易去吾服，南走二萬里，至海上廣州。會有大舶入大食，吾願執役從焉。舶離岸，海水滔滔，有紫光色，惟見四遠天耳。鯨鯢出沒，水怪萬狀，二年方抵大食。地氣大熱，稻歲再熟。王金冠，身佩金珠瓔珞，有佛腦骨藏於中宮。人亦好鬥，驅象而戰。百羊生於地中，人知羊將生，乃築牆環之，羊臍於地，人撾馬而奔馳叫呼，羊驚臍斷，便逐水草。大食南有林明國，大食具舟欲往，吾又從之，一年方至。國地氣熱甚於大食，稻一歲數熟。人皆裸，惟用布蔽形。盛暑則以石灰塗屋堅密，引水其上，四簷飛注如瀑布，激氣成涼風，其人機巧可知也。王坐金車，有刑罰：殺人者復殺之，折人者復折之；他犯小過者，罰布一尺，歸之王。王之宮極富，以金磚瓷地，明珠如梔李者莫知其數，沉香如薪，亦用以爨。林明國曾發船，十年不及南岸而回。中間有一國，莫知其名，人長數寸，出必聯絡。禽高數尺，時食其人，故出必聯絡耳。聞東商有女子國，皆女子，每春月開自然花，有胎乳石、生池、望孕井，群女皆往焉。咽其石，飲其水，望其井，即有孕，生必女子。舟人取小人數人載回，中道而死。海中有大石山，山有大木數十本，枝上皆生小兒。兒頭著木枝，見人亦解動手笑焉。若折枝，兒立死。乃折數枝歸，國王藏於宮中。吾往林明國六年，又聞東南日慶國，林明有船往焉，吾又從之。既至，結髮如鳥雀，王坐

石床上，無禮義雜亂，最為惡穢。爭鬥好很，婦女動即相殺戮。無刑罰，犯罪，王與人共破其家而奪之。南有山，遠望日照之如金，至則皆硫黃也。硫黃山之南，皆大山焉，火燃山晝夜不息。火中有鼠，時出火邊，人捕之，織其毛為布造衣，有垢污則火中燃之即潔也。吾得數尺存焉。吾厭彼，復還。會有船歸林明，吾登其船，娶婦方生一子逾歲，奔而呼吾。回國舟已解，知吾意不還，執子而裂殺之。自林明回大食，航海二年方抵廣。吾不埋黃沙之下，免藏江魚之腹，奔走二十年，身行至者四國。溪行山宿，水伏莽潛，寒熱饑苦，集於一身。以逃死，幸得餘息，復見華風。問心自明，再遊都輦，復觀先子丘壟，身再衣幣帛，口重味甘鮮。有人唾吾面，扼吾喉，拊吾背，吾且俯首受辱，焉敢復賊害人命乎！

　　本篇繼承了古代《山海經》、《博物志》的傳統，詳細敘述高言不得已亡走胡地，復南奔大食、林明、日慶國等四國，身歷的各種異事異俗，並喊出了他發自肺腑的愛祖國、愛家鄉的心聲，是彌足珍貴的，但在這熱切的情感中，也隱含著國人對於海外探險的某種畏懼情緒，則是不甚可取的。從普遍的民族心理講，對本民族的認同和對他民族的辨異，構成了一對明顯的矛盾。漠北的「黃沙千里，不生五穀，地氣大寒，五月草始生，木皮二寸，冰厚六尺，食草木之實，飲牛羊之乳」，和大食的「地氣大熱，稻歲再熟。……百羊生於地中，人知羊將生，乃築牆環之，羊臍於地，人撻馬而奔馳叫呼，羊驚臍斷，便逐水草」的地理環境，對於高言來說，都是完全陌生的怪現象。至於「殊類之人」風俗上的差異，更使來自別一民族的高言產生本能的排拒心理：他不習慣漠北夜宿於土室，衣獸皮，刈沙草，掘野鼠的生活方式，也不喜歡那位年雖少，但不通語言、腥羶垢膩的胡妻，以至於發出「此活千百年，不若中國之生一日也」的感歎。與漠北的嚴寒不同，南方各國的酷熱天氣，倒確能激發人們的想像，於是在作者筆下，也就有了較多的浪漫色彩。如林明國因地氣熱甚，致使人皆裸、惟用布蔽形，以及盛暑以石灰塗屋堅密，引水其上，四簷飛注如瀑布，激氣成涼風的生活方式，由於是以往從來不曾體驗過的，所以都給人以極深的印象。文中還穿插了種種奇異的事物：小人國中人長數寸，而禽高數尺，時食其人，故出必聯絡；海中大石山大木，枝上皆生小兒，兒頭著木枝，見人亦解動手笑，若折技，兒立死；遠望日照之如金的硫黃山，火燃山晝夜不息，火中有鼠，時出火邊，人捕之，織其毛為布造衣，有垢污則火中

燃之即潔，等等。最令人難忘的是女子國：國中皆女子，每春月開自然花，有胎乳石、生池、望孕井，群女皆往焉，咽其石，餘其水，望其井，即有孕，生必女子，簡直就是後來《西遊記》、《鏡花緣》的藍本。

但總的說來，《高言》還是一篇紀實風格的作品。相比之下，別集卷四《王樹（風濤飄入烏衣國）》則是真正充滿奇幻色彩的神怪小說。這篇小說的構思，頗受到劉禹錫《烏衣巷》詩的啟發。劉禹錫的懷古詩說：「朱雀橋邊野草花，烏衣巷口夕陽斜。舊時王謝堂前燕，飛入尋常百姓家。」烏衣巷在南京秦淮河南，是東晉王、謝兩大士族的居住之所，小說將劉禹錫的典故化而用之，以「王、謝」兩姓訛為「王樹」一人，由「烏衣巷」、「堂前燕」敷衍出燕子的國度「烏衣國」的故事，且倒因為果，在小說結尾處引劉禹錫之詩為證，說：「即知王樹之事非虛矣。」可謂煞費苦心。小說主人公王樹，金陵人，家巨富，具大舶，欲航海往大食國經商。大食，就是波斯，《高言》的主人公已經身歷大食國土，而《王樹》的主人公亦是欲往大食，這在相當程度上反映了當時與海外交往的盛況。小說展現的海上航行的驚險場面，極為傳神：

> 行逾月，海風大作，驚濤際天，陰雲如墨，巨浪走山，鯨鱉出沒，魚龍隱現，吹波鼓浪，莫知其數。然風勢益壯，巨浪一來，身若上於九天；大浪既回，舟如墮於海底。舉舟之人，興而復顛，顛而又僕。不久舟破，獨樹一板之附，又為風濤飄蕩。開目則魚怪出入其左，海獸浮其右，張目呀口，欲相吞噬。

墮海之後，王樹抱著船板，隨風濤飄蕩，抵一洲，捨板登岸。見一翁媼，皆皂衣服，迎至家中，並稱其為「主人郎」，厚加款待，又引其拜見同樣衣皂袍、烏冠的國王。翁有女，甚有美色，以嫁王樹。其女俊目狹腰，杏臉紺鬢，體輕欲飛，妖姿多態，多淚眼畏人，夫妻之間感情甚篤。王樹不解其父稱己為「主人郎」之故，女回答說：「不久自知。」一日，烏衣國王召宴，王樹作詩曰：「君恩雖重賜宴樂，無奈旅人自淒惻，引領鄉原涕淚零，恨不此身生羽翼。」國王察知他有思鄉之意，於是俟風和日麗之日，使與翁媼妻子別，命取「飛雲軒」來，乃是一烏氈兜子，樹入其中，戒樹閉目，「但聞風聲怒濤，既久，開目，已至其家，坐堂上，四顧無人，惟梁上有雙燕呢喃」，方知所止之國，乃是燕子國。後燕子秋去春來，王樹書詩一首，託秋去之燕傳詩於烏衣國中之妻；春天燕子歸來，徑泊樹臂，尾有小束，亦燕妻所寄之詩，傾訴離愁別恨，感傷悱惻。本篇繼承了唐人小說的傳統，將對海外世界的描摹同與動

物世界的關注結合起來，藝術想像極為豐富，乘鳥氈兜子飛越大海，是神奇的科學幻想，而寫燕子國中之人，既具有人情味，而又緊扣住燕子自身的特徵，這些都是小說藝術趨於成熟的表現。

（四）

《青瑣高議》還有許多其他類型的神怪小說，如關於許遜（前集卷一《許真君（斬蛟龍白日上升）》）、陳摶（前集卷八《希夷先生傳（謝真宗召赴闕表）》）、呂洞賓（前集卷八《呂先生記（回處士磨鏡題詩）》、《續記（呂仙翁作〈沁園春〉）》）、何仙姑（前集卷八《何仙姑續補（李正臣妻殺婢冤）》）、韓湘子（前集卷九《韓湘子（湘子作詩讖文公）》）等人得道成仙的故事，就非常令人注目。乍一看去，這類小說宣揚的確乎是屬於某種唯心的或迷信的觀念，但如果變換一個角度，也可以理解為對於如何發揮人的潛在能力、即如何在生存競爭中發揮主觀能動性的關注。如《許真君》敘許遜，字敬之，一日與其師吳猛至廬江口，召舟過鍾陵，舟師辭以無人力駕船，許遜便驅二龍在紫霄峰頂駕船，這是驅使自然之力為人所用；聞有蛟蜃精在江西潭州化作少年慎郎，娶刺史賈玉之女為妻，又常旅遊江湖，化一黃牛於沙地，大發洪水為害，許遜便化作黑牛與鬥，二牛奔逐，其弟子以劍中黃牛之股，蛟精逃回賈府——

> 須臾，典客報云：「有道流許敬之見使君。」賈出接坐，許曰：「聞君得佳婿，略請見之。」慎郎託疾不出。許厲聲曰：「蛟精老魅，焉敢遁形！」蛟乃化本形至堂下，許叱吒空中神殺之。又令將二兒來，許以水巽之，即成小蛟。妻賈氏幾變，父母力懇，乃止。令穿屋下丈餘，皆是水際，又令急移，俄頃官舍沉沒為潭，今蹤跡宛然。

則是剷除自然界的惡物以保衛人類的安寧。以上兩方面都與正確處理人與自然的關係密不可分。

這類故事還蘊含了人類企圖通過掌握自然規律，從而更大程度地發揮人的主觀能動性的願望。如呂仙翁之「意有所往，即至其地，不逾一刻，身去千里」（前集卷八《何仙姑續補（李正臣妻殺婢冤）》）、韓湘子之能「奪造化」而使牡丹頃刻開花（前集卷九《韓湘子（湘子作詩讖文公）》），都是關於科學技術的幻想。但另一方面，小說又不贊成仙術的濫用，如後集卷十《施先生（不教馬升爐火法）》，敘狂生馬升長久留心「爐火」（即煉金術），聞施先生有神異，便往請教之。施先生責之曰：「子家財不啻千萬，金玉堆積，貫朽於庫，粟陳於倉；汝日食不過數盂，身衣不過盈尺，子無厭之心可知也！」之後，他

又向馬生講述了一段故事:「昔鍾離、呂洞賓初學道,有人謂之云:『當得助道之術,我有術,用藥煮銅為銀。』仙翁曰:『有變乎?』其人曰:『後五百年乃變,歸其元。』仙翁曰:『吾不學,恐誤五百年後人。』自是名藏真府,迄今為地仙」,馬生聽罷,再拜而去。作品強調:在施行法術時,一定不要忘記對於人類、包括後世子孫的某種責任心,是很正確的。

《青瑣高議》以異僧高僧為題材的作品也很多,但它們所宣揚的卻是另一種處世態度。如前集卷二《慈雲記(夢入巨甕因悟道)》,寫慈雲長老原名袁道,家甚貧,而學習刻苦。學成,待試南宮,因染沉疴,未能與試。一日,為友人強邀遊西池,小說寫道:「波澄萬頃寒碧,橋飛千尺長虹,水殿澄澄,彩舟泛泛,士人和會,簫鼓沸溢,憧憧往來,莫知其數」,文句很是優美。因與友人相失,偶遇一僧,引入小室中,不想竟改變了袁道的人生選擇:「道性本恬靜,甚愛清潔,見此居惟屋三間,一無所有,似無煙爨氣味,中室惟巨甕一枚,破笠覆之。道私念:此甕必積穀其中。試舉其笠,甕中明朗若月光。道俯視,則樓臺高下,人馬來往,有人呼道名姓,道應之,則隨聲已在其中」。隨後,在甕中的世界裏,他經歷了一番類似唐人小說《枕中記》、《南柯太守傳》所描繪過的榮華富貴,及醒,乃覺身在甕傍,終於悟得「富貴窮寒,命也」,乃毅然出家。

別集卷六《頓悟師(遇異僧頓悟生死)》、《成明師(因渡船悟道坐化)》、《大眼師(「用秘法師悟異類」)》等,更體現了一種擺脫世俗的纏擾,以求得徹悟的境界。其中大眼師對人生尤有自己獨特的見解,他說:「人之出入死生,亦如天之五行,四時循環不絕,故釋氏以生死為輪迴焉,人之為人,獸之為獸、為蟲、為魚、為禽,各有因以至於若是也」,將人之生死及所謂的輪迴,看得十分平淡自然。他還有一種「九天秘法」,用「五明水」洗目,即能見世人之異同,環視世人,「人首而異物足」者十之八九,或牛,或馬,或獐,或猿,或鹿,或熊,人之前世有惡害之根,即足呈異物之形;而「凡異物之有一善,亦皆有報焉」,即可以轉化為人。這固然是從佛教的輪迴來討論人與異物之間的互通互變的,但他強調二者之可以互通互變,心胸卻是極為豁達的。正因為看透了這一點,大眼師的最後選擇是:「吾將入深山茂林之域,無人,與虎、豹、羆、鹿為友」,終於投向了大自然的懷抱,與大自然合而為一了。

還有的神怪,是由古人轉化或被世人創造出來的。如別集卷七《楚王門

客（劉大方夢為門客）》，敘劉大方與已經成神的楚霸王相會的故事。劉大方少有豪氣，尤嗜酒，凶頑不顧廉恥，由是士君子不與為交。一日既醉，夢見大楚王相召，欲拒之，而身已為引去。既坐，大方偷視王，面色黝黑如紫，長眉方口，目若明水而加圓，顧視若熊虎。二人飲酒，終日不醉，王喜曰：「真吾儔也！」項王告訴大方：他居此幾年，頗為失意，近因娶鄰國李王故姬為妃，乘醉歌之，為其所訴，被蔣山道君程助見罪，以文搆其過，故請劉大方為其作書申辯，以圖苟免其過。大方乃作書回溯項王之歷史，辭曰：「寧戰死於烏江，恥獨回於吳土。斯民愛惜，廟食存焉。近因娶妃，反招罪戾，非心之故造，實乃狂藥之酗人。如蒙貸赦，全賴仙慈。」大得項王之心。酒席間，有綠衣姬色甚豔冶，大方數目之，陰以手引其衣，復以餘觴贈姬，王怒，欲殺之——

　　大方方乘酒，氣亦壯，可知以理奪，大言曰：「昔楚襄王好夜飲，風滅燭，客有引姬衣者，美人斷其纓而請於王曰：『有人引妾衣，妾已斷其纓；明燭見斷纓，乃得引妾衣者。』王曰：『飲人以狂藥，責人以正禮，是不可。奈何尊酒之間而責人乎？』王命坐客俱斷纓，然後明燭。史氏書此為千古美話。何襄王之大度量也如此？王召我來作上道來免罪咎，□□以酒，我為酒所醉，既醉誤也，非故也。而凌辱壯士，王乃妄人也。」楚王愧赧，自下砌引大方上堂曰：「吾生長於兵，無聞正義。」復置酒高會。

　　王曰：「子言漢所以得，吾所以失，吾將知過焉。」大方曰：「王之失有十焉：王之不主關中，其失一也；王之鴻門不殺沛公，其失二也；王之信讒逐去范增，其失三也；王之不攻滎陽，其失四也；王之不仗仁義，其失五也；王之專任暴虐，其失六也；王之得地不封其功，其失七也；王之殺義帝，其失八也；王之聽漢計而割鴻溝，其失九也；王之不養銳以待時，回兵力爭，其失十也。」王喜曰：「子之所言，皆謀之不敏。」王曰：「異日煩子居門下，可乎？」大方對以親老家遠，未敢奉許。

　　在小說中，項羽仍不失其豪邁之氣，而劉大方歷數其之十失，實際上是假小說以論史，別有興味。作者云：「大方有詩數篇，吾雖鄙其人，而愛其才，亦愛而知其惡、憎而知善之意也，故存之。」議曰：「良賈深藏若虛，君子盛德，容貌若愚。大方之才，亦可愛賞，不克負荷，竟殘其軀，破其美名，不得

齒君子列，非他人所詿誤，乃自取之也。悲夫！」都很有哲理性和歷史的深沉感。

後集卷一《狄方》，敘狄方得一古畫，畫一童牧一牛，旁有草庵，初不以為奇異，一日，偶執燭照之，則牧童臥於庵中，明日視之，則童立牛旁；夜復視之，仍入屋。有善畫者曰：「此畫入神，絕世之物。」畫是人為的藝術品，竟然也成了神，堪稱對於人的創造力的謳歌。

三、《青瑣高議》中的愛情小說

（一）

《青瑣高議》中的愛情故事，也有不少出色的篇什，其中有的作品裏的愛情糾葛，是借助神怪的形式展開的。上面已經說到，在神怪小說的邏輯中，人與異物之間的相互溝通是很正常的，而這種溝通的極端表現，就是異性之間的交合與婚配。不過，其中有的神怪小說作品雖然也寫到異性的婚姻，如《朱蛇記》寫龍王將小女雲姐嫁與李元，但只是為了報答他的解救之恩，愛情的成分不濃；但在另一類作品中，愛情卻是全篇主旨之所在，神怪只是為愛情故事披上去的外衣，目的無非是增益其瑰麗動人的色彩，如別集卷一的《西池春遊（侯生春遊遇狐怪）》和後集卷三的《小蓮記（小蓮狐精迷郎中）》，講述士人和狐精的戀愛故事，情節委宛曲折，感情細膩豐富，都是精心構撰的愛情佳作。

寫人狐之戀的作品，早就在古代小說中出現了，而以唐人小說《任氏傳》最為出色，《西池春遊》和《小蓮記》兩篇，都明顯受到了它的影響。《西池春遊》敘侯誠叔與友人約遊西池，在「小雨初霽，清無塵纖，水面翠光，花梢紅粉」的優美環境中，遇到了一位獨遊池西的婦人，起初並未留意；次日再往，又見婦人立於故處，獨步而望，心甚疑焉。後有小青衣送來婦人之詩，並約於後日相見，情節就開始向縱深發展。侯誠叔如期而往，遇於池畔，婦人自言姓獨孤，贈詩云：「幾回獨步碧波西，自是尋君去路迷。妾已有情君有意，相攜同步入桃溪。」二人遂相繾綣，情意深密。後來，侯生再訪獨孤氏，都迷舊路，有老叟告知：婦人乃居於隋獨孤將軍之墓中的狐精，侯生其時已知真相，卻堅信：「彼狐也，以情而愛人，安能為患？」仍然多方尋訪，狐姬聞之，贈詩云：

> 暌違經月音書斷，君問田翁盡得因。

沽酒暗思前古事，鄭生的是賦情人。

詩中用了《任氏傳》中鄭六已知任氏是狐精，但懷著「雖知之，何患？」的心境，仍到處尋找迴避他的任氏的典故，來讚美侯生的多情。果然，當狐姬再次與侯生晤面，便主動說起：「妾之醜惡，君已盡知，不敢自匿，故圖再見。」二人終於結成了美滿的家庭：「姬隨生之官，治家嚴肅，不喜揉雜，遇奴婢亦有法，接親族俱有恩愛，暇日議論，生有不直，姬必折之，生所為，必出姬口，雖毫髮必詢於姬。所為無異於人，但不見姬理髮組裳，姬未天明則整髮結髻，人未嘗見，三牲五味茶果姬皆食，惟不味野物。」在讚揚狐姬的美德的時候，不忘交代她之為「異類」之異於人的所在。

小說的結局是悲劇性的，但又有濃厚的喜劇色彩：侯生屈服於舅氏對「異類」的偏見，與大族郝氏結婚，狐姬乃致書責之曰：「士之去就，不可忘義；人之反覆，無甚於君。恩雖可負，心安可欺？視盟誓若無有，顧神明如等閒。子本窮愁，我令溫暖，子口厭甘肥，身披衣帛。我無負子，子何負我？吾將見子墮死溝中，亦不引手援子。我雖婦人，義須報子。」為了懲罰負心的侯生，狐姬設下巧計，假造侯生親筆信給在京師的郝氏，說其已在廣州授官，郝氏乃貨物市馬而去；又假造郝氏親筆之信給侯生，言己臥病必死，侯生乃自廣州急歸，兩不相遇，家資因此蕩盡。這純是狐精方能想出來的惡作劇，但也頗能令人解頤吐氣。最後，郝氏死，侯生失官，風埃滿面，衣冠襤褸，狐姬遇於道中，揭簾呼生曰：「子非侯郎乎？」生曰：「然。」姬曰：「吾已委身從人矣。子病貧如此，以子昔時之事，我得子，顧盡人不能無情。」乃以錢五緡遺生，曰：「我不敢多言，同車乃良人之族也，千萬珍重！」作為狐精的獨孤姬，當然談不上什麼貞節觀念，她的改嫁是完全正常的；可以稱道的是，「道是無情卻有情」，在作者筆下，異類就這樣被賦予了充分的人性，這與神怪小說的主旨是完全一致的。

《小蓮記》的狐精小蓮，則是一個卑微的小角色，她賣身為京師李郎中的女奴，教以絲竹則不能，授女工則不敏，公欲復歸之老嫗，小蓮泣告曰：「倘蒙庇育，後必圖報。」久而稍稍能歌舞，顏色日益美豔，雖常斂容正色，毅然不可犯，但仍被公醉以酒，一夕亂之。小蓮與李公之間，並不存在相襯的愛情，她之所以委曲求全，原因乃在本該受業報，當死鷹犬，希望他能在自己死後以北紙為衣，木皮為棺，葬其於高壤而已。她的「無以異類而無情」的臨別之言，以及囑咐「某日出都門，遇獵狐者，死狐耳間有花毫而紫長數

寸者，乃妾也」的話語，都留下了因襲《任氏傳》的印記。

　　除了人狐之戀，還有人鬼之戀，只是同人狐之戀的自由歡快相比，人鬼之戀的意緒就顯得異常的沉重壓抑。如別集卷三的《越娘記（夢託楊舜俞改葬）》，寫楊舜俞乘醉夜行，失道於鳳樓坡，投一茅屋求宿，有婦人獨居於此，衣裾襤褸，而宛然天真。婦人並不諱言自己是鬼，說她是後唐少主時人，家於越州，其夫為偏將，作使越地，見而私慕之，從其歸中國；時天下喪亂，夫死於兵，為武人所得；武人又死，乃髡髮，以泥塗面，自壞其形，欲竄回故鄉，不意又為群盜所欺，便自縊於古木。舜俞愛其敏慧，相對終夕，不以非語相犯。越娘臨別託以安葬之事，舜俞遵囑，乃遷葬於都西之高地。越娘感舜俞情義，以身相報。正當二人意如膠漆，情若夫妻之時，越娘忽然前來告別，說：「妾之初遇郎，不敢以朽敗塵土跡交君子下體之歡者，無他，誠恐君子思而惡之也。以君之私我，我之愛君，何時而竭焉？妾乃幽陰之極，君子至盛之陽，在妾無損，於君有傷，此非報厚之德意也。願止濃歡，請從此別。」從越娘的婚姻經歷看，她與第一個偏將丈夫之間是有感情的，第二個武夫丈夫就差得多了。武夫一死，她早已心如死灰，遂爾永埋幽壤。如今能得到楊舜俞之愛，在她來說是很感到幸福的，但她仍處處為對方著想，不願只顧自己的愛而對自己所愛的人造成損傷。就舜俞來說，珍惜這份愛，並不在乎身體的傷害，也是可以理解的。越娘見舜俞不諾，不得已從之，又過了數月日，舜俞果病，越娘親侍湯藥，候舜俞稍安，只好復從於自身利害的角度打動舜俞，說：「我本陰物，固有所轄，事苟發露，永墮幽獄，君反欲累之也，向之德不為德矣。妾不再至，君復取其骨擲之，亦無所避。」越娘何嘗不珍惜與楊舜俞的感情，但為了楊舜俞，她下定決心不再來了。不想楊舜俞懷著對她的摯愛，先是至墓下大慟，火冥財醮酒拜祝，夕宿於墓側，冀其一遇；失望之餘，愛之深竟轉化為恨之切，恃自己有德於越娘，竟顧伐其墓。加之又碰上一位多事的道士，幫他出了更為惡劣的壞主意：削木書符，拘繫越娘鬼魂，使之備受棰撻之辱。越娘詬之曰：「我如知子小人，我骨雖在污泥下，不願至此地，自貽今日之困！」舜俞知悔，再三哀求道士出符，夜復夢越娘前來告別，言：「子幾陷我，蒙君曲換，重有故情，幽冥之間，寧不感戀？千萬珍重。」篇末之「議」曰：「愚哉舜俞也！始以遷骨為德，不及於亂，豈不美乎？既亂之，又從而累彼，舜俞雖死，亦甘惑之甚也。夫惑死者猶且若是，生者從可知也。」

後集卷六的《范敏（夜行遇鬼李將軍）》，敘范敏夜行，忽有一禽觸馬首，因下馬捕獲，迷而失道，至一樵者家，主禮優厚，有婦人為之吹笛，清脆雄壯。原來婦人本是五代唐莊宗內樂笛部首，死後為齊王之猶子田權所脅，為之側室，知范敏過此，特遣錦衣兒奉迎。當夜，敏宿於帳，極人間之樂。此篇寫人鬼之戀，不及《越娘記》那樣哀怨悱惻、纏綿動人，作者的興趣所在是將范敏作為「第三者」夾雜在婦人李氏與其「良人」田權的心理衝突之中來加以抒寫：

> 三人環坐飲甚久，將軍顧曰：「君子不樂，當令李氏侑坐。」將軍呼李氏，李氏俄至。李氏坐將軍及敏之間。敏乘醉請李夫人吹笛。將軍曰：「甕酒臠肉，真勇夫之事也。」又命取酒。大肉盈盤，巨觥飲酒。李氏橫笛音愈憤怨，將軍曰：「不知怨何人也？」……既久，將軍曰：「子之舊情，未當全替。」乃勸李氏飲，氏不之飲。將軍執杯令李氏歌，李氏默然不發聲。敏舉杯，李氏不求而自歌。將軍怒，面若死灰，曰：「歌即不望，酒則須勸一杯。」李氏取其酒覆之。敏乃執杯與李氏，則忻然而飲。將軍大叫云：「今夜做一處血！」李氏云：「小魃魃，你今日其如何我？有兩個人管轄得你！」李氏引手執敏衣曰：「我今夜再侍君子枕席，看待如何？」將軍以手批李氏頰，復唾其面。將軍走入室持劍而出，李氏云：「范郎不要驚，引頸受刃，這鬼不敢殺我。」

唇槍舌劍，縱橫捭闔，異性之間的情感糾葛，寫得雖如一團麻，卻又條貫分明。出人意外的是，篇末寫范敏醒來，發現自己篋中的衣服全無，這才發現將軍數日中以酒醉范僕，將他的衣服都拿去換了酒，最後還恬不知恥地遣小童告之曰：「人間之娼室，亦須財賂。」那麼，他是因為左右不了李氏的情感而索性將李氏當作陰間的娼妓，從金錢上獲得一些補償呢，還是他與李氏本來就串通一氣來欺騙范敏呢？就難以逆料了。小說通過這撲朔迷離的情境，將人物的個性，寫得皆呼之欲出，而對話的接近口語，情趣之與市井細民無甚差別，更是十分清楚的特徵。

寫人鬼之情最出色的是前集卷五的《遠煙記（戴敷竊歸王氏骨）》，主人公筠州戴敷，納粟為太學生，娶都下酒肆王生女為婦。後戴父沒於道途，敷裝囊盡虛，屋無擔石，窮愁潦倒，妻王氏為其父奪之以歸。敷日夜號泣，王氏誓與父曰：「若不從吾志，我身不踐他人之庭，願死以報敷。」及王氏臥病，

家人多勉父使王氏復歸於敷。父剛毅很人，曰：「吾頭可斷，女不可歸敷！」因大詬女：「汝寡識無知，如敷者，凍餓死道路矣。」王氏臨死，命侍兒囑戴敷取己骨歸筠，久當與郎共義也。敷大傷感，方夜乃潛取其骨自負而歸筠，其後愈貧，乃傭於人為篙工，下汴迤邐至江外，萍寄岳陽，學釣魚自給：

> 敷懷妻，居常傷感，多獨詠齊己詩曰：「誰知遠煙浪，多有好思量。」於時窮秋木脫，水落湖平，溶溶若萬頃寒玉。敷行數里外，隱約煙波中亭亭有人望焉。數日，釣無魚，只見煙波人。歲餘則似近，又半歲愈近焉。經月則相去不逾五十步，熟視乃其妻王氏也。敷號泣，妻亦然，道離索之恨。更旬日，不過數步，敷乃題詩於壁。

> 詩曰：

> 湖中煙水平天遠，波上佳人恨未休。

> 收給鴛鴦好歸去，滿船明月洞庭秋。

> 一日，敷乃別主人具道其事，主人不甚信，乃遣子與敷翌日往焉。敷移舟入湖，俄有婦人相近，與敷執手曰：「自子持吾骨歸筠，我即隨子於道途間，子陽旺不敢見子。子釣湖上相望者二載，以歲月未合，莫可相近，今其時矣。」乃引敷入水中，主人子大驚而回。

> 敷數日屍出水上，岳陽尉侯誼驗覆其屍，容色如生。

戴敷所戀的鬼，是自己的亡妻，這就比與偶然邂逅前代之鬼，具有更為真摯的感情基礎，小說的結局寫二人為瞭解相思之苦，索性雙雙為鬼，再會於冥中，頗極纏綿之韻。

前集卷五的《長橋怨（錢忠長橋遇水仙）》和前集卷二的《書仙傳（曹文姬本係書仙）》，寫的則是人和仙之間的愛情。天上的仙子（在古代小說中，多半是女性的仙子），她們對於愛情，往往有比凡人更高的要求，這些要求集中到一點，就是「才情」二字。《長橋怨》敘錢忠少好學多聞，流落江湖，過吳江，愛水鄉風物清佳，戀戀不能去，盡日與採蓮客、拾翠女相逐，尤悅一女，方及笄，垂螺淺黛，修眉麗目，宛然天質，雖與遊，卒不敢以異語犯焉。後二人漸熟，一日，為酒所使，謂其女曰：「吾與子相從江渚舟楫間數月矣，吾甚動子之色，獨不知乎？」女曰：「吾之志亦然也。家有嚴尊，乃隱綸客也，常釣湖上，尤好吟詠。子能為詩以動其心，妾可終身奉君箕帚；不然，未可知也。」此女即是水仙，她豈不知錢忠繾綣之意，只是未知其才情如何，故假託其父好為吟詠以試之。錢忠於是三次賦詩相贈，第一次以詩付女，女曰：「翁

和子詩，亦有不許君之句，子更為之。」第二次曰：「翁亦不甚愛子之詩。」直到第三次，女方喜曰：「翁方愛子之詩，我與君事諧矣。」通篇充滿了令人賞心悅目的詩情畫意。

《書仙傳》敘曹文姬本係上天司書仙人，因情愛謫居塵寰，淪落為長安娼女。她姿豔絕倫，尤工翰墨，筆力為關中第一。豪貴之士，願輸金玉求與偶者不可勝計，但她一皆不許，曰：「此非吾偶也。欲偶者，請託投詩，當自裁擇。」有岷江任生，賦才敏捷，聞之喜曰：「吾得偶矣。」或問之，則曰：「鳳棲梧而魚躍淵，物有所歸耳。」於是投之詩曰：「玉皇殿前掌書仙，一染塵心謫九天。莫怪濃香薰骨膩，霞衣曾惹御爐煙。」詩意竟然完全切合書仙的境況，女喜曰：「此真吾夫也，不然，何以知吾行事耶？吾願妻之，幸勿他顧。」於是，雙方在志趣相投的基礎上，結為美滿的一對，自此春朝秋夕，夫婦相攜。一日，忽謂任生曰：「吾將歸，子可偕行乎？天上之樂勝於人間，幸無疑焉。」俄聞仙樂飄空，異香滿室，家人驚異共窺，見朱衣吏持玉版朱書篆文，且曰：「李長吉新撰《玉樓記》就，天帝召汝寫碑，可速駕無緩。」對於這樣令人神往的事，有一個頭腦卻比較清醒的家人提出疑問道：「李長吉是唐之詩人，迄今三百年，焉有此妖也？」曹文姬笑著回答說：「非爾等所知：人世三百年，仙家猶頃刻耳。」時間和空間，都是事物的存在方式，「洞中方七日，世上已千年」，人們所理解的仙界，最重要的特徵之一，就是它的時間容量無限之大。曹書仙的解答消除了人們的疑問，於是任生易衣拜命，舉步騰空，雲霞爍爍，鸞鶴繚繞，一同仙去了。

同樣的題旨也生動地體現在《長橋怨》中。小說結末敘錢忠有表兄王師孟，失官後道經吳江，泊舟水際，有彩舟來，中有人呼其名——

> 師孟審其聲，乃忠也。俄見舟艤橋下，果忠也。邀師孟登舟，音樂酒肉，器皿服用如王公，皆非人世所有。忠覆命其妻以大兄之禮拜師孟，師孟但覺瑤枝玉幹，輝映左右。因三人共飲。至明，忠謂師孟曰：「吾之居處在煙波之外，不欲奉召兄。兄方貴遊，弟能無情！」乃以黃金十斤贈之，師孟謝之。忠曰：「相別二紀，而兄之髮白，傷愴塵世間，煙波使人易老。」師孟曰：「子為神仙，吾今遊客，命也如何！」因而唏噓泣下。

人因與仙相愛而成仙得道，此類描寫所寄託的，乃是人類對於生命永恆的遐思，這種境界，是人狐、人鬼之戀所不可想望的。

（二）

別集卷四的《張浩（花下與李氏結婚）》，完全擺脫了神、怪、鬼、仙的糾纏，寫的純是人間的美好故事。小說的男主人公是年方及冠而又家財鉅萬的張浩，洛中士人多慕其名，欲與結姻好，而浩每拒之，日與俊傑之士遊宴於園中。一日，與友人廖山甫步至東軒，忽見東鄰女李氏亦引小青衣來遊，其貌甚美。小說先是用「新月籠眉，秋蓮著臉，垂螺壓鬢，皓齒排瓊，嫩玉生光，幽花未豔」比擬之，然後又借張浩告廖曰：「僕非好色者，今日深不自持，魂魄幾喪，為之奈何？」進一步從青年男子的心理感應來加以映襯。而李氏亦相告：「某之此來，誠欲見君，今日幸遇，願無及亂即幸也。」張浩與李二人相知，約為終身，女欲求一信物，浩先解羅帶與之，女曰：「無用也。願得一篇親筆即可矣。」張浩乃賦牡丹詩曰：「迎日香苞四五枝，我來恰見未開時，包藏春色獨無語，分付芳心更待誰？」女喜曰：「君真有才者。生平在君，願君留意。」乃去。其後，李氏又託尼致意，且言父母不許之事。至明年，牡丹又開，張浩剪花數枝以遺李，李亦遣尼寄《極想思》詞，逾牆來會。不數月，李隨父之官，約俟父替回，當成秦晉。不料一去二年，杳無音信。浩叔乃為其約婚孫氏，浩不敢拒。及李氏歸，聞知其事，告父母曰：「兒已先許歸浩，父母若更不諾，兒有死而已。」一夕忽不見，尋之，人已在井中矣，父乃不復拒。李又親詣府陳詞，府尹問明原委，曰：「孫未成娶，吾為汝作伐，復娶李氏。」判曰：「花下相逢，已有終身之約；道中而止，欲乖偕老之心。在人情深有所傷，於律文亦有所禁。宜從先約，可絕後婚。」李氏敢於以死來改變父母的初衷，又敢於借助官府、實即是法律為助力，大膽追求自己的幸福，而官府在斷案的時候，除了考慮法律的條文之外，也重視了人情的因素，這些也許都可以算作是新的時代給小說創作帶來的新氣象罷。

前集卷十《王幼玉記（幼玉思柳富而死）》、別集卷二《譚意歌（記英奴才華秀色）》等，則是以妓女為主角的愛情小說，在藝術亦各有特色。王幼玉是顏色歌舞角於倫輩之上的名妓，她流落於衡州，所與往還的雖然都是衣冠士大夫，但她卻有清醒的主體意識，說：「今之或工，或農，或賈，或道，或僧，皆足以自養，惟我儔塗脂抹粉，巧言令色，以取其財，我思之愧赧無限，逼於父母姊弟，莫得脫此。倘從良人，留事舅姑，主祭祀，俾人指曰：『彼人婦也。』死有埋骨之地。」當她懷著從良的願望，渴望早日過上正常的家庭生活的時候，豪俊之士柳富出現了。幼玉一見，即曰：「茲吾夫也。」柳富亦有

意娶她為妻，風前月下，執手戀戀，兩不相捨。其妹知之，訴富以語，威脅要訟之於官府；其後，柳富又因久遊，親促其歸，二人只得暫時分別。幼玉潛往送別，曰：「子有清才，我有麗質，才色相當，誓不相捨。我之心，子之意，質諸神明，結之松筠久矣。」於是二人共盟焚香，致其灰於酒中共飲之。但柳富回至輦下，以親年老，家又多故，不得如其約，只能對鏡灑涕；而幼玉亦因思念得疾，臨終囑侍兒曰：「我不得見郎，死為恨。郎平日愛我手、髮、眉、眼，他皆不可寄，吾今剪髮一縷，手指甲數個，郎來訪我，子與之。」遂死。通篇是充滿哀怨悱惻之情的悲劇，正如柳富致細幼玉書所說：「古之兩有情者，或一如意，一不如意，則求合也易；今子與吾兩不如意，則求偶也難。君更待焉。事不易知，當如所願。不然，天理人事果不諧，則天外神仙，海中仙客，猶能相遇，吾二人獨不得遂，豈非命也！」情真感切，感人涕下。

《譚意歌》本來也是十足的悲劇，但由於主人公的善處之，竟然轉化成了喜劇。小說敘譚意歌（正文或稱「意哥」）本良家女，父母早死，流落長沙，八歲寄養造竹器小工張文家。官妓丁婉卿愛意歌容色，知意歌非張文之子，以重酬售下，遂為娼女。意歌性明敏，解音律，尤工詩筆，善屬對，得貴官之賞識，她便伺機請求為之脫籍，遂得如願。後求良匹，久而未遇。及見汝州張正宇，風調才學，皆中己意，便約為夫婦，挈其裝囊歸張，一切似乎都相當美滿。後二年，張調官，意歌餞別於郊外，此時她已經清醒地意識到：「子本名家，我乃娼類，以賤偶貴，誠非佳婚」，事情可能會有所逆轉，所以只是告訴自己腹中已懷孕數月，「此君之息也，君宜念之」而已。果然，二人分別以後，意歌雖頻寄書贈詞，但張卻內逼慈親之教，外為物議之非，不得已與孫殿丞女為姻。意歌知之，並雖然一時感到震驚，但不自暴自棄，而是售附郭之田畝耕耨以自給，教其三歲之子。其後，事情有了轉機：

> 後三年，張之妻孫氏謝世，湖外莫通信耗。會有客自長沙替歸，遇於南省書理間。張詢客意哥行沒，客撫掌大罵曰：「張生乃木人石心也，使有情者見之，罪不容誅。」張曰：「何以言之？」客曰：「意自張之去，則掩戶不出，雖比屋莫見其面，聞張已別娶，意之心愈堅，方買郭外田百畝以自給，治家清肅，異議纖毫不可入。親教其子，吾謂古之李住滿女，不能遠過此。吾或見張，當唾其面而非之。」張慚怍久之，召客飲於肆云：「吾乃張生，子責我皆是；但子不知吾家有親，勢不得已。」客曰：「吾不知子乃張君也。」

　　張之別娶，原非本意，聽言深感羞愧，乃至長沙，意哥先是閉戶不出，其後則云：「我嚮慕君，忽遽入君之門，則棄之也容易；君若不棄焉，君當通媒妁，為行吉禮，然後□敢聞命。」張乃如其請，納采問名，正式娶意歌為妻。其後，子以進士登科，意歌終身為命婦，夫妻偕老，子孫繁茂。魯迅以為：「秦醇此傳，亦不似別有所本，殆竊取《鶯鶯傳》、《霍小玉傳》等為前半，而以團圓結之爾。」（《唐宋傳奇集・稗邊小綴》）其實，人世間的愛情固多悲劇，但團圓的結局亦屬正路，不能一概而論，都說成是什麼庸人廉價的奢望。《譚意歌傳》之立意與其塑造的人物形象，應該說是全新的，這新就新在它所展示的團圓的結局，是當事人用自尊、自強、自立的堅毅精神爭取來的。

　　從小說表現技巧看，這幾篇作品有一個共同的特點，那就是對於詞的運用。《張浩》有李氏《極相思》詞：「紅疏翠密晴暄，初夏困人天。風流滋味，傷懷盡在，花下風前。後約已知君定，這心緒日懸懸。鴛鴦兩處，清宵最苦，月甚先圓？」《王幼玉記》中有柳富贈別幼玉的《醉高樓》詞：「人間最苦，最苦是分離，伊愛我，我憐伊。青草岸頭人獨立，畫船東去櫓聲遲。楚天低，回望處，兩依依。　　後會也知俱有願，未知何日是佳期？心下事，亂如絲。好天良夜還虛過，辜負我，兩心知。願伊家，衷腸在，一雙飛。」《譚意歌傳》中有意歌寄給張正字的「短唱二闋」，一曲名《極相思令》：「湘東最是得春先，和氣暖如綿。清明過了，殘花巷陌，猶見秋韆。　　對景感時情緒亂，這密意，翠羽空傳。風前月下，花時永晝，灑淚何言？」一曲名《長相思令》：「舊燕初歸，梨花滿院，迤邐天氣融和。新晴巷陌，是處輕車轎馬，禊飲笙歌。舊賞人非，對佳時，一向樂少愁多。遠意沉沉，幽閨獨自顰蛾。　　正消黯無言，自感憑高遠意，空寄煙波。從來美事，因甚天教兩處多磨？開懷強笑，向新來寬卻衣羅。似憑他人憔悴，甘心總為伊呵。」將宋代新興的詞融入小說敘事之中，用來表現人物的心緒和感情，也是一種創造。

　　前集卷七的《孫氏傳（周生切脈娶孫氏）》，在關於愛情的描述中，更多地貫注了對於倫理道德的思考。女主人公孫氏，本是一位富貴家的女子，長大後繼遭凶災，家貧不能自振，又誤信媒氏之言，嫁與衰翁張復秀才為妻。可以想見，她的心境是不會太好的。恰巧她生了一場病，家貧不能得醫，只好請鄰里周默來診脈。周默是一個稍通醫術的青年，他見孫氏臥小榻，容雖不修，然而幽豔雅淡，眉宇妍秀，回顧精彩射人，不覺愕然。為了替孫氏診

脈、下藥，日日往候之，雖然將她的病給治好了，卻種下了無限相思之苦。正是抓住這一內心的矛盾，小說情節得以一步步地展開：周默自念於孫氏有功，且又年少，固遠勝於張復，便千方百計地想得到孫氏的愛情。他先是致書孫氏道：

> 民之樂事，男女配合；人之常情，少年雅致。念慕子之美色妙年，甘心於一老翁，自以為得意，吾為子羞之。兼有鄙詩，略為舉陳，幸留意也。詩曰：
> 五十衰翁二十妻，目昏髮白已頭低。
> 絳幃深處休論議，天外青鸞伴木雞。

千方百計企圖以男女之情打動之。孫氏得書，以「我之夫固老矣，求為非禮以累之，則吾所不忍」坦然相告，且警告說：「子意欲因醫之功邀而娶之也，若然，雖商賈市里庸人有不為者，況士人乎？古之烈女，吾之儔也，子無多言。青松固不凋於雪中，千萬無惑焉。」表現出一種既不忘人之恩，又端節自持的高尚品德。周默失望之餘，於自己將赴官之際，又為柬致孫氏曰：「我聞古人之詩曰：長江後浪催前浪，浮世新人換舊人。是老當先寢也，我願終身不娶，以待之耳。」把希望寄託於張復之先亡。對於周默的這番表白，孫氏雖致書謝絕，但實際上又留下了某種可以從容的商量餘地：「承諭雅意，安可預道？无妄之言，未敢奉許。人之修短，固自有期，設或不幸，即俟他日。況君慶門當高援，無以鄙陋貽伊戚。」

後三年，周默替歸，訪知張復已死，遣媒通好，孫氏乃許，相得甚歡，周默又得授為鄆州東阿都尉。故事至此，已將二人曲折反覆的愛情經歷寫得神完意足，似乎可以以美滿的結局告終了，不意作者又宕開一筆，寫周默性本好賕，居官尤甚，據案決事則冒貨，出證田訟則賕民，孫氏知之，大慟之下，說了一番極為辛酸的話：

> 吾及今三適人矣。始者良人，年少狂蕩不返；中間適老翁，不幸其先逝；今歸身於子，自為得矣，而彼此方相愛。不意子不能奉法愛民，治獄則曲直高下，惟利是嗜，去就予奪，賄賂公行，民受其枉多矣。子不害其官，則禍延子孫矣。吾不忍周氏之門無遺類。子不若復歸其財於民，慎守清素。況子俸錢所入，用之有餘矣。賢者多財損其志，愚者多財益其過。夫婦大義，死生共處。君既自敗壞，不若我先赴死地，不忍見子之死也。

　　說罷，遽趨井，欲自盡。默急持其衣曰：「子入井，吾亦相從矣。願改過以謝子。」於是以其財復歸於民，而自守清慎，終身無過。由於孫氏之深明大義，終於使得兩人的愛情，結出了最好的果實。「議」曰：「婦人女子有節義，皆可記也。如孫氏，近世亦稀有也。為婦則壁立不可亂，俾夫能改過立世，終為命婦，宜矣。」小說之有教訓，並不一定是缺點，問題在於它提出了什麼樣的「教訓」，像《孫氏記》這類重視倫理道德的作品，是應該從根本上予以肯定的。

　　前集卷五《流紅記（紅葉題詩娶韓氏）》，則是另一種類型的作品。關於紅葉題詩的故事，最早見於范攄《雲溪友議・題紅怨》，書中記載了兩件故事：一是明皇寵楊妃、虢國，宮娥常題怨詩於落葉，隨御溝流出，顧況聞而和之，詩云：「帝城不禁東流水，葉上題詩欲寄誰？」明皇得知，將宮女遣出禁內者不少；一是盧渥應舉之歲，於御溝拾得一紅葉，上有一絕句，置於巾箱，及宣宗省宮人，詔許從百官司吏，渥獲其一，宮人睹紅葉而吁嗟久之。詩曰：「流水何太急？深宮盡日閒。殷勤謝紅葉，好去到人間。」其後孟棨的《本事詩・情感第一》，有顧況於御苑水渠中拾得大梧葉，上有題詩，乃作詩和之，宮女見之，又於葉上題詩，流出宮苑，又為客所得，以示顧。《流紅記》融匯綜合范、孟所記，將故事背景改在唐僖宗時，得紅葉題詩者改為儒士於祐，而詩句則與盧渥所得者相同。於祐是一個客居京華、羈懷增感的孤寂之人，他於御溝拾得紅葉，引起了強烈的共鳴，蓄於書笥，終日詠味，因念御溝水出禁掖，此必宮中美人所作，自此思念，精神俱耗。友人聞之，大笑曰：「子何愚如是也！彼書之者無意於子，子偶得之，何置念如此。子雖思之勤，帝禁深宮，子雖有羽翼，莫敢往也。」但於祐終不廢思慮，復題二句，書於紅葉上云：「曾聞葉上題紅怨，葉上題詩寄阿誰？」置於御溝上流水中，恰為原紅葉題詩之宮女韓氏所得。韓又題詩云：「獨步天溝岸，臨流得葉時。此情誰會得？腸斷一聯詩。」其後，於祐依河中貴人韓泳門館，無意進取。久之，韓夫人出禁庭，居於韓泳家，使聘之，於是二人終成眷屬。韓泳開宴召二人，戲曰：「子二人今日可謝媒人也。」韓氏卻笑答曰：「吾為祐之合乃天也，非媒氏之力也。」並索筆作詩曰：

　　　　一聯佳句題流水，十載幽思滿素懷；

　　　　今日卻成鸞鳳友，方知紅葉是良媒。

　　篇末之「議」曰：「流水，無情也；紅葉，無情也。以無情寓無情而求有

情，終為有情者得之，復與有情者合，信前世所未聞也。夫在天理可合，雖胡越之遠，亦可合也；天理不可，則雖比屋鄰居，不可得也。悅於得，好於求者，觀此可以為誡也。」幽閉宮女之怨情，向為傳統歌詩所吟詠，而宮外之士人居然想入非非，將感情的羽翼伸向禁苑之中，且由於紅葉良媒之促成，竟然達到了自己的目的，這種合乎「天理」實即人情的描寫，卻是以往文學作品所不具的，實可稱為從舊題材中翻出新意象、新觀念的大膽嘗試。

（三）

《青瑣高議》中還有一類作品，如後集卷四的《李雲娘（解普殺妓獲惡報）》、《陳叔文（叔文推蘭英墮水）》、《龔球記（龔球奪金疾病死）》，雖然也寫到男女的婚姻或交往，但其主旨不是寫相互之間的愛情，而是著重反映婦女遭遇的不幸，痛切地寄寓了作者「冤不可施於人」的思想。

《李雲娘》敘解普為了候官，寓京經歲，囊無寸金，得都下娼姬李雲娘之資助。解普想從雲娘處假貸以供用，欺騙說：「吾赴官，娶汝歸。」但又想到家自有妻，與雲娘非久遠之計，竟在歸途中喪心病狂地將雲娘推墮於汴水中。《陳叔文》所寫的陳叔文，與解普非常相似。他登第後，已經得授為常州宜興簿，因為家至貧，不能之官，正好娼妓崔蘭英久欲適人，叔文即欺以未娶，蘭英便以千緡助之，一約即定。上任之時，叔文欺其妻曰：「貧無道途費，勢不可共往。吾且一身赴官，時以俸錢周爾。」妻信之。叔文遂得與蘭英泛汴東下，二人頗相得，叔文亦時以物遺妻。一時，兩方面都被他暫時遮掩了過去。三年後，將替回，矛盾就突出起來：私念蘭英不知其有妻，妻亦不知有彼，兩不相知，一旦歸而相見，當起獄訟。日夜思計，為除後患，連蘭英有德於己也不顧了，便推蘭英與女奴於汴水以殺之。這兩個負心人，在小說中都受到了報應。解普是被雲娘的冤魂挽入水中淹死的，而陳叔文的結局則更為曲折：一日，他于相國寺忽遇蘭英及女奴，先是假惺惺地問道：「汝無恙乎？」及聞蘭英訴說墮水後號呼撈救得活時，又愧赧泣下說：「汝醉甚，立於船上，自失腳入於水，此婢救汝，從而墮焉。」還企圖掩蓋罪責。蘭英說：「昔日之事，不必再言，令人至恨。但我活即不怨君。我居此已久，在魚巷城下住，君明日當急來訪我。不來，我將訟子於官，必有大獄，令子為齏粉。」叔文無奈，於次日往，則女奴已立門迎之，將叔文引入一空屋，至暮不出。從人入見，只見叔文仰面，兩手自束於背，形若今之伏法死者。

《龔球記》的故事又不同，敘龔球貧寒無倚，乞丐度日，元夜外出觀燈，

閒隨一青氈車走，忽見車後下來一女子，手把青囊，其去甚速。龔球逐之暗所，女子便告知自己是李太保家青衣，因不堪折磨，故伺其便逃走，並對龔球說：「若能容吾於室，則願為侍妾。」球喜，許之，婦人即以青囊付之，即與同行。不想龔球以計欺之，竟攜青囊逃至江淮間，囊中皆金珠，遂為巨富。但做了壞事，並不能長久地逃避懲罰——

> 一夕，泊舟楚州北神堰下，月色又明，球與家人飲於舟上。俄有小舟附球舟而泊焉。球謂是漁者，熟視舟中，乃一女人，面似曾見而不憶。婦人曰：「我天之涯，地之角，下入九泉，皆不見子，子只在此也！」球思惟：於吾何求，而求吾若是？女人云：「我向車上奔婢也。子挈我青囊中物去，我坐待君至晚，為市吏所收。家知，訟官府獄，公吏窮治青囊中物，我無所訴，荷械鞭棰，自朝至夕，肌肉潰壞，手足墮落，不勝其苦，竟死獄中。訴於陰府，今得與子對。」球曰：「汝能捨我乎？」婦人曰：「吾思向獄中之苦，恨不斬子萬段！」

可謂語語沉痛，龔球自然難逃報應之苦。以上三篇作品，文後皆有「高議」，一者曰：「逋人之財，猶曰不可，況陰賊其命乎？觀雲娘之報解普，明白如此，有情者所宜深戒焉。」二者曰：「茲事都人共聞，報於人，不為法誅，則為鬼誅，其理彰彰然，異矣！」三者曰：「冤不可施於人，陰報如此，觀者宜以為戒焉。」

四、《青瑣高議》中的其他小說

（一）

《青瑣高議》中還有一批以歷史人物為題材的作品，它們大多是《郡齋讀書志》所說的「名士所撰記傳」。以故事發生時間先後而論，最早的是前集卷七的《趙飛燕別傳（別傳敘飛燕本末）》。所謂「別傳」，是針對漢伶玄的《趙飛燕外傳》而言的。為了使新作的「別傳」有「歷史的根據」，作者在篇首特地說明：「余里有李生，世業儒。一日，家事零替，余往見之，牆角破筐中有古文數冊，其間有《趙后別傳》，雖編次脫落，尚可觀覽。余就李生乞其文以歸，補正編次以成傳，傳諸好事者。」這是後世文人為故高其著所慣用的伎倆。在小說中，作者並未刻意組織情節，注重的是飛燕、合德姊妹為后為妃，共事一帝，既互為奧援、又相互爭寵的心理狀態，將其扭曲變形的性

格，一一躍然紙上，同時也通過人物的對話，寫出了真實的人性。如合德對飛燕說：「姊曾憶家貧，寒餒無聊賴，使我共鄰家女為草履市米，一日得米歸，遇風雨，無火可炊，飢寒甚，不能成寐，使我擁姊背同泣，此事姊豈不憶也？」就非常真切動人。胡應麟以為「其間敘才數事，多俊語，出伶玄右，而淳質古健弗如」，尤其欣賞以「蘭湯灩灩，昭儀坐其中，若三尺寒泉浸明玉」三語寫昭儀沐浴之態，稱讚為「百世之下讀之，猶勃然興」（《少室山房筆叢·九流緒論下》），是有審美眼光的。小說的結尾敘成帝託夢飛燕，說昭儀「以數殺吾子，今罰為巨黿，居北海之陰水穴間，受千歲冰寒之苦」，後北鄙大月氏王獵於海上，見巨黿出於穴上，首猶貫金釵，望波上綣綣有戀人意，大月氏王遣使問梁武帝，武帝以昭儀事答之，以證實其事，從總體上化進了神怪小說的模式。

其次是後集卷五《隋煬帝海山記上（記煬帝宮中花木）》和《隋煬帝海山記下（記登極後事蹟）》，文前亦有小序：「余家好蓄古書器，故煬帝事亦詳備，皆他書不載之文，乃編以成記，傳諸好事者，使聞其所未聞故也。」既然小說的閱讀對象是那些「好事者」，這注定了本篇對於歷史逸聞的特殊興趣。上卷從隋煬帝出生寫起，敘及他陰結楊素，謀取大位，闢地周二百里為西苑，鑿為五湖四海。文中開列了天下所獻的花卉、草木的珍稀品種，極為鋪張，又抄錄煬帝自制《望江南》八闋，皆非一般小說之體制。下卷寫煬帝夜遊海山殿，陳後主鬼魂來謁，作詩上之，煬帝觀之，怫然慍曰：「死生，命也，興亡，數也。」後主曰：「子之壯氣能得幾日？其始終更不若我。」其後，異兆迭起，帝不省，仍大造龍舟，巡幸江都。尤愛矮民王義，將敗，王義上書言其成敗之理，中有「方今百姓存者無幾，子弟死於兵役，老窮困於蓬蒿。兵屍如嶽，餓殍盈郊。狗彘厭人之肉，烏鳶食人之餘，臭聞千里，骨積如山，膏塗野草，狐鼠特肥。陰風無人之墟，鬼哭寒草之下。目斷平野，千里無煙。殘民削落，莫保朝昏，父遺幼子，妻號故夫，孤苦何多？饑荒尤甚。亂離方始，生死孰知？人主愛人，一何如此」等句，可謂道出了人民的心聲。

再次是前集卷六的《驪山記（張俞遊驪山作記）》和《溫泉記（西蜀張俞遇太真）》，《驪山記》敘四川舉子張俞，落第後至驪山訪田翁，求古事，田翁言其遠祖為守宮使，常出入宮禁，故家中有驪山宮殿圖，且詳悉楊貴妃唐明皇宮中之事，就中敘楊貴妃與安祿山私通，祿山醉戲，復引手抓貴妃胸乳間諸事特詳，並云安祿山作亂時，曾言於左右曰：「吾之此行，非敢覬覦大寶，

但欲殺國忠及大臣數人，並見貴妃敘吾別後數年之離索，得回住三五日，便死亦快樂也。」《溫泉記》雖與《驪山記》為姊妹篇，實則是一新創的神怪小說，敘張俞他日再過驪山，留題二絕句，以牡丹花喻楊貴妃，得蓬萊第一宮太真妃召見溫泉，命其入浴的經過道：「仙去衣先浴，俞視若蓮浮碧沼，玉泛甘泉，俞思意蕩。俞因以手拂水，沸熱不可近。仙笑命左右別具湯沐，侍者進金盆，為俞解衣入浴。」夜已深，貴妃與之對榻寢，俞情思蕩搖不能禁，而仙則笑曰：「吾有愛子心，子有私吾意，宿契未合，終不可得。」看來，當時士子的膽量似乎還不夠大，只好強調由於「未有今日之分」，終於未能讓張俞實現與太真妃共沐、接體的奢望。最有趣的是，張俞竟然當面詢問貴妃一個棘手的問題：「今見仙之姿豔，一祿山安能動仙之志，而仙自棄如此也？」貴妃只好回答說：「事係天理，非子可知，幸無見詰。」次日，妃贈百合香一小器，遣童吏引還，俞方驚起，太真所贈百合香猶存臂上，異香襲人，非世所有。

這批以歷史人物和事件為題材的小說，它們所關注是一般讀者所感興趣的風流韻事，因而在認識價值和審美價值上，都是與傳統的史傳完全不同的。

（二）

以社會現實為題材的小說，在《青瑣高議》中也佔有相當的地位。前集卷三《高言》，寫高言之走竄異國，是由於一怒之下，殺了怠慢他的負義友人，已經觸及社會動亂的某些因由，前集卷四的《王寂傳（王寂因殺人悟道）》，所寫的王寂，更是又一個活生生的高言。他不妄然諾，尤重信義，故里人稱讚說：「得千金不如寂之一諾。」他不喜從少年輩趨時，因而落魄，養成了一肚皮的憤世嫉俗。適逢有邑尉至，吏趨門傳呼甚肅，責其不避，遂加侵凌。王寂大怒，叱尉下馬，就奪所佩刀劃地數之曰：「子賄賂公行，反覆曲直，民受其弊，其罪一也；冒貨踐穢，殘刑以掩其跡，其罪二也；子數鍾之祿，其職甚卑，縱小吏欺辱壯士，其罪三也。」乃就斬尉，並害其胥保十數人，死傷潰道，血流染足。遂演成一場驚心動魄的社會衝突，其結果是走上與官府為敵的道路：寂置劍於地，呼其常與飲博儕類，聚而言曰：「尉不法辱人，不殺之無以立勇。今吾罪在不宥，吾將入溪谷以延朝夕之命。從吾，與吾盟；不樂，亦各從爾志也。」於是無賴惡少年皆起應之，相與割牲祭神，結為友。出入數百，椎牛，椎豕，掠墓，劫民，燒市，取富貴至財，白晝殺人，官吏引避，視州縣若無有，觀詔條如等閒。一時鬧得天翻地覆。

但是，王寂的聚眾起事，終究只是因為罪在不宥，暫時避難，所以一旦得到朝廷招安的消息，就很容易接受了。他告其徒曰：「山行水宿，草伏蒿潛，跳躍岩谷中，與豺虎為類，吾志已倦。今幸天子濡大澤，以洗天下罪惡，吾黨轉禍為福之祥。願從吾者皆行，不然吾自為計。」但是，招安並不是所有的人都願意接受的，其黨中就有人「顏色拂厲，悖語囁然」，而王寂猝斬之坐前，於是其他的人皆跳躍叫呼曰：「吾今得為良民，歸見故里親戚，死無憾焉。」將造反者接受招安的內在根據，寫得極其深刻。但王寂等至闕後，這才發現原來朝廷許諾讓他們自陳其藝，並以一官榮之，只是一句不準備兌現的空話，王寂便「其心站站若驚風所抑，無所著」起來。最後還是被黃冠道士點化，明因果而入道。《王寂傳》以凝重的筆觸，敘寫王寂等人被逼造反，又主動接受招安的過程，不啻是《水滸傳》的雛形，它將後世施耐庵們所思考的嚴重社會問題，幾乎都一一地想到了，因而具有極為深刻的歷史真實性和社會批判意義。

同卷《王實傳（孫立為王氏報冤）》所寫的王實，也是一位尚氣的豪壯之士，他因多與無賴少年子交遊，散耗家財，不自檢束，得罪於父母，見輕於鄉黨，乃仰面長歎曰：「大丈夫生世不諧，見棄如此！」便北入帝都，折節自克，入太學為生員，苦志學習，尊謹師友，一舉得中進士。與王寂相比，王實是通過自己的努力，改變了世俗社會對他的偏見的人物。不想他的父親久病，母親為同里張本行賄，因循浸漬，卒為家醜。父臨終遺書，囑其為之雪恥，王實至家，日夜號泣，形軀骨立，家事零替，與市西狗屠孫立為酒友，時時以錢帛遺之，孫立多拒而不受，間或受少許。人或問之曰：「實士人也，與子厚，而以物既，子多拒之，何也？」孫立拊髀歎曰：「遇吾薄者答之鮮，待吾厚者報之重。彼酒食相慕，心強語笑，第相取容，此市里之交也。實之待我，意隆而情至，吾乃一屠者，而實如此，彼以國士遇我，吾當以國士報之，則吾亦不知死所也。」及聞知王實的「至恨」以後，便說道：「知兄之懷久矣。余死亦分定焉。兄知吾能敵彼，願盡報之，幸勿泄也。」於是，便演出了孫立為王實報仇的一幕：

> 他日，立登張本門，呼本出，語之曰：「子恃富而淫良人家婦，豈有為人而蹈禽獸之事乎？吾今便以刀刺汝腹中以殺子，此懦弱者所為，非壯士也。今吾與子角勝，力窮而不能心服者，乃殺之，不則便殺子矣。」立取刀插於地，袒衣攘臂。本知勢不可卻，亦袒衣。

立大言謂觀者曰：「敢助我，我必殺之；有敢助本者，吾亦殺之。」兩人角力，手足交鬥，運臂愈疾，面血淋漓，僕而復起，自寅至午，本臥而求救。立乃取刀，謂之曰：「子服未？」本曰：「服矣。子救吾乎？吾以千金報子。」立曰：「不可。」本曰：「與子非冤也，子殺吾，子亦隨手死矣。」立笑曰：「將為子壯勇之士，何多言惜命如此，乃妄人耳。」叱本伸頸受刃，本知不免，乃回顧其門中子弟曰：「非立殺吾也，乃實教之也。」言絕，立斷其頸，破腦取其心，以祭實父墓。乃投刃就公府自陳。太守視其讞，惻然。立曰：「殺人立也，固甘死，願不旁其枝，即立死何恨焉。」本之子告公府曰：「殺父非立本心，受教於實。」太守曰：「罪已本死，何及他人也。」立曰：「誠如太守言，不可詳言之也。立雖糜爛獄吏手，終不盡言也。」太守曰：「真義士也。」召獄吏受之曰：「緩其枷械，可厚具酒饌。」後日旬餘，至太守庭下，立曰：「立無子，適妻孕已八九月矣，女與男不可知也。願延月餘之命，得見妻所誕子，使父子一見，歸泉下，不望厚意。」太守乃緩其獄。其妻果生子，太守使抱所生子就獄見立，立祝其妻曰：「吾不數日當死東市，令子送吾數步，以盡父子之意。」太守聞，為之泣下。立就誅，太守登樓望之，觀者多揮涕。

前集卷四的《任願（青巾教任願被毆）》，寫了一位令人驚心駭目的青巾刺客，他雖為自己復仇，但也有見義勇為的精神。小說寫任願是淳雅寬厚之士，正月上元遊街時，因車騎駢溢，士女和會，誤僕觸良人家婦，被人毆擊交至，觀者環繞，莫知其數。有青巾傍觀者不平，俄毆良人仆地，乃引願而去。願曰：「與君舊無分，極蒙見救。」青巾者不顧而去。異日，又遇青巾者於途中，召之飲，願謝曰：「前日見辱於庸人，非豪義之士孰肯援哉！」青巾曰：「此乃小故，何足稱謝？後日復期子於此，無前卻也。」任願及期而往，青巾者且先至矣，共人酒肆，酒十餘舉，青巾者曰：「吾乃刺客也。有至冤，銜之數年，今始少伸。」乃於褲間取烏革囊，中出死人首，以刀截為臠，以半授願，願驚恐，莫知所措。青巾者食其肉，無子餘，讓願，願辭不食。其後，青巾者擬以點金術授之，任願曰：「旗亭門有先子別業，日得一縉，數口之家，寒農錦，暑衣葛，麗日食膏鮮，自為逾分，常恐召禍，安敢學此？幸先生愛之！」青巾者歎服曰：「如子真知命者也！」

孫立是身居下層社會中的狗屠，他僅僅因為王實「以國士遇我，吾當以國士報之」，不惜犧牲一己的性命為之報仇雪恨；青巾者是一位俠客，他所要報的，則是自己的至冤，都反映了新興的市民是何等重視人格的尊嚴。孫立的「立斷其頸，破腦取其心，以祭實父墓」，青巾者的「取腦骨以短刀削之，如劈朽木，棄之於地」，都以血淋淋的殺戮為快事，表明在在一定程度上，《青瑣高議》也可以說是「為市井細民寫心」的作品，具有獨特的認識價值和審美意義。

（三）

《青瑣高議》中還有一批軼事小說，所寫的多是本朝名人的逸事。如前集卷一《李相（李丞相善人君子）》，借宋太祖趙匡胤之口，讚揚李昉說：「李昉事朕十餘年，未嘗見損害一人，此所為善人君子也。」昉又自言於子弟曰：「吾歷官五十年，兩在政地，雖無功業可書竹帛，居常進賢，雖一善可稱，亦俾進用。」劉斧將此篇放在首卷首篇，可見他對於李昉品德的敬仰之情。後集卷二《王荊公（士子對荊公論文）》，敘王安石退處金陵後，幅巾杖屨，獨遊山寺，遇數客盛談文史，詞辯紛然。公坐其下，人莫之顧。有一客徐問公曰：「亦知書否？」公唯唯而已。復問公何姓，公拱手答曰：「安石，姓王。」眾人惶恐，慚俯而去。寥寥幾筆，就將不同人物的神情心態，描畫無遺。

在這些軼事小說述及的人物中，以范仲淹的品格最為突出。後集卷二《范文正（不學方士乾汞術）》，敘范仲淹與一方士甚厚，方士臨終，曰：「感公厚待，今垂死，止有子八歲，不免奉累。某有乾汞術，未嘗語人，仍有藥銀二百兩在篋中，願公為殯，餘者並術獻公。」方士卒後，范公育其孤如己子，至十八歲，教誨備至，頗能屬文，乃語之曰：「汝非吾子，乃方士某人之子也。」其子泣不願去。公曰：「汝父有手書在。」即取所藏葬銀及乾汞術授之，封識如故，公亦未嘗省也。同卷《直筆（不以異夢改碑銘）》，寫范仲淹曾為人撰寫碑銘，牽緣及一貴人的「陰事」，夢貴人告之曰：「某此事實有之，然未有人知者，今因公之文，遂暴露矣，願公勳之。」范仲淹以「公實有此」和「我非諛者」兩點答之，不肯改動，貴人便以奪其長子性命相威脅，范仲淹說：「死生，命也。」不為所動。未幾，長子純祐果卒。夢貴人又脅之曰：「若不改，當更奪一子。」范仲淹又說：「死生，命也。」次子純仁亦病，卒不改，純仁數日遂安，其後官至丞相。

前集卷一《明政（張乖崖明斷分財）》，則是一齣精彩的斷案喜戲。張詠

知杭州時，受理了一件兄弟訴訟的積案：沈章訟兄沈彥分割家財不平，已為前任太守駁回，張詠乃親至沈家，召沈氏兄弟至，先問沈彥曰：「果均平乎，不平乎？」彥曰：「均平。」詢沈章，曰：「不均。」張詠於是對沈彥說：「終不能滅章之口。兄之族，入於弟室；弟之族，入於兄室。更不得入室，即時對換。」人莫不服其之明斷。

後集卷二《韓魏公（不罪碎盞燒須人）》，通過兩件小事表現韓魏公的度量：一是宴會時，有吏誤將心愛的玉盞打碎，坐客皆愕然，吏且伏地待罪，公曰：「凡物之成毀，有時數存焉。」一是夜間作書，一兵持燭誤公須，公以袖拂之而作書如故，又呼人視之曰：「勿較，渠已解持燭矣。」後集卷六《桑維翰（枉殺羌岵訴上帝）》的主角桑維翰，是五代時後晉石敬塘的大臣，他大拜以後，以「君子固不念舊事」為幌子，命故人韓魚將與他同場屋、曾經鄙薄侮慢過他的羌岵秀才召來，謊說要與一官，等羌岵來至京中，竟誣以謀反之罪，將其處斬。於是召來羌岵冤魂的痛責：「相公貴人也，生殺在己。岵昔日與公同閭里場屋，當時聚念，開相諧謔，乃戲笑耳。相公何相報之深也？使吾頸受利刃，屍棄郊野之中，狗彘共食之，妻子凍餒，子售他人，相公心安乎？吾近上訴於天帝，帝憫無辜，授司命判官，得與公對。」議曰：「桑公居丞相之貴，不能大其量，以疇昔言語之怨，致人於死地，竟召其冤報，不亦宜乎！」桑維翰的作為，與韓魏公正成了鮮明的對照，由此體現了作者鮮明的愛憎意向。

五、《青瑣高議》對後世小說創作的影響

《青瑣高議》中的作品，在思想和藝術上都富有自己的特色，對後世小說的創作產生了很大影響。

《青瑣高議》的結集，為宋代「說話人」的創作提供了豐富的素材。羅燁《醉翁談錄・小說開闢》所著錄的宋人「說話」名目中，「煙粉」類有《楊舜俞》，即本於《青瑣高議》之《越娘記》；「傳奇」類有《牡丹記》，即本於《青瑣高議》中之《張浩》；「公案」類有《石頭孫立》，以往一般以為是講述《水滸傳》孫立故事的，但也有人認為是本於《青瑣高議》中的《王實傳》，「石頭孫立」乃是「實投孫立」之誤，講的是王實投奔孫立的故事，可備一說。

明人創作的短篇白話小說，也多有採取《青瑣高議》為題材的。如《古

今小說》卷十四《陳希夷四辭朝命》，即取材於前集卷八《希夷先生傳（謝真宗召赴闕表）》，卷三十四《李公子救蛇獲稱心》（又有《李元吳江救朱蛇》，見《清平山堂話本·倚枕集》），即取材於後集卷九《朱蛇記（李百善救蛇登第）》，《警世通言》卷九《李太白醉草嚇蠻書》，即取材於後集卷二《李太白（跨驢入華陰縣內）》，卷十一《蘇知縣羅衫再合》，即取材於後集卷四《卜起傳（從弟害起謀其妻）》，卷十九《崔衙內白鷂招妖》之入話，即取材於前集卷六《驪山記》，卷二十九《宿香亭張浩遇鶯鶯》，即取材於別集卷四《張浩（花下與李氏結婚）》，卷四十《旌陽宮鐵樹鎮妖》，即取材於前集卷一《許真君（斬蛟蛇白日飛昇）》，《醒世恒言》卷十三《勘皮靴單證二郎神》，即取材於前集卷五《流紅記（紅葉題詩娶韓氏）》，卷二十四《隋煬帝逸遊召譴》，即取材於後集卷五《隋煬帝海山記上（記煬帝宮中花木）、《隋煬帝海山記下（記登極後事蹟）》等。

上面所列舉的《青瑣高議》中的小說，前文大多已經涉及。後集卷二《李太白》，敘李白乘醉跨驢入華陰縣，宰曰：「爾是何人，安敢無禮？」李白書供狀曰：「曾得龍巾拭唾，御手調羹，力士抹靴，貴妃捧硯，天子門前容吾走馬，華陰縣裏不許我騎驢。」《警世通言》卷九《李太白醉草嚇蠻書》將「力士抹靴，貴妃捧硯」大加發揮，成了一篇千古傳誦的佳話。《青瑣高議》後集卷四《卜起傳》，敘卜起之從弟德成殺兄奪嫂，冒兄之名赴官，嫂白氏不得已，隱忍多年，至子長大，方告官，德成事敗伏法。《警世通言》卷十一《蘇知縣羅衫再合》寫的亦是同類性質故事。

明清長篇小說，也有受此書影響的。如《隋煬帝海山記》、《驪山記》等篇所寫的隋唐故事，均被《隋煬帝豔史》、《隋史遺文》、《隋唐演義》等書所採用。還有，《青瑣高議》所創造的意境，所運用的模式，對後世的小說的創作也有示範的作用。如《西遊記》中「陳光蕊赴任逢災，江流僧復仇報本」一回，似乎就有《卜起傳》的影子；《紅樓夢》的太虛幻境的描寫，也有點類似此書前集卷二《群玉峰仙籍（牛益夢遊群玉宮）》的構思。本篇敘進士牛益出都東門，息柳陰之下，忽然困息，夢至一處，高門大第，朱檻碧楹，房殿勢連霄漢，問其吏，乃云：「群玉宮也。」又問：「居此宮者何人也？」答曰：「此宮載神仙名籍。」因懇求入宮，門吏不許。少選，有掌此宮至，見之，乃故人吳臻，便進一步提出要求：

益云：「聞此宮皆神仙名氏，可一見乎？」公曰：「子志意甚清，

加之與吾有舊，吾令子一見，以消罪戾。」公令益執其帶同往，不然不可也。益執公帶，步過三門，方見大殿九楹，堂高數丈，殿上皆大碑，壁蒙以絳紗。公命益立砌下。公升殿舉紗，益望之，白玉為碑，朱書字其上，上有大字云：「中州天仙籍」，其次皆名氏，其數不啻數千。其中惟識數人，他皆不知也。所識者乃丞相呂公夷簡、丞相李公迪、尚書余公靖、龍圖何公中立而已。

參觀以後，吳臻命一吏送至河邊，吏引其觀之，推墮其下，益乃覺身坐古柳下。所述與《紅樓夢》賈寶玉神遊太虛幻境，入薄命司，仙姑道是「此中各司，貯的是普天下所有的女子過去未來的簿冊」，寶玉一心揀看《金陵十二釵正冊》的意境，極為相似。

《青瑣高議》對後世文言小說寫作的影響，就更不用說了。正如清人王士禎在本書後集的跋語中說：「此《剪燈新話》之前茅也。」清代長白浩歌子《瑩窗異草‧翠衣國》所寫燕子的故事，不是很可能受到此書《王榭》篇的啟發嗎？

《青瑣高議》對後世的影響還表現在為一些類書、叢集、雜著等提供了較多的原始資料，如宋人的《詩話總龜》、《紺珠集》、《類說》、《歲時廣記》等，均從此書中採摘了許多內容，明清稗叢《新編分門古今類事》、《綠窗新話》、《湖海新聞夷堅續志》、《說郛》、《青泥蓮花記》、《情史類略》等，也常選收此書的作品，如《綠窗女史》收入《遠煙記》（卷七）、《小蓮記》（卷八）；《青泥蓮花記》收入《曹文姬》（卷二）、《王幼玉記》（卷五）、《山南樂妓》、《胡文媛》（並卷七）、《溫琬》、《甘棠遺事後序》、《李雲娘》、《崔蘭英》（並卷一三）；《才鬼記》收入《荔枝詩》、《溫泉記》（並卷八）、《唐莊宗內樂》（卷九）；《豔異編》收入《書仙傳》、《王幼玉記》（並卷六），《情史》收入《王幼玉》（卷一〇）、《於　》（卷一二）、《譚意歌》（卷一三）、《書仙》（卷一九）；《剪燈叢話》收入《流紅記》、《遠煙記》（並卷一）、《王幼玉記》（卷六）、《陳希夷傳》（卷七）、《小蓮記》（卷八）等。

歐陽起鳴《論範》簡說

　　國家社科基金自 2018 年起設立冷門「絕學」研究專項，重視發展具有重要文化價值和傳承意義的「絕學」，要精心選擇政治素質高、前期積累紮實、學術信譽良好、潛心治學「甘坐冷板凳」的學者擔任課題負責人，確保有人做、有傳承。2019 年公告更明確指出：冷門「絕學」主要是指哲學社會科學領域一些文化特色鮮明、學術價值獨特、研究難度較大、研究群體很小甚至面臨失傳危險的傳統學科或研究方向，包括「古籍及特色文獻整理與研究」。歐陽起鳴的《論範》，應該屬於冷門「絕學」的範疇。

　　《論範》現存最早的版本，是明代成化七年（1471）本，題「元進士歐陽起鳴撰」。宋代梁克家《淳熙三山志》卷三二《人物類七・科名》嘉熙二年戊戌周坦榜：「歐陽起鳴，字以韶，閩縣人。」乾隆《福州府志》卷三七，亦載：「嘉熙二年戊戌周坦榜。」可見，歐陽起鳴是宋代嘉熙二年（1238）的進士。此點可尋到許多旁證。

　　如《論學繩尺》一書，題宋魏天應編，林子長注。魏天應號梅墅，自稱鄉貢進士；林子長號筆峰，官京學教諭，皆閩人也。《論學繩尺》卷首有《諸先輩論行文法》，中有「歐陽起鳴論評」，下列「論頭」「論項」「論心」「論腹」「論腰」「論尾」六項。魏天應是宋末元初人，受業於謝枋得（1226～1289），稱歐陽起鳴為「先輩」，證明確是嘉熙二年（1238）的進士。《論學繩尺》卷二收《唐虞三代純懿如何》一文，末附「考官歐陽起鳴」批云：「文字出入東萊議論，法度嚴密，意味深長，說得聖人本心出，深得論體，可敬可服。」透露出歐陽起鳴還擔任過考官的信息。

　　又如劉克莊（1187～1269），字潛夫，號後村，福建莆田人。淳祐六年

（1246），以「文名久著，史學尤精」，賜同進士出身，秘書少監兼國史院編修，咸淳四年（1268）特授龍圖閣學士。《後村先生大全集》卷一百六十四，有《丁宋傑墓誌銘》，墓主丁南一，字宋傑，興化軍莆田縣人。他經歷坎坷，仕途失意，直到寶祐元年（1253）方考中進士。《墓誌銘》鄭重寫道：「別頭考官歐陽起鳴，得宋傑賦擊節，始擢第，然其年五十七矣。」所謂「別頭考官」，即別頭院考官。宋代規定：考官的子弟、親戚、門客應試，實行迴避制度，另設場屋別派試官以試之，簡稱「別試」。丁宋傑生於慶元丁巳（1197），頭考官歐陽起鳴，於寶祐元年（1253）宋傑五十七歲時，得賦擊節，始擢第，距宋亡之1279尚有二十六年。所以，歐陽起鳴不是元進士，而是地地道道的宋進士。

那麼，「元進士歐陽起鳴撰」的誤會，是怎麼造成的呢？宋代滅亡後，元人不甚重視科舉，《論範》逐漸談出讀書人的視線。直到明代成化年間，才遇到了新的知音。姑蘇郡守賈奭，字希召，巴縣人。他在做邑庠生時，就有志於採集散落的《論範》以成編，而當得其文之半時，考上了舉人，繼而登進士第，政務甚繁，力不暇及。查《四川通志》卷三十四，賈奭為景泰甲戌科（1454）進士，成化丁亥（1467）以監察御史升姑蘇郡守，其時政治民熙，百廢具舉，乃購得《論範》全文，命訓導陶福編集，析為二卷，仍躬親校正，題曰《歐陽論範》，並出己其俸資，於成化七年（1471）鋟梓以傳。他的目的很明確：一以成前志，一以開來學，應該說都是很高尚的。

四年後的成化乙未（1475），河南也刻刊了另一個版本的《歐陽論範》。臨潁縣儒學教諭杜希賢的《歐陽論範序》說：「於時奉勅提督學校憲副臨海陳公，以河南為中州之地，文獻之盛，著自古昔；況今英才不少，而書籍獨缺，雖欲伏前賢之軌躅，其道無繇。以此達于欽差巡撫都憲無錫楊公、巡按繡衣武進薛公。二公體朝廷興學育才之心，嘉憲副成就□學之懿，慨然謂：夫設學以育□□才，成□□□古訓。遂於郡邑之中，訪取文□□□事之，在缺典籍，分布鋟梓，以便印誦。」這位「提督學校憲副臨海陳公」，堪稱又一位《論範》的知音。從種種材料產看，他應該是陳選。陳選（1429～1486），字士賢，號克庵，臨海城關人。天順庚辰（1460）試禮部，丘文莊（丘濬）得其文，曰：「古君子也。」置第一。授監察御史，督學南畿，一以德行為主。試卷列諸生姓名，陳選不為彌封，曰：「吾且不自信，何以信於人邪？」每按部就止學宮，陳選以兩燭前導，周行學舍，課其勤惰，士風為之一變。成化六年

（1470），陳選任河南按察副使，改提督學政，幸奄汪直巡視郡國，都御史以下咸匍匐趨拜，陳選獨長揖。汪直怒曰：「爾何官，敢爾？」陳選曰：「提學。」愈怒曰：「提學寧大於都御史耶？」陳選曰：「提學宗主斯文，為士子表率，不可與都御史比。」真是一位有骨氣的古君子。

就這樣，宋代的《歐陽論範》，得賈奭、陳選等賞識提倡，遂得大行於世，作為「後學之模範」，甚至成為一時的顯學。只是他們沒有工夫考證，便將他說成了「元進士」。

《歐陽論範》為何又湮沒不彰，甚至成了冷門絕學？因為遭受到過兩次沉重的打擊。

一次是在明代。

弘治十二年（1499），闕里孔廟災，不久建安書林火。吏科給事中許天錫，借「上天示戒」對《京華日鈔》《論範》等「晚宋文字」發難：

> 許天錫言：「今年闕里孔廟災，遠近聞之，罔不驚懼。邇者福建建陽縣書坊被火，古今書板，蕩為灰燼。先儒嘗謂：建陽乃朱文公之闕里，今一歲之中，闕里既災，建陽又火，上天示戒，必於道所從出與文所萃聚之地，何哉？臣嘗考之，成周宣榭火，《春秋》書之。說者曰：『榭者，所以藏樂器也。』天戒若曰，不能行正令，何以禮樂？為言禮樂不行，故天火其藏，以示戒也。今書坊之火，得無近於此耶？自頃師儒失職，正教不修，上之所尚者，浮華靡豔之體；下之所習者，枝葉蕪蔓之詞。俗士陋儒，妄相裒集，巧立名目，殆且百家。梓者以易售而圖利，讀者覬僥倖而登科。由是廢精思實體之功，罷師友討論之會，損德蕩心，蠹文害道。一旦科甲致身，利祿入手，只謂終身溫飽，便是平昔事功，安望其身體躬行，以濟世澤民哉！伏望名詔有司，大為釐正，將應習之書，或昔有而今無者，檢自中秘所藏，與經主學士所共習者，通前存編，刪定部帙，頒下布政司，給與刊行，仍乞敕所司推翰林院或文臣中素有學識官員，令其往彼提調考校，務底成功，然後傳佈四方，永為定式。其餘晚宋文字，及《京華日鈔》《論範》《論草》《策略》《策海》《文衡》《文髓》《主意》《講章》之類，凡得於煨燼之餘者，悉皆斷絕根本，不許似前混雜刊行。仍令兩京國子監，及天下提學等官，修明學政，嚴督主徒，務遵聖代之教條，痛革俗儒之陋習。遇有前項不正書板，

悉用燒除。如有苟具文書，坐以違制之罪。尤願陛下日召儒臣講求致災之故，凡敬天體道之要，更化善治之術，斷而行之，以回天心，以迓休命。」禮部覆奏謂：「建陽書板中間，固有蕩無留遺者，亦容或有，全存半存者，請令巡按提學等官，逐一查勘。如《京華日鈔》等書板已經燒毀者，不許書坊再行翻刻。先將經傳子史等書，及聖朝頒降制書，一一對正全存者，照舊印行。半存及無存者，用舊翻刊，務令文字真正，毋承訛習舛，以誤來學。」從之。(《明孝宗實錄》卷一百五十七)

許天錫（1470～1558），字啟衷，號洞江，閩縣人。弘治六年（1493）進士，授庶吉士。弘治十一年（1498）任吏部給事中。許天錫的意見，代表的正統學派的觀點，以為此番災變，似欲為儒林一掃積垢。在他看來，晚宋陳言如《論範》之類，都是「浮華靡豔之體」與「枝葉蕪蔓之詞」，「梓者以易售而圖利，讀者覬僥倖而登科」，應該悉行禁刻，斷絕根本。禮部覆奏從其言，不許書坊再行翻刻。

一次是在清代。

乾隆間修《四庫全書》，固然是一樁文化盛事，亦有消弭異已的意圖。《歐陽論範》在大規模徵書中，雖然已被採集，但卻沒有編入。其理由要提要中說得很清楚：

> 《論範》二卷，兩淮馬裕家藏本，題」元進士歐陽起鳴撰「。
> 起鳴不知何許人，其書雜取經史諸子之語為題，各繫以論，而史事為多，共六十篇。所見多乖僻，不足採錄。

「所見多乖僻，不足採錄」的判詞，讓整個清代，《歐陽論範》再也沒有刻印過。進入近代，《歐陽論範》的命運就更加不妙。胡適等人提倡「廢除文言文」，科舉八股更蒙上「敗壞人才，束縛思想」的惡名。因此，《論範》遂爾亡佚，淪為「絕學」。其表現為：

1. 兩巨冊的《中國歷代人名大辭典》（張為之、沈起煒、劉德重主編，上海古籍出版社 1999 年版），沒有歐陽起鳴；

2. 十巨冊的《歷代文話》（王水照編，復旦大學出版社 2007 年版），收錄宋以來直至民國時期（1916）的文評專書和論著計一百四十三種，沒有歐陽起鳴《論範》，唯第一冊收宋魏天應撰《論學繩尺‧行文要法》一卷，中有《論範》文三篇；

3. 知網檢索，不論是篇名、關鍵詞、主題項，打進「歐陽論範」「歐陽起鳴」，結果都是 0。若干關於科舉的論文，或會舉《歐陽論範》為例，如慈波《套類、選本與論訣：南宋舉場論學的三個維度》：「當時流行的名人範文還有歐陽起鳴的《歐陽論範》。」（《中山大學學報》2016 年第 3 期）。偶而引用，也多出自《論學繩尺》的片言隻語。

4. 沒有出版研究歐陽起鳴《論範》的專著，如高洪岩著《元代文章學》（生活・讀書・新知三聯書店，2014 年版），雖在《宋元文學之論「結構」》一章多處提到《歐陽論範》，並引用《論範》的話：

> 論頭乃一篇綱領，破題有論頭綱領，兩三句間要括一篇意。承題要開闊，欲養下文漸下，莫說盡為佳，欲抑先揚，欲揚先抑，最嫌直致無委曲。講題、舉題只有詳略兩體，前面意訓盡，則舉題當略；前面說未盡，則舉題當詳。繳結收拾處，要緊切，前後照應。
> 〔註 1〕

5. 齊魯書社 1997 年《四庫存目叢書》出版之前，少有人讀過《歐陽論範》原本；即便在《四庫存目叢書》將《歐陽論範》影印出版，由於字跡模糊，認真讀過的人也不會太多。

由此可見，《歐陽論範》確已成了地地道道的「冷門」與「絕學」。

與國內幾乎無人問津不同，朝鮮與日本卻保存了《歐陽論範》的多種版本，並且成為研究的重點。據李小龍《竹仙堂：〈歐陽論範〉的臨穎本》（《文史知識》2014 年第 2 期）一文介紹，日本內閣文庫藏有朝鮮古活字版本和昌平阪學問所的江戶寫本。日本的和刻本，則有嘉永六年（1853）的如不及齋刊本，嘉永七年（1854）大阪河內屋刻本，以及在明治間覆刻的萬青堂本。萬青堂和刻本在孔夫子舊書網上有售，皮紙精印，23.5×16.5×2cm，標價 5980元。1977 年，汲古書院影印長澤規矩也編輯的《和刻本漢籍文集》，第 11 集收《元遺山先生文選》《魯齋全書》《歐陽論範》等。

據陳秋萍《日本江戶初期文論研究——以林羅山「文論」為例》介紹，日本德川幕府初期的哲學家、儒學家，日本朱子學創始人林羅山（1583～1657），二十二歲《既讀書目》中，就有《歐陽論範》一書（見黃霖、鄔國平主編《追求科學與創新復旦大學第二屆中國文論國際學術會議論文集》，中國

〔註 1〕 魏天應《論學繩尺》，王水照《歷代文話》，復旦大學出版社，2007 年版，第 1087～1089 頁。可見所引材料仍是間接的。

文聯出版社，2006年版，第473頁）

《歐陽論範》雖為「冷門」，但確是有價值的「絕學」。其重要價值有三：

一是文學理論的價值。《歐陽論範》是真正的「文話」，其「論頭」、「論項」、「論心」、「論腹」、「論腰」、「論尾」的六分法，在文章學上有突出貢獻。此這一方面已有初步成果，但主要依據是收錄於《論學繩尺》三篇文章與《論訣》的評語，而運用《歐陽論範》的論證，尚未充分展開。

二是哲學史學的價值。《論範》不是帖括選本，而是自撰的佳作。所以能為學寫論者的範文，決不僅止於形式上面的技巧法度，更在於內容上的犀利與創新。所謂「今之為科舉之學者，大率皆帖括熟爛之言，不能通知大義者也」（顧炎武：《日知錄集釋》）的帽子，扣不到歐陽起鳴頭上。據萊頓大學教授、比利時人魏希德（Hilde De Weerdt）統計，《歐陽論範》題目之出處有：《論語》7，《孟子》9，《莊子》1，《荀子》6，《左傳》1，《公羊傳》1，揚雄6，《申鑒論》1，《文中子》4，《漢書》15，《後漢書》2，《新唐書》5，《陸宣公奏議》1，韓愈1，柳宗元1（《義旨之爭：南宋科舉規範之折衝》，浙江大學出版社，2015年版，第304～305頁）歐陽起鳴雄才博辯，囊括古今，《論範》則可稱得上是「蘊藉六經，淹貫子史」。如《王者威眇天下》一篇，首引《荀子·王制篇》云：「王者仁眇天下，義眇天下，威眇天下。」發揮道：「聖人不以天下視天下，以其理之足以服天下也。天下至大也，人主一身尤大也；非吾身之大，吾身之理大也。世之人主不知以理為威，而徒以威為威，恃權勢法制，以為劫服人心之具，豈知天下至眾，一人至寡也；天下至大，一人至小也。人心天理，苟不吾順，環天下而皆吾敵，安能以制天下乎？理也者，不威之威也。聖人超乎萬物之表，居乎臣民之上，不以天下視天下，而奔走服役使之畏吾之威者，非有他道也，理足服人而已。人非服聖人也，服乎理，故服聖人也。天下既服，則天下為眇，聖人為大矣。吁，此荀卿言王者威眇天下，必本之以仁義與？」指出人主如果不知以理為威，而徒以威為威，天下將出其智力而與之角，寫得很有氣勢。

再如《學省乎己則智明》，首引《荀子·勸學篇》云：「君子學省乎己則智明。」歐陽起鳴發論道：

學至於自知，則其聽知者大矣。夫天地萬物至大也，身尤大也。人惟不知吾身之為大，是以詳於遠而略於近，故其智雖足以察天地察事物而躬行之，善惡吾心之邪正，至有懵然而不自知者，無他，

不知吾身之大而難察也。善為學者，不憂天地萬物之難知，而憂一己之難省。一旦反觀而內省，境徹而理融，則八荒洞然，皆在吾闈，天地萬物，特吾胸中之一物。學而至此，其自知豈不審，其智豈不明與？

層層推進，剖析了「不憂天地萬物之難知，而憂一己之難省」的道理，結末甚至指荀子也沒有做到這點，有石破天驚之妙。《四庫全書提要》謂其「所見多乖僻」，正從另一側面顯示出《歐陽論範》思想上的異彩。

三是教學輔導的價值。《歐陽論範》為後人所詬病，主要是因為它的身份是「舉業書」。《千頃堂書目》，是崇禎末泉州人黃虞稷所撰，書首自題曰「閩人」，所錄皆明一代之書。其「制舉類」說：「自宋熙寧用荊舒之制，以經義試士，其後或用或否，惟明遵行不廢，遂為一代之制。三百年來，程士之文與士之自課者，龐雜不勝錄也。然而典制所在，未可廢也。緣《通考錄》擇犀擇象之類，載程序之文二三種，以見一代之制，而二三場之著者，亦附見焉。」就很有歷史的觀念。商衍鎏說：「自明至清，八股之選本、稿本，記不勝記，而流傳者絕少，職是之故。第為科舉藝文，則記載似亦不可廢。」

舉業書受到學者鄙薄，還是兩個原因，一是認真它不是真學問，二是認為它是書商逐利的對象。其實，既然考試是選拔人才的好辦法，而取得好的成績則是所有應試者的願望。作為教師，有指導考生的義務和責任。所以考試輔導書的出現，也是一種必然，所謂「書肆欲以此賺錢，士子以此希冀僥倖」，是沒有道理的。科舉考試，經義、詩賦二科並用，「論」既要限五百字以上，又要有新見新意，故難度最大。歐陽起鳴是進士出身，又做過主考官，因見時之作論者文氣卑弱，乃作《論範》若干篇，俾學者有所矜式。他識才愛才，丁宋傑賦歐陽起鳴，得擊節，始擢第；對另一考卷批云：「文字出入東萊，議論法度嚴密，意味深長，說得聖人本心出，深得論體，可敬可服。」說明歐陽起鳴是一位合格的導師與考官。教輔類圖書一直是出版界的熱點，既然不可能取消它的存在，就應提倡有水準的專家，來編寫有水準的教輔書，歐陽起鳴的經驗，值得今天師範大學文學院的借鑒。

賈奭刻本序言此書「述帝王受命為政之道，君相賢否治亂之跡，聖賢道德心術之微，君子仁民愛物之理，以至禮樂法度、安邊守國、忠良王霸之辯」，陳選刻本序「竊謂士之學問該博者，必資古訓；古訓之精通者，斯能致用於世，而建功業於遠大也」，可見，《歐陽論範》的「範」不僅僅是科舉的範

文，還是今後為官為政的典範，這是我國古人智慧的結晶，是中華民族五千年歷史的沉澱。對《歐陽論範》的整理與研究，將使我們更容易找到道路自信、理論自信、制度自信、文化自信，更有信心和能力實現中華民族的偉大復興。

我對歐陽起鳴起初也完全不瞭解。2014 年和歐陽縈雪編注《古代三歐文選》，開始關注到歐陽起鳴《論範》，初讀了《四庫存目叢書》的《歐陽論範》，從中選注了《王者威眇天下》、《學省乎己則智明》兩篇，且加了注釋與題解，這大概是《論範》部分正文第一次被校點整理。《文學報》2014 年 3 月 27 日發表我的《李希凡馮其庸紅學觀之比較》，文中引歐陽起鳴《論範》言：「善為學者，不憂天地萬物之難知，而憂一己之難省。一旦反觀而內省，境徹而理融，則八荒洞然，皆在吾闥。」這大概是《論範》第一次當作權威被引用於論文之中。

為響應重視發展具有重要文化價值和傳承意義的「絕學」的號召，我們發揚潛心治學、「甘坐冷板凳」的精神，做好《歐陽論範》整理與研究，計劃包括四個方面：

一是校點整理。盡可能搜集《歐陽論範》的版本（包括明代、清代的，以及朝鮮、日本的版本），認真校勘，適當分段，做到「字不能錯，句不能破」。

二是詳加注釋。《歐陽論範》有現代人不易明白的詞語，還有哲學、史學、文學的概念範疇，都要詳加注釋，以掃除閱讀障礙。

三是白話翻譯。為了提高閱讀興趣，幫助理解，擬將全書翻譯為流暢準確的白話。

四是研究提高。重點圍繞文學理論與哲學史學的價值展開，爭取開創新的「論範學」，從而與世界學術界進行對話。

野豬林、十字坡與《水滸》

　　莘是著名的古城，但莘縣有野豬林、十字坡，以前卻沒有聽說過。接到莘縣人民政府「十字坡、野豬林與水滸文化學術研討會」的邀請，想從縣志查找有關記載，翻閱民國二十六年重修《莘縣續修志》，無論山川、古蹟，都不見野豬林、十字坡的蹤影；又翻閱道光十九年敘本《觀城縣志》，卷一輿地志・鄉里「在坊堡」下，見有：

　　　東門內外街　馬家溝　於家溝　王家溝　野豬林　朱家廟
　　　琉璃井　橋下村　高家莊　高菜園　岳家坊　呂家村　三里莊
　　　周家村　路家村　郭家海　紅廟

　　按古觀國，春秋衛地，漢置畔觀縣，東漢更名衛國縣，隋開皇六年（586）改為觀城縣，1943 年 1 月與朝城縣南部合併為觀朝縣，1944 年秋恢復觀城縣建制，1952 年 7 月與朝城縣合併為觀朝縣，1956 年 3 月觀朝縣撤銷，原觀城縣轄區劃歸范縣，1964 年 9 月范縣劃歸河南省，原觀城縣轄區劃歸山東省莘縣。則在坊堡之野豬林，確在今莘縣境內。

　　據網上資料，觀城鎮東十里、郭海村北一帶，1958 年前這裡曾有一個僅為幾戶人家的野豬林村，舊屬觀城縣在坊堡管轄，後分別遷入附近的朱廟和馬溝村。據說二十世紀四十年代，這裡還有茂密的樹林，並常有鳥獸出沒，令人望而生怵；林中一紅牆灰瓦小廟，廟壁繪有五顏六色的《水滸》故事。1992 年 11 月，臺胞趙憲霆捐資 500 美元，由地委統戰部許繼善題字，在此立「野豬林」碑一通，以為尋訪古蹟者導遊。

　　查《水滸傳》第七回「林教頭刺配滄州道，魯智深大鬧野豬林」，林沖由東京發配滄州，從方位看，莘縣之「野豬林」確在可能經過之道。但林沖動身

兩三日間，天道盛熱，棒瘡卻發，走不動，薛霸又用滾湯把林沖腳面燙傷，第四天挨了四五里，「早望見前面煙籠霧鎖，一座猛惡林子，有名喚野豬林；此是東京去滄州路上第一個險峻去處」。從行進速度看，可能走不出河南地界，更不可能走到觀城鎮東的野豬林。

莘縣和范縣交界處又有十字坡，相傳是菜園子張青和母夜叉孫二娘開店、結交江湖好漢的地方。原來有座小石橋，站在橋頭可以飽覽金堤河景色。橋旁有一亭，亭下有塊石碑，上刻有「十字坡」三個大字，1958年修橋時被拆。據說孫二娘的娘家在櫻桃園，婆家在張青營，距十字坡均約 1.5 公里。而民國《續修范縣縣志·鄉保》載「櫻桃園」「張青營」。《觀城縣志》卷一輿地志·川澤「夾堤河」云：「夾堤河在觀城東南馬陵堤下，自古龍潭導入杜家河，東北至櫻桃園，共行十三里入范縣界；又東北經金堤口至曹家營，共行二十五里入朝城界；又經關家莊至劉家莊西北入漯水。」（《山東通志》）

再查第二十六回「母夜叉孟州道賣人肉，武都頭十字坡遇張青」，武松在陽穀縣殺了西門慶，刺配二千里外，約莫行了二十餘日，來到孟州道，嶺前面大樹林邊，便是有名的十字坡。陽穀縣西鄰莘縣，南與河南臺前縣、范縣接壤，武松二十餘日不至於仍在山東地界。書中所寫的十字坡，應該在河南省的孟州。

應該如何看待莘縣野豬林、十字坡的傳說？正在沉吟之際，《莘縣續修志》卷十藝文志一篇《康熙三十年重修冰井廟記》，引起了我的注意。拜讀一過，頗有茅塞頓開之感。

《重修冰井廟記》作者曹煜，字亮采，號凝庵，江南金壇丁酉（1657）舉人，由太倉學正升授，康熙二十三年（1684）任莘縣知縣。他博學能文，勤於政事，繕修城垣，清查保甲。魯隄水決，淹灌莘田，力請堵塞，詳詞剴切，凡二十上，議終不行。蒞任八年，卒於官，民為立碑。有《繡虎軒文集》、《有莘雜錄》行世（見《莘縣續修志》卷三職官志）。今見《繡虎軒尺牘》八卷，二集八卷，三集八卷，康熙間傳萬堂刻本，《四庫禁燬書叢刊》集部收錄。

曹煜是位既有才情、又能幹事的一縣之長。康熙三十年（1691），地方上擬重修冰井廟，請他這位縣領導寫一篇記。這本來是件體面的事，卻讓他面臨兩難：因為對於莘縣的若干古蹟，如「弇山有山之名而竟無山，閔王廟有廟巍然而不知其何神，甘泉有泉之名而無泉」之類，他心中早存疑竇；尤其是對於「冰井有井之名而無井」，及相關史實（劉備還是劉秀）更有與眾不同

的見解，如何命筆，頗有難度。但作為一縣首長，「廟欲頹而父老欲新之」的好事，不但不能反對，還應持贊許態度，該如何處置呢？

曹煜畢竟是有功底的，文章劈頭一句是：

> 古人之文，有傳信者，有傳疑者。

「信以傳信，疑以傳疑」，原是太史公司馬遷的名言，意謂可信的，就作為可信的傳下去；可疑的，仍作為可疑的傳下去，側重點則在「擇其言尤雅者」。如《史記·大宛列傳》云：「《禹本紀》、《山海經》所有怪物，余不敢言之也。」《史記·刺客列傳》云：「世言荊軻，其稱太子丹之命，『天雨粟，馬生角』也，太過；又言荊軻傷秦王，皆非也。」曹煜對神怪持寬容態度，說：「自古神奇之事，傳之不少，則結冰呈霞，亦可存之最爾乘中，以示後人。」故換了一個角度，說「古人之文，有傳信者，有傳疑者」，側重點卻落到了「傳疑」，故發問道：

> 信可傳也，疑胡為而傳之？

是呀，既然是「疑」，應該釋疑，應該破疑，為什麼還要「傳」下去呢？下面，便是他的答案：

> 曰：事有徵之國史，訪之故老，或文或獻，確有可徵考者，此
> 事以信傳也。乃獻老文亡，而留其影於蔓草荒煙之中，有不可不傳，
> 不得不傳者。塗歌巷語，君子採之，仍以其信者傳之而已。

有許多往事，「獻老文亡」，已不屬於「確有可徵考者」，只能歸於「留其影於蔓草荒煙之中」的塗歌巷語，但君子仍要採信之，「有不可不傳，不得不傳者」。這種見解，堪稱通達。以此觀之，劉備戰於莘亭，渴甚思冰，六月飲此而獲冰的冰井，是這樣；魯智深解救林沖，又遇孫二娘的野豬林、十字坡，也是這樣，我們同應取「不可不傳，不得不傳」的態度才是。它們都屬於「獻老文亡，而留其影於蔓草荒煙之中」的「塗歌巷語」，大可倣仿曹煜，寫一篇《莘縣野豬林、十字坡記》，並在結尾處說：「以其平日之所疑者，借斯文以傳之考古君子，即以鼓舞父老而董成焉。今而後廟存而余文或傳，即可執余文為傳疑之信也已。」

不過，我們能做的可能比曹煜更多。如何看待莘縣野豬林、十字坡與《水滸傳》的關係，推廣開來，便是如何看待現實地與小說創作的關係。從學術上看，現實地與小說的重合，存在兩種可能性：一，現實地確實是小說創作的原型和素材，為作者所吸納采用。二，由於小說的影響，某地民眾的牽強

附會。野豬林、十字坡不是專有地名，有野豬出沒的樹林，就可稱野豬林，呈十字形的山坡，就可稱十字坡。因了小說的流傳，莘縣的野豬林、十字坡，有意與《水滸傳》搭上關係，從現象上看是有可能的。

但另一方面，更大的可能是施耐庵確實來過莘縣，到過野豬林、十字坡。根據是，他曾任過鄆城縣的儒學訓導。

明洪武間，鄆城周文振著有《周鐸筆記》，中曰：「施耐庵於元朝泰定年間曾赴元大都科考，滿以為一舉成名，不料名落孫山。當時大都有他一位好友名叫劉本善，官居國子監司業。施耐庵投奔他後，便百般周旋。恰逢山東鄆城縣訓導有缺，便去赴任。」（朱希江：《水滸外傳後記》）周鐸其人，崇禎《鄆城縣志》有傳：「袁州知府周鐸字文振，邑人。洪武丙子舉人。初授禮部給事中，升江西袁州府知府，剛毅正直，廉能有聲。興學校，重農桑，釐革弊政，見《袁州名宦志》。」康熙《袁州府志》亦有傳：「周鐸，鄆城人。永樂中知府。剛毅自與，廉能有為。興學崇文，革奸釐弊，卒於官。」鄆城吳店村有劉司業先塋碑碣，立於泰定元年（1324），銘文為國子監祭酒蔡文淵撰。蔡文淵《元史》有載，為集賢侍讀學士、亞中大夫、國子祭酒，曾為曲阜孔廟《贈中議大夫襲封衍聖公孔治神道碑記》撰文，《農桑輯要》作序。以祭酒之身份，為司業劉本善先塋碑作銘，亦正相宜。此碑的存在，與周鐸筆記相印證，為施耐庵曾在鄆城任訓導提供了旁證。

施耐庵鄆城任職期間，廣泛搜集梁山泊宋江逸事。莘縣十字坡東北六十公里處，是武松打虎的景陽崗，正東六十五公里，是水泊梁山。施耐庵到過這裏，留下深刻印象，便將其化在小說之中，是完全可能的。十字坡與野豬林的主人公武松、魯智深，都是外來過客，但故事裏又有當地人孫二娘、張青在。對比鄆城《鄆城縣志》卷十五張瑞瑾《宋江非鄆城人辯》，曰：「趙宋時有宋江者，史言『淮南賊』，而《山東通志》乃云：『或曰鄆城人矣。』夫《通志》所謂『或曰』者，何據乎？殆亦誤據小說而云然乎？」益加讓我們相信，莘縣人幾百年來一直以孫二娘、張青而自豪，民間藝人在這一帶串鄉演出，都忌諱說唱《武松打店》與賣「人肉包子」的故事，這一民俗心理，正是我們對此類「留其影於蔓草荒煙之中」的故事，「不可不傳，不得不傳」的理由。

當年莘縣的領導人曹煜，只是支持了重修冰井廟，而今則要將野豬林、十字坡作為旅遊開發。這原是無可非議的，但必須保持清醒頭腦，搞清楚文化

生態的形勢，明確宏揚「水滸文化」的要點，說清價值，是最有重要的。

早在宋元時代，「青面獸」、「花和尚」、「武行者」就進入了「說話人」的表演領域，並且始終是《水滸傳》最出色的部分。野豬林、十字坡的故事，牽涉到林沖、魯智深、武松三個主要人物，足以表明它與《水滸傳》精神的宏揚的密不可分的聯繫。

近年來，「西化」浪潮一浪高過一浪，貶低《水滸傳》成了時髦。有人打著「人性」旗號，指責《水滸傳》「殘暴」、「野蠻」，是「非人的文化」，劉再復近來更宣稱《水滸傳》是「造成心靈災難的壞書」，是「中國人的地獄之門」。他說：

> 在《水滸傳》展示的從「官逼民反」到「民逼官反」的過程中，我們發現兩種怪物。一種是專制皇權政治造成的以「高俅」的名字為符號的怪物，這種怪物仰仗專制機器逆向淘汰的黑暗機能，爬上權力寶座的塔尖並為所欲為無惡不作。另一種怪物，是造反大戰車造成的以李逵、武松、張順的名字為符號的怪物。這些怪物本來質地單純，但在「替天行道」的造反合力下，一味只知服從殺人的命令，只有力量，沒有頭腦；只有獸的勇猛，沒有人的不忍之心。

劉再復製造「從『官逼民反』到『民逼官反』」的奇怪邏輯，將專制機器的「高俅」與造反者「李逵、武松、張順」並稱「怪物」，是毫無道理的。金聖歎對武松最為推崇，說：「魯達闊人也，林沖毒人也，楊志正人也，柴進良人也，阮七快人也，李逵真人也，吳用捷人也，花榮雅人也，盧俊義大人也，石秀警人也，然皆不如武松，武松具魯達之闊，林沖之毒，楊志之正，柴進之良，阮七之快，李逵之真，吳用之捷，花榮之雅，盧俊義之大，石秀之警，絕倫超群，天人也！」

為了貶損《水滸傳》，劉再復用無限抬高《紅樓夢》的手法，說《紅樓夢》是「真正的『人』的文化」，他不知道，《水滸傳》是《紅樓夢》的文學淵源之一，《紅樓夢》的文本中，有吸收《水滸傳》文化因子明顯例證。第二十二回寫寶釵生日聽戲，點了一出《魯智深醉鬧五臺山》，念了一支《寄生草》：「慢搵英雄淚，相離處士家。謝慈悲剃度在蓮臺下。沒緣法，轉眼分離乍；赤條條，來去無牽掛。那裡討煙蓑雨笠卷單行？一任俺芒鞋破缽隨緣化！」魯達雖官居提轄，卻沒有家庭產業，只是一味見義勇為，「沒事找事」，解脫平民於危難之中，從不考慮個人的利害得失。這種疾惡如仇的剛烈心腸，和「殺

人須見血，救人須救徹」的豪俠氣慨。

劉再復說：「《紅樓夢》的四個哲學要點是：大觀視角、心靈本體、中道自律、靈魂悖論」，無非是推銷他的「心是最根本的東西，我們做人，別人怎樣對我們不重要，重要的是我們怎麼對他們」。那麼請問，金釧投井，尤二姐吞金，晴雯被遣隨歿，這一樁樁，一件件，真的是「別人怎樣對我們不重要，重要的是我們怎麼對他們」，連追問一下是誰造成的都不應該嗎？只要解決了「我們怎麼對他們」，就真的不會發生「別人怎樣對我們」的事情嗎？《水滸傳》中林沖何嘗不想做「詩柳繁華地、溫柔富貴鄉」的賈寶玉？他有相當的社會地位，安逸的家庭生活，所以一向安分守己，逆來順受；當高衙內調戲自己的妻子，正要一拳打下去，發現是上司的兒子，便把手縮了回來，這還不算「別人怎樣對我們不重要，重要的是我們怎麼對他們」的典範？但高俅沒有放手，仍然在想著「怎樣對我們」。他不僅不管教兒子，反說：「若為林沖一個人，須送了我孩兒性命，卻怎麼是好？」與陸謙等設下毒計，再三要致林沖於死地。《林教頭風雪山神廟》一回，寫林沖取出刀來，喝道：「潑賊！我自來又和你無什麼冤仇，你如何這等害我！正是：『殺人可恕，情理難容。』」面對這種情勢，指責《水滸傳》是「『非人』的文化」，是「任人殺戮的文化」，豈不成了殺人犯最卑劣的幫兇？！中國人絕不是好事之徒，最是安分守己，善良、勤勞、正直。也正因如此，當不平與壓迫降臨時，當這種壓迫到了忍無可忍之時，就不得已被「逼上梁山」。「逼上梁山」四個字，千古閃光，賦予被壓迫人民起來反抗、起來鬥爭的正當性與合法性。企圖徹底否定「逼上梁山」，徹底否定「造反有理」，是最沒有人性的最反動的理論。

附：康熙三十年重修冰井廟記（曹煜）

古人之文，有傳信者，有傳疑者。信可傳也，疑胡為而傳之？曰：事有徵之國史，訪之故老，或文或獻，確有可徵考者，此事以信傳也。乃獻老文亡，而留其影於蔓草荒煙之中，有不可不傳，不得不傳者。塗歌巷語，君子採之，仍以其信者傳之而已。

余蒞莘邑有年，見莘乘所載，往往多疑。如峚山有山之名而竟無山，閃王廟有廟巍然而不知其何神，甘泉有泉之名而無泉，及冰井有井之名而無井，不知昔人何所傳而志之。志而究無所傳也，筆之無謂，削之不可，亦考古者之無可奈何矣。

　　茲里人以重修冰井廟文來請，余召父老而詢以冰井之由，則云漢昭烈戰於莘亭，渴甚思冰，六月飲此而獲冰，以是得名。迨後天將雨，則有霞氣出井中雲，古志八景中所以有「冰井呈霞」之句也。故立廟井上，井在神座之下，非無井也。余聞而疑之。疑之者何？自古神奇之事，傳之不少，則結冰呈霞，亦可存之最爾乘中，以示後人，奈何泯泯不得已。考之史，昭烈涿郡人，公孫瓚以為平原守，想是黃巾亂莘，去平原不遠，其追擊黃巾，未可知也。史稱黃巾圍北海，太守孔融飛書求救，昭烈曰：使君知世間有劉備耶？率眾趨之。夫以北海之遠而不辭，則莘亭之戰，必黃巾也可知矣。抑余尤有說者。莘有漢臧宮頓城。宮常從光武征戰，光武避王郎渡濾沱至邯鄲，莘其必由之道也。則戰於莘者，或光武非昭烈歟？抑光趨河而冰堅，此戰飲井而六月疑冰，漢代祖孫俱有冰助，則仍余臆說而已。

　　今廟欲頹而父老欲新之，余奈何吝一字乎？以其平日之所疑者，借斯文以傳之考古君子，即以鼓舞父老而董成焉。今而後廟存而余文或傳，即可執余文為傳疑之信也已。遂書之。

關索索考

　　《三國演義》有些版本中，出現了關索這個人物，他的身份是關羽的長子或第三子。對於《三國演義》研究來說，關索既涉及本事公案，又涉及版本公案，故有考索一番的必要。

一

　　就本事公案而言，關索是否真有其人，是第一層次的問題；他是不是關羽的兒子，是第二層次的問題。

　　據陳壽《三國志》卷三十六《關羽傳》:「權已據江陵，盡虜羽士眾妻子，羽軍遂散。權遣將逆擊羽，斬羽及子平於臨沮。」雖說孫權「盡虜羽士眾妻子」，並斬羽及子平於臨沮，但《關羽傳》載關羽還有次子關興:「子興嗣。興字安國，少有令問，丞相諸葛亮深器異之。弱冠為侍中、中監軍，數歲卒。」卻無半字提及關索其人。搜遍現存其他史書，也不見關羽之子關索的任何記載。現在能搜索到的有關關索的材料，都只能算是他的「影響」（影子與反響）。

　　記錄關索「反響」的材料，最早可以尋到宋代的野史與筆記。徐夢莘撰成於紹熙五年（1194）的《三朝北盟會編》，彙集了徽宗、欽宗、高宗三朝有關宋金和戰的多種史料，按年月日標出事目，有很高的文獻價值。《三朝北盟會編》卷七十七載靖康二年（1127）正月二十二日，「開封府捕斬百姓李寶等一十七人籤首令眾」:

　　　　四壁軍民見聖駕未回，上下疑懼，妄造言語，傳播不一。有乞請軍器以備緩急者，官司不許，往往結集私造，復慮其生事，乃捕

造語言誑眾者一十七人，戮於市，李寶其首也。寶善角觝，都人號
為「小關索」，各以長槍籤其首，令彈壓往來四壁令眾。

《三朝北盟會編》卷一百二十載建炎三年（1129）正月十六日，「杜充出
兵攻張用等不勝」：

張用，相州湯陰縣之弓手也。乘民驚擾，呼而聚之，與曹成、
李宏、馬友為義兄弟，有眾數十萬，分為六軍。成，大名府外黃縣
人，因殺人，投拱聖指揮為兵，有膂力，軍中服其勇。又有王大郎
者，名善，濮州人，亦有眾數十萬，分為六軍。善初為亂也，濮州
弓兵執其父殺之，善有眾既盛，乃以報父讎為辭，攻濮州，不下。
又攻雷澤縣，亦不下。與用合軍，皆受留守宗澤招安，既而復反。
杜充為留守，又招安。用屯於京城之南南御園為中軍，善屯於京城
之東劉家寺為中軍。又有岳飛、桑仲、馬臯、李寶諸軍皆屯於京城
之西。充以用一軍最盛，終必難制，乃有攻之之意。十五日甲午，
眾人打城請；乙未，充掩不備出兵攻用，令城西諸軍綿發，岳飛、
桑仲、馬臯、李寶等皆率兵至城南以擣，用覺之，勒兵拒戰，亦會
善自城東率兵來，與用為應，官兵大敗，「賽關索」李寶被執。岳飛
者，初隸張所營效用，繼隨都統制王彥往太許山，遂自為一軍。後
歸京城留守司，杜充用飛為統制。

《三朝北盟會編》所載的李寶，竟有兩人。一是善角觝的開封百姓，都
人號為「小關索」，在「聖駕未回、上下疑懼」的氛圍下，因「妄造言語」被
開封府捕斬於市；一是與岳飛同屯於京城之西的軍官，號「賽關索」，因隨開
封留守杜充攻已受招安的張用、王善，兵敗被執。兩個李寶都以「關索」為
號，說明關索其時在人們心目中的分量。

不光善角觝的百姓李寶以「關索」為號，南宋許多相撲藝人也愛自號「關
索」。吳自牧《夢粱錄》卷二十「角觝」條：「角觝者，相撲之異名也，又謂之
『爭交』。」又曰：

瓦市相撲者，乃路岐人聚集一等伴侶，以圖手之資。先以女數
對打套子，令人觀睹，然後以膂力者爭交。若論護國寺南高峰露臺
爭交，須擇諸道州郡膂力高強、天下無對者，方可奪其賞。如頭賞
者，旗帳、銀盃、綵緞、錦襖、官會、馬匹而已。頃於景定年間，
賈秋壑秉政時，曾有溫州子韓福者，勝得頭賞，曾補軍佐之職。杭

城有周急快、董急快、王急快、賽關索、赤毛朱超、周忙憧、鄭伯大、鐵稍工韓通住、楊長腳等，及女占賽關索、囂三娘、黑四姐女眾，俱瓦市諸郡爭勝，以為雄偉耳。

瓦市中的「路岐人」以相撲為生，「諸郡爭勝，以為雄偉」中，竟有兩個號「賽關索」者，其中一個還是女相撲手，稱為「女占」。周密《武林舊事》卷六「諸色伎藝人・角觗」，又記有「張關索」、「賽關索」、「嚴關索」、「小關索」四人，亦以關索為名號。龔開《宋江三十六贊》「賽關索楊雄」贊曰：「關索之雄，超之亦賢；能持義勇，自命何全。」（周密：《癸辛雜識》續集上）可知在南宋時，關索是舉世公認的大英雄。正如余嘉錫《宋江三十六人考實》所說：「此必宋時民間盛傳關索之武勇，為武夫健兒所忻慕，故紛紛取之以為號。」

宋人不僅有以關索為號，且有以關索為名者。《金史》卷八十《突合速傳》：「師至太原，祁縣降而復叛，突合速攻下之。進取文水縣，後從諸帥列屯汾州之境。宋河東軍帥郝仲連、張思正，陝西軍帥張關索及其統制馬忠，合兵數萬來援，皆敗之。」《金史》卷一百三十三《耶律余睹傳》：「天會三年（1125），大舉伐宋，余睹為元帥右都監，宋兵四萬救太原，余睹、屋裏海逆擊於汾河北，擒其帥郝仲連、張關索，統制馬忠，殺萬餘人。」陝西軍帥張關索，就是徑以關索為己名者。

要指出的是，南宋人對關索雖十分崇拜，但並未將他與關羽掛鉤。《清平山堂話本・西湖三塔記》，錢曾《也是園書目》著錄為「宋人詞話」，篇中有「是時宋孝宗淳熙年間，臨安府湧金門有一人，是岳相公麾下統制官，姓奚，人皆呼為奚統制」之句，當為南宋人口氣。詞話敘宣贊被娘娘留住半月有餘，有數個力士擁一人至面前。詞話形容那人的「眉疏目秀，氣爽神清」道：

> 如三國內馬超，似淮甸內關索，似西川活觀音，嶽殿上炳靈公。

詞話以馬超、關索、活觀音、炳靈公來形容那後生，馬超、觀音不需要解釋，炳靈公是東嶽神道，後唐長興四年（933），唐明宗封泰山三郎為威雄大將軍，宋真宗時加封炳靈公。四人當中，觀音、炳靈公原本就是神仙，馬超、關索則是人傑，後來亦當歸神。耐人尋味的是以「三國內馬超」與「淮甸內關索」相對舉，則關索非三國名人可知。若他確是關羽之子，又有絕大本事，就更有理由稱為「三國內關索」；不稱「三國內關索」而稱「淮甸內關索」，限定了他活動的地域（淮甸為今日江蘇淮安淮陰一帶），就大有文章可做。關

羽原籍山西解梁，後雖曾守下邳城，行徐州太守事，但未聞在淮甸有過活動；關索本人的行蹤，一種版本說是入軍來見孔明，曰：「自因荊州失陷，避難在鮑家莊養病。每要赴川見先主報仇，瘡痕未合，不能起行。」一種版本說是關公逃難時與妻胡氏失散，「今聞在荊州，特來尋見」，從來沒有到過淮安淮陰。故這位「淮甸內關索」，斷非關羽之子。

記錄關索「影子」的材料，時代要晚得許多。《徐霞客遊記》大約是現存最早記載關索西南蹤跡的著述。《黔遊日記一》云：

> ……望之而下，一下三里，從橋西度，是為關嶺橋。越橋，即西向拾級上，其上甚峻。二里，有觀音閣當道左，閣下甃石池一方，泉自其西透穴而出，平流池中，溢而東下，是為馬跑泉，乃關索之遺跡也。……由閣南越一亭，又西上者二里，遂陟嶺脊，是為關索嶺。索為關公子，隨蜀丞相諸葛南征，開闢蠻道至此。有廟，肇自國初，而大於王靖遠，至今祀典不廢。越嶺西下一里，有大堡在平塢中，曰關嶺鋪，乃關嶺守禦所所在也。

《滇遊日記四》又三次敘及關索嶺：「大矗河，即河潤鋪之流，出自關索嶺者」，「其脈自鐵爐關東度為關索嶺，又東為江川北屈穎巔山」，「又東經江川縣北，為關索嶺」，惟未及關索其人之事蹟。

徐霞客（1587～1641）說關索為關公之子，隨蜀丞相諸葛南征，開闢蠻道至此，遂形成固定的說法。談遷（1594～1657）《談氏筆乘》名勝一「關索石」云：「貴州永寧衛南二十里，道旁關索石。雲關索南征，惡此石截道，以戈椎擊之。石破為二，一留道旁，一飛墮道旁，因名落石，今刀痕依然。」其後，陳鼎（1650～？）《黔遊記》云：

> 霸陵橋即關索橋，水從西北萬山來，亦合盤江而趨粵西以入海。關索嶺為黔山峻險第一，路如之字，盤折而上，山半有關壯繆祠，即龍泉寺，中有馬跑泉，甘碧可飲。相傳壯繆少子索用槍刺出者。寺內大竹千竿，青蔥可愛，寺外道旁，有啞泉，今已閉。碣曰「亙古啞泉」。西巔即順忠王索祠，鐵槍一株，重百餘斤，以鎮山門。按：陳壽《三國志》：「壯繆長子平，從死臨沮之難，次子興為侍中，數年歿。」未有名索者。意者建興初丞相亮南征，從者其索乎？有功於黔，土人祀之，黔人呼父為索，尊之至而以父呼之耶？相傳索從亮南征，為先鋒，開山通道，忠勇有父風，今水旱炎癘，禱之輒應，

故血食千古。一路至滇，為關索嶺者三，而滇中亦有數處，似為壯
繆子，不謬也。或謂關鎖橫之訛。程江夏《滿江紅》末句云：「當年
陳壽是何人？史獨缺。」誠為千載疑案。然正史缺者頗多，不獨索
一人已也。但不知王實甫作《三國演義》，據何稗史，而忽插入索
乎？是皆不得而考也。

陳鼎在記述關索遺跡與「索從亮南征，為先鋒，開山通道，忠勇有父風」
之傳說時，已順帶提出「或謂關鎖橫之訛」的問題，對「《三國演義》據何稗
史，而忽插入索」提出了質疑。實際上，比他更早的王士性（1547～1598）在
《廣志繹》卷五中，對此已有所論述：「關索嶺，貴州極高峻之山，上設重關，
掛索以引行人，故名關索，俗人訛以為神名，祀之。旁有查城驛，名頂站，深
山邃箐，盜賊之輩實繁有徒，縉紳商賈過者往往於此失事，而以一衛尉統邏
卒獲之。」王士禎（1634～1711）《池北偶談》卷二十四「談異五」「關索」條
亦云：「雲貴間，有關索嶺，有祠廟極靈。雲明初師征雲南，至此見一古廟，
廟中石爐插鐵箭一級，其上曰：漢將關索至此。雲南平，遂建關索廟，今香火
甚盛。《月山叢談》：『雲南平彝過曲靖，晉寧過江川，皆有關索嶺，上各有廟。
蓋前代凡遇高埠置關，關吏備索，以挽舁者，故以名耳。』傳訛之久，遂謂有
是人，而實妄也。」

周紹良先生撰《關索考》，以為：「從記載來看，宋代這麼多人把他裝點
在自己的綽號中間；就地理來看，很多地方用他的名字作地名，那麼我們可
以相信，這絕不是簡單的。雖然關索之名，不見於歷史書籍，可是絕不是到
宋代才有的，它可能有一段在民間流傳的長久歷史。我很懷疑它是由迷信演
變過來的。」

可以基本肯定，關索不一定真有其人，至少他絕不是關羽的兒子。

二

關索之所以涉及《三國演義》的版本公案，是因為在各種版本裏，關索
的故事或有或無，或詳或略，便引發出哪種版本是《三國演義》的祖本，是羅
貫中的原本的問題。

早在 1968 年，小川環樹先生《中國小說史研究》就指出，萬曆以後若干
《三國》版本，包含嘉靖本完全沒有的有關關索的情節，證明它們並非都是
出自嘉靖本。

1985 年，馬蘭安先生《〈花關索說唱詞話〉與〈三國志演義〉版本演變探索》認為：《三國》最早版本比後期各種版本包含了更多的民間傳說，吸收了民間流傳的關索故事，嘉靖本刪除了這些故事，所以，《三國》版本演化的順序是由「志傳」本到「演義」本（原載 1985 年歐洲《通報》，見《三國演義叢考》，北京大學出版社 1995 年版）。

1987 年，張穎、陳速先生《有關〈三國演義〉成書年代和版本演變問題的幾點異議》，將《三國演義》現存版本分為三大系統，得出有關索故事的《三國志傳》，比《三國志通俗演義》「更具備《三國演義》祖本之條件」的結論（《明清小說研究》第 5 輯）。

與認定關索故事原本就有、後被嘉靖本刪除的觀點相反，認定原本並無關索故事、是嘉靖本以後的刻本插增進去的觀點，也有許多學者進行過論證。

1989 年，金文京先生《〈三國志演義〉版本試探——以建安諸本為中心》認為：「關索故事的有無是《三國志演義》各本之內容上的最大差異，羅貫中原本究竟有沒有這個故事乃是一個大問題，至少從現存的版本來考察，圍繞這個全然虛構的人物展開的一串故事，在全書中顯得很特別，而且前後故事還有矛盾之處，所以很有可能是後來插入進去的。」（原載《集刊東洋學》第 61 號，見《三國演義叢考》）。他在《花關索傳研究》（汲古書院 1989）中還作了具體的論述：

> 有花關索故事的版本如余象斗本的故事本身就有前後矛盾的地方，如龐統在雒城橫死之後，劉備派關索前往荊州將此一噩耗報知諸葛亮，諸葛亮立刻把荊州託給關羽、關平父子，自己便和張飛、趙雲、關索帶同軍馬向西川進發（卷十一《落鳳坡亂箭射龐統》）。不過，在那以前關平是跟隨劉備出征西川的，此時他應該和劉備一起在西川，除非分身有術，不可能跟關羽同守荊州。嘉靖本在此處，去荊州的使者是關平，自無此一矛盾。且嘉靖本中諸葛亮要把荊州交給關羽時就說：「令教關平齎書前來，其意欲雲長公當此重任」，然後把這一任務交給關羽父子，顯得順理成章，毫無牽強之處。余象斗本卻把這個「關平」也改成「關索」，可是關索並沒有跟關羽留在荊州，卻跟諸葛亮一同出征，這樣前面諸葛亮所說話失去了意義，沒有著落之處了。這無非是有人把原來的關平換成關索，卻顧此失彼，露出馬腳，可以說是插增花關索故事的鐵證。

1994 年，李偉實先生《花關索故事非〈三國志演義〉原本所有》（《明清小說研究》1994 年第四期），以「志傳系列」的鄭少垣本與嘉靖壬午本對比，指出鄭本所敘的關索，「有的情節是壬午本沒有的，如荊州認父，擒王志，鎮守雲南等。有的是取代關羽，如刺殺楊齡。有的是取代關平，如從西川回荊州報兇信，調諸葛亮等。有的是取代雷銅，如張飛守巴西時的先鋒官」，判斷「志傳本中關索人物及故事並非早於壬午本的舊本所有，而是嘉萬時期某些志傳本編寫者加進去的」。李偉實先生有細心的考索，詳盡的論證，頗有說服力。特別是發現志傳本卷首《蜀君臣紀附傳》關索名下，加注曰：「按《一統志》云：關索，三國名將，雲南之潞州安撫司永甲縣有關索嶺，詳載事蹟在上。」而附傳中其他人物卻沒有這樣複雜的注釋，明顯露出了志傳本增入關索的痕跡，是獨具隻眼的。

1996 年，魏安先生《三國演義版本考》第三章《〈三國演義〉版本的分類法》，以《三國演義》對於關索的描寫為例，指出很多學者犯了「不想先確定版本之間的關係，從而揭開內容的演化，反而想先推測內容的演變是如何，而後才定各版本之間的關係」的主觀錯誤：

> 他們僅僅根據他們自己的主觀觀點來解釋為甚麼有的版本有關於關索的情節（如周曰校刊本、李卓吾評本、喬山堂刊本），有的版本有關於花關索的情節（如湯賓尹本、聯輝堂刊本），而有的版本既沒有關索的情節也沒有花關索的情節（如嘉靖本、葉逢春本）。比如說，因為成化十四年（1478）刊本《花關索傳》詞話本比任何現存本《三國演義》出現得早，麥荼蓮女士認為羅貫中寫的原本《三國演義》也應該有描寫花關索的地方，由此她推斷只要一種《三國演義》版本有關於關索的情節，則該版本一定是保留羅氏本《三國演義》的原本面貌，而其版本絕不會是出於一個沒有關索情節的版本。周兆新先生也支持類似的論點，認為花關索情節是原本裏就有的，而且二氏都用同樣不科學的方法來答辯他們的論點：聯輝堂刊本等閩本中有關於花關索情節的地方又多又精細，與沒有提到關索的文字十分協調，一個人的改寫水平不可能高到這樣不露破綻的程度，而且如果刪掉花關索的描寫，文字有所失，不會是羅貫中所寫的原貌。其實插進關於花關索或關索的情節用不著多少煩惱，在很多地方只需要把原文裏另外一個人的名字改成關索的名字即可（如

在第 120～130 則中聯輝堂刊本在許多地方有「關索」的名字，而大部分別的版本卻作「關平」），或者把關索的名字加在別人的名字下面（如在第 141 則中聯輝堂刊本 12：24b 有「替張飛、魏延、關索回來取漢中」一句，而大部分別的版本只有張飛、魏延兩個人的名字）。但是說來說去，誰都沒有說服力，這種主觀的辯論總算不了論據，我們還是得先想法弄清楚版本之間的關係，才能確定原本《三國演義》裏有無關於（花）關索的情節。（第 60～61 頁）

其實，在考證關索與《三國演義》版本關係時，雙方的論證模式實際上是同一的：《三國演義》此一版本有關索的文字，《三國演義》彼一版本沒有關索的文字，則有關索文字的版本是原本，沒有關索文字的版本是後來的本子；或者相反，沒有關索文字的版本是原本，有關索文字的版本是後來的本子。這種以「有無」為標尺的論證，忽略了《三國演義》成書的特殊性，因而是不科學、不可靠的。

從根本上說，關索是傳說中的虛構人物，但這種虛構，並不出於羅貫中的創造，這是不應發生誤解的。晚清顧家相（1853～1917）在《五餘讀書廛隨筆》中說：

> 史載關壯繆止二子，曰平曰興。而《三國演義》乃有關索，謂係公之幼子。荊州既陷，流落不偶，後始歸蜀，今南方諸省，關索遺跡頗多。《大清一統志》疑索為「帥」字之誤，然「帥」字雖通作「率」，而「將帥」之「帥」，究無讀入聲者，其說終不可通。按：宋江三十六人，有「病尉遲孫立」、「病關索楊雄」，既與尉遲並稱，則古來有此猛將可知。此固北宋以前草野相傳之舊聞，貫中採以入演義。但演義一序之後，亦未再見，則雖貫中所聞，亦不能詳，今更無可考矣。

顧家相以為，關索這一「北宋以前草野相傳之舊聞」，是羅貫中「採以入演義」的，就缺乏史料的根據。周邨先生為證明《三國演義》非明清小說，舉湯賓尹本《三國志傳》「記有相當多的關索生平活動及其業績」，而「關索其人其事，輾轉說唱流傳時代，應早在北宋初，也可能更早於北宋初年，在唐五代間。而這也可能是《三國演義》成書遠及的時代」（《〈三國演義〉非明清小說》，《群眾論叢》1980 年第 3 期），這種類推，也是不周密的。

對羅貫中來說，《三國志》等史書與包括關索在內的民間傳說，都是他「留

心損益」即取捨的對象。取捨的標準，就是對「演」《三國志》之「義」是否有用。「有用」的材料選取之，「無用」的材料捨棄之。問題在於，《三國演義》的材料是「公有」的，被羅貫中舍去的內容，他人也能夠找到。關索故事不是羅貫中獨掌的秘聞，從宋代流傳至《三國演義》命筆，又經歷了二百多年的豐富發展，民間的積澱是很厚實的。《三國志平話》「孔明七擒七縱」就有一句「關索詐敗」，說明宋元時代的「說三分」，就已將關索的故事「採入」了。萬曆十九年周曰校本「孔明興兵征孟獲」，卻有關公第三子關索入軍來見孔明，道是自因荊州失陷，避難在鮑家莊養病，近日安痊，徑來西川，途中遇見征南之兵，特來接見，孔明就令關索充為前部先鋒一同征南。萬曆三十三年乙巳聯輝堂本，則寫花關索進見關公，道是七歲時元宵玩燈鬧中迷失，索員外拾去養至九歲，送與班石洞花岳先生學習武藝，因此兼三姓，取名花關索。關索故事既是早先就有的，這就有了兩種可能：若此情節被羅貫中看中採納，則「有」這段故事的版本是原本；若此情節被羅貫中舍棄，關索故事是翻刻者為立異增補的，則「沒有」這段故事的版本就是原本了。

有什麼辦法進行鑒別呢？誠然，想弄清當年羅貫中處理關索的態度，是找不到什麼證據了，但「有」這段故事的版本所提供的「文獻根據」，卻為我們留下了鐵證。這就是李偉實先生發現的「志傳本」卷首《蜀君臣紀附傳》的小注：「按《一統志》云：關索，三國名將，雲南之瀘州安撫司永甲縣有關索嶺，詳載事蹟在上。」小注所「按」之《一統志》，沒有像顧家相那樣明確說是《大清一統志》，但絕不會是三國的「一統志」，也不會是魏晉六朝的「一統志」。因為統記全國地理的書，隋有《區宇圖經》，唐有《元和郡縣志》，宋有《太平寰宇記》、《元豐九域志》，它們都不稱《一統志》。真正的《一統志》只有三部：《大元一統志》、《大明一統志》、《大清一統志》。對於我們的論題來說，晚出的《大清一統志》自可略而不論。要弄清楚的是，它所指的是《大元一統志》，還是《大明一統志》？《大元大一統志》，至元二十二年（1285）由札馬剌丁、虞應龍等開始編纂，三十一年完成初修稿，後又由孛蘭肹、岳鉉等主其事重修，大德七年（1303）始正式告成，凡一千三百卷（或曰一千卷），記載元代地理區劃建置沿革以及山川河渠、物產土貢、往古遺跡等甚詳。書成後，藏於秘府，至正六年（1346）始由杭州刻版。《大明一統志》的成書過程還要複雜。景泰七年（1456），撰《寰宇通志》，英宗接位，嫌其繁簡失宜，乃命李賢等人於天順二年（1458）重編，天順五年（1461）成《大明一統志》。

有關索故事的《三國志傳》若是元末明初羅貫中的原本，則所據之《一統志》就不應是《大明一統志》，而只能是《大元一統志》。惟全本《大元一統志》嘉靖時尚存，後逐漸散佚，僅得殘本四十四卷，尚不及原書百分之五。金毓黻曾搜集整理，刊有《大元一統志》殘本十五卷，輯本四卷。趙萬里又以《元史·地理志》為綱，將元刻殘帙、各家抄本與群書所引，匯輯為一書，分編十卷，題為《元一統志》，1966 年由中華書局出版。其卷七雲南諸路行中書省，下列威楚開南等路、武定路、鶴慶路、麗江路軍民宣撫司、東川路、曲靖等路、澂江路、仁德府、建昌路、元江路、大理路、烏撒烏蒙宣撫司，皆無關索與關索嶺之記載。而《大明一統志》卷八十八永寧州「山川」即有關索嶺，下注：「在頂營長官司治東，勢極高峻，周廻百餘里，上有關索廟，故名。」（和刻本《大明一統志》下冊第 1516 頁，昭和五十三年汲古書院版）

也許有人會說，《大元一統志》全本已佚，難保關索與關索嶺的記載不在其中。這個問題可以通過追溯「關索嶺」地名的歷史加以解決。查《南史》、《北史》、《唐書》、《五代史》、《宋史》、《元史》，均無「關索嶺」的記載，惟《明史》卻十幾處敘及「關索嶺」：

1. 馬龍州：東南有木容菁山，洪武二十四年十二月置寧越堡於此。山下有木容溪，下流即瀟湘江。又西有楊磨山，一名關索嶺，上有關。（卷四十六《地理志》七「雲南·曲靖府」）

2. 江川：府西南。南有故城，崇禎七年圮於水，遷於舊江川驛，即今治。又南有星雲湖，東南入撫仙湖。北有關索嶺巡檢司。（卷四十六《地理志》七「雲南·澂江府」）

3. 永寧州：元以打罕夷地置，屬普定路。洪武十五年三月屬普定府。二十五年八月屬普定衛，後僑治衛城。正統三年八月直隸貴州布政司。嘉靖十一年三月徙州治關索嶺守禦千戶所城。萬曆三十年九月屬府。關索所舊在州西南，洪武二十五年置，屬安莊衛。（卷四十六《地理志》七「貴州」）

4. 頂營長官司：州北。洪武四年置，所屬同上。東有關索嶺。（卷四十六《地理志》七「貴州·永寧州」）

5. 黃平千戶所、普市千戶所、重安千戶所、安龍千戶所、白撒千戶所、摩泥千戶所、關索嶺千戶所、阿落密千戶所、平夷千戶所、安南千戶所、樂民千戶所、七星關千戶所（卷九十《兵志》二「貴

州都司」）

6. 十四年，從潁川侯傅友德征雲南，與陳桓、胡海分道進攻赤水河路。久雨，河水暴漲。英斬木為筏，乘夜濟。比曉，抵賊營，賊大驚潰。擒烏撒並阿容等。攻克曲靖、陸涼、越州、關索嶺、椅子寨。（卷一百三十《郭英傳》）

7. 十四年，從傅友德征雲南，克普定，城水西，充總兵官，剿捕諸蠻。遂由關索嶺開箐道，取廣西。（卷一百三十《吳復傳》）

8. 雲南平，進取大理。未幾，諸蠻復叛，命副安陸侯吳復為總兵，授以方略，分攻關索嶺及阿咱等寨，悉下之。（卷一百三十一《費聚傳》）

9. 尋以決事不稱旨，當罪，減死戍貴州關索嶺。（卷一百四十三《高巍傳》）

10. 困安南，據關索嶺者，沙國珍及羅應魁輩。（卷二百六十二《傅宗龍傳》）

11. 烏撒諸蠻復叛，……乃命安陸侯吳復為總兵，平涼侯費聚副之，征烏撒、烏蒙諸叛蠻。並諭勿與蠻戰於關索嶺上，當分兵掩襲，直搗其巢（卷三百十一《四川土司》「烏蒙」）

前文已經論及，關索雖然出名很早，與關羽掛鉤時代卻比較晚。晚到什麼時候？晚到明代。而其上限，就在置關索所的洪武二十五年（1392）。「志傳本」《蜀君臣紀附傳》小注所「按」的《一統志》既不是《大元一統志》，那就只能是成於天順五年（1461）的《大明一統志》了。這樣一來，寫有關索故事的《三國志傳》，就肯定不是元末明初羅貫中的原本了。

明白了這一事實，再來看關索故事的破綻，一切就都變得順理成章了。李偉實先生曾指出「志傳本中增加了關索故事，由於缺乏精心構思，缺乏細緻地與原作彌合，前後出現了許多矛盾，因而出現了許多漏洞」，文多不錄。單說關索在書中最後一次露面，各本基本上都是：「夫人撥馬便走，張嶷趕去，空中一把飛刀落下，嶷急用手隔，正中左臂，翻身落馬。蠻兵一聲喊處，將張嶷、關索執縛去了。馬忠聽得張祟等被擒，急出救時，早被蠻兵困住，望見祝融夫人挺標勒馬而立，忠忿怒向前去戰，坐下馬絆倒，亦被擒了。」這裡說得很清楚，被祝融夫人擒住的是張嶷、關索、馬忠三人。而等孔明以計擒住祝融夫人後，急令武士去其縛，賜酒壓驚，卻是「遣使入洞，欲送夫人換二將」；

孟獲大喜，「即放出張嶷、馬忠，還了孔明」。孔明難道忘記了關索？為什麼只要求「換二將」？孟獲放出張嶷、馬忠，難道要留下關索不成？關索是何等樣人？他是關公的愛子，蜀國的勇將，居然會就此消失在孟獲的蠻洞之中，豈非荒唐之至？合理的解釋只有一個：羅貫中原著根本就沒有寫關索這個人物。

詩人陳廷敬的當代認知

　　「房姚比雅韻，李杜並詩豪。」皇城相府村北墓地御碑上的詩句，表述了一代雄主康熙對陳廷敬的全方位評價：在政治方面，他的「雅韻」可與房玄齡、姚崇相比肩；在文學方面，他的詩才堪與李白、杜甫相伯仲。

　　自順治十八年（1661）二十四歲任內秘書院檢討，至康熙五十一年（1712）七十五歲薨於京師，陳廷敬一直是康熙信賴的重臣、股肱之臣。他不僅「侍從庭禁，朝夕進講」，還參與了康熙一系列重大決策。他對於「康熙盛世」的奉獻如何，康熙本人是最有發言權的。陳廷敬又是康熙朝文化工程的主持者，充任《大清一統志》、《康熙字典》、《佩文韻府》、《明史》、《三朝聖訓》、《監古輯覽》等官修要籍的總裁官。在這個意義上，他比唐代名相房玄齡、姚崇確實有更多的「雅韻」。

　　陳廷敬留下了樂府、古體詩和今體詩 2200 餘首，無疑是一位多產的詩人。「李杜並詩豪」的評語能否成立，關鍵在評隲者康熙的資質。徐珂《清稗類鈔・文學類》說：「聖祖詩氣魄博大，出語精深。……是固可與唐貞觀、開元御製諸篇輝曜千古也。」錢仲聯先生《〈康熙詩詞集注〉序》評價康熙的詩才詩作道：「曼珠開國，康熙武功文治，號邁前古，其詩篇浩瀚，流傳三百載於茲，而研討者鮮。夫以康熙聰明天賦，學術廣博淵邃，自經史百家，性理考證，靡不窠入其阻。天文曆算，密造精微。旁及蒙兀兒、唐古忒、畏吾兒各部及臘丁、希臘文字，佛典所謂邪寐尼書者，通曉者多，其根柢盤深如此。至其為詩，魄力沉雄，能融鑄前代名家之長於一冶，自開生面，親征額魯特，為前後出塞詩，唐音落落，《彈琴峽》、《瀚海》、《賜將士食》、《剿平噶爾丹大捷》，前代帝王能詩者，見之得無瞠目。蓋在當時，詩壇名家毛奇齡、施閏章、陳維

崧諸子僉以為『崇閎博大，何許氣象。即其中對仗高警，一起衰颯。此真前闢千古，後開萬祀者，生今之世，不以是為法而奚法。』毛奇齡即以此著於其《西河詩話》。己卯南巡視河工，回蹕為詩，時大詩人王士禎與陳廷敬、張英、王鴻緒等方直南書房，睹此『共歡為太平和吉之音』，士禎筆之於《香祖筆記》，並於《居易錄》中錄其《瀚海》等詩，以為『氣象高華，非貞觀、開元所及。』良非誣也。」（《康熙詩詞集注》，內蒙古人民出版社 1993 年版）康熙對陳廷敬的才學是十分賞識的。康熙十七年（1678）秋七月丙寅，召陳廷敬入直南書房，八月癸未即以《御製詩集》賜陳廷敬等。「廷敬初以《賜石榴子》詩受知聖祖，後進所著詩集，上稱其清雅醇厚，賜詩題卷端。」（《清史稿·陳廷敬傳》）康熙對陳廷敬詩的讚賞，是建立在充分理解和藝術鑒賞之上的，他的議論決不是貿然而發的。

當然，陳廷敬有沒有達到堪與李白、杜甫相伯仲的地步，並不以康熙的評論為標準。好在中國具有獨特的詩歌評價體系，這就是由以《文選》為代表的「選本」和以《詩品》為代表的「詩話」兩大系統交互作用所形成的對於詩歌的篩選、保存和傳播。運用這一評價體系，就能瞭解詩人陳廷敬的當代認知程度，從而對他的詩歌水準作出恰當的評估。

一

《四庫全書總目提要·總集類序》云：「文籍日興，散無統紀，於是總集作焉。一則網羅放佚，使零章殘什，並有所歸；一則刪汰繁蕪，使莠稗咸除，菁華畢出。是固文章之衡鑒，著作之淵藪矣。」蕭統將《昭明文選》選錄標準歸納為「事出於沉思，義歸乎翰藻」，提出了內容與形式兩方面的要求，對後世選本產生了積極影響。雍正十二年（1734）陳以剛在《〈國朝詩品〉序》中說：「昔高仲武、芮挺章輩以唐人選唐詩，陳黃門、李舍人輩以明人選明詩，謂生同時者，如一井之中，共言溝洫阡陌曲直之數，非道路人推測比。」高仲武編《中興間氣集》，芮挺章編《國秀集》，都是唐人選唐詩的名作。陳黃門即陳子龍（1608～1647），字人中，一字臥子，號大樽，李舍人即李舒章；陳子龍曾和李舒章、宋徵輿（字轅文）一道編過《明詩選》。當代人選輯當代詩，亦即對「當下」詩歌進行篩選，既反映了時人對詩人與詩歌的認知，也為後世留下了可供閱讀的優秀選本。由於時間過於貼近，眼光會有時代的侷限，甚至還會受功利心驅使，但選者與作者「生同時者，如一井之中，共言溝洫

阡陌曲直之數」，確非「道路人推測」之可比。

康熙二十九年（1690），孫鋐在《盛集初編刻略》中說：「國家人文彪蔚，遠勝歷朝，而風雅一宗，尤為備美，即今數十年聞名噪吟壇者，已不下千百人，將來接武而起者，又可量耶。」道出了清初詩界空前活躍、詩歌汗牛充棟的盛況。而選本的大量出現，則是詩壇繁榮的標誌。吳蔿《名家詩選・凡例》列舉說：「當代名選林立，商丘宋公之《十五子詩選》，顧子茂倫之《百名家英華》，陳子其年之《篋衍集》，曾子青藜之《過日集》，席子允叔之《詩存》，黃子交三之《詩衡》，鄧子孝威之《詩觀》，魏子惟度之《詩持》，王子景州之《離珠集》，王子歙州之《選評》，宗子定九之《詩成》，徐子松之之《百城煙水》，朱子自觀之《詩正》，卓子子任之《逸民集》，倪子永清之《詩最》，以訖名公專稿，皆取而折衷之，不敢以私意妄為論定。」《名家詩選》在清初諸選本中年代較晚，甚至可以說是「選本之選本」，然其資取之選本如黃交三《詩衡》、王景州《離珠集》、王歙州《選評》、宗定九《詩成》等，今日多已不存。陳廷敬作為清初詩人，當代人對於他的認知和評價，可以從清初詩選反映出來。

康熙己丑（1709），丁灝為《國朝詩乘》作序，中云：「韋布之士，伏處衡茅，取海內之篇章，丹黃甲乙，出己意以論定之，似無關斯世輕重之數；然選在一室而風行乎十五國，選在一日而觀感夫千百年，責綦重矣。蓋選詩更難於作詩。作詩不過一時之興會，選詩則存乎生平之學衷。識不精不能辨析毫芒，學不深不能會通淵奧，求其學識兼優，一書甫出，舉世奉為金科玉律，誠戞戞於其難之。」堪稱深諳個中三昧之言。清初之詩選，可分為「詩人之選」與「選家之選」兩大類。所謂「詩人之選」，選者本人即為詩人，初無意於「取海內之篇章丹黃甲乙」即對其時詩歌作全方位評價，不過是將手邊之詩彙集成帙而已；所謂「選家之選」，選者非不知詩，只是追求的是對詩歌的全面梳理，並表達自己的某種詩歌觀念。

與陳廷敬有關的「詩人之選」，有王士禛的《感舊集》。此書原本已佚，現存盧見曾補傳，十六卷，有乾隆十七年盧氏寫刻本。王士禛（1634～1711），字子真，一字貽上，號阮亭，又號漁洋山人，新城（今山東桓臺）人。王士禛比陳廷敬（1639～1712）大五歲，中進士（1655）比陳廷敬早三年，詩名也比陳廷敬早得多。據鄭方坤《國朝名家詩抄小傳》：陳廷敬「年二十，釋褐登朝，優游詞館。時龔芝麓宗伯，以風雅號召天下，諸名士皆出門下，而新城

王貽上最有詩名。先生詩不與之合，王獨奇其詩。」但王士禛的仕途不及陳廷敬。中進士後，始授江南揚州推官，康熙三年（1664）由總督郎廷佐、巡撫張尚賢、河督朱之錫交章論薦，內擢禮部主事，累遷戶部郎中。陳廷敬中進士後，即授庶吉士，館試、御試輒取第一，累遷翰林院侍講學士，充日講起居注官，康熙十四年（1675）擢內閣學士，兼禮部侍郎，充經筵講官，改翰林院掌院學士。其時王士禛母憂服闋，起故官，《清史稿·王士禛傳》云：「上留意文學，嘗從容問大學士李霨：『今世博學善詩文者孰最？』霨以士禛對。復問馮溥、陳廷敬、張英，皆如霨言。召士禛入對懋勤殿，賦詩稱旨。改翰林院侍講，遷侍讀，入直南書房。漢臣自部曹改詞臣，自士禛始。」《清史稿·選舉四》云：「康熙十七年（1678），聖祖問閣臣，在廷中博學能詩文者孰為最？李霨、馮溥、陳廷敬、張英交口薦戶部郎中王士禛，召對懋勤殿，賦詩稱旨，授翰林院侍講。」又，《郎潛紀聞初筆》卷四：「陸靈壽之入御史臺也，由總憲陳文貞公廷敬疏薦。故事：知縣行取改京秩，謁薦主，多用師生禮。先生獨否。陳公益嘉歡，且云：『昔年馮中堂薦魏環極，我曾薦王阮亭、汪鈍庵，皆未嘗署門生帖，自立者宜如此。』」可知陳廷敬對王士禛，是有知遇推薦之恩的。

《感舊集》有王士禛康熙十三年（1674）自序，中云：「念二十年中，所得師友之益為多，日月既逝，人事屢遷，過此以往，未審視今日何如，而僕年事長大，蒲柳之質，漸以向衰，歲月如斯，詎堪把玩。感子桓『來者難證』之言，輒取篋衍所藏平生師友之作，為之論次，都為一集，……命曰《感舊集》。」由康熙十三年上推二十年，恰為中進士的順治十二年（1655）。朱彝尊（1629～1709）原序指出：「入是集者，山澤憔悴之士居多，故皆予舊識。其詩或往日所見，謂為無足異；茲諷詠之，而信其可傳，傳之更久，後之嗟諮歎賞，宜何如矣。或曰：先生仕為郎，一時巖廊翰苑、朝會燕喜、應制投贈之作，咸樂得先生甄綜之，顧寥寥數人外，多置而不錄，何居？曰：獨不睹夫市瓷盎者邪？黃者、縹者、碧者、百子圖者、龍文五采者，皆昔日皇居帝室之所尚也，而有識者莫或顧焉。然則先生亦取夫芳草鬥雞之酒缸，足以傳於後而已。」身為戶部郎中的王士禛，於「巖廊翰苑、朝會燕喜、應制投贈之作」多置而不錄，證明他沒有「標榜聲氣」的勢利之見；他之論次《感舊集》，又是在得陳廷敬薦舉授翰林之前，故陳廷敬為相中的「巖廊翰苑」寥寥數人之一，也並不意味著出於感恩之念。

　　《感舊集》所收凡333人，詩2572首，平均每人7.7首。王士禛論詩雖「不與之合」，卷十一卻收入陳廷敬詩26首，說明對陳廷敬的推重。惟王士禛「以神韻為宗」，奉王維、孟浩然隱逸閒適之作為典範，故被他選中的陳廷敬詩，如《重遊聖樂寺》、《照鏡》、《渡河歌》、《南樓夜歌》、《鶴臺春夕》、《春臺曲》、《東山上作》、《遣愁》、《微雪》、《寄韓少室先生》、《雪夜懷默岩》、《冬日駕幸畿輔景運門外口號》、《寄楊松谷》、《十月十五夜月蝕》、《長至前一日雪中出署有感》、《白眚》、《夢遊南樓歌》、《雨中同諸公集田沛蒼前輩宅》、《戊申除夜和默岩少司成韻》、《張少司寇東山宅觀弈》、《臺上晚晴望西山》、《張簣山學士以言事左遷歸里賦贈二首》、《小雪夜坐寫懷》，一無例外都是五、七言近體。如《重遊聖樂寺》：「寺樓人又到，重見十年心。碧草色何古，白雲飛至今。松濤春瑟瑟，花雨夜沉沉。徙倚空潭上，時聞龍一吟。」又如《鶴臺春夕》：「古臺寒易晚，月出更城東。岩拂春星落，窗留灰火紅。棲鳥故相逐，浮雲還自空。冥冥山霧裏，吹笛滿天風。」寫景紀遊，模山范水，或融情入景，或緣情寫景，都有沖和淡遠、清新空靈的情致，分明是以王士禛的標準入選的。

　　此外，《遣愁》述詩人的愁緒：「多病愁司馬，悲秋惜宋生。古人雙寂寞，吾道一崢嶸。北斗瞻星影，西風聽角聲。壯懷今不淺，把劍淚縱橫。」《寄楊松谷》寫對故人的懷念：「揚子沁河上，天隅水一方。別來皆老大，聞汝倍淒涼。秋病眠山屋，春遊罷野舫。鄉心紛紙尾，零亂不成行。」《長至前一日雪中出署有感》記校書的生涯：「凍云初起校書樓，吏散烏啼暝色幽。苑草霏霏沾玉勒，天風颯颯偃狐裘。瑤臺自落千花影，葭琯先吹六出浮。恰是微陽如線日，陰宵清冷使人愁。」《張少司寇東山宅觀弈》道人生之感慨：「真見長安似弈棋，故山回首爛柯遲。古松流水幽尋後，清簟疎簾坐對時。舊壘滄桑初歷亂，曙天星斗忽參差。只應萬事推枰外，夜雨秋燈話後期。」也都不脫沖淡蘊藉的樊籬。

　　所選之詩，惟《白眚》稍稍涉及重大題材。「白眚」，指白色鳥獸突然出現的不祥之兆。「白眚界西北，居然天漢流。聞歌驚午夜，聽角想清秋。兵氣關春色，花開笑客愁。甘涼今右臂，設險貴前謀。」指的是康熙時期對西北的用兵，但不用直筆濃墨，顯得含蓄空靈。沾點政治性的是《張簣山學士以言事左遷歸里賦贈二首》。張簣山，名貞生，字幹臣，是陳廷敬、王士禛共同朋友曹爾堪的門人。曹爾堪，字子顧，別號顧庵，浙江嘉善人。順治九年（1652）

進士，官至侍講學士，張簀山亦為順治進士，官翰林學士。郭則沄《十朝詩乘》卷六云：

> 嘉善曹顧庵學士（爾堪），承雪宗伯家學，以高第入玉堂，為景陵所賞，謂同列中學問最優，以是見忌，中蜚語罷歸。門下士廬陵張簀山亦官學士，同時以直言去國。程周量《送顧庵》詩云：「居然天外作閒身，大笑東華十丈塵。既有門生能抗疏，不妨夫子獨垂綸。」門生，謂簀山也。簀山並負清望，其斥退也，朝士惜之。華亭沈文恪（荃）詩云：「片言豈翊回天力，三宿仍辭去國名。」王文簡詩云：「千秋公議存青史，應為朝廷惜此人。」西樵詩云：「言聽便為天下福，計違不負一生心。」是足覘公論矣。時明珠當國，頗植黨怙權，朝士側足。笪在辛侍御（重光）亦抨劾時相，著直聲。棄官歸隱，有句云：「只因鳴遂斥，不道直難容。」顧庵同年進士也。世運方盛，士大夫立朝，競勵風節，故雖有竊位盜權之臣，猶知所忌憚，而國紀終以不墜。

「一封朝奏九重天，夕貶潮陽路八千。」這種事情歷朝歷代都會發生。曹爾堪與張簀山的「去國」，當時就有強烈的反應。但為被貶者賦詩贈別，是比較難做的題目。且看陳廷敬的原詩：

> 入侍銅龍玉漏催，講筵早候合門開。兩朝感激酬恩日，三殿從容論事回。受諫稍收除吏命，謫官許老直臣才。九閽不盡回天意，轉聽離鴻畫角哀。

> 障塞秋高萬乘行，數宵藜火罷西清。聖朝有道危言切，臣子何心薄譴榮。四諫當時皆史職，二羅千古自同聲。翠華風雨經過地，倘憶留鑾韙直情。

既對張簀山「左遷」表示同情和惋惜，又寫借皇帝受諫後「稍收除吏命」，且贊許謫官「直臣才」，文辭十分委婉。王士禎亦是個中人，他和長兄士祿都有贈別詩。王士祿《贈張簀山學士》云：

> 銅龍曉色破層陰，羨爾批鱗意獨深。言聽便為天下福，計違不負一生心。他時烏奕看青史，此日輝光獨翰林。我亦握蘭東省客，浮沉徒愧二毛侵。

王士禎《送張簀山學士歸廬陵》云：

> 回首觚稜別紫宸，孤舟遙下富川濱。誰令江外漁樵侶，爭識先

皇侍從臣。上殿似聞辛慶忌，行吟休擬楚靈均。千秋公議存青史，

應為朝廷惜此人。（學士名貞生，以建言被放，尋奉旨召用。）

王士祿讚美張簣山的「批鱗意深」。「他時鳥奕看青史，此日輝光獨翰林」，「鳥奕」，猶蟬聯不絕；表示自己無限欽羨之意。「言聽便為天下福，計違不負一生心」，是有一點潑辣氣的。王士禛的風格截然不同。他純從張簣山離開京師（「觚稜」指殿堂屋角上的瓦脊，這裡代指宮闕）的角度著眼，想像張簣山回到盧陵以後，「江外漁樵侶」紛紛「爭識先皇侍從臣」的盛況。希望張簣山要像西漢向成帝進諫的辛慶忌，而不要學行吟的屈原。由於自己亦曾介入這層原因，王士禛選了陳廷敬《張簣山學士以言事左遷歸里賦贈二首》，實為「感舊」之故也。

陳維崧的《篋衍集》，是與《感舊集》齊名的「詩人之選」。陳維崧（1625～1682），字其年，號迦陵，江蘇宜興人。其父陳貞慧，為明末南京「四公子」之一。維崧少逢國變，出依如皋冒襄，中年落拓走南北。康熙十八年（1679）舉博學鴻詞，授翰林院檢討，參與修纂《明史》，不四年卒。陳維崧是清初詩壇的重量級人物，《清史稿》載：「時汪琬於同輩少許可者，獨推維崧駢體，謂自唐開寶後無與抗矣，詩雄麗沉鬱，詞至千八百首之多，尤前此未有也。」《篋衍集》的編纂，康熙三年（1664）即與維崧定交的王士禛，在康熙壬申（1692）所撰序中交代：「陳其年太史撰《篋衍集》，時官京師，不旬日與予輒相見，未嘗一語及此書。歿將十年，而其同里蔣子京少始得於敝篋而傳之，先以質予。予曰：此古琴瑟疏越之遺也，後有賞音，庶無聞古樂而思臥，詩教其興歟。」乾隆辛巳（1761）蒲起龍序曰：「《篋衍》出太史歿後，漁洋、綿津（宋犖）皆驚賞之，以為疏越遺音，持擇矜慎。」可見在陳維崧生前，《篋衍集》（篋衍，方形竹箱）一直秘不示人，卒後，遺稿付同鄉好友蔣景祁（字京少）為之付梓。

《篋衍集》於陳廷敬名下小注：「子端，山西澤州人，官尚書，著《尊聞堂集》。」按，《販書偶記》卷四著錄「《尊聞閣集》八十卷，澤州陳廷敬撰，康熙間精刊，有姜宸英諸序」；據蒲起龍序：「獨其集限康熙癸丑（1673），後皆闕如」，則《尊聞堂集》應刊於其前。宋犖序云：「其年所鈔，大都本其交遊所及，國不過數人，人不過數詩，詩取高雅恬澹，如聞古樂。其年此集，意存矜慎，不求備也。」概括了《篋衍集》選詩的特點。卷四收陳廷敬五言律詩三首，《三月三日同楊松谷泛舟沁水》云：「始得方舟穩，滄波望轉迷。濤聲春晝

外，寺影夕陽西。楊柳橫橋直，桃花夾岸齊。十年江海興，與爾手同攜。」《秋夕》云：「竟有蕭蕭色，天風吹我床。關山連夜雨，衾枕落新涼。畫扇收殘暑，秋衣生暗香。最憐遊子夢，夢入故園長。」《孫止瀾齋中同吳耕方夜集時默岩將歸》云：「蕭條念行役，偶聚此亭中。九月行將盡，秋燈幾夜紅。平生有知己，大半在江東。落落歡場少，清尊酒易空。」卷十一收陳廷敬詩七言絕句《寄韓少室先生》一首：「家住行山第一峰，石泉雲裏出疎松。黃河渺渺霜風起，收拾魚竿放白龍。」（此詩《感舊集》亦收錄）的確都是「詩取高雅恬澹」者。

《感舊集‧凡例》云：「先生主詩教以神韻為宗，是集自虞山而下，凡三百三十三人，詩二千五百七十二首，遭遇不同，性情各異，而一經先生選次，如金之入大冶，渣滓悉化融鏈一色，洵選家之巨手也。」《四庫全書總目提要》卷一百七十三《精華錄》條謂：「士禛談詩，大抵源出嚴羽，以神韻為宗。……當康熙中，其聲望奔走天下。凡刊刻詩集，無不稱『漁洋山人評點』者，無不冠以漁洋山人序者。下至委巷小說，如《聊齋誌異》之類，士禛偶批數語於行間，亦大書『王阮亭先生鑒定』一行，弁於卷首，刊諸梨棗以為榮。惟吳喬竊目為『清秀李于鱗』（見《談龍錄》），汪琬亦戒人勿效其喜用僻事新字（見士禛自作《居易錄》）。而趙執信作《談龍錄》，排詆尤甚。平心而論，當我朝開國之初，人皆厭明代王李之膚廓，鍾譚之纖仄，於是談詩者競尚宋元。既而宋詩質直，流為有韻之語錄；元詩縟豔，流為對句之小詞。於是士禛等以清新俊逸之才，範水模山，批風抹月，倡天下以『不著一字盡得風流』之說，天下遂翕然應之。然所稱者盛唐，而古體惟宗王、孟，上及於謝朓而止。較以《十九首》之驚心動魄，一字千金，則有天工人巧之分矣。近體多近錢、郎，上及乎李頎而止。律以杜甫之忠厚纏綿，沉鬱頓挫，則有浮聲切響之異矣。」王士禛的《感舊集》也好，陳維崧的《篋衍集》也好，都有自己的宗旨，一經選次，真「如金之入大冶，渣滓悉化融鏈一色」，陳廷敬也成了清一色「沖淡蘊藉」、「高雅恬澹」的詩家，掩蓋了陳廷敬的「宗杜」的全貌和精神。

年代較早的「選家之選」，有陳允衡《詩慰初集》二十六卷，《二集》十一卷，《續集》一卷，順治間刊；陳允衡《國雅初集》（無卷數），選國初人詩自魏裔介以下凡五十餘家，首有王士禛康熙元年（1662）序。又有魏裔介《溯洄集》十卷。魏裔介（1616～1686），字石生，號貞庵、昆林，直隸柏鄉人，順治丙戌（1646）進士，官至保和殿大學士。《四庫全書總目提要》卷一百九十

四總集類存目四謂：「裔介嘗選國初詩為《觀始集》，今未見傳本。是編乃所選康熙中詩，以續前集者也。意求備一時之人，故限於卷帙，不能備一人之詩，大抵一人三數首而已。惟每體之末，必附以己作，所收較他人為夥，則似不若待諸他人之論定焉。」《提要》批評《溯洄集》「意求備一時之人，故限於卷帙，不能備一人之詩，大抵一人三數首而已」，雖道出選本之通病，實亦無可奈何之事。這四個選本都沒有陳廷敬詩，蓋皆刻於康熙元年（1662）前之故。鄧之誠《清詩紀事初編》卷六云：「初，廷敬屢刻其集而不示人，至庚寅四十九年（1710）始命門人林佶編為詩文五十卷。」陳廷敬的最早詩集，當為《參野詩選》五卷（劉然康熙四十九年輯評《國朝詩乘》，卷五陳廷敬名下小注：「字子端，號說岩，山西澤州人，著《參野集》」）。《參野集》為編年詩，起順治十五年戊戌（1658），止康熙元年壬寅（1662）（孫殿起：《販書偶記續編》卷十四），《溯洄集》、《國雅初集》的編選者不可能看到。

最早收錄陳廷敬詩的「選家之選」，是魏憲的《皇清百名家詩選》，今存康熙十年（1671）魏氏枕江堂刻本。魏憲是位熱心的選家，另輯有《詩持》一集四卷，二集十卷，三集十卷，四集一卷，有康熙間枕江堂刻本。《四庫全書總目提要》卷一百九十四總集類存目四謂：「憲字惟度，福清人。杭世駿《榕城詩話》載所著有《枕江樓集》，今未見其本。世駿稱其同友《宿白雲洞》詩一首，則浮聲也。憲以曹學佺有《十二代詩選》，止於天啟，因選是集以補之。自天啟甲子以後，康熙壬子以前，由縉紳迄方外，共得百人，人各立一小引，並列字號籍貫於前。其詩或以體序，或以類序，或以時與地序，各從原本。其登選則以得詩之先後為次，不拘行輩，而憲詩亦附於後焉。今觀所選諸人，大抵皆聲氣標榜之習。至葉方藹以下十人，未得其詩而先列其目，益見其不為論詩作矣。」《百名家詩選》《凡例》四云：「諸君子人各一集，集係一序，或取之奏疏語錄，或取之豐碑行狀，或得之實聞實見，皆略次其生平，至原集序文有可採錄者，亦所不遺，庶幾存其詩以存其人焉耳。」態度是相當認真的。至於「所選諸人大抵皆聲氣標榜之習」一事，侯官鄭傑《注韓居詩話》云：「惟度嘗選『百家詩』，入選多顯宦，刻己於末，而秀水朱竹垞檢討不與焉。檢討有詩云：『近來論詩多序爵，不及歸田七品官。直待書坊有陳起，江湖諸集庶齊刊。』蓋指此也。」朱則傑、李迎芳先生《清代詩歌中的若干本事問題》指出，魏憲此書康熙十年（1671）就已編定，當時朱彝尊還並沒有入朝，更別說「歸田」了，可見此詩非指《皇清百名家詩》一書（《浙江社會科

學》2004年第2期），足為魏憲辨冤。

　　《凡例》二云：「先達詩集表見當世者，石倉曹先生前選收羅已得八九，茲於世遠者概不復及，惟於天啟甲子（1624）以後，康熙壬子（1672）以前，毋論仕隱，皆得補入，以成全書。」石倉曹先生即曹學佺（1574～1647），字能始，號石倉，福建侯官（今福州）人，曾選輯上古至明代詩歌為《石倉十二代詩選》。魏憲《百名家詩選》以「續石倉詩選」自命，收錄康熙壬子（1672）以前之詩，陳廷敬《參野集》自在其視野之內。又，康熙十一年壬子（1672），有吳之振（1640～1717）《八家詩選》八卷刊出（孫殿起：《販書偶記續編》卷十九）。據《清史稿·程可則傳》：「可則，字周量，又字湟溙，外號石膠，順治九年（1652）會試第一。以磨勘停殿試歸，益恣探經史。十七年（1660），始應閣試，授內閣中書，累遷兵部郎中。出知桂林府，以敏幹稱。其官都下，與宋琬、施閏章、王士祿、士禎、陳廷敬、沈荃、曹爾堪輩為文酒之會，吳之振合刻《八家詩選》。」此書亦當為魏憲所見。《百名家詩選》卷十六為陳廷敬，其前之卷十五為沈荃（1624～1684），其後各卷為：卷十七王士祿（1626～1673），卷十八王士禎（1634～1711），卷十九曹爾堪（1617～1683），卷二十施閏章（1618～1683），卷二十二宋琬（1614～1674），卷三十三程可則，清初「八大家」，惟無汪琬（1624～1691）之詩。

　　《百名家詩選》每家之前均係「小引」（實為小序），足資知人論世之助。陳廷敬卷之《小引》云：

　　　　魏子曰：詩固貴情真，尤貴典雅；固貴沉厚，尤貴頓挫。譬諸培嶁之山，非不靜潔也，童其木則遊者少矣；村僻之婦，非不端肅也，浣其膏則愛者稀矣。古之詩人，質而腴，樸而華，無艱深之病，如見其人，如聞其語者，柴桑也，善清真者也，能典雅矣；積而堅，宏而肆，無奔放之累，如洞其心，如穴其骨者，浣花也，善沉厚者也，兼頓挫矣。余讀學士陳說巖先生詩，有情矣，而詞敷焉；有力矣，而神存焉。或曰：此晉風也。渭川秦隴之間，氣萃而靈鍾焉者也。余曰不然。丈夫生世，以適於用者為大，至詩文當獨抒新裁，勿落窠臼。今之囿於見者，於齊魯則曰白雪樓，於沅湘則曰隱秀軒，叩其所為滄溟退谷者何似？則茫無畔岸，此何殊盲者於塗拍肩相隨曰：「吾小魯小天下也！」亦妄甚矣。余向讀白東谷、程崑崙二公詩，非不居然晉風也，而恬淡幽雅，有道容焉，深奧淵實，有古質焉。

以學士之才之情，與二公賡和一堂，取中原作者角技量力，吾恐此一鹿也不死於二公，而死於學士矣。搴六朝之旗，樹三唐之幟，何多讓焉。

小引表述了選者對陳廷敬的評價，有相當的理論深度，不止是「並列字號籍貫於前」。「柴桑」指陶潛，「浣花」指杜甫。魏憲認為，陳廷敬兼有陶潛與杜甫之長，「有情矣，而詞敷焉；有力矣，而神存焉」，認為他既有陶潛之「善清真」，又有杜甫之「善沉厚」，用語份量是很重的。魏憲還提出了一個「獨抒新裁，勿落窠臼」的問題。「白雪樓」，借指李攀龍（1514～1570），字于麟，號滄溟居士，歷城人，明「後七子」領袖，辭歸後在家鄉築「白雪樓」讀書其中，其五七言世人稱為「三百年絕調」；「隱秀軒」，借指鍾惺（1574～1625），字伯敬，號退谷、止公居士，湖廣竟陵（今湖北天門）人，後人將其詩文輯為《隱秀軒集》。程康莊，字崐崙，武鄉人，三晉世家子，少游京師，受知倪元潞，清初出判潤州，適王漁洋司理揚州，稱「江上下二詩伯」，著有《程崐崙先生詩文合集》九卷，存康熙間刻本。白東谷其人待查，當亦晉產。魏憲以為，白東谷、程崐崙、陳廷敬雖然都是「渭川秦隴之間氣萃而靈鍾焉者」的「晉風」，但以「獨抒新裁，勿落窠臼」標準來衡量，惟有陳廷敬能夠超越滄溟退谷，真正與「中原作者角技量力」，方稱得上是走出三晉的全國性大詩人。

《百名家詩選》選陳廷敬詩多達六十首，其中《雨中同諸公集田沛蒼前輩宅》：「琉璃廠西急雨飛，驅車到門雨細微。綠蕉隔席寒澹澹，紅燭捲簾煙霏霏。潞州濁酒琥珀色，藐姑群公冰雪肌。夜深沾醉此何適，得歸射獵開荊扉。」及《長至前一日雪中出署有感》、《張貴山學士以言事左遷歸里賦贈二首》，是《感舊集》收錄的。《百名家詩選》新選的近體詩，如《臥病》：「病劇藥亦罷，清秋無好懷。菜畦新種子，石逕舊生苔。獨臥花仍放，當愁雁正來。濁醪真負汝，兩月不銜杯。」《宋廣平祠墓次碑陰韻》：「鳳闕衣冠古廟荒，關山秋晚更斜陽。一時仙李原春色，千古梅花自異香。轉恨君臣空蔓草，獨看隴墓下黃羊。魯公遺跡徘徊久，新月泠泠映石床。（祠有顏魯公書碑）」都有杜甫的意韻。此外，如寫親情：「幾回風雪歲崢嶸，已改容顏識舊聲。父老尺書歸計定，高堂華髮旅魂驚。」（《孝章弟至旋別》）寫友情：「寒天坐蕭瑟，我友到門時。雪裏催沽酒，花間看奕棋。」（《雪中湘北見過》），寫鄉情：「畫扇收殘暑，秋衣生暗香。最憐久遊子，夢入故園長。」（《秋夕》）都有出色的

詩句。

為《感舊集》所不取的古體詩,《百名家詩選》則給了相當位置。《吳將軍歌》是頗出色的一首,它以西征噶爾丹為背景,刻畫了一員戰將的英姿:

> 秦關慘澹白日落,邊風獵獵驅黃雲。側身西望涕紛紜,令人長憶吳將軍。將軍昔日方少年,結髮十四來朝天。紫茸金鑠桃花甲,紅玉甜緣瑪瑙鞭。十六英名標幕府,裙褕照耀麒麟鮮。南北從軍幾馳逐,英雄常歠髀生肉。雪淨天山罷射雕,沙深白帝空埋鏃。吁嗟天地滿甲兵,咸陽以西賊縱橫。白豹城頭戍鼓亂,賀蘭山外夕烽明。係頸面縛者誰子,風煙已黯靈州傾。是時將軍凜大義,仗劍軍前怒裂眥。白頭痛哭望神京,赤氣流虹大星墜。嗚呼北邙山下冢累累,秋風石馬行人悲。十萬健兒存者誰?爭似將軍馬革歸。

「白豹城」在延州之西、慶州之東,是西北軍事要塞,范仲淹兼知延州後,曾兵深入西夏境內四十餘里,攻破了白豹城,令元昊大驚失色。史載,康熙三十五年(1639),康熙三路親征噶爾丹,撫遠大將軍費揚古大敗噶爾丹於昭莫多,陣斬其妻阿奴,三十六年(1640)閏三月十三日,噶爾丹仰藥死,其女鍾齊海率三百戶來降。「繫頸面縛者誰子,風煙已黯靈州傾」,當借指此事。這位不知名的吳將軍,卻在戰鬥中英勇犧牲了,「側身西望涕紛紜,令人長憶吳將軍」,作者的感情是沉痛的。《為錢宮聲題周靜香畫松屋圖歌》則為坎壈的文士抱屈:

> 春風射策明光殿,玉勒踏花共遊宴。風塵澒洞歲序移,十年不見錢郎面。江路漫漫江水深,攜畫遠來求我吟。東華軟紅沒鞍馬,秋城寒山勞素心。歸來細視松十尋,長風謖謖吹衣巾。蒼濤飛翻白日出,窅窱為我開深林。青山空濛落瀑布,石痕杈枒水洄洄。流入萬里之長江,遊龍行天挾煙霧。錢郎錢郎何為鬱鬱久居此,舊隱如斯不歸去。君不見,昨日東園花,夭桃穠李空霜露。天寒歲暮百卉凋,惟有青松尚如故。古來材大非偶然,坎壈豈受時人憐。

據《研堂見聞雜記》,吳郡章素文主持「同聲社」,佐之者有趙明遠、沈韓倬、錢宮聲、王其長等,癸巳(1653)之春,與慎交社「各治具虎阜,申訂九郡同人,四方來者,可得五百人」,可知錢宮聲是其時不得志的名士;相比之下,自己則春風得意,「春風射策明光殿,玉勒踏花共遊宴」。但詩人並沒有忘記困屯的友人:「風塵澒洞歲序移,十年不見錢郎面」,反用杜甫「五十

年間似反掌，風塵澒洞昏王室」（《觀公孫大娘弟子舞劍器行》）之句，以表達深切的思念。又借題松屋圖之機，誠懇勸導道：「天寒歲暮百卉凋，惟有青松尚如故。古來材大非偶然，坎壈豈受時人憐。」

《異星行》是記天文災異的奇詩。《史記·天官書》《漢書·天文志》有經星、五緯、二曜、異星、望氣、候歲、總論等七個部分，惟《天官書》記異星在二曜之後，《天文志》記異星則提到五星之後、二曜之前，主旨是天人感應，「政失於此，則變見於彼」。據《清史稿·天文志十四》，康熙四年二月己巳，東南方有異星見於女；十二年二月癸巳，異星見於婁，大如核桃，色白，尾長尺餘，指東方；甲午，仍見。《異星行》云：

> 幽州五月方炎天，流金鑠石無今年。火雲照地地欲然，紅日曝
> 人人可憐。我行揮汗如流泉，道逢異星當晝懸。我生三十未見此，
> 驚絕指示童僕看。吁嗟此星胡太奇，五行災異誰能知。乾坤定位割
> 昏曉，何不少待月華東上時。君不見前年京城動地樞，天子責躬下
> 詔書。又不見今春白氣夜橫出，公卿無語皆躊躇。（傳聞颶風吹）

詩中所述「我生三十未見」的「當晝懸」的異星，出現在幽州五月，似乎不是康熙四年二月（陳廷敬 28 歲）或康熙十二年二月（陳廷敬 36 歲）的兩次，可補《清史·天文志》的不足。

十年之後，有康熙二十年（1681）鏡閣刻蔣鑨、翁介眉輯編《清詩初集》十二卷問世。據蔣鑨《凡例》介紹，「是選始於丙辰之夏（1676），客遊湖上，與翁子武原各出藏本不下數百家，因僑寓於祖山僧舍，午夜篝燈，共相校讎」，供選擇本子既多，態度也相當認真。《凡例》又說，「作者林立，美不勝收，以工資浩繁，限於篇什，諸體全備者，固足稱雄，間有僅錄一體者，亦堪珍貴」。選擇標準是「聲調」——「集中諸詩，俱按律審音，嚴加選擇，務求深渾淵涵，一歸大雅，皇皇巨觀，備一朝之盛」。

《清詩初集》卷一「樂府」收入《春臺》三首，卷三「五古」收入《錄別》，卷五「七古」收入《射虎行》，共收陳廷敬詩五首。《錄別》云：

> 北風吹河梁，明星隱歷歷。悠悠征馬嘶，驅車將安適。白日照
> 東隅，黃沙掩行跡。念我同袍人，高舉奮羽翮。榮名如卉草，霜露
> 忽復易。去住各有情，長歎竟何益。

潘德輿《養一齋詩話》云：「蘇、李《錄別》，《古詩十九首》，皆聖於詩者也。」《錄別》用蘇武、李陵之意境而感傷過之。《射虎行》云：

北平太守飛將軍，城南射獵天風昏。射虎中石沒羽箭，至今石戴霜花痕。蕭關昔日良家子，結髮從軍動邊鄙。寂寞南山憶夜行，霸陵亭尉醉呵止。一朝飛蓋來北平，三邊夜無刁斗聲。將軍善射出天性，射敵欲盡兼射生。虎也騰傷上猿臂，將軍意氣輕搏刺。怒開威振萬物伏，精真足可貫厚地。我來訪古盧龍傍，廣不逢時吾黯傷。吹簫屠狗有異表，時來起作諸侯王。

《射虎行》借李廣故事發抒感慨，「一朝飛蓋來北平，三邊夜無刁斗聲」，音節鏗鏘，氣勢逼人。

康熙二十八年（1689），有慎墨堂刻鄧漢儀輯《詩觀三集》十三卷。《四庫全書總目提要》卷一百九十四總集類存目四著錄《詩觀》十四卷、《別集》二卷，謂「國朝鄧漢儀編。漢儀字孝威，泰州人。康熙己未（1679）召試博學鴻詞，以年老授中書舍人。是編皆選輯國初諸人之作，別集則閨閣詩也。」鄧漢儀（1617～1689）字孝威，號舊山，別署舊山農、缽叟。《清史稿·文苑》稱其「亦工詩，遊跡所至，輒以名集，逐年編紀，凡七集，詩家咸推重之」，如遊淮有《淮陰集》，居揚有《官梅集》，遊粵有《過嶺集》，遊穎有《濠梁集》，遊燕有《燕臺集》，遊越有《甬東集》，膺薦有《被徵集》等。《〈詩觀初集〉自序》云：「舟車萬里，北抵燕并，南遊楚粵，中客齊魯宋趙宛洛之虛，其與時之賢士君子論說詩學最詳，而猥蒙不棄，其以專稿賜教者，日盈箱筍。」故名《天下名家詩觀》，又名《十五國名家詩觀》。《初集》十二卷，刻於康熙十一年（1672）；《二集》十四卷，刻於康熙十七年（1678）；《三集》十三卷，有康熙己巳（1689）春杪鄧漢儀自序，又有康熙庚午（1690）冬月張潮序，謂：「惜乎選事未竣，而鄧子忽有騎鯨之變，其令嗣方回，欲與予踵其志而成之。夫予於鄧子存日尚不欲越俎而代庖，顧於其歿而遂為蛇足乎？是以仍其舊貫，不復有所增益，而識其大略如此。」則此書付梓，當在康熙二十九年以後了。

《詩觀三集》卷七收錄陳廷敬詩 20 首，名下小注云：「子端，說岩，山西澤州人，《奉使詩》。」鄧漢儀輯刊，多「取諸同人之詩」（初集《凡例》之二），故知陳廷敬又刻有《奉使詩》。按，古幽州北鎮縣西有醫巫閭山，向被封為北方的鎮山。主峰望海山建有望海堂，是遼東丹王讀書處，望海山下有東丹王的顯陵和遼景宗的乾陵。據《清史稿》，康熙八年（1669）九月，「遣官望祭長白山、北鎮醫巫閭山及遼太祖陵」。陳廷敬於康熙十五年（1676）奉使

祭告北鎮,《午亭文編》卷十一有《奉命祭告北鎮二首》,其前二首題《丙辰（1676）元旦雪》。《詩觀三集》收錄陳廷敬詩為:《鎮祭畢事覽眺有作》、《澄海樓觀海作歌》、《大風竹》、《八盤山至中盤寺望李靖庵絕頂諸奇勝顧念歸路不得徧遊為詩寫懷》、《灤州界上》、《北平道上懷古》、《次北平》、《菟耳山》、《望海店望山海關》、《大陵河夜風雷》、《關樓》、《發薊州循燕山下行向玉田道中作》、《出關門百里宿沙河站》、《覺花島》、《歸路》、《入關》、《晚望三河縣》、《夜宿七家嶺驛》、《出山海關》、《姜女詞》,幾全出於《奉使詩》,但未按行程次序編排,卻把五古《鎮祭畢事覽眺有作》放在首篇:

> 我尋桃花洞,花源寒蕊遲。縹緲呂公岩,遺跡不可追。古松千年物,下有無字碑。黮慘積鐵色,石蓉洞綠滋。雕斫慨秦漢,混蒙思黃羲。靈風生兩腋,扶轂陵欹危。羽節儼前導,雲旗紛後隨。神人展歔盼,賜我金莖芝。服之身力健,延年以樂嬉。(尾批:「塞外景,寫得與中土大別。」)

作為選家,鄧漢儀往往用側批、夾批和尾批來評述詩作。如《大風竹》側批:「其少陵《苦寒行》耶?」尾批:「寫得心膽危栗。」《晚望三河縣》尾批:「絕是盛唐風調。」傳達出對陳廷敬的推崇。鎮祭在醫巫閭山進行,「畢事」之後覽眺這座「遼東第一山」,乃題中應有之義,遂將「與中土大別」的塞外景寫入詩中。後來乾隆皇帝欽定的「閭山八景」——道隱谷、聖水盆、桃花洞、呂公岩、望海石、曠觀亭、萬年松、蝌蚪碑中,就有桃花洞、呂公岩、千年松、無字碑四景被陳廷敬寫到了。詩人的興趣乃在兩端:「黮慘積鐵色,石蓉洞綠滋。雕斫慨秦漢,混蒙思黃羲」——無字碑;「靈風生兩腋,扶轂陵欹危。羽節儼前導,雲旗紛後隨」——呂公岩。

澄海樓在東長城的起點,矗立於山海關南十里老龍頭上,登樓遠眺,海濤光湧,雲水茫茫,極為壯觀。七古《澄海樓觀海作歌》當是陳廷敬返程時登臨所寫:

> 燕山蜿蜿如遊龍,東將入海陡盧空。巒壑洶湧變形狀,騰波赴勢隨飛虹。長城枕山尾掉海,海樓倒掛長城外(側批:筆鋒觸紙欲動)。地堀天分界混茫,山迴域轉橫煙靄。樓腳插入大海頭,巨靈觸搏海怒流。呼吸萬里走雷電,斬鑿中湧堆山丘(側批:四語形容走雷電,驅神鬼)。乍到魂慮忽變惛,意象懷慌難尋求。五嶽卷石渺一粟,九州小嶼浮輕漚。滄溟浩蕩乾坤窄,弱水流沙在咫尺。扶桑

弄影杳何處，空青一線低金碧。卻憶洪濤泛濫時，蒼茫神禹經營
跡。百川既導萬穴歸，天吳海若安窟宅。四海以內真彈丸，秦遣漢
往如翻瀾。海月萬古堆玉盤，願得一食青琅玕。乘風破浪生羽翰，
我來手拍洪厓肩，仰天大笑忘愁歎。（尾批：前段突兀汪洋，耳目辟
易）

康熙九年（1670）主持重修澄海樓的管關通判陳天植，在《重修澄海樓
記》一文中，形容澄海樓「面臨巨壑，背負大山，內枕長城之上；波澄廳
裏，峰疊千重」。而陳廷敬寫來，真有李白驚天地動鬼神的氣魄，令人耳目為
之辟易。

盤山在薊縣西北，史稱「京東第一山」，原名徐無山，又名無終山、四正
山。東漢末，無終人田疇在此隱居，後將徐無山改稱田盤山，省稱為盤山。有
五峰、八石、七十二佛寺諸名勝，其中中盤寺始建於康熙年間。相傳唐代衛
國公李靖到盤山出家，修了三間茅屋，這就是李靖庵，每天到舞劍峰練劍，
後人稱「舞劍臺」。七古《八盤山至中盤寺望李靖庵絕頂諸奇勝顧念歸路不得
徧遊為詩寫懷》寫出了陳廷敬遊覽的感受：

我聞七十二佛寺，寺寺落花流水中（側批：入手便有龍跳虎臥
之勢）。古木分徑延客人，谷口往往聞微鐘。稍喜怪石堆磊砢，位置
天巧煩神工。飛岩百尺下碨水，溪流時帶殘杏紅。山深日斜意惆悵，
車馬行色何忽忽。中盤峻嶒倦登陟，備言奇詭焉能窮。衛公舞劍臺
最古，磨刀勒石真豪雄。天門中開飛鳥過，巉岩削壁雙青銅（側批：
指次詭異，風霆忽起）。絕頂塔輪照西日，影落塞外隨長虹。我行荒
徼困鞍馬，親按唐壘尋遺蹤。春風血染邊花赤，夜雨苤生戰骨空。
誓臺草木莽岑寂，將軍片石青山崇。此來探勝樂幽閒，翻增惋歎愁
心胸。孤峰飄忽不可到，還顧所歷煙濛濛。歸途草草罷遊覽，他時
蠟屐扶短筇。（尾批：摛材富，作勢高，而敘置英偉，結構精奇，洵
目中未有之傑作）

可以毫不誇張地說，鄧漢儀選中的古體詩，堪稱陳廷敬最好的作品。入
選的近體詩也是上乘的佳作。如《入關》：

出塞今為入塞行，東來萬里盡長城（側批：開拓強弩，作霹靂
鳴）。平沙古堠孤煙色，落日危樓暮角聲。遠近青山如故國，淺深春
草是王程。紅塵荏苒征人老，不見關門紫氣生。（尾批：三詩〔指《覺

花島》、《歸路》、《入關》〕雄闊，大有嘯傲凌滄洲之意）
《姜女詞》：

> 誰築長城萬里長，至今片石對滄茫。輼輬風起鮑魚亂，得似空
> 祠一瓣香。（尾批：笑煞祖龍）

康熙二十九年（1690），鳳嘯軒刻孫鋐《皇清詩選》問世。《四庫全書總目提要》卷一百九十四總集類存目四著錄《皇清詩選》三十卷，謂：「國朝孫鋐編。鋐字思九，江南華亭人。其書採國初諸詩，分體編錄。其《凡例》有曰：『論詩者必規摹初、盛，誠類優孟衣冠。然使挾其佻巧之姿，曼音促節，以為得中、晚之秘，則風斯下矣。』又曰：『數年以來，又家眉山而戶劍南矣。在彼天真爛漫，畦徑都絕，此誠詩家上乘。倘不衫不履，面目頹唐；或大袖方袍，迂闊可厭。輒欲奪宋人之席，幾何不見絕於七子耶？』其持論未為不當。然其所選，則皆為交遊聲氣之地，非有所別裁也。」須指出的是，《總目提要》往往執一偏見，彷彿選家的動機都是為了「交遊聲氣」。實則不然。孫鋐《盛集初編刻略》云：「鋐自束髮以來，雅好吟詠，每見當代大人先生之作，輒錄而藏之，積有歲時，溢乎箱篋，隨付棗梨，以明素尚，兼欲公諸同好，用愜鄙懷，非故有所雌黃於其間也。」又云：「是役也，始於庚申（1680）之秋，竣事於戊辰（1688）之夏，得諸家善本二十餘種，專集雜稿數百部，其他或自郵筒，或因酬倡，逮至壁間扇頭，悉供採擇，蓋歷九寒暑而後成。」所言當屬可信。

孫鋐的選擇標準是：「凡詩之有關風教、表揚潛德者，見則必收；其直陳時事、風議得失，雖言多剴切，不失忠愛之旨，亦必存之於編。要當諒其苦心，不應復計工拙也。」宗旨是很鮮明的。卷六「七言古」收陳廷敬《為錢宮聲題周靜香畫松屋圖歌》（《百名家詩選》已收），卷二十五「五言排律」收陳廷敬《冬夜懷故山》（《百名家詩選》已收）。卷十七「七言律」，收陳廷敬《寄楊松谷鄴下》：

> 塞雁南飛欲盡時，北來鄉路苦參差。關河四馬身何適，風雪綈
> 袍淚暗垂。漳水煙波空浪跡，銅臺歌舞自深悲。年華冉冉征途裏，
> 寂寞黃門數首詩。

《午亭文編》卷九本詩後注：「松谷，故給諫沁湄子。」給諫，給事中的尊稱。楊沁湄生平待考，當是陳廷敬的友人。詩中表現了對故人之子的關心，感情真切而平實。

　　康熙間的選本，還有吳藹輯《名家詩選》四卷。吳藹，字吉人，天都人，康熙十七年（1678）曾為徐釚（字電發，號虹亭，又號菊莊）《詞苑叢談》作跋，稱「菊莊以弘博絕麗之才，落魄不羈，偶為小詞，故多驚豔語」。《名家詩選》有康熙四十九年（1710）揚州知府周在都（字燕客，號澌農，周亮工第五子）序，中云：「吳子吉人，望族而負雋才，自天都來維揚，以表彰風雅為己任，其所著《階本詩稿》已膾炙人口。一日者以其所訂定《名家詩選》請序於余。余披覽之下，見夫高華典重，吐茹輕揚，舉凡登臨弔古詠物贈答之章，真得三百篇之遺意，可以追蹤漢魏，驅駕三唐，囊括兩宋，且上自臺閣公卿，下及山林隱逸，咸登集內，此誠一代之英華，可作騷壇之寶筏。」關於編選之宗旨，吳藹自序謂：「是集也，薦紳先生以迄騷人逸士之流，遠而神往，近而把臂，必得真學問真性情，而後採之；否則，廊廟之詩，雖絢爛勿錄也；山林之詩，雖高華勿取也。」《凡例》亦云：「愚謂詩無定格，總以抒寫性靈，出入風雅者為佳。」《名家詩選》凡四卷，卷一收錢謙益、吳偉業、龔鼎孳等七十六人，卷二收周亮工、梁清標等八十六人，卷三收李霨、朱彝尊、汪琬等九十八人，卷四收魏裔介、曹溶、紀映鍾等八十人，附閨秀黃淑貞等十一人，總三百五十一人。列卷一前十名的詩人是：錢謙益（1582～1664）、吳偉業（1609～1671）、龔鼎孳（1615～1673）、張玉書（1642～1711）、陳廷敬（1639～1712）、張英（1637～1708）、王鴻緒（1645～1723）、曹寅（1659～1712）、彭定求（1645～1719）、王士禛（1634～1711）。雖然《凡例》申明「是選上自臺閣公卿，下及山林隱逸，以詩名家者皆行選錄，以得詩之先後為編次，不論年世，不分爵里，不序長幼」，但在康熙四十九年（1710），張玉書、陳廷敬、王鴻緒、曹寅、彭定求、王士禛尚在人世，沒有證據表明吳藹得陳廷敬詩比王士禛早；《凡例》又說：「集內諸家有登選數十首者，有登選一二首者，集分多寡，匪阿所好」。陳廷敬排在第五位，他的詩登選了 10 首，都證明了他在吳藹心目中的地位。

　　所選陳廷敬詩中，《為錢宮聲題周靜香畫松屋圖歌》已為《百名家詩選》、《皇清詩選》所錄，《孫侍御數年住我東隣一日移去作此奉訊》亦為《百名家詩選》所錄，《北平道上懷古》、《次北平》、《望海店望山海關》、《出關門百里宿沙河站》、《歸路》、《入關》皆奉使時所作，亦為《詩觀三集》所採，惟《沁水道中》（「谷口千岩合，關門驛路分。秋風嘶馬去，晴日狎鷗群。峽轉黃崖水，山開古鎮雲。孤城何處是，砧杵急斜曛。」）、《答王信初同年》（「雲霄

何路卻飛翻，寂寞官曹久閉門。客舍鶯花催穀雨，寺樓鍾鼓報黃昏。春衣暮冷添新火，濁酒更殘命舊樽。勝事西園猶記否？綠楊紅杏至今繁。」）為其首選。

與《名家詩選》同時的有劉然輯評、朱豫增輯的《國朝詩乘》十二卷，康熙間玉谷堂刻本。《四庫總目總目提要》卷一百八十三別集類存目十著錄劉然撰《西澗初集》六卷：「然字簡齋，江寧人。卷首有康熙戊午（1678）杜濬《序》，稱其詩文閎深奧衍，不可名狀。今觀斯集，殊不副斯言。其《水中雁字》七言律詩，用上下平韻至三十首，亦太誇多鬥靡。以如是題目，作如是體裁，雖李、杜不能工也。」《國朝詩乘》康熙己丑（1709）丁灝《國朝詩乘》序，謂簡齋有《論史書》二十卷，載史事甚詳，並詞賦、詩序、傳記、碑銘百餘卷，且云：「簡齋曩從孝昌相公詣京師，修史之暇，常與名公論詩，溯流窮源，別裁偽體，歸而諗母，與朱子東田唱和無虛日。」孝昌相公即熊賜履（1635～1709），字敬修，湖北孝感人。順治十五年進士，選庶吉士，授檢討，遷國子監司業，進弘文院侍讀，康熙十四年（1675）官武英殿大學士兼刑部尚書。作序之年（1709），劉然已即世，東田且衰老，「東田憫簡齋之齎志以歿也，博採諸名家詩，手評付梓，拮据二載，以成其書」。又有康熙四十九年庚寅（1710）陳鵬年序，道是：「今觀劉子之為是選也，殫精研思，於六義之正變，諸家之派別，五七言之源流，古樂府之聲辭離合，罔不臚陳縷析，燦然如指諸掌，其用意可謂勤矣。至於持擇謹嚴，論議高闊，直欲靡濟南、竟陵之壘而拔其幟，又無論鍾嶸高秉等輩，是豈不欲其言之既立，為學詩者道億載之津哉。」

《國朝詩乘》選錄清初詩一千餘首，作者二百餘人，不拘先後。劉氏《自序》稱此書「著名稱雄者或闕焉，而加意表彰幽隱之士」。卷五選錄陳廷敬詩29首，《屋後閒眺東默岩時移宅東鄰》、《孫止瀾學士制篆印留別贈歌》、《為錢宮聲題周靜香畫松屋圖歌》等，為《百名家詩選》所選，惟詩後添有尾批，如《屋後閒眺東默岩時移宅東鄰》批：「結語是莊生濠上之遺。」《孫止瀾學士制篆印留別贈歌》批：「射陵學士書法臻妙，讀此又可當印章譜序矣。」《為錢宮聲題周靜香畫松屋圖歌》批：「圖當是風飛瀑，詩亦落落可奇。」《張少司寇東山宅觀弈》批：「胸中無限感傷，寫來不露圭角，真情深而文明也。」《長至前一日雪中出署有感》批：「似唐人銀燭朝衣詩意，而結句較有關係。」《見花有感》批：「念念不忘蒼生，是稷契一流人心事。」或品藻文字，或揭示意境，

或標舉格律，都有畫龍點睛之妙。

　　為《國朝詩乘》所首選的，多是送別題贈之詩，尤可見出選者之眼光。如《送別宋荔裳觀察赴成都兼寄艾石方伯》：

> 　　當余束髮負奇氣，草莽夢想英雄人。黃塵走馬京華道，逆旅蒼茫會有神。濟南二王膠漆友（夾批：謂西樵阮亭），片語交驩吾未久。步屧春風日往還，韋曲殘花灞陵柳。錦貂數付黃公壚，劍歌蕭條白日徂。龍鸞之文奮奇響，傳觀賓客爭嗟籲。才名舊壓金華省，畫戟清香輟朝請。忽漫扁舟掉五湖，輕鷗浩蕩煙波冷。盛世求賢重外臺，玉驄金絡日邊來。隋堤楊柳蜀岡道，驛樓官閣為君開。吳洲渺渺楚鄉去，斜日西川在何處。送遠秋風萬里橋，懷人暮雨三巴路。津吏西指彩雲生，岸草汀花紛古情。江帆笳鼓黃陵廟，野戍旌旗白帝城。君家史事兼文藻，伯氏并州吾舊好。與君前後間清塵，相逢為道相思老。阿戎七歲筆陣強，草書大字森琳琅。更煩傳語寄一幅，我欲抱之貢玉堂。（尾批：艾石幼子七歲能作草書。贈荔裳，卻以二王緣起，如此主客才穩稱，亦與終篇伯氏數行相繚繞耳。）

　　荔裳為宋琬（1614～1673）號。宋琬，字玉叔，萊陽人，順治四年（1647）進士，授戶部主事，累遷吏部郎中，順治十年（1653），出為陝西隴西道。恰逢秦川（今甘肅天水）地震，撫恤災民，修建城垣。秩滿，遷直隸永平道，繼調浙江紹臺道，皆有績。順治十八年（1661），擢浙江按察使。時登州于七為亂，為人誣與於七通，立逮下獄，並繫妻子。康熙三年（1664）放歸，挈家流寓浙江。康熙十年（1671）奉旨起復，明年（1672），出為四川按察使。陳廷敬此詩，正作於宋琬將赴成都時。宋琬是蒙冤入獄的朋友，這番挫跌原是很難入詩的。便從宋琬官京師時，與嚴沆、施閏章、丁澎輩酬倡，有「燕臺七子」之目，王士禎點定其集三十卷，目為「南施北宋」的由頭，從「濟南二王膠漆友」起手，稱賞宋琬是「龍鸞之文奮奇響，傳觀賓客爭嗟籲」的大才，然後轉到「盛世求賢重外臺」，說明授他四川按察使，正是對他的重用。結尾處忽言艾石方伯是自己的「并州舊好」，故請代問好。又提及艾石幼子七歲能作草書，「更煩傳語寄一幅，我欲抱之貢玉堂」。「方伯」，泛稱地方長官，清代布政使亦稱方伯。宋琬去四川，做的是按察使，布政使是同僚而品級稍高。贈詩而兼寄艾石，是想為宋琬創造一個好的生存環境。尾批云：「贈荔裳，卻以二王緣起，如此主客才穩稱，亦與終篇伯氏數行相繚繞耳。」是深諳詩篇結

構之言。

又如《為沈繹堂前輩題殿廷橐筆合門賜貂圖》：

> 憶昔先皇策士年，手披射策春風前。雲間才子擢上第，掩映金
> 閨榜墨鮮。羽獵長楊偏扈從，校書東觀燄聯翩。詔言中外須歷歷，
> 入為公輔出句宣。舳艫回首青霄上，梁戟還開嵩少邊。一自鼎湖弓
> 劍遠，寂寞蒼梧生野煙。今上龍飛攬魁柄，人文際會風雲盛。濮州
> 學士領機要，風裁奕奕清操勁。浙東葛公招不來，益使清時重徵聘。
> 侍從當時更幾人，聲華寥落才難並。白頭宮監合門東，勒旨傳宣沈
> 侍中。曾見章華工作賦，紅綾分餅賜恩濃。政事堂前昔待詔，集賢
> 學士新年少。諮嗟沈君天下奇，文采風流傳墨妙。重過承明舊直廬，
> 螭頭行上近宸居。便殿召來臨玉幾，內庭不用輦金輿。尚方筆札鵝
> 溪絹，龍團墨花埽飛電。生平所學惟正心，天子斂容知筆諫。欲將
> 無逸進箴規，不數清平供奉詩。是時積雪明丹陛，好景斜陽度玉墀
> （夾批：應制詩有云「積雪明丹陛，斜陽度玉墀」）。自此乾清頻侍
> 直，往往公卿伺顏色。有時揮翰晚從容，漏下重城歸不得。溫語親
> 承退食遲，鍾王楷法門風姿。特上漢家寬大詔，間書唐代頌歌辭。
> 賜對夾城又移日，左右微聞潛太息。九重解賜御貂裘，中使催頒鏤
> 金織。丹青寫與異時看，覽圖暗憶魚水歡。近代遭逢誰似此，天顏
> 有喜畫來難。男兒致身在報國，恥學時人甘肉食，恩深不酬良可惜。
> 我聞水旱江淮有餓殍，海天蕭瑟少行舟。栢梁詞賦詎徒爾，宣室蒼
> 生須借籌。（尾批：文恪公遭遇視米南宮奇絕，陛下之語更宏偉矣。
> 此詩弈弈有神，善為寫照。結句鄭重，是老杜公若登台輔法也）

沈繹堂，即沈荃（1624～1684），字貞蕤，又字繹堂，別號充齋，華亭沈
巷人。善書法，工詩文，順治九年（1652）一甲三名進士，詩云「雲間才子擢
上第，掩映金閨榜墨鮮」即指此。沈荃雖與陳廷敬等為文酒之會，吳之振為
之刻《八家詩選》，但比陳廷敬大15歲，故詩題稱「前輩」。康熙登基後沈荃
的情況，《清史稿・沈荃傳》甚簡，惟言「康熙元年，以憂歸。六年，授直隸
通薊道，坐事左遷。九年，授浙江寧波同知。未上官，特旨召對，命作各體
書，稱旨，詔以原品內用。十年，授侍講，直南書房。十一年，轉侍讀。十二
年，充日講起居注官。十三年，擢國子監祭酒。十五年，遷少詹事。十六年，
擢詹事。……十九年，上以講幄勞，加荃禮部侍郎銜。二十一年正月，乾清宮

宴廷臣，賦柏梁體詩，荃與焉。二十三年，卒。上以荃貧，賜白金五百。」而此詩云：「今上龍飛攬魁柄，人文際會風雲盛。澴州學士領機要，風裁奕奕清操勁。」「澴州學士」即孝昌相公熊賜履（1635～1709），因唐代曾置澴州，領孝昌縣。沈荃的「勅旨傳」，大約與熊賜履的推薦有關。陳康祺《郎潛紀聞初筆·殿廷槖筆合門賜貂圖》：「康熙某年，詔宣青浦沈文恪公荃入內廷，賦詩稱旨，賞貂裘一襲。沈繪《殿廷槖筆》、《合門賜貂》二圖，以紀榮遇。」此詩正為《殿廷槖筆》、《合門賜貂》而題，既大肆鋪排沈荃之善畫：「諮嗟沈君天下奇，文采風流傳墨妙」，「尚方筆札鵝溪絹，龍團墨花埽飛電」，又讚揚沈荃之正直敢諫：「生平所學惟正心，天子斂容知筆諫。欲將無逸進箴規，不數清平供奉詩」，最後歸結到「我聞水旱江淮有餓殍，海天蕭瑟少行舟。柏梁詞賦詎徒爾，宣室蒼生須借籌」，可謂鄭重之至。

此外，又有近體七律的題贈詩，如《送宮保王大司馬致政歸滇南》：

> 樓舩戈甲久銷沉，滇海風清罷羽林。勳業舊存三殿詔，去留今見兩朝心。東山花月仍無恙，北極風雪轉自深。聞道主恩思夙昔，莫言容易謝華簪。（尾批：「『去留今見兩朝心』，豈是庸人語。」）

如《徐孟樞侍御見過（徐自館職入臺）》：

> 誰遣壹鳥報曉邊，玉堂清冷憶君賢。自憐易過同官日，可惜相逢泛愛前。客散寒廳判獨醉，月明永夜不成眠。繡衣咫尺金門路，封事何時到日邊。（尾批：每於投贈中寓期許，不以頌而以規，昌黎先生所以文高北斗也）

前者題贈的對象是「致政」，後者題贈的對象是「升遷」，境遇完全不同，用語也有所區別。卷末有總評云：「臺閣之詩，工為應酬，雖藻粉鋪張而其中無有，亦坐其人胸中無識，斯下筆習為骯骸耳。先生諸篇於沉博絕麗之餘，寓感諷規切之誼，長句片語，莫不稱是。天人之相與，主臣之交孚，淋漓愷切，唯所欲言，要其忠孝蟠鬱，蓄極而流，不可遏抑如此，詩乃為有為而作也。」「臺閣之詩」不一定一無可取，關鍵在其人胸中有識無識，劉然堪稱真知陳廷敬者矣。

康熙六十一年（1722），有陶煊、張璨編《國朝詩的》六十三卷。陶煊，字奉常，生於順治十四年（1657），卒年不詳，湖南長沙人。善揚風雅，足跡遍天下，所交皆賢豪，凡片辭隻字可採者，雖人不我識，悉徵錄以歸。康熙五十九年（1720）冬臘，挾所集本朝天下詩至揚州，謀授諸棗梨，得程夢星、費

錫璜等名流資助，於康熙六十一年（1722）刻成。《國朝詩的》序跋有 11 篇之多，校閱者 329 人，其中又有「前較閱」「後校閱」之分。前者如施閏章、王士禛、徐乾學、尤侗、陳維崧、魏憲等，皆康熙中期的名家；後者如陳鵬年、錢名世、趙執信、程夢星、劉廷獻等，則為康熙晚期之作手。《凡例》三云：「詩自漢魏六朝，歷於唐宋元明，其所傳者自出機杼，各臻其妙。迨琅琊出，一變而為工麗矣，竟陵出，又一變而為清腴矣。矯者過偏，學者日下東施之顰，效而吠聲者不止矣。近日競譚宋人，幾於祖大蘇而宗範陸，學唐者又從而排擊之，各豎旗幢，如水火之不相入，可怪也。不知蘇陸諸公，亦俎豆三唐，特才分不同，風氣各別耳。使學者各就其性之所近，以神明乎古人，則皆可以登作者之堂。如必執一格以繩之，則漢魏而下，不必有六朝矣；三唐而下，不必有宋金元明矣。此豈詩之定論哉？是選要於中的，故濃奇平淡，無不兼收。」「濃奇平淡，無不兼收」，其旨在「要於中的」，故謂之《國朝詩的》。共收詩人 2594 人，分省而編次之，其「山西卷」共收陳廷敬詩 13 首。內《孫止瀾齋中同吳耕方夜集時默巖野歸》，《簏衍集》已收；《冬夜懷故山》、《為錢宮聲題周靜香畫松屋圖歌》、《三月三日同楊松谷泛舟沁水》，《百名家詩選》已收；《答王信初同年》，《名家詩選》已收；《澄海樓觀海作歌》、《出關門百里宿沙河站》、《歸路》、《姜女詞》，《詩觀三集》已收，就中多為「濃奇」之作。而為《詩的》獨收的，則皆為「平淡」之作，如《西山道中作》：

> 我築晚晴臺，以瞰西山故。明滅嶺上霞，依微巖際樹。未解塵鞅緣，遙寄丘中趣。埤堄仰樵蹤，簾閣俛鳥路。遊思娛清暉，清暉時一遇。川長限無梁，彩雲不可度。振衣寒松顛，稅駕流泉處。良遊勿蹉跎，歲月易遲暮。旅行循煙村，幽探散沙鷺。臺高輙廻眺，山近展徐步。二客儻能從，英流況廚顧。既同西園遊，時吟晚晴句。石欄點筆人，空翠沒巾屨。

《玉佳庵》：

> 商飆振幽厓，杖策跨蹊谷。翻悵去徑宵，何以極吾目。稍上天影開，餘翠橫半麓。夕霞豁霾曀，野煙澹林木。高臺秀遠峰，日入淨如沐。微興方陶然，滅跡向茅屋。仰躋清泉流，泠泠灑飛瀑。攀危不辭疲，留念遲往復。

《曇雲寺二首》選一：

> 寺門臨高橋，澗松交其端。徑幽室何許，欲憩行便姍。瑣細花

蒙密，駁舉苔羹緣。長欄棲閒雲，危榭縈孤煙。稍深境轉佳，靈風來清綿。流泉隔篁竹，日斜聲瀲瀲。琤琮寫哀玉，迸落如佩環。山水解娛人，何事歸塵寰。

《正月十四日過靈祐宮憩天翁方丈》：

郭南獨往當休暇，正月初遊興不遲。壇路春陰烏時樹，廟門風雪下靈旗。鶯花世界空蒙裏，煙火京城雜沓時。為斷諸緣過聽法，講堂人去重相思。

「濃奇」之作，有杜甫之風骨；「平淡」之作，帶陶潛之韻味。「濃奇平淡，無不兼收」，勝過《感舊集》，完整展示了陳廷敬詩風的兩翼。

雍正十二年（1734）有陳以剛等輯《國朝詩品》二十卷，棣華書屋刻本。陳以剛，字長荃，號燭門，天長龍岡鎮人。康熙五十一年（1712）進士，任池州府（治所在今貴池）教授。乾隆元年（1736）舉博學宏詞科，任青田知縣。乾隆三年（1738），調嘉善縣知縣，有善政。乾隆八年（1743），升雲南阿迷州知州，不久即告老還鄉。嗜酒工詩，善書法，有《梅花庵詩》、《退思堂詠菊詩》、《燭門詩集》、《覓閒草》等。《國朝詩品》首雍正甲寅歲（1734）陳以剛序，謂：

……於乙巳歲（1725）始事於秋浦，旋奉制府檄，主教鍾阜，生徒講習，未遑卒業。連年復奉聘纂輯《江南通志》，於癸丑（1733）之春始再返秋浦，乃取篋中所藏名家諸集，匯選付梓，而大旨一以發抒性情、淵源理義為正宗，故自豪賢碩彥，宗子鉅匠，壼女釋之流，莫不蓄材會調，飾章命意，包韞本根，標題色相，斯鴻才之妙擬，宗哲之冥造也。魏石生論詩，以義關倫物、忠厚和平者為上，感慨怨誹、詞旨激切者次之；優游觀化、舒寫性靈者為上，隨物賦形、功力悉敵者次之；寄託不凡、了無塵翳者為上，興會當前、揮灑任意者次之。其亦猶此意也。計前後閱十年，剞劂成，顏之曰《詩品》，俾天下之讀是集者，因韻考詞，因詞求聲，因聲定氣，因氣徵情，於以宣窈渺之思，光神妙之化，發乎情而止乎禮義，亦足以徵一代之文獻，而備觀風者之採擇也矣。

魏石生即魏裔介，輯有《溯洄集》，論詩以妙悟為主，以陶、謝、韋、柳為正宗。他提出的「以義關倫物、忠厚和平者為上，感慨怨誹、詞旨激切者次之；優游觀化、舒寫性靈者為上，隨物賦形、功力悉敵者次之；寄託不凡、了

無塵翳者為上，興會當前、揮灑任意者次之」，是陳以剛贊同並身體力行的標準。卷七選陳廷敬詩 30 題 43 首，多是忠厚和平、優游觀化、了無塵翳的「平淡」之作。如《懷七柿灘》：「洞陽風落滿地霜，萍蔗甘寒味許長。解道黃柑三百顆，不如紅柿熟千章。」《種柳》：「種柳樓前拂檻時，春愁秋思兩三枝。天涯一種消魂樹，不必人間有別離。」《史事偶閒戲題長句為醫者孫生》：「圖書跌宕謝公卿，貧病交遊尚有情。藥裹年華逢蒯子，枕中仕宦笑盧生。幾人青史題無愧，自古黃金鑄可成。留取一篇方伎傳，塵埃擾擾勝浮名。」他若《舊居遣興》、《午亭詩》、《南澗遊詩》、《夜》等，莫不如此。

《猛虎行》為樂府舊題，陸機「饑食猛虎窟，寒棲野雀林」，謝惠連「猛虎潛深山，長嘯自生風」，李白「朝作猛虎行，暮作猛虎吟」，張籍「南山北山樹冥冥，猛虎白日繞村行」，都是《猛虎行》的名句。韓愈《猛虎行》則云：「猛虎雖云惡，亦各有匹儔。群行深谷間，百獸望風低。身食黃熊父，子食赤豹麛。擇肉於熊豹，肯視兔與狸。正晝當谷眠，眼有百步威。自矜無當對，氣性縱以乖。朝怒殺其子，暮還食其妃。匹儔四散走，猛虎還孤棲。狐鳴門兩旁，烏鵲從噪之。出逐猴入居，虎不知所歸。誰云猛虎惡，中路正悲啼。豹來銜其尾，熊來攫其頤。猛虎死不辭，但慚前所為。虎坐無助死，況如汝細微。故當結以信，親當結以私。親故且不保，人誰信汝為。」《國朝詩品》所選陳廷敬《猛虎行》，置於前人之作，毫不遜色：

> 朝從猛虎食，暮從野雀棲。野雀無定端，猛虎還苦饑。水濁不見底，水清石累累。清濁各有以，溝水流東西。天風吹海色，昏昏渺無涯。遊心三神山，百年曾幾時。

入選詩中值得一提的是《流求刀歌為汪舟次作》。汪楫（1628～1689），字舟次，號悔齋，原籍休寧。少工詩，與三原孫枝蔚、泰州吳嘉紀齊名。始以歲貢生署贛榆訓導，康熙十八年（1679）應鴻博，取一等，授翰林院檢討，入史館。二十一年（1682），充冊封琉球正使，宣布威德。瀕行，不受例饋，國人建「卻金亭」志之，歸撰《使琉球錄》，載禮儀暨山川景物。關於汪舟次奉使冊封琉球一事，徐錫齡《熙朝新語》云：「二十一年春，琉球國王請封爵。舊典用給事中、行人各一員往。上重其選，特命廷臣會推可使者以聞。入朝人多俯首畏縮，楫獨鶴立班中，大臣遂以楫對。充正使，賜一品服至琉球國。王宴楫，手自彈琴以悅賓。楫故善音樂，縱談琴理，王大悅。乞楫書殿榜，縱筆為擘窠書。王大驚，以為神。」「流求刀」即日本刀，又稱倭刀。歐

陽修有《日本刀歌》云：「昆夷道遠不復通，世傳切玉誰能窮。寶刀近出日本國，越賈得之滄海東。魚皮裝貼香木鞘，黃白閒雜鍮與銅。百金傳入好事手，佩服可以禳妖凶。」因了歐陽修的名氣，「日本刀」從此成了詩家愛好的題目。唐順之《日本刀歌》云：「有客贈我日本刀，魚須作靶青綠綆。重重碧海浮渡來，身上龍文雜藻行。悵然提刀起四顧，白日高高天炯炯。毛髮凜冽生雞皮，坐失炎蒸日方永。聞到倭夷初鑄成，幾歲埋藏擲深井。日陶月煉火氣盡，一片凝冰鬥清冷。」周茂源（1618～1677）、梁佩蘭（1629～1705）、陳恭尹（1631～1700）都有《日本刀歌》。陳廷敬的《琉球刀歌》，正沿襲這一傳統而來。詩云：

> 丈夫得志為雲龍，搏服蛟兕羞雕蟲。歸來畫笏奏天子，寶刀拜獻明光宮。餘者虎氣亦騰躍，拔鞘漠漠生涼風。滄波險絕窮髮東，乘槎使者浮空蒙。圖書裝輕不滿篋，碧花鐫錯青芙蓉。含霞飲景霜鍔動，方口斫地如渴虹。麟角鸞趾拒所觸，剚割暴猛躪妖凶。古強入山射虎逸，方平獨臥鬼物空。豈似此刀光熊熊，大食日本皆提封。三金合冶紫煙重，海日鼓橐波雲紅。洮鴨綠石不受礪，雪刃凌亂神鼇峰。東方侏儒飽斗粟，昔者賜出驚鳴鴻。君方入侍禮遇崇，身挾日月乘天風。遠人脫贈意有以，斷金切玉理則同。沙場此物久不試，來庭文齒兼穴胸。禁中頗牧掞翰藻，搖筆辟易千夫雄。清畫造膝三數公，英盼往往回重瞳。男兒致身有如此，況值威德兼黃農。試看渭叟鼓刀者，干戈載戢橐強弓。

不從中國「切玉如割泥」昆吾之劍已渺茫難求、日本卻造出了寶刀的感歎入手，卻讚揚汪舟次的「丈夫得志為雲龍，搏服蛟兕羞雕蟲」，以為「男兒致身有如此，況值威德兼黃農」，最後落實到對天子的頌美。而有關寶刀的種種，如「含霞飲景霜鍔動，方口斫地如渴虹」、「麟角鸞趾拒所觸，剚割暴猛躪妖凶」，都變成了丈夫男兒的陪襯。「洮鴨綠石不受礪，雪刃凌亂神鼇峰」，反用晁補之「東坡喜為出好礪，洮鴨綠石如堅銅」（《贈戴嗣良歌，時罷洪府監兵過廣陵，為東坡公出所獲西夏刀劍，東坡公命》，《雞肋集》卷十）之意，為的是諷刺「東方侏儒飽斗粟，昔者賜出驚鳴鴻」。此詩屬於魏裔介所謂「詞旨激切」、「功力悉敵」、「揮灑任意」者，卻是陳廷敬詩的上乘佳作。

乾隆戊寅歲（1758），沈德潛《國朝詩別裁集》三十六卷告成。沈德潛（1673～1769），字確士，號歸愚，長洲（江蘇蘇州）人，乾隆四年（1739）

進士，官至內閣學士兼禮部侍郎，七十七歲辭官歸里。《國朝詩別裁集》以「和性情、厚人倫、匡政治、感神明」為宗旨，認為詩歌只有「原本性情、關乎人倫日用及古今成敗興壞之故者，方為可存，所謂其言之有物也」。《凡例》強調，「是選以詩存人，不以人存詩。蓋建豎功業者重功業，昌明理學者重理學，詩特其餘事也。故有功業理學可傳，而兼工韻語者急採之；否則，人已不朽，不復登其緒餘矣。」自序則說：「唯殷璠所云『權壓梁竇，終無所取』者，故竊比焉；高仲武所云『苟悅權右，取媚薄俗』者，庶幾免焉。」反映出嚴肅的態度。

《清詩別裁集》共得九百九十六人，詩三千九百五十二首。卷五選有陳廷敬詩十五首。小傳曰：「澤州居館閣，典文章，經畫論思密勿之地幾四十年，故其吐辭可上追燕許。茲特取其典質樸茂者，著於卷中。」對於其時「宗唐」「宗宋」之爭，沈德潛的立場是：「唐詩蘊蓄，宋詩發露。蘊蓄則韻流言外，發露則意盡言中。愚未嘗貶斥宋詩，而趣向舊在唐詩。故所選風調音節，俱近唐賢，從所尚也。」所收陳廷敬詩，除《張東山少司寇宅觀弈》（《感舊集》收）、《三月三日同楊松谷泛舟沁水》（《篋衍集》收）、《關樓》、《出關門百里宿沙河站》（《詩觀三集》收）外，其餘十一首為沈德潛所首選，且皆為有唐人風調的佳作。如《分流水送人北歸》尾批：「命意遣詞，如出唐人手。」《晉國》尾批：「予少時，尤滄湄宮贊以《午亭詩》見示，讀《晉國》一篇，愛其近杜。後讀《漁洋詩話》，亦謂其獨宗少陵，前輩先得我心，不勝自喜。」

將《午亭文編》卷一樂府《平滇雅》三篇（《岳湖逐寇也》、《湘東克衡也。衡盜倚為巢，克之，武功將成也》、《滇池盜伏於滇，師受聖策平之，武功成也》）放在首位，可以見出沈德潛的膽識和對陳廷敬的充分理解。《平滇雅表》是受柳宗元《平淮雅表》影響，並直承大小雅傳統的力作。陳廷敬在《獻平滇雅表》中說：

> 臣廷敬嘗誦《詩》，見大小雅《六月》、《采芑》、《江漢》、《常武》，皆言周宣王南征北伐，興治撥亂，以定四方平天下之功，臣嘗竊歎，以為如詩所載，可謂盛哉。後讀柳宗元《平淮雅表》，言宣王之形容與其輔佐，由今望之若神人，然直以雅之故也。臣按宗元意，以謂宣王定四方平天下，苟非其臣尹吉甫召穆公輩作為雅詩，傳之於今，今雖欲望宣王之形容，又其輔佐之盛，其道無從，而宣王定四方平天下之功，亦不能赫赫必傳於後世。烏虖，宣王之功，後罕匹矣，

廼推較往古，驗之方今，功德盛隆，遍於周雅，而適無有尹吉甫召穆公其人，播為聲詩，彰大其道，其何以昭宣治績，丕揚成功，傳之於後？然則推之作，厥義重矣哉。臣伏見皇上文武神聖，天錫智勇，光宅天下，奠安八荒，仁威所加，率土內外，罔不讋服。乃有孽臣潛伏，伺釁煽構禍亂，震搖我疆圉，俶擾我人民，皇上赫然一怒，命將授鉞，頃年以來，定秦隴，降閩海，平兩粵，收巴蜀，天兵所向，次第告捷。而滇逆竊據南楚，實為亂首，皇上神機中斷，指授規略，埽清湖湘，進克黔南，破堅摧險，直薄滇城之下，師久不解。朝旨督進軍，麾一動，氛祲消滅，皆由廟堂勳罔遺策，是以疆場舉必有功，海外怖駭，臣黎懽躍，太平之會，實當今日。臣嘗計滇逆之興亂，干誅也，耗糜賦籍甲兵，招納亡命，擅行威福，尾大不掉，反勢已成，正如漢削七國，唐縱藩鎮，蚤發則易圖，優容則難拔，故三藩之事，聖慮先覺，不辭大創之勞，永奠萬年之治，臣所謂功德過於宣王，而大雅不作，不勝惑焉。顧朝臣至多，豈無尹吉甫召穆公其人者，以揚大清之盛美於無窮，臣獨何人，敢專斯事。然臣備員法從，尤以文章為職業，不得以能薄材譾不足以自効為解，謹撰《平滇雅》三篇，再拜以獻。

且拿它與柳宗元《獻平淮夷雅表》比較：

臣宗元言：臣負罪竄伏，違尚書籤奏十有四年。聖恩寬宥，命守邊壤，懷印曳紱，有社有人。臣宗元誠感誠荷，頓首頓首。伏惟睿聖文武皇帝陛下，天造神斷，克清大憝，金鼓一動，萬方畢臣。太平之功，中興之德，推校千古，無所與讓。臣伏自忖度：有方剛之力，不得備戎行，致死命，況今已無事，思報國恩，獨惟文章。伏見周宣王時稱中興，其道彰大，於後罕及。然徵於《詩》大小雅：其選徒出狩，則《車攻》、《吉日》；命官分士，則《崧高》、《韓奕》、《烝人》；南征北伐，則《六月》、《采芑》；平淮夷，則《江漢》、《常武》。鏗鏘炳耀，蕩人耳目。故宣王之形容與其輔佐，由今望之，若神人然。此無他，以《雅》故也。臣伏見陛下自即位以來，平夏州，夷劍南，取江東，定河北。今又發自天衷，克翦淮右，而《大雅》不作。臣誠不佞，然不勝憤懣。伏以朝多文臣，不敢盡專數事，謹撰《平淮夷雅》二篇。雖不及尹吉甫召穆公等，庶施諸後代，有以

佐唐之光明。謹昧死再拜以獻。

柳宗元和陳廷敬雖然都強調「宣王之形容與其輔佐，由今望之若神人，然直以雅之故也」，但柳宗元是「負罪竄伏」的謫臣，與元和十二年「克剪淮右」的大業毫無關涉。他之寫作《平淮夷雅表》，不僅要徵得皇帝的批准，還得經頌揚對象裴度、李愬的認可，故又有《上裴晉公度獻唐雅詩啟》、《上襄陽李僕射愬獻唐雅詩啟》之舉，表白道：「宗元雖敗辱斥逐，守在蠻裔，猶欲振發枯槁，決疏潢污，馨效蚩鄙，少佐毫髮，謹撰《平淮夷雅》二篇（按即《平淮夷雅・皇武》和《平淮夷雅・方城》），恐懼不敢進獻，私願徹聲聞於下執事，庶宥罪戾，以明其心。」其志可嘉而其情可憫。陳廷敬則不然。他是康熙的重臣，對襄理朝政多有貢獻，是平定吳三桂的決策的參與者，只因年老而未克與役。故《平滇雅》三篇，寫得洋洋灑灑，大氣磅礴。沈德潛評曰：「《平滇雅》三篇，平吳逆作也。康熙十二年冬，吳三桂反雲南，明年，耿精忠反福建，既，尚之信反廣南，相繼應之。時諸將稟承廟謨，以次進討。十五年，耿逆降。十六年，尚逆平。至二十年，章泰貝子、賴塔二將軍下雲南，吳世璠自剄死，雲南平，時三桂已前死矣。三篇為吳逆言，而連及耿、尚，詞氣典重，與柳子厚《平淮夷雅》相埒，末歸本天子好生，仁武不殺，猶柳《雅》意也。」柳宗元《奉平淮夷雅表・皇武》末章云：「淮夷既平，震是朔南。宜廟宜郊，以告德音。歸牛休馬，豐稼於野。我武惟皇，永保無疆。」陳廷敬《滇池盜伏於滇》九章云：「帝曰吁嗟，勞我人師。日費百萬，大農不支。滇人望拯，如哺療饑。載礮載攻，天策攸宜。」十一章云：「夜半捷來，天心惻楚。閔憐下民，罹此荼苦。我將我師，於野暴露。布惠酬功，急疾如火。」十三章云：「帝曰歸來，予開明堂。制禮興樂，登賢拔良。孩養無告，施厚仁滂。熙我庶績，綱舉目張。永萬斯年，率由不忘。」所謂「末歸本天子好生，仁武不殺」云云，豈止「與柳子厚《平淮夷雅》相埒」，實勝其意多多也。

將五言古體《贈孝感相公》放在第二篇，亦有深意存焉。詩云：

> 十有四年春，惟三月日吉。枚卜擇近臣，學士登密勿。搢紳賀於朝，處士慶於室。僉曰帝知人，吾等夙願畢。公無得志容，庭館轉蕭瑟。公誠王者佐，生平學稷契。致君慕堯舜，自此見施設。銅扉半夜開，沙堤帶月出。暮讀書百篇，朝入語移日。勞瘁咫尺地，欲使萬國活。時方事南征，戎馬久未歇。黎元尚瘡痍，原野恐騷屑。晴風卷旌旗，三農乍起垤。況我仁義師，忍此田間物。公為民請命，

聞者感心骨。數日政事堂，絲綸慰饑渴。中朝相司馬，姓字及走卒。身當畫凌煙，名其懸日月。昔時同學人，翹首望回幹。（尾批：「勞瘁咫尺地」以下，見兵戎未停，瘡痍滿野，而以為民請命，望之相臣，得古人贈言之體。）

「孝感相公」即熊賜履，他與李天馥、陳廷敬三人同為順治十五年（1658）會試大拜者（《聽雨叢談》卷九），與康熙有君臣兼師友之誼：設翰林院，以為掌院學士；舉經筵，以為講官，日進講弘德殿；賜履上陳道德，下達民隱，上每虛己以聽。康熙十四年（1675）三月，遷內閣學士，尋超授武英殿大學士，兼刑部尚書（《清史稿·熊賜履傳》）。作者在祝賀老友熊賜履之登「密勿」（處理機密的處所）時，又提出殷切的期望，要他記住「時方事南征」、「黎元尚瘡痍」的現實，務必為民請命，確實「得古人贈言之體」。此詩受杜甫五古影響極深，依韻試尋其跡於後：「皇帝二載秋，閏八月初吉」（《北征》）。「君誠中興主，經緯固密勿」（《北征》）。「杜子將北征，蒼茫問家室」（《北征》）。「乾坤含瘡痍，憂虞何時畢」（《北征》）。「靡靡逾阡陌，人煙眇蕭瑟」（《北征》）。「許身一何愚，竊比稷與契」（《自京赴奉先縣詠懷五百字》）。「拜辭詣闕下，怵惕久未出」（《北征》）。「維時遭艱虞，朝野少暇日」（《北征》）。「微爾人盡非，於今國猶活」（《北征》）。「撫跡猶酸辛，平人固騷屑」（《自京赴奉先縣詠懷五百字》）。「遂令半秦民，殘害為異物」（《北征》）。「夜深經戰場，寒月照白骨」（《北征》）。「生還對童稚，似欲忘饑渴」（《北征》）。「默思失業徒，因念遠戍卒」（《自京赴奉先縣詠懷五百字》）。「非無江海志，蕭灑送日月」（《自京赴奉先縣詠懷五百字》）。由於將杜詩之自述變為贈答，遂使風格由沉鬱頓挫變為鏗鏘激越。

《施愚山見寄長歌和答》是一篇聲情並茂的七古：

闌珊夜雨難鳴號，關山夢迴心魂勞。我所懷思渺天末，涼風一起秋蕭條。美人昔贈《相逢篇》，吳綃三尺森瓊瑤。今晨曉窗坐展翫，我欲報之情鬱陶。憶昔相逢客京輦，城南華徑紛招要。酒酣惆悵秋燈紅，羨我鬒髮漆黑同。即今倏忽別四載，頭上已有霜枯蓬。眼前諸子幾人在，浮雲溝水馳西東。萬事回頭淚沾臆，人生朝露誰能必。楚澤難招宋玉魂，緱山不返王喬舄（自注：指荔裳、西樵）。二子歌詞自絕塵，聲華爛漫今何益。男兒七尺良可哀，生存華屋終黃埃。儒術用世行已矣，浮名寂寞何為哉！不如放意遊八極，掃除文字棲

淵默。未斷塵情憶遠人，茫茫江水分南北。

沈德潛尾批：「康熙初，公與西樵、漁洋、荔裳、愚山、顧庵、繹堂諸公時為文酒之會，號稱極盛，而聚散存亡，人生難免，多情人不勝華屋山丘之感也。末歸到掃除文字，棲心淵默，所見又高一格矣。」施愚山，即施閏章（1618～1683），字尚白，號愚山、蠖齋，晚號矩齋，安徽宣城人。順治己丑進士（1649），曾提督山東學政。本詩是對施閏章所寄長歌的和答。「闌珊夜雨雞鳴號，關山夢迴心魂勞」，出李白《長相思》：「天長路遠魂飛苦，夢魂不到關山難。」「我所懷思渺天末，涼風一起秋蕭條」，出杜甫《天末懷李白》：「涼風起天末，君子意如何？」詩人回憶當年客京輦時與西樵（王士祿）、漁洋（王士禛）、荔裳（宋琬），顧庵（曹爾堪）、繹堂（沈荃）的文酒之會時，「酒酣惆悵秋燈紅，羨我鬍髮漆黑同」，大家是何等青春年少。然而，「即今倏忽別四載，頭上已有霜枯蓬」，不但幾位諸子「浮雲溝水馳西東」，宋琬、王士祿兩位已不在人世了。「楚澤難招宋玉魂」指宋琬，「緱山不返王喬舃」指王士祿（《後漢書・方術傳》：「王喬者，河東人也。顯宗世，為葉令。喬有神術，每月朔望，常自縣詣臺朝。帝怪其來數，而不見車騎，密令太史伺望之。言其臨至，輒有雙鳧從東西飛來。於是候鳧至，舉羅張之，但得一隻舃焉。」）王士祿、宋琬都死於康熙十二年（1673），由「即今倏忽別四載」上推四年，應為康熙八年（1669）。本詩不僅宗杜，而且宗李。李白有「歸隱謝浮名」（《留別西河劉少府》）之句，杜甫亦有「細推物理須行樂，何用浮名絆此身」（《曲江二首》）之句；李白有「八極恣遊憩，九垓長周旋」（《贈嵩山焦煉師》）之句，杜甫亦有「一乘無倪舟，八極縱遠舵」（《送蔡山人》）之句。「儒術用世行已矣，浮名寂寞何為哉。不如放意遊八極，掃除文字棲淵默」，詩意既與李白相通，亦與杜甫相連。《東山亭子放歌》則有濃鬱的《梁園吟》情韻，「君不見謝公高臥東山時，起為蒼生已白首。昔時絲竹轉淒涼，美人黃土今安有？百年我亦一東山，日夕樵歌動林藪」數語，真是地道的李白式的達觀。

《渡江見焦山有作懷林吉人》是一首情景交融的好詩。林佶（1660～？），字吉人，號鹿原，侯官人。文師汪琬，詩師陳廷敬、王士禛。工楷書，汪琬之《堯峰文鈔》，廷敬之《午亭文編》，士禛之《精華錄》，皆其手書付雕。著有《樸學齋詩集》、《漢甘泉宮瓦記》、《全遼備考》、《游水尾岩記》等。康熙四十四年（1704），陳廷敬扈從南巡，渡江見到美麗的焦山，不禁詩興大發：

江流近海迎朝曉，焦山蒼蒼當海門。憶君焦山古鼎篇，勢凌海

日傾江源。金山樓觀特瑰麗，撞鐘伐鼓風濤喧。我行再過焦山下，海雲堂中空夢魂。茲山不到屢惆悵，懷慚竟踐蘇公言。惟我與君亦如此，知禰不薦昔人恥。只有思君日夜心，長江湛湛東流水。（尾批：結另用意，而以不能薦賢為恥，相思不斷，如水東流，猶見相臣心事。）

「憶君《焦山古鼎篇》」云云，張潮（1659～？）《焦山古鼎考》，收《焦山古鼎》銘文題跋十餘通，中有：王士祿、王士亞、汪鋺、朱彝尊、林佶、周在俊、徐釚、程邃、程康莊、宋犖、張潮、吳晉、雷士俊等人考釋、題跋和詩歌。林鈞《石廬金石書志》卷十五云：「是編摹銘繪圖，附以釋文，博引諸家考釋以及題詠，足資考據。」則林佶確有《焦山古鼎篇》。陳廷敬到了焦山，便想到了焦山的古鼎；想到焦山古鼎，便想到了寫有《焦山古鼎篇》的林佶：「惟我與君亦如此，知禰不薦昔人恥。」身為調和鼎鼐的相臣，以不能薦賢為恥；對這位比自己小二十一歲的門人，「只有思君日夜心，長江湛湛東流水」，感情是異常真摯的。林佶是康熙三十八年（1699）舉人，康熙五十一年（1712）特賜進士時，陳廷敬已經身故了。

二

以《詩品》為代表的詩話系統，是中國詩歌評價體系的組成部分之一。《四庫全書總目提要》卷一百九十五「集部‧詩文評類」，概括詩話的特點是「旁採故實」、「體兼說部」，且謂《詩品》「所品古今五言詩，自漢、魏以來一百有三人，論其優劣，分為上、中、下三品。每品之首，各冠以序。皆妙達文理，可與《文心雕龍》並稱。」清人的詩話，亦多有論陳廷敬之詩者。

首先需要提到的是《漁洋詩話》。王士禛論詩之語，散見於所著諸書，張潮輯《昭代叢書》，載《漁洋詩話》一卷，實所選古詩凡例，康熙乙酉（1705）歸田後所作。《四庫全書總目提要》謂：「士禛論詩，主於神韻，故所標舉，多流連山水，點染風景之詞，蓋其宗旨如是也。」《漁洋詩話》只有一處提到陳廷敬：

> 陳說岩相國少與余論詩，獨宗少陵。略記其言云：「晉國強天下，秦關限域中。兵車千乘合，血氣萬方同。紫塞連天險，黃河劃地雄。虎狼休縱逸，父老願從戎。」

王士禛早就知陳廷敬有《晉國》一詩，但《懷舊集》不收，原因是他不贊

同他的「獨宗少陵」,至沈德潛方收入《清詩別裁集》。此詩回溯晉國昔時的強盛,竟能迫使「秦關限域中」。「紫塞連天險,黃河劃地雄」,刻畫晉國山川之險要,對仗工穩;「虎狼休縱逸,父老願從戎」,謳歌晉民藐視強敵的尚武精神,氣勢磅礡。

楊際昌(1718～?)《國朝詩話》二卷,有乾隆二十四年(1759)似園刊本。其例言四說:「卷內不拘人之窮達,名之微顯,惟其人尚在者,詩雖佩服,姑存以有待,恐涉依附之私,不敢不避嫌也。」卷一云:

> 澤州陳相公廷敬《聞笛》詩云:「一片長安秋月明,誰吹玉笛夜多情?關山萬古無消息,腸斷風前入破聲。」豐致灑然,絕不妝點臺閣氣象。

《聞笛》一詩諸選本未收。「豐致灑然,絕不妝點臺閣氣象」,點出了陳廷敬詩的可貴處。

《老生常談》一卷,延君壽撰。《山右叢書初編書目提要》謂:「陽城延君壽,字荔浦。詩與張晉齊名。此為其所撰詩話,高識冠倫,厚力企古,為託於樸野之辭,或話或文雜出,實天下之奇作。」《山右叢書初編書目提要》又介紹張晉《續尤西堂〈擬明史樂府〉》一卷:「陽城張晉,字雋山。少年浪跡山水,周遊天下,所著《豔雪堂集》一時風行。此《明史樂府》為晉提學使周石芳所刊,序中稱其詩可與午亭、蓮洋鼎立;至於樂府,實勝西堂。」清代晉城有三名人——陳廷敬,張晉、延君壽。正因為同是晉人,故《老生常談》談陳廷敬詩,喜從山西切入。如云:

> 吾陽城詩人,午亭是天下士,不僅式一鄉一邑。前代之王疏庵、張貌山,非專門,難與抗行。後來田退齋工詩,卻未多見。繼之者為郭冀一、田楚白、張芝庭、王青甫、衛容山、樊梅軒、王魯亭、陳明軒,余曾刻八人詩為《樊南詩鈔》。再稍後則為雋三、金門、禮垣與余。後起少年,余曾與之結樊南吟社。多年不歸里,聞諸生忽作忽輟,多不認真,午亭之香,危乎幾息。

「午亭是天下士」之說,與魏憲「取中原作者角技量力,吾恐此一鹿也不死於二公,而死於學士矣」,與出一轍。又如:

> 陳午亭《酬于秀才》云:「多君長劍倚崆峒,況事仙人白兔公。王屋天壇青嶂裏,河陽古寨碧流中。詠從洛下書生好,詩是山西老將雄。欲共飛車三萬里,赤松同訪趁西風。」後半浩氣行空,讀去

增人豪興，第六句大為老西吐氣。

《酬于秀才》載《亭午文編》卷十七，題《酬贈于子龍秀才》。「多君長劍倚崆峒，況事仙人白兔公」。臨汾南有崆峒山，王屋、河陽都在山西，于子龍當是山西人。白兔公為彭祖弟子，平時乘玉兔飛來飛去。《列仙傳》：「有赤松子與黃帝時啖百草花，不穀食，至堯時猶存，此張良所願遊者。」屈原詩亦有「從赤松子遊」之句。于子龍雖是秀才，卻長劍倚崆峒，師事白兔公，是位求仙問道者。詩人如今也「欲共飛車三萬里，赤松同訪趁西風」，可謂興致相當。此詩之為延君壽喝彩，乃在「詩是山西老將雄」之「為老西吐氣」，「增人豪興」也。《亭午文編》卷四又有《贈于子龍秀才》一首，足見二人相知之契。又如：

> 午亭《送吳蓮洋歸蒲東》有「狗監人難遇，蛾眉老易猜」之句，應是罷鴻詞科時所作。又「人物雄才老，雲山間氣多。玉溪終古在，相併得金鵝」。金鵝，蓮洋館名，其所稱許之者至矣。人惟有名而後與人不爭名，惟有才而後能愛人之才。

吳雯（1644～1704），字天章，號蓮洋，蒲州人，其詩得王士禎揄揚，名聲大振。康熙十八年（1679）舉博學宏辭，未中。著有《蓮洋集》二十卷。丁紹儀《聽秋聲館詞話》謂其詩「飄然有仙氣」。因有「狗監人難遇，蛾眉老易猜」之句，判斷是吳雯罷鴻詞科時所作。「人惟有名而後與人不爭名，惟有才而後能愛人之才」，是對陳廷敬人格的讚賞。

關於宗唐宗宋之爭，延君壽以為：「五律，學唐人不抉其髓，則失於熟；學宋人但襲其反，則失於生。惟濃不染唐之蹊徑，淡不落宋之窠臼，經營於意象之間，咀嚼於神味之外，午亭五律，剛到好處。《登普照寺》云：『樹杪水濺濺，群峰矗碧天。松門留曉月，板屋過流泉。谷口山城遠，窗中鳥道懸。前林人跡少，寒磬下溪煙。』此首似是從太白『犬吠水聲中』化出，卻無跡象可求，尤佳是後半不弱。」又指出：「午亭七律兼學宋人，余另有讀本。如《臥病輟直》云：『回驚廊閣三番仗，稍學仙人五戲禽。』《課兒》云：『繩床穿座知吾老，書案量身覺汝長。』亦宋人中之卓然能自立者。」都說得十分中肯。

對於王士禎、陳廷敬詩論的分歧，延君壽的看法是：「楊升庵、徐青藤是豪傑之士，當何、李登詞壇，獨不與之合。詩雖非中聲，然才氣生動可嘉。本朝漁洋登詞壇，陳午亭、趙秋谷、查初白不與之合，亦是豪傑之士。」

又說：

> 午亭全是一團學才，抱真氣而能獨來者也。余謂其深造之能，
> 直駕新城、竹垞而上之。世人見其用力過猛，使筆稍鈍，看去覺得
> 吃力，遂輕心掉之耳。五古《詠漢事》數首，絕不用推陳出新，旁
> 見側出，而用筆自然，銳不可當。太白「秦皇掃六合」等篇，正是
> 此詩之源，識者辨之。

「全是一團學才，抱真氣而能獨來者」，是對陳廷敬詩作的準確把握。「其深造之能，直駕新城、竹垞而上之」，是對陳廷敬詩作的恰當定位。「世人見其用力過猛，使筆稍鈍，看去覺得吃力，遂輕心掉之耳」，是對陳廷敬詩作的沒有取得轟動效應的合理分析。五古《詠漢事》六首，載《亭午文編》卷三，分詠漢高、沛公、項王、呂后、漢文、田橫等六人，延君壽指出太白「秦皇掃六合」等是此詩之源，大有見地。

又有丁紹儀《聽秋聲館詞話》，同治八年刊。其卷十云：

> 我朝如湯文正斌、陳文貞廷敬、陳勤恪鵬年，文章經濟，媲美
> 前賢，亦有詞句流傳。文貞《紅窗聽》云：「玉軫霜弦欣暫倚，更何
> 必、碎從燕市。窗燈簾月閒相對，覺吾將老矣。目送手揮聊復爾，
> 正良夜、碧天如水。漏聲初起，征鴻過盡，奈鄉愁難寄。」

陳廷敬能詞，應該是沒有問題的。《欽定詞譜》之《凡例》，奉旨開列第一名「南書房總閱官」，就是「經筵講官文淵閣大學士兼吏部尚書臣陳廷敬」。但《亭午文編》不收「詩之餘」的詞。陳廷敬之有《紅窗聽》，則惟恃此詞話流傳耳。

清代筆記，亦有關於陳廷敬詩歌的記載與評論。吳長元《宸垣識略》卷二載陳廷敬《長至朝賀詩》：「昨夜陽回曉仗過，天門鍾鼓競鳴珂。朝衣舊惹爐煙重，宮日新移扇影多。雲物編年書鳳簡，歲華簪筆在鑾坡。亦知詞賦工無益，若為升平許載歌。」《講筵紀事詩》：「崇政經帷秘，延英玉陛高：聲容蕭中禁，寵渥厚詞曹，夭誥開黃卷，乾文上彩毫。萬言親講誦，或恐聖躬勞。」

徐錫齡、錢泳《熙朝新語》卷一云：

> 陳澤州相國初名敬，殿試榜有通州同姓名者，上命加廷字以別
> 之。官學士時，奉命進所作詩。上覽其《詠石榴子》云：「風霜歷後
> 含苞實，只有丹心老不迷。」誦之至再。官至大學士，仍兼經筵。

故事，大臣入閣不復侍經筵。兼之者桐城、澤州二相，蓋曠典也。

戴璐《藤陰雜記》記載陳廷敬的詩就更多了。卷二載《和宋犖由蘇撫擢冢宰》詩：「黃散功名畫省詩，卅年心事故人知。回驚海內交遊少，卻訝天涯聚散遲。芳草長洲春去後，落花高館夜深時。藤陰舊是棲遲地，風月今宵有夢思。」卷三載《冬官署中南亭，張敦復英所葺。茲予再至，承乏公後，而敦復權領翰林，齋居有懷》詩：「乾坤蕩漾兩浮萍，歲月樊籠意渺冥。再到冬曹新燕壘，百年喬木舊槐庭。吟成白雪人難和，夢續黃粱客半醒。惆悵玉堂明月夜，柯亭劉井幾回經。」卷五載《見潘岸谷比部訊屠芝岩給諫》詩：「細柳新蒲綠映空，曲江花有幾枝紅。天家一榜四百士，白首相知六七公。海上故人如夢裏，薊門落月滿樓中。逢君舊憶銅龍事，左掖清陰入院桐。」卷十一載《重遊祖氏園》詩：「十五年前白鼻騨，青絲金絡酒重賒。長思別後淒涼地，再見秋來爛漫花。世事五侯新第宅，桑田幾度舊人家。將軍坐嘯風煙外。帳底歌鐘閱歲華。」卷十二《再遊詩摩訶庵》詩：「暮景西郊僻，精藍此地逢。殘花落清梵，深竹度煙鍾。春雨紅樓暗，香林碧樹濃。近來幽意愜，巾拂對從容。」有的則僅記詩名，如卷六記陳澤州有《崇效寺看棗花書雪塢詩後》詩，有《棗林寺門遇袁杜少》詩；卷十一記陳澤州有《容園呈大司馬宛平公》長律。有的則夾雜記之，如卷五：

> 陳澤州初寓宣武門東街，與李湘北少宰比鄰。《乙丑除夕移青藤館新居》詩：「五春三度移居日，桃梗椒花總閉關。」《新齋》詩：「莫道幽居小，樓頭十萬家。」又有《六友齋玩月》詩。又《青藤館晝睡》詩：「汗簡紛難就，青藤蔓許長。」又《簡西鄰給孤寺主》詩，則定在珠市口西，今莫考其舊第。

有的還記有時人評論，如卷六：

> 陳澤州廷敬《重陽讌集》詩：「曉隨丞相鳳池頭，晚接花茵想勝遊。萬里捷書頻送喜，一時佳節倍銷憂。松風有夢懷溫樹，魚水多情羨野鷗。不盡謝公絲竹興，邊機樽俎在前籌。」「勝蹟王孫萬柳賒，相公清興渺雲霞。黃塵漠漠雙蓬鬢，豔蕊淒淒舊菊花。見說登臨猶昨日，笑憐歲月屬官家。何時蠟屐陪歡讌，也比參軍落帽紗。」益都入朝，出此詩示徐立齋相國曰：「終當讓此公！」

筆記的記載，同樣反映了對詩人陳廷敬的當代認知，有助於陳廷敬詩作的保存與傳播。《四庫全書總目提要》卷一百七十三《午亭文編》條，是詩人

陳廷敬當代認知的概括：

> 廷敬論詩宗杜甫，不為流連光景之詞，頗不與王士禎相合，而士禎甚奇其詩。所為古文，雖汪琬性好排詆，論文少所許可，亦甚重之。生平迴翔館閣，遭際昌期，出入禁闥幾四十年。值文運昌隆之日，從容載筆，典司文章。雖不似王士禎籠罩群才，廣於結納，而文章宿老，人望所歸，燕、許大手，海內無異詞焉，亦可謂和聲以鳴盛者矣。卷首有廷敬《自序》，謂於汪、王不苟雷同。然蹊逕雖殊，而分途並騖，實能各自成家。其不肯步趨二人者，乃所以能方駕二人歟。此固非依門傍戶，假借聲譽者所知也。

《欽定四庫全書》集部七《午亭文編》案語相關文字稍異，曰：「其生平迴翔館閣，遭際昌期，膺受非常之知遇，出入禁闥幾四十年。正值文運昌隆之日，而廷敬以淵雅之才，從容簪筆，典司文章，得與海內名流以詠歌鼓吹為職業，故著述大抵和平深厚，當時以大手筆推之。」《新唐書·蘇頲傳》云：「頲性廉儉，奉稟悉推散諸弟親族，儲無長貲。自景龍後，與張說以文章顯，稱望略等，故時號』燕許大手筆』。」按，張說（667～730），字道濟，拜中書令，封燕國公，掌文學之任凡三十年，為開元前期一代文宗，有集三十卷。蘇頲（670～727），字廷碩，由工部侍郎進紫微侍郎，知政事，號小許公，有集三十卷。二人皆以文章顯，世稱「燕許大手筆」。陳廷敬「從容載筆，典司文章」，堪與張說、蘇頲媲美，海內公認為「大手筆」，是當之無愧的。

三

然而，歷史進入二十世紀以後，詩人陳廷敬卻受到了極端的漠視。幾部通行的中國文學史，如游氏《文學史》，章氏《文學史》，袁氏《文學史》，都無一字提到陳廷敬；惟謝無量《中國大文學史》第五編「方苞與古文」，因汪琬（字苕文）而偶及陳廷敬，略謂：「清初風氣還醇，一時學者始復講唐宋以來之矩矱。至魏禧侯方域外，稱琬為最工，宋犖嘗合刻其文以行世。清四庫提要，以禧才雜縱橫，未歸於純粹；方域體兼華藻，稍涉於浮誇；惟琬學術既深，軌轍復正，其言大抵原本六經，與二家迥別。其氣體浩瀚，疏通暢達，頗近南宋諸家，蹊逕亦略不同，廬陵南豐，固未易言。要之接跡唐歸，無愧色也。當時澤州陳廷敬，亦為古文，苕文甚重之。廷敬官至大學士。有《午亭文編》。」也只談到陳廷敬的古文，沒有提及陳廷敬的詩。

　　造成這種境況，既有觀念的原因，也有材料的原因。以觀念而論，自從陳獨秀提出「推倒雕琢的阿諛的貴族文學，建設平易的抒情的國民文學」、「推倒陳腐的鋪張的古典文學，建設新鮮的立誠的寫實文學」、「推倒迂晦的艱澀的山林文學，建設明瞭的通俗的社會文學」三大主義，「文學革命」獲得了普遍響應，被時人推崇的前後「七子」和歸有光、方苞、姚鼐、劉大魁尚且被稱為「十八妖魔」，「迴翔館閣，遭際昌期，膺受非常之知遇」的陳廷敬，自然更屬「貴族文學」、「廟堂文學」、「館閣文學」範疇，「宣戰」、「推倒」尚且不遑，怎麼可能賜予文學史上一席之地呢？以材料而論，一百多年來，沒有出版過陳廷敬的集子，各種詩選也從來沒有選過一首陳廷敬的詩。在一般讀者的「常識」裏，陳廷敬只是《康熙字典》的總裁官，如此而已。

　　要恢復歷史的本來面目，給陳廷敬以正確的評價，只有從解決這兩個問題入手。

　　為什麼要推倒「三種文學」？陳獨秀當年的理由是：「貴族文學，藻飾依他，失獨立自尊之氣象也。古典文學，鋪張堆砌，失抒情寫實之旨也。山林文學，深晦艱澀，自以為名山著述，於其群之大多數無所裨益也。其形體則陳陳相因，有肉無骨，有形無神，乃裝飾品而非實用品。其內容則目光不越帝王權貴，神仙鬼怪，及其個人之窮通利達。所謂宇宙，所謂人生，所謂社會，舉非其構思所及。此三種文學公同之缺點也。」其實，從邏輯上講，「貴族文學」、「古典文學」、「山林文學」三個概念，本來就不處在一個層面上。所謂「貴族文學」，指的是作者的階級；所謂「古典文學」，指的是寫作的時代；所謂「山林文學」，指的是作品的題材。若以作者的階級成分判斷，古代文學的許多精華，如《小雅》《大雅》，是「貴族文學」；《離騷》《天問》，也是「貴族文學」。事實告訴我們，出自「貴族」之手的「廟堂文學」，不一定就「藻飾依他，失獨立自尊之氣象」，也不一定就缺乏批判精神。錢穆先生《中國文學史概觀》說：「中國文學，一線相傳，綿亙三千年以上。其疆境所被，凡中國文字所及，幾莫不有平等之發展。故其體裁內容，複雜多變，舉世莫匹。約而言之，當可分政治性的上層文學與社會性的下層文學兩種，而在發展上則以前者為先，亦以前者佔優勢。」（《中國文學論叢》，三聯書店，2002年版，第48頁）他且舉杜甫為例，證明「個人之窮通利達」與所謂「宇宙」、「人生」、「社會」，有著密不可分的關係：

　　　　社會結構與時代情況，以唐視漢，終已大變，有關日常生活私

人情志之屬進文學內容，此風不復可遏。雖心存君國，志切道義，然日常人生終成為文學主要題材，如杜甫韓愈之詩文集，按年編排，即成年譜。私人之出處進退，際遇窮達，家庭友朋悲歡聚散，幾乎無一不足為當代歷史作寫照，此成為唐以下文學一新傳統。其作品之價值高下，亦胥可懸此標準為衡量。至於專熟一部《文選》，惟以應進士試，則見為輕薄。輕薄非文辭之不工，亦不盡如韓冬郎《香奩集》之描寫女性，即灞橋風雪，生活吐屬非不雅，然與生民休戚無關，不涉公共大局，斯即輕薄也。至如羅昭諫，十上不中第，自名曰隱，心中惟知有科名，《謁文宣王廟》有曰：「九仞蕭牆堆瓦礫，三間茅屋走狐狸。」而又曰：「釋氏寶樓侵碧漢，道家宮殿拂青雲。」則屬勢利。老釋蔑勢利，而崇勢利者亦歸老釋，此皆在社會之下層。故詩騷屬上層文學，固非勢利。杜韓關心世運，亦非勢利。驢子背上灞橋風雪，與夫香奩豔情，本亦非勢利，特作者心情，不與國家安危民生休戚相關，則惟見其輕薄，亦成為勢利。」（《中國文學論叢》，第51頁）

陳廷敬為其師李霨《心遠堂詩集》作《序》，稱其「寫一時交泰之盛，蓋遭際盛時，故其詩有雍容太平之象，古人所謂臺閣文章者，蓋若是矣」（《四庫全書總目提要》卷一百八十一《心遠堂詩集》條），用之於陳廷敬本人，亦甚得宜。他執著於本職工作，關心國家安危與民生休戚。其著述大抵和平深厚，可謂和聲以鳴盛者。一個世紀以來，受到喝彩的往往是以「批判」為主調的作品，但人類歷史的本質是建設，是進步，而不是破壞，是倒退。陳廷敬雖然身居高位，但仍以詩記述親朋間的悲歡聚散，抒發自己的喜怒哀樂，從不裝腔作勢。他的詩對上級、同僚、下屬，對長輩、晚輩，對升遷者、遭貶者，都予以「瞭解之同情」，絕不勢利，絕不輕薄。

錢穆先生晚年著《晚學盲言》，書中講了一段極其深刻的話：「此下在中國文學史上之第一流人物，為後人歷久崇奉者，如唐代之李白、杜甫、韓愈、柳宗元，北宋之歐陽修、蘇軾，南宋之陸游等，莫不以其一生之整體人生寫入其文學中，而其作品亦即為作者生平之寫照。故其文學之高下得失，乃胥視其作者之生平為人而定。杜甫為詩聖，李白為詩仙。儒道高下，亦依以定。此皆在人品上。至於所謂神理氣味格律聲色，亦盡在其中。此亦中國文學一傳統精神所在。故凡屬中國之文學家，並不以文為生。換言之，中國人之學，

皆屬其人之品德，非其職業與行業。此如封建時代之農工商，其行業乃由官授，由公家廩給。其私生活則乃公職，非私業。中國社會中之士，實亦一公職，非私業。李、杜、韓、柳、歐陽、蘇、陸，莫不有公職，莫不有其生計安排。其文學寫作，則乃其閑暇生活之自由流露，乃其內在品德之表現發展與完成，絕不為其私生活之職業經濟打算而有此寫作。」（廣西師範大學出版社，2004 年版，第 271 頁）中國傳統文學的「常態」，是沒有職業詩人。惟其如此，故發而為詩，「乃其閑暇生活之自由流露，乃其內在品德之表現發展與完成」。可以說，寫詩對陳廷敬來說是一種生活方式，一種生存形態，通過詩來自我涵泳，自我調適，自我砥礪，乃至自我徼惕，從而使自己的心靈得到昇華。縱觀陳廷敬的全部詩作，我們可以發現陳廷敬的全人。而要做到這一點，需要將陳廷敬詩集重新整理出版，至少首先搞一個比較好的陳廷敬詩選，以提供讀者一分精緻的精神食糧。這就涉及給陳廷敬以正確的評價的第二個問題，即材料問題了。

林紓、陳衍的文化堅持與自信

一

　　胡適吹噓白話為「活文學」，詆毀文言為「死文學」，最終目標就是廢除文言文。他在 1918 年 4 月 15 日發表的《建設的文學革命論》中說：「中國這二千年何以沒有真有價值、真有生命的『文言的文學』？我自己回答：『這都是因為這二千年的文人所做的文學都是死的，都是用已經死了的語言文字做的。死文字決不能產出活文學。所以中國這二千年只有些死文學，只有些沒有價值的死文學。』」用了兩個「都是」，兩個「只有」，就蠻橫地把文言劃到「國語」範圍之外了。

　　不僅如此，胡適還要否定中國傳統文學形式。在談到怎樣實行「國語的文學，文學的國語」時，他提出了「工具」、「方法」、「創造」三個步驟。關於第一步，胡適說：「我們的工具就是白話，我們有志做國語文學的人，應該趕緊籌備這個萬不可少的工具。」他的預備方法有兩種，一是「多讀模範的白話文學」，二是「用白話作各種文學」。關於第二步，在拉拉雜雜說了一通「文學的方法」之後，強調要「趕緊多多的翻譯西洋的文學名著做我們的模範」，實際上又否定了「多讀模範的白話文學」的主張。他說：

　　　　第一，中國文學的方法實在不完備，不夠作我們的模範。即以體裁而論，散文只有短篇，沒有布置周密、論理精嚴、首尾不懈的長篇；韻文只有抒情詩，絕少紀事詩，長篇詩更不曾有過，戲本更在幼稚時代，但略能紀事掉文，全不懂結構；小說好的，只不過三四部，這三四部之中，還有許多疵病；至於最精彩之「短篇小說」、

「獨幕戲」，更沒有了。若從材料一方面看來，中國文學更沒有做模範的價值。才子佳人、封王掛帥的小說，風花雪月、塗脂抹粉的詩；不能說理、不能言情的「古文」；學這個、學那個的一切文學，這些文字，簡直無一毫材料可說。至於布局一方面，除了幾首實在好的詩之外，幾乎沒有一篇東西當得「布局」兩個字！——所以我說，從文學方法一方面看去，中國的文學實在不夠給我們作模範。

第二，西洋的文學方法，比我們的文學，實在完備得多，高明得多，不可不取例。即以散文而論，我們的古文家至多比得上英國的 Bacon 和法國的 Montaiene，至於像 Plato 的「主客體」，Huxley 等的科學文字，Boswell 和 Morley 等的長篇傳記，Min、Franklin、Giddon 等的「自傳」，Taine 和 Bukle 等的史論，……都是中國從不曾夢見過的體裁。更以戲劇而論，二千五百年前的希臘戲曲，一切結構的工夫，描寫的工夫，高出元曲何止十倍。近代的 Shakespcare 和 Moliere，更不用說了，最近六十年來，歐洲的散文戲本，千變萬化，遠勝古代，體裁也更發達了，最重要的，如「問題戲」專研究社會的種種重要問題；「寄託戲」（Symbolio Drama）專以美術的手段作的「意在言外」的戲本，「心理戲」，專描寫種種複雜的心境，作極精密的解剖；「諷刺戲」，用嬉笑怒罵的文章，達憤世救世的苦心……更以小說而論，那材料之精確，體裁之完備，命意之高超，描寫之工切，心理解剖之細密，社會問題討論之透徹……真是美不勝收。至於近百年新創的「短篇小說」，真如芥子裏面藏著大千世界；真如百鍊的精金，曲折委婉，無所不可；真可說是開千古未有的創局，掘百世不竭的寶藏。

關於第三步，胡適則輕描淡寫地說：「至於創造新文學是怎樣一回事，我可不配開口了。我以為現在的中國，還沒有做到實行預備創造新文學的地步，原可不必談創造的方法和創造的手段，我們現在且先努力做那第一、第二兩步預備的工夫罷！」便匆匆結束全文，所以重點仍在「趕緊多多的翻譯西洋的文學名著做我們的模範」上。

胡適企圖借誇大西方文學的優長，以達到顛覆中國文學傳統的目的。既然「中國文學的方法實在不完備」，中國小說「好的只不過三四部，這三四部之中還有許多疵病」，「才子佳人、封王掛帥的小說……簡直無一毫材料可說」，

加之又要「不講對仗」，馴致被胡適奉為「正宗」的「足與世界『第一流』文學比較而無愧色者」的章回小說，徹底沒落了。章回體小說講究回目對仗的工穩，還有那回前、回中、回後詩詞駢儷的精工，這些都需要下工夫學習，當時的白話小說家做不來，只好向「比我們的文學實在完備得多、高明得多」的「西洋的文學方法」討生活，使被胡適難得頌揚的我佛山人、南亭亭長、洪都百鍊生的章回小說，在「新文學家」手中都成了絕響。

胡適的《文學改良芻議》，是在軍閥混戰背景下發表的。滿族皇帝雖被推翻，但實現民主的起點降得更低了，比皇帝臣工素質更差的大小軍閥，開始追逐自己的皇帝夢。1915 年 12 月，袁世凱宣布恢復帝制，改國號為「中華帝國」，蔡鍔旋即通電全國，宣布雲南獨立，組織討袁護國軍，孫中山發表《討袁檄文》；1916 年 3 月 22 日，袁世凱被迫撤消帝制，恢復民國，6 月 6 日死於北京，黎元洪繼任大總統；1917 年 5 月，黎元洪的總統府與段祺瑞的國務院矛盾激化，免去段祺瑞國務總理職；1917 年 6 月 12 日，黎元洪解散國會，召張勳進京共商國事；7 月 1 日，張勳、康有為等擁清廢帝宣統復辟，段祺瑞組「討逆軍」驅逐張勳，復任國務總理，拒絕恢復《臨時約法》；黎元洪通電去職，馮國璋代理大總統；孫中山由上海至廣州，倡議召開國會，組織護法軍政府：南北對峙的局面，業已形成。面對混亂已極的政治局面，全國上下的心態是普遍絕望的。赴美留學七年甫回祖國的胡適，除了發表這篇《文學改良芻議》，不聞有任何關於時局的評論。《文學改良芻議》說的「八事」多是故作驚人之筆，既與時局毫無關涉，亦與實現民主富強毫不相干。須知，光緒二十六年十二月丁未（1901 年 1 月 29 日）的改革諭旨，尚且批評「晚近之學西法者，語言文字、製造器械而已，此西法之皮毛，而非西學之本源也⋯⋯捨其本源而不學，學其皮毛而又不精，天下安得而富強耶？」（《光緒朝東華錄》總 4601～4602 頁）「學其皮毛而又不精」的胡適，其認識水準甚至連十五年前的慈禧都不如。

二

《文學改良芻議》發表一個月後，比胡適年長三十九歲的林紓，便在上海《民國日報》發表《論古文之不宜廢》，迅速作出了回應。胡適 1917 年 4 月 7 日日記也摘抄了林琴南《論古文之不宜廢》，注：「此文見上海《民國日報》（六年二月八日）」，還加了三個「不通！」的夾批，末後又批：「此文中『而

方、姚卒不之蹈』一句，『之』字不通。」徐子明注意到這一點，說：「他明知『蹈』字上頭的『之』是印工誤加，乃有意吹求好像他自己優於林氏。」(《胡禍叢談》，第 18 頁)

其實這都是小節。作為晚清啟蒙文學家，林紓此舉不是偶然而發的。早在 1904 年，他就在《〈英國詩人吟邊燕語〉序》中說過：「歐人之傾我也，必曰識見局，思想舊，好言神怪，因之日就淪弱，漸即頹運；而吾國少年強濟之士，遂一力求新，醜詆其故老，放棄其前載，維新之從。」且舉「英人固以新為政者也，而不廢莎士之詩」為例，證明「政教兩事，與文章無屬」，實現現代化並不需要拋棄傳統，這些見解完全適用於反駁十二年後胡適的高論。

文章題為「論古文之不宜廢」，鮮明地亮出雖贊成白話，但不應以廢古文為前提的觀點。首句「文無所謂古也」，堪稱深諳文學真諦之慧言。文無古今，唯有優劣，故「漢唐之《藝文志》及《崇文總目》中文家林立」，而「馬、班、韓、柳獨有」；優秀的古文，具有恆久的魅力。胡適之所謂「八事」，不構成文言必廢的理由；用白話作文章，誰能保證篇篇「言之有物」、「講求文法」、「不作無病之呻吟」、「務去濫調套語」呢？

《文學改良芻議》在「可傳世不朽之作，當以元代為最多，此可無疑也。當是時，中國之文學最近言文合一，白話幾成文學的語言矣。使此趨勢不受阻遏，則中國幾有一『活文學出現』，而但丁、路得之偉業，幾發生於神州」一段，忽從中加了一條長注：

> 歐洲中古時，各國皆有俚語，而以拉丁文為文言，凡著作書籍皆用之，如吾國之以文言著書也。其後意大利有但丁〔Dante〕諸文豪，始以其國俚語著作。諸國踵興，國語亦代起。路得〔Lutber〕創新教，始以德文譯《舊約》《新約》，遂開德文學之先。英法諸國亦復如是。今世通用之英文新舊約，乃一六一一年譯本，距今才三百年耳。故今日歐洲諸國之文學，在當日皆為俚語。迨諸文豪興，始以「活文學」代拉丁之死文學。有活文學而後有言文合一之國語也。

喝了洋墨水、好借西人說事的胡適，本意乃在宣揚拉丁是「死文學」、1611年後之俚語方為「活文學」的高論，以為廢除文言文張目；有過外國小說翻譯經驗、瞭解西方文化史的林紓，則予以輕輕一撥：「嗚呼，有清往矣，論文者獨數方、姚，而攻掊之者麻起，而方、姚卒不之蹈。或其文固有其是者存

耶？方今新學始昌，即文如方、姚，亦復何濟於用？然而天下講藝術者仍留古文一門，凡所謂載道者皆屬空言，亦特如歐人之不廢臘丁耳。知臘丁之不可廢，則馬、班、韓、柳亦自有其不宜廢者。吾識其理，乃不能道其所以然，此則嗜古者之痼也。」尹雪曼《中國現代文學史話》評論道：「我們揣測林氏之意，乃說拉丁文雖然早已不再被普遍使用，但是，西洋人並沒有把拉丁文完全廢棄。既然西洋人尚且如此，我們中國人又怎能把古文完全丟掉呢？這兩句話雖然說得十分有理，但因後邊兩句話說得太坦白了，結果被胡適與陳獨秀抓住小辮子，就『吾識其理，乃不能道其所以然』，大肆抨擊，弄得林琴南頗有點招架不住。」(《國魂》1977 年 4 月號。)「吾識其理，乃不能道其所以然，此則嗜古者之痼也」，不能從字面上理解。林紓也許是謙虛，也許是不想在短文中鋪得太開，胡適迴避其提出的關鍵，抓住一兩句話嘲諷一通，便「得勝」而去了。

作為對民族有責任心的老成人，林紓憂心忡忡地說：

> 民國新立，士皆剽竊新學，行文亦澤之以新名詞。夫學不新，而唯詞之新，匪特不得新，且舉其故者而盡亡之，吾甚虞古繫之絕也。向在杭州，日本齋藤少將謂余曰：「敝國非新，蓋復古也。」時中國古籍如皕宋樓之藏書，日人則盡括而有之。嗚呼，彼人求新而惟舊之寶，吾則不得新而先殨其舊。意者後此求文字之師，將以厚幣聘東人乎？夫馬、班、韓、柳之文雖不協於時用，固文字之祖也；嗜者學之，用其淺者以課人，轉轉相承，必有一二鉅子出肩其統，則中國之元氣尚有存者。若棄擲踐唾而不之惜，吾恐國未亡而文字已先之，幾何不為東人之所笑也。

《論古文之不宜廢》發表時，將「意者後此求文字之師，將以厚幣聘東人乎」與「國未亡而文字已先之，幾何不為東人之所笑也」二句，用特大號字體排印，尤突現了林紓的殷憂（按，齋藤少將，時為日本公使武官）。日本的維新比中國早，卻不一味圖新而廢舊，故齋藤有言：「敝國非新，蓋復古也。」林紓發問道：「彼人求新而惟舊之寶，吾則不得新而先殨其舊」，豈不是太愚蠢了麼？當時中國古籍如皕宋樓之藏書，為什麼會為日人盡括而有之？恐與時人鼓吹盡廢古書、盡廢文言不無關係吧？「意者後此求文字之師，將以厚幣聘東人乎？」後來的事實，皆不幸為林紓所言中。林紓還指出，「馬、班、韓、柳之文雖不協於時用，固文字之祖也」，雖不一定要所有的人都去學

習，但嗜者學之，轉轉相承，必有一二鉅子出肩其統，則中國之元氣尚有存者；相反，「若棄擲踐唾而不之惜，吾恐國未亡而文字已先之」，可謂語重而心長。

1919 年 4 月，林紓又在《文藝叢報》創刊號發表《論古文白話之相消長》，進一步就「白話正宗」論與胡適商榷。文章說：「至白話一興，則喧天之鬧，人人爭撤古文之席而代以白話，其但始行白話報。憶庚子客杭州，林萬里、汪叔明創為《白話日報》，余為作《白話道情》，頗風行一時。已而予匆匆入都，此報遂停。滬上亦聞有為白話為詩，難者從未聞盡棄古文行以白話者。」又說：「近人創為白話一門，自衒其持見，不知林萬里、汪叔明固已先汝而為矣。」庚子即 1901 年，林萬里即林獬（1874～1926），其時主持《杭州白話報》筆政，作《論看報的好處》，並以「宣樊」、「宣樊子」筆名作白話文鼓吹新政；五十歲的林紓時客居杭州，為之撰《白話道情》，很受歡迎。行文本意十分清楚：即便是「倡導白話」的話題，「不知林萬里、汪叔明固已先汝而為矣」，自己亦比胡適有更多的發言權。

在立定有足夠資格議論白話的前提下，林紓以高明的古文家身份，暢論古文的性質和功用：它有時「似無關於政治，然有時國家之險夷係彼一言」；有時又似「無涉於倫紀，然有時足以動人忠孝之思」。他品隋唐文、宋文、元文、明文的優劣短長，洋洋灑灑，彷彿是信手拈來，揮斥皆成警句。其論明人之學漢，喻之為「《品花寶鑑》學《紅樓夢》者也」：「《紅樓夢》多貴族手筆，而曹雪芹又司江南織造，上用之物，靡不周悉。作《品花寶鑑》者，特一秀才，雖極寫華公子之富，觀其令廚娘煮粥，親行命令如某某之粉宜多宜寡，斟酌久之，如在《紅樓夢》中則一婢之口吻耳。」特意引白話小說為例以喻之，不惟十分得體，亦為題中應有之義。即便是《紅樓夢》的賞鑒，早在1907 年，林紓譯《孝女耐兒傳》即曰：「中國說部，登峰造極者無若《石頭記》……（其）用筆縝密，著色繁麗，制局精嚴，觀止矣。」與三年之後撰《紅樓夢考證》、言「紅樓夢的真正價值在這平淡無奇的自然主義上面」的胡適相比，林紓此文謂「《紅樓》一書，口吻之犀利，聞之儼然，而近人學之，所作之文字，乃又膇懱欲死，何也？須知賈母之言趣而得要，鳳姊之言辣而有權，寶釵之言馴而含偽，黛玉之言酸而帶刻，探春之言言簡而理當，襲人之言貼而藏奸，晴雯之言憨而無理，趙姨娘之言言賤而多怨，唯寶玉所言，純出天真。作者守住定盤針，四面八方眼力都到，才能隨地熨貼。」無疑要內

行老到多了。

林紓也看到了古文與時代不相適應的一面。1913 年春秋之交，作《送大學文科畢業諸學士序》，勉諸生云：「嗚呼，古文之敝久矣。大老之自信而不惑者，立格樹表，俾學者望表赴格，而求合其度，往往病拘攣而瘥於盛年。其尚恢富者，則又矜多務博，捨意境，廢義法，其去古乃愈遠……意所謂中華數千年文字之光氣，得不黯然而瓚者，所恃其在諸君子乎？世變日滋，文字固無濟於實用。苟天心厭亂，終有清平之一日。則諸君力延古文之一線，使不至於顛墜，未始非吾華之幸也。」1915 年，為國學扶輪社《文科大辭典》作序云：「綜言之，新學即昌，舊學日就淹沒，孰於故紙堆中覓取生活？讓名為中國人，斷無拋棄其國故而仍稱國民者。僕承乏大學文科講習，猶兢兢然日取左、國、莊、騷、史、漢八家之文，條分縷析，與同學言之。明知其不適於用，然亦所以存國故耳。」「世變日滋，文字固無濟於實用」、「新學即昌，舊學日就淹沒」，但為了使「中華數千年文字之光氣，得不黯然而瓚」，「明知其不適於用，然亦所以存國故耳」，這些意見是十分通達的。《論古文白話之相消長》亦坦然承認，隨著時代的變遷，古文已退居次要之地位：「今官文書及往來函札，何嘗盡用古文。一讀古文，則人人瞠目，此古文一道已屬消燼滅之秋，何必再用革除之力？」

但這並不意味著一定要廢除古文，甚至將古文斬盡殺絕。林紓深刻地指出：「其曰廢古文用白話者，亦正不知所謂古文也。」這是為什麼呢？林紓巧妙地借《水滸》藝術而言之曰：

　　白話至《水滸》、《紅樓》二書，選者亦不為錯。然其繪影繪聲之筆，真得一肖字之訣。但以武松之鴛鴦樓言之，先置朴刀於廚次，此第一路安頓法也。其次登樓，所謂攄開五指，向前右手執刀，即防樓上知狀將物下擲，攄指正所以備之也，此第二路之寫真。登樓後見兩三枝燈燭三數處月光，則窗開月入，人倦酒闌，專候二人之捷音，此三路寫法也。既殺三人，灑血書壁，踩扁酒器，然後下樓，於簾影模糊中殺人，刀鈍莫入，寫向月而視，凜凜有鬼氣。及疾趨廚次，取朴刃時，則倏忽駭怪，神態如生，此非《史記》而何？試問不讀《史記》而作《水滸》，能狀出爾許神情耶？《史記·竇皇后傳》敘竇廣國兄弟家常瑣語，處處入情；而《隋書·獨孤氏傳》曰「苦桃姑」云云，何嘗非欲跨過《史記》，然不類矣。故冬烘先生言

字須有根柢，即謂古文者，白話之根柢；無古文，安有白話？

「《史記·竇皇后傳》敘竇廣國兄弟家常瑣語」，見《史記·外戚世家》：竇皇后弟竇廣國，四五歲時為人略賣至宜陽，為其主入山作炭，聞竇皇后新立，上書自陳。竇皇后召見，復問何以為驗？對曰：「姊去我西時，與我決於傳舍中，丐沐沐我，請食飯我，乃去。」於是竇后持之而泣，泣涕交橫下，故曰「處處入情」。而「《隋書·獨孤氏傳》曰『苦桃姑』云云」，見《隋書·外戚傳》：高祖外家呂氏，其族蓋微，平齊之後，求訪不知所在。開皇初，有男子呂永吉，自稱有姑字苦桃，為楊忠妻。勘驗知是舅子，留在京師。永吉從父道貴，性尤頑騃，言詞鄙陋。初自鄉里徵入長安，上見之悲泣。道貴略無戚容，但連呼高祖名，云：「種末定不可偷，大似苦桃姊。」是後數犯忌諱，動致違忤，故曰「何嘗非欲跨過《史記》，然不類矣」。林紓藉此說明「古文者，白話之根柢」，「無古文，安有白話」，「能讀書閱世，方能為文，如以虛枵之身，不特不能為古文，亦並不能為白話」的道理，是令人信服的，也是符合文學演進規律的。胡適以「言文之背馳」與否，奉遼、金、元通俗文學為中國文學之正宗，無疑是錯誤的。中國文化源頭在先秦，沒有證據表明其時一定「言文背馳」，而以《詩經》、楚辭為代表的先秦詩歌，以《春秋》、《左傳》、《國語》、《戰國策》為代表的先秦史書，以《論語》、《墨子》、《孟子》、《莊子》、《荀子》、《韓非子》為代表的先秦諸子，莫不以其深厚的思想底蘊，成為後世取之不盡的思維源泉。胡適說「與其作不能行遠不能普及之秦漢六朝文字，不如作家喻戶曉之《水滸》《西遊》文字」，表面上指「作文」，實際上是指「讀文」，既不作矣，又何讀焉？從而粗暴地切斷中國文化的本源，後果是極為嚴重的。

1919年3月18日，林紓在《公言報》發表《致蔡鶴卿書》，進一步申述他對「正宗」論的看法：「若《水滸》《紅樓》，皆白話之聖，並足為教科之書，不知《水滸》中辭吻，多採岳珂之《金陀萃篇》，《紅樓》亦不止為一人手筆，作者均博極群書之人。總之，非讀破萬卷，不能為古文，亦並不能為白話。若化古子之言為白話，演說亦未嘗不是。按《說文》：演，長流也，亦有延之、廣之之義，法當以短演長，不能以古子之長，演為白話之短。且使人讀古子者，須讀其原書耶？抑憑講師之一二語，即算為古子？若讀原書，則又不能全廢古文矣。矧於古子之外，尚以《說文》講授，《說文》之學，非俗書也。當參以古籀，證以鍾鼎之文，試思用籀篆可化為白話耶？果以篆籀之文，雜

之白話之中，是引漢唐之環燕與村婦談心，陳商周之俎豆為野老聚飲，類乎不類？」講得十分中肯，可謂語重心長。

「若盡廢古書，行用土語為文字，則都下引車賣漿之徒所操之語，按之皆有文法，不類閩廣人為無文法之喞啾，據此則凡京津之稗販，均可用為教授矣」數語，頗為時人與後人痛恨，以為是「對勞動人民的極大污蔑」。其實，林紓說的是由口語提煉為書面語言，屬語言的繼承和發展的範疇。「非讀破萬卷，不能為古文，亦並不能為白話」，實為顛撲不破的至理名言。

三

縱觀林紓「論文言不可廢」諸文，說理辯難，皆是心平氣和的。他最為史家詬病的是作了《荊生》、《妖夢》兩篇小說，竟然詆毀新文化運動是「禽獸之言」。實際上，這原是錢玄同（1887～1939）、劉半農（1891～1934）演出的雙簧激出來的。

胡適的「吶喊」，其時少人問津，贊同者既罕，反對者尤稀，於是便想到「製造」對立面：「王敬軒」的「雙簧戲」，正反映了胡適受到的冷落，證明它壓根兒夠不上稱做什麼「運動」。

在那位由錢玄同扮演的子虛烏有的「王敬軒」身上，隱約有林紓的若干特徵，故文史家說：「錢、劉的『雙簧』戲上演後不久，真正的新文化運動反對派果然中了圈套。他們因王敬軒被批駁而坐立不安，要為王敬軒鳴不平，故而跳將出來。1919 年春，赫赫有名的桐城派代表林琴南在上海《新申報》上的《蠡叟叢談》中發表文言小說《荊生》，影射攻擊《新青年》的幾個編輯，以皖人田其美影射陳獨秀，以狄莫影射胡適，以浙江人金心異影射錢玄同。林琴南在小說裏幻想出一個英雄『荊生』，讓這個偉丈夫鬧事痛打田、狄、金三人，以發洩他維護舊禮教、反對新文化的積怨。」〔註 1〕文史家指林琴南「使用卑劣手段」，採用的純是雙重標準。既然對方不按規矩出牌，以近乎無賴的手段「唐突前輩」，將可笑的油彩塗抹在對手鼻尖上，為人慷慨、個性倔強、素有劍俠氣的林紓，自然忍不住站出來痛罵幾聲。

借小說以影射之事，史上早已有之。唐代李德裕與牛僧孺交惡，命其門人韋瓘以牛僧孺名義撰《周秦行記》以誣陷之，就是最著名的例子。小說敘牛僧孺貞元中落第，歸途誤宿古墓，會到了漢代的薄太后，又召請戚夫人、

〔註 1〕落塵：《民國的底氣》，中央廣播電視大學出版社，2011 年版，第 49 頁。

王昭君、潘淑妃、楊貴妃、綠珠等飲酒賦詩。薄太后問：「今天子為誰？」牛僧孺答云：「今皇帝先帝長子。」太真笑曰：「沈婆兒作天子也，大奇！」（按，「沈婆」指代宗的沈后，安史之亂兩度被胡人擄去，「沈婆兒」則指當時的皇帝德宗）。李德裕又親自作《〈周秦行記〉論》，攻擊牛僧孺「以身與帝王后妃冥遇，欲證其身非人臣相也，將有意於狂顛；及至戲德宗為『沈婆兒』，以代宗皇后為『沈婆』，令人骨戰，可謂無禮於其君甚矣！」張泊《賈氏談錄》云：「開成中，曾為憲司所劾，文宗覽之，笑曰：『此必假名，僧孺是貞元中進士，豈敢呼德宗為沈婆兒也。』事遂寢。」與李德裕之從政治上誣陷對手，欲置人於死地的鬼蜮伎倆相比，林紓所做不過是遊戲文章，且堂堂正正地署上自己的大名，何「卑劣」之有？

《荊生》載1919年2月17～18日《新申報·蠡叟叢談（十三～十四）》。小說勾畫出林紓心目中「新文人」的尊容，言田其美（影射陳獨秀）、金心異（影射錢玄同）、狄莫（影射胡適）「悉新歸自美洲，能哲學，而田生尤穎異，能發人所不敢發之議論，金生則能《說文》」。一日，三人來至陶然亭，溫酒陳肴，坐而笑語：

> 田生中坐，歎曰：「中國亡矣，誤者均孔氏之學，何由堅言倫紀，且何謂倫紀者，外國且妻其從妹，何以能強？天下有人種，即有父母，父母於我又何恩者？」狄莫大笑曰：「惟文字誤人，所以至此。」田生以手抵几曰：「死文字，安能生活學術，吾非去孔子滅倫常不可！」狄莫曰：「吾意宜先廢文字，以白話行之，俾天下通曉，亦可使人人咸窺深奧之學術，不為艱深文字所梗。唯金君何以默守《說文》，良不可解。」金生笑曰：「君知吾何姓，吾姓金耳。姓金者性亦嗜金，吾性但欲得金，其講《說文》者，愚不識字之人耳，正欲闡揚白話以佐君。」於是三人大歡，堅約為兄弟，力掊孔子。

雖是玩笑之作，卻將三人之宗旨，概括得並不走樣，頗有唐人小說之意趣。其後，忽有「偉丈夫」荊生破壁指三人曰：「爾乃敢以禽獸之言，亂吾清聽！」於是按田生首，以足踐狄莫，取金生眼鏡擲之，三人只得殮具下山，「回顧危闌之上，丈夫尚拊簡而俯視，作獰笑也」。篇末蠡叟曰：「如此混濁世界，亦但有田生狄生足以自豪耳，安有荊生？」小說因勢闡釋「孔子聖之時」論道：「孔子何以為聖之時？時乎春秋，即重俎豆；時乎今日，亦重科學。譬叔梁紇病篤於山東，孔子適在江南，聞耗，將以電報問疾，火車視疾

耶？或仍以書附郵者，按站而行，抵山東且經月，俾不與死父相見，孔子肯如是耶？」該文駁斥時人對孔子的曲解，與《致蔡鶴卿書》中「時乎潛艇飛機，則孔子必能使潛艇飛機不妄殺人」是一致的，唯有淺薄之徒，方得視為「笑柄」耳。

《妖夢》載 1919 年 3 月 18～22 日《新申報・蠡叟叢談（四十四～四十六）》，荒唐色彩更為濃鬱。小說敘鄭思康夢中為長髯人所邀，往遊陰曹，遂並轡至白話學堂，見門外大書一聯云：「白話通神，紅樓夢水滸真不可思議；古文討厭，歐陽修韓愈是甚麼東西。」入第二門，見匾上大書「斃孔堂」，又一聯云：「禽獸真自由，要這倫常何用；仁義太壞事，須從根本打消。」聞校長元緒（影射蔡元培）、教務長田恒（影射陳獨秀）、副教務長秦二世（影射胡適），皆鬼中之傑出者，入而面之。談次問名未竟，二世曰：「足下思康，思鄭康成耶？孔丘尚是廢物，何況鄭玄！」田恒曰：「鄭玄作死文字，決不及活文字，非我輩出面提倡，則中華將被此腐儒弄壞矣。而五倫五常，尤屬可恨，束縛至於無轉旋地步。」結末謂羅睺羅阿修羅王至，直撲白話學堂，攫人而食。食已大下，積糞如丘，臭不可近。筆墨未免刻薄，非怪「新人」要勃然大怒了。話又要說回來，將對方說成妖魔，最先還是新派自己。陳獨秀不是說他要「明目張膽地與十八妖魔（明之前後七子及八家文派之歸、方、劉、姚）宣戰」，「願拖著四十二生的大炮」，為「吾友胡適」之前驅嗎？

撇開小說的詭誕色彩，對「正宗」論的批評同樣深刻酣暢。結末蠡叟曰：「『死文字』三字，非田恒獨出之言也。英國大師迭更先生，已曾言之，指臘丁羅馬希臘古文也。夫以迭更之才力，不能滅臘丁，詎一田恒之力，能滅古文耶？即彼所尊崇之《水滸》《紅樓》，非從古書出耶？《水滸》中所用，多岳珂《金陀萃編》中之辭語，而《紅樓》一書，尤經無數博雅名公，竄改而成。譬之珠寶肆中，陳設之物，欲得其物，須入其肆檢之；若但取其商標，以為即珠寶也，人亦將許之乎？作白話須先讀書明理，說得通透，方能動人。若但以白話教白話，不知理之所從出，則驟馬市引東洋車之人亦知白話，何用教耶？此輩不能上人，特作反面文字，務以驚眾，明理者初不為動。所患者後生小子，小學堂既無名師，而中學堂又寡書籍，一味枵腹，聞以白話提倡，烏能不喜。此風一扇，人人目不知書，又引掖以背叛倫常為自由，何人不逐流而逝，爭趨禽獸一路。善乎西哲畢困腓士特之言曰，智者愚者俱無害，唯半智半愚之人最為危險。何者？謂彼為愚，則出洋留學，又稍知中國文

字，不名為愚；若指為智，則哲學僅通皮毛，中文又僅知大略，便自以為中外兼通。說到快意，便罵詈孔孟，指斥韓歐，以為倫常文字，均足陷人，且害新學。須知古文無害於科學，科學亦不用乎古文，兩不相涉，盡人知之。唯懶惰不學之少年，則適為稱心之語可以欺瞞父母，靡不低首下拜其言。矧更有家庭革命之說，則無知者，歡聲雷動矣。吾恨鄭生之夢不實，若果有瞰月之羅睺羅王，吾將請其將此輩先嘗一臠也。」講這番話的時候，林紓心中在流血。

1919 年 4 月 5 日《公言報》刊出林紓的《腐解》，袒露了自己「性既迂腐」的性格：「……予乞食長安，蟄伏二十年，而忍其飢寒，無孟韓之道力，而甘為其難。名曰衛道，若蚊蚋之負泰山，固知其事之不我干也，憾吾者將爭起而吾彈也。然萬戶皆鼾，而吾獨嘐嘐作晨雞焉；萬夫皆屏，吾獨悠悠當虎蹊焉！七十之年，去死已近。為牛則羸，胡角之礪？為馬則駑，胡蹄之鐵？然而哀哀父母，吾不嘗為之子耶？巍巍聖言，吾不嘗為之徒耶？苟能俯而聽之，存此一線倫紀於宇宙之間，吾甘斷吾頭，而付諸樊於期之函；裂吾胸，為安金藏之剖其心肝。黃天后土，是臨是監！子之掖我，豈我之慚？」1924 年，林紓逝世前一月為擅長古文辭的四子林琮所寫的遺訓曰：「琮子古文，萬不可釋手，將來必為世所寶。」其彌留之際，仍以手指在林琮手上寫道：「古文萬無滅亡之理，其勿怠爾修。」當廢文言文的潮流滾滾而來，順之者昌，逆之者亡，能挺立潮頭，甘為其難，衛護中國傳統文化之道，非林紓而誰何？

四

1923 年，胡適在給韋蓮司的信中說：「至於我作為成員之一的中國文學革命，我很欣慰地說，已經是大致大功告成了。我們在 1917 年開始推展這個運動的時候，大家預計需要十年的論辯、二十年的努力才能竟功。然而，拜這一千年來許許多多無名的白話作家的默默耕耘之賜，真可說是瓜熟蒂落！才一年多一點的時間，我們就把反對派打得潰不成軍，五年不到，我們這個仗就大獲全勝了。」（轉引自江勇振：《捨我其誰：胡適·第二部·日正當中》（1917～1927），第 209 頁）那麼，這樣的奇蹟是如何創造的？看看 1917～1919 年的《申報》，就會明白「白話戰勝文言」究竟是怎麼一回事了。

1917 年 1 月 1 日，《申報》刊登「丁巳年正月初五，國文週刊出版」的廣告；1917 年 1 月 3 日，又刊登「中國文學研究會成立兼收學員，主任陳石遺」

的廣告。兩年後的 1919 年 5 月 1 日，《申報》有《林紓主幹函授部招生》的廣告，內容包括組織介紹：本函授部為海內文人所組織創設，自民國四年，於今已有四載。宗旨：專門函授中國舊文學，旨在普及國文而維墜緒。分科：內部分文學選科、文科簡易國文科；教員：林琴南、陳石遺、易實甫、天虛我生、王鈍根、許指嚴、李涵秋、劉哲廬、李定夷、吳東園、潘蘭史、蔣箸超諸先生；教法：講義，改課，批答，觀座等。

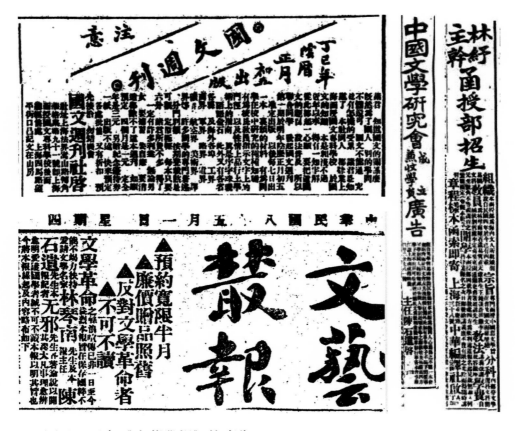

同日，又有《文藝叢報》的廣告：

　　▲預約寬限半月

　　　▲廉價贈品照舊

　　　　▲反對文學革命者

　　　　　▲不可不讀

　　文學革命之聲浪，喧傳已非一日，至今益烈。本報旨在保存國粹，不能不竭力扶持，爰請文學名家林琴南先生及本報主任陳石遺

先生，各著論說，以闢其謬。大凡事理，愈辯愈明，愛護國學者，
誠不可不讀本報，以明其旨也。

可見，林紓、陳衍等一直在堅持自己的觀點，並且通過辦叢報、開函授
班的方式，團結了一批文人學者，獲得社會相當程度的響應。然而，並無學
理根據的胡適，最後竟然取得了勝利，其關鍵的因素，就是北洋政府的決策。
最讓人匪夷所思的是，1919 年 5 月 4 日，北洋政府殘酷鎮壓了青年愛國運動，
1920 年 1 月 2 日卻遵照「新文化運動旗手」胡適的意願，頒布了廢除文言文
的法令：「定本年秋季起，凡國民學校一二年級，先改國文為語體文。」4 月
再發通告，分批廢止舊國文教科書，逐步採用經審定的語體文教科書，其他
各科教科書也「參改語體文」，使白話文運動取得「迅速徹底的成功」。

耿雲志在《胡適與五四時期的新文化運動》中說：「在北洋軍閥反動黑暗
的統治下，白話文居然凱歌行進，無可抵禦。這是因為它適應歷史發展的需
要有著深廣的社會基礎。」（耿雲志：《胡適研究論稿》，第 5 頁）不知史家為
何未曾想到，內外交困的北洋政府，為何竟會成了胡適的支持者，在他提出
「廢除文言文」僅僅三年之後，就急切地將它付諸實施？胡適於 1920 年 5 月
17 日不無得意地說：「這個命令是幾十年來第一件大事。它的影響和結果，我
們現在很難預先計算。但我們可以說，這一道命令把中國教育的革新，至少
提早了 20 年。」（《〈國語講習所同學錄〉序》）然而通過對文獻作的梳理，我
們便可窺見實際上這一切都是胡適操弄的結果。

胡適 1920 年 5 月的日記是表格式的，分預算與實行二項，其中：

20 日，下午三點，預算：「國語會？」；實行：空白。

22 日，下午三到四點，預算：國語；實行：只講了一點，國語
統一籌備會主席。

23 日，上午九到十點，預算：國語；實行：✓。下午三點，預
算：空白；實行：國語統一籌備會主席。

25 日，下午四到六點，通欄：國語統一籌備會主席。是日大會，
前日之委員會議案都通過。大會閉會。共開了五天會。

國語統一籌備會是北洋政府教育部的附設機構，成立於 1919 年 4 月 21
日。會長張一麐，1915 年任教育總長，1916 年因不滿袁世凱稱帝辭職南歸，
其時掛名而已。副會長袁希濤，1917 年以教育部次長代理部務，1919 年代理
教育總長，不久辭職，第一次世界大戰結束之後，出洋考察。真正理事的副

會長是吳敬恒，會員有由教育部指派的黎錦熙、陳懋治、沈頤、李步青、陸基、朱文熊、錢稻孫等，還包括由部轄學校推選的胡適、錢玄同、劉復、周作人、馬裕藻等，與胡適關係都不錯，遂讓他主宰了國語統一籌備會的會務。

1921 年 12 月 23 日，中華教育改進社成立，推舉孟祿、梁啟超、嚴修、張仲仁、李石曾為名譽董事，蔡元培、范源濂、郭秉文、黃炎培、汪精衛、熊希齡、張伯苓、李湘辰、袁希濤為董事，陶行知為總幹事，主要成員包括胡適、陳鶴琴、張彭春等，主導權又落入胡適手中。1922 年 7 月 5 日胡適日記：「二時，分組會議，內中一項是我修正的，文在下頁。」編者注：

> 「手稿本」附有中華教育改進社彙編的該「議案」的剪報。「議案主文」原為：「現制高小國文科講讀作文均應以國語文為主；中等各校講讀應以文言文為主，作文仍應以國語文為主；新學制國文課程依此類推。」胡適修改為：「現制高小國文科講讀作文均應以國語文為主；當小學未能完全實行七年國語教育之時，中等各校國文科講讀作文亦應以國語文為主；要於國語文通暢之後，方可添授文言文；將來小學七年實行國語教育之後，中等各校雖應講授文言文，但作文仍應以國語文為主。新學制國文課程依此類推。」

"手稿本" 附有中華教育改進社匯編的該 "議案" 的剪報。"議案主文" 原為："現制高小國文科講讀作文均應以國語文為主；中等各校講讀應以文言文為主，作文仍應以國語文為主；新學制國文課程依此類推。" 胡適修改為："現制高小國文科講讀作文均應以國語文為主；當小學未能完全實行七年國語教育之時，中等各校國文科講讀作文亦應以國語文為主；要于國語文通暢之後，方可添授文言文；將來小學七年實行國語教育之後，中等各校風應講授文言文，但作文仍應以國語文為主。新學制國文課程依此類推。" 以下為原案的 "理由與辦法"，從略。——編者

與此同時，胡適又把手伸到了出版界。科舉廢除之後的新型學校，本來就需要新的教材，國文課本最是厚利之源。商務印書館出版教科書，得教育部批准，規定為各學校通用，就此大發其財。1917 年的《申報》就登有此類似廣告，如 1 月 1 日有商務印書館「通俗教學用書」的廣告；1 月 5 日有中華書局沈恩孚「國文自修書輯要」的廣告、商務印書館「普及教育之利器，教育部審定單級教科授書」的廣告；1 月 14 日有中華書局「國文教授之革新」的廣告……隨著「新精神」的貫徹，出版界必定會調整對策，出於商業利益的考慮，也成了參與運動的積極分子。

　　胡適是最有商業頭腦的。1921 年 11 月 14 日，他參與了商務編譯所政策
的策劃，日記中說：

　　　　外人（如我們）對於商務的期望，是望商務能利用他的勢力做
　　社會先導，替社會開新路，引社會到新的興趣、新的嗜好上去。替
　　商務辯護的人對於這個冀望總是說，商務是一個營業機關，只能供
　　現成的需求，也不能造新的需求。其實這兩種說法，都只是片面的
　　見解。天下沒有完全天然現成的需求，也沒有完全「無中生有」的
　　新需求，天然的需求若沒有人力去謀充分的滿足，不久就會苟且敷
　　衍的將就過去了。譬如行路的困難自然發生「引重致遠」需求，但
　　人們幾千年來覺得轎子、帆船、小車、驛馬等物已很可供應這個需
　　求了；火車、電車、汽船、飛機等物的發明，表面上看來是供一種
　　固有的需求，骨子裏是同時造出許多新的需求。故我們可以說，供
　　應固有的需求與創造新的需求，並不是兩件不可並立的事，其實只
　　是一件事。固有的需求如果他能繼續存在，也可說是一種新需求，
　　新的需求如果是可以提倡出來的，其實也是一個固有的需求，不過
　　從前不大現罷了。故提倡白話並非完全造新的需求，只是供應一種顯
　　而未大現的舊需求。故市面上許多極不堪的小書——如男女合歡、
　　新編牛皮大王趣史等——並非真能供應一種天然的需求，其實只可
　　算是社會上本有一種看新書的新需求，而不幸遇著一種不滿意的供
　　應罷了。提倡新的需求（只要是真的需求）並不很難，也許極容易；
　　供應固有的需求（若求供應的滿意）並不容易，有時也許極易（難）
　　做到。故提倡白話並不甚難，而編一部應用的字典反覺不易。

　　這番對於需求以及創造需求的剖析，比 20 世紀 80 年代以後的經濟學家
還來得高明。在胡適看來，提倡白話本身，就是在創造對於教科書的需求。
他還直截了當地說：

　　　　商務是一個營業公司，不應該犧牲營業的利益來應酬學者，學
　　者也沒有權利可以要求商務犧牲股東的資本來應酬他們。商務不印
　　此書也罷，既印了一部書，就應該使這部書儘量暢銷，使這部書儘
　　量賺錢（即如我的《中國哲學史》，若每一版有一個引人注意的廣
　　告，決不止銷售一萬三千部）。故我以為編譯所對於這一類書的政策
　　應該是：凡認為值得提倡的書，應該用全力提倡，使他儘量銷售，

決不可錯認準備為提倡。換一句話說：要拿營業的精神與手段來做提倡的事業。

胡適所提的最有創意的是設立教科書試驗學校的建議，所提和方法又極為具體，如擇定若干良好學校，小學中學皆有，不限於一地，但取成績良好、有試驗的精神與人才的（例如江蘇第一師範的附小，如南京高師的附小），並捐助經費以為獎勵，試驗後再行推廣之類。可見，掌握市場規律、運用商業手段來推行白話教科書，既為出版商覓到賺錢的新渠道，也為徹底廢除文言文找到最有效的手段。1921 年 8 月 5 日的日記，終於將他的戰略目標挑明了：

> 國語文學的運動：以前皆以國語為他們小百姓的方便法門，但我們士大夫用不著的，至此始倡以國語作文學，打破他們與我們的區別。以前尚無人正式攻擊古文，至此始明白宣言推翻古文。

> **（5）国语文学的运动：以前皆以国语为他们小百姓的方便法门，但我们士大夫用不着的，至此始倡以国语作文学，打破他们与我们的区别。以前尚无人正式攻击古文，至此始明白宣言推翻古文。**

在這新形勢下，出版社紛紛跟進。1919 年中，《申報》刊出了中華書局出版新教材《國語讀本》的廣告，打出了醒目的標題：「教科書大革新，又進步了」，廣告詞不啻一篇文章：

> 中華書局出版的教科書，是進步的，不是守舊的。自從有了中華書局以來，教科書的進步革新，和從前迥不相同。

> 國民學校國文科改為國語科，是我們向來主張的。教育部最近通令，從今年秋季始業起，第一二年一律改用語體文。

> 這部國語讀本，是用最進步的方法編的。第一冊開首是注音字母，編制的方法和次序，都是最合於教授的。注音字母完了，接著是極短的語體文。第二冊到第四冊，由篇短語體文慢慢的加長，第五冊到第八冊，由國語進步到國文，生字一律用注音字母注音，總期四年畢業，語體文可以看，可以寫，普通的國文，也可以大略明白。

> 這部國語讀本，還適合兒童心理的教材，適合現在世界和我國大勢的教材，活潑有用的教材，切實有用的教材，總期兒童易於瞭解，四年上可以具完全做人做國民的知識。

> 這部書編訂的人，有國語大家王樸先生，國語學大家黎錦熙先生，研究各省方言的陸費逵先生，研究語法的沈頤先生，和學識經驗很豐富的黎均荃、陸衣言、張相、戴克敦、劉傳厚幾位先生。

> 這部書共八冊，每冊定價銀一角，對折實售五分。第一二冊已經出版，第三四冊即可出版，全書於暑假中出全。

面對由官方與商界聯合組成的攻勢，林琴南、陳石遺輩即便是滿腹經綸、筆生蓮花，編再多的《文藝叢報》，辦再多的函授講習班，統統無濟於事，只能讓文言教育淹沒在《國語讀本》的汪洋大海之中。耿雲志描繪其時形勢道：「胡適等人登高一呼，奮力提倡，遂演成了一場轟轟烈烈的白話文運動，其勢如暴風驟雨，順之者昌，逆之者亡。不但幾箇舊文人不能阻遏，就是軍閥政府的當權者們也無可奈何。1925 年，當上司法總長的章士釗，想利用權勢來剿殺白話文運動。他點名嘲罵白話文的首倡者胡適。胡適則直指章士釗是『反動激』，是『落伍者的首領』。以致那時本已分裂的新文學各派人物一致對章實行反擊。章士釗招架不住，失敗而止。」（耿雲志：《胡適研究論稿》，

第 5 頁）章士釗根本沒有想到，教育體制已經起了質的變化，木已成舟，生米早已做成熟飯，司法總長縱有三頭六臂，管得了司法以外的事情嗎？

林紓——福州近代的文化巨人

　　近代是產生巨人的時代，在福州這塊福地，名公巨人，更是傑立角出。林則徐（1785～1850）、嚴復（1854～1921）、林紓（1852～1924），堪稱是政治、思想、文化領域，「能輕重時人而取信後世」（歐陽修《謝氏詩序》）的走在時代前列的三巨人。與前兩位巨人獲得的盛譽相比，林紓受到的讚美雖然多少有點保留，但隨著時間的推移，勢將贏得越來越高的評價。

　　「譯壇泰斗」——鐫刻在三山陵園的這四個大字，代表著當今許多人對林紓的共識。從康有為的「譯才並世數嚴林，百部虞初救世心」（康有為《琴南先生寫〈萬木草堂圖〉題詩見贈賦謝》），到譚正璧的「介紹西洋近世文學最多的一人而且又是第一人」（譚正璧《中國文學史大綱》，光明書局 1925 年 9 月版），人們就這個話題說得已經夠多了。自然，關於林譯小說以及從中引發的學術問題，可做的文章依然很多；但不斷重複這一話題，不僅不能給林紓以公允評價，在某種程度上可以說是對他的貶低。林紓應該肯定的不止是翻譯，「譯界之王」、「譯壇泰斗」既不足以概括他的歷史地位，更不應成為否定他後半生的調劑品。有鑑於此，本文擬略過這方面的內容，通過以往人們講得較少、或講得不盡暢舒的方面，來看林紓是如何「輕重時人而取信後世」，成為一代文化巨人的。

一、晚清白話運動的積極參與者

　　許多人至今以為，「民國以前國人寫文章用的是文言文，民國後開始方推廣白話文」（王若谷《駁李敖之否定魯迅論》，《江南時報》2005 年 8 月 9 日）。現代文學史家則堅持說，胡適是開風氣之先的「白話文始祖」，是新文

化運動的發起人和中堅。在他們筆下，1917 年 1 月 1 日之前的中國，完全籠罩在文言的黑暗之中，直到胡適的「白話正宗」論出來，方始照亮了前進的道路。

然而這並不是事實。提倡白話文並付諸新聞與文學實踐，早在十九世紀末就開始了。1897 年 11 月 7 日，最早以「白話」命名的《演義白話報》（又名《白話演義報》）創刊。報紙聲明：「本報當用白話，務使人人易曉。約分時事、新聞兩門，時事以感發人心為主，新聞以增廣見識為主。」人們也許料想不到，《演義白話報》的主筆之一章仲和，竟是「五四運動」時被斥為「賣國賊」的駐日公使章宗祥（1879～1962）！1898 年 5 月 11 日，《無錫白話報》創刊，主編裘廷梁（1857～1943）在《論白話為維新之本》中，提出「白話之益」有八：一曰省目力，二曰除驕氣，三曰免枉讀，四曰保聖教，五曰便幼學，六曰煉心力，七曰少棄才，八曰便貧民，實可謂發前人所未發。

「清朝在它的最後的十年中，可能是 1949 年前一百五十年或二百年內中國出現的最有力的政府和最有生氣的社會。」（《劍橋中國晚清史》下卷，中國社會科學出版社，1985 年版，第 566 頁）這十年中，清廷倡導了一場「取外國之長」以「去中國之短」、「法敝則更，惟歸於強國利民」的改革維新。與之相互呼應的，便是白話文的勃興。宣傳愛國救亡，鼓吹開明智興民權，呼籲發展教育、振興實業，傳播科學知識，反對迷信，抨擊三從四德，提倡婦女解放，介紹西學，批評時政，白話便是最好的工具。二十世紀伊始，白話報更如雨後春筍般相繼創刊，計有：1901 年的《杭州白話報》，1902 年的《蘇州白話報》（上海），1903 年的《智群白話報》、《寧波白話報》、《紹興白話報》、《湖南時務白話報》、《新白話報》、《潮州白話報》、《江西白話報》、《中國白話報》，1904 年的《吳郡白話報》、《福建白話報》、《初學白話報》、《湖州白話報》，1905 年的《直隸白話報》、《兵學白話報》、《通俗白話報》、《開智白話報》，1906 年的《發明白話報》、《晉陽白話報》、《地方白話報》、《河南白話演說報》，1907 年的《麗江白話報》、《通俗白話報》、《新中國白話報》，1908 年的《國民白話報》、《京都白話日報》、《紹興白話報》、《奉天醒時白話報》、《安徽白話報》、《錫金白話報》，1909 年的《武昌白話報》、《浙江白話報》、《揚子江白話報》，1910 年的《蘇州白話報》（蘇州）、《浙江白話新報》、《桂林白話報》、《湖北地方自治白話報》、《衡山白話自治報》、《蒙古白話報》、《上海白話報》，1911 年的《虞陽白話報》，及《江西新白話報》、《愛國白話報》，《晨

鐘白話報》、《京津白話報》等（參見史和等《中國近代報刊名錄》，福建人民出版社 1991 年版）。可以毫不誇張地說，晚清確實掀起了一場席捲全國的白話文運動。

晚清的白話文運動，林紓適逢其會，所持的態度是相當積極的。他在《論古文白話之相消長》中說：「至白話一興，則喧天之鬧，人人爭撤古文之席而代以白話，其但始行白話報。憶庚子客杭州，林萬里、汪叔明創為《白話日報》，餘為作《白話道情》，頗風行一時。」據包天笑回憶：「其時創辦《杭州白話報》者，有陳叔通、林琴南等諸君。」（包天笑《釧影樓回憶錄》，大華出版社，1971 年版，第 168 頁）證明林紓所言是可信的。

林萬里（1874～1926），原名林獬，後改名白水，字少泉，號白話道人，福建閩縣青圃村人。庚子（1900）客杭州的林紓，曾和他同在林伯穎家塾任教。林萬里 1901 年任《杭州白話報》主筆，《杭州白話報》的發刊詞《論看報的好處》，就是林白水起草的。他又以「宣樊」、「宣樊子」的筆名撰文鼓吹新政，抨擊小腳、迷信和鴉片。1902 年 4 月，林白水應蔡元培之邀到上海，一起組織「中國教育會」，創辦愛國女校、愛國學社及社刊《學生民界》，「鼓動反清革命，言論尤為激烈」；1903 年蔡元培創辦《俄事警聞》（嗣改名《警鐘日報》），所有白話文都由林白水執筆。《俄事警聞》的創刊，為的是「因俄占東省，關係重大，特設《警聞》以喚起國民，使其注意於抵制此事之策」，它所「告訴」的對象，有政府、外務部、領兵大臣、各省疆吏、學生、義勇隊、新聞記者、革命黨、守舊黨、保皇黨、立憲黨、全國婦女、農、工、商、會黨、馬賊、無業游民、乞丐、吃洋飯者、出家人、闊少、教民等，三教九流，無所不包，故每期都發兩篇論說，一篇用文言，一篇用白話（或官話、京話甚至湖南白話、廣東白話），題目是《普告國民》、《告訴大眾》，一共刊登了 73 篇「告××」。林白水又獨立創辦了《中國白話報》，宣稱：「如今月報、日報，全是給讀書人看的，現在中國的讀書人沒有什麼可望了。可望的都是我們幾位種田的、做手藝的、做買賣的，當兵的及那十幾歲小孩子阿哥姑娘們。」眼睛向下，向著社會底層，是晚清白話文運動的顯著特點。

以古文名世的林紓，亦在《杭州白話報》發表《白話道情》，似乎有點令人詫異。其實，早在戊戌維新前，林紓就作有《閩中新樂府》。魏瀚《閩中新樂府序》謂他嘗自笑道：「廿六年村學究，乃欲吟詩為童子啟悟之階，自度吾力未至也。且吾不善為詩，俚詞鄙諺，旁收雜羅，談格調者，將引以為噱，而

吾又不樂為詩人也。」「俚詞鄙諺，旁收雜羅」，有極濃的口語意味。如《小腳婦——傷纏足之害也》云：

> 小腳婦，誰家女？裙底弓鞋三寸許，下輕上重怕風吹，一步艱難如萬里。左靠媽媽右靠婢，偶然跌之痛欲死。問君此足纏何時，奈何負痛無了期。婦言奴不知，五歲六歲才勝衣。阿娘作履命纏足，指兒尖尖腰兒曲。號天叫地娘不聞，宵宵痛楚五更哭。床頭呼阿娘，女兒疾病娘痛傷。女兒顛跌娘驚慌，兒今腳痛入骨髓，兒自淒涼娘不忙。阿娘轉笑慰嬌女，阿娘少時亦如汝。但求腳小出人前，娘破工夫為汝纏。豈知纏得腳兒小，筋骨不舒食量少。無數芳年泣落花，一弓小墓聞啼鳥。……

姚靈犀《采菲錄》評論道：「林琴南傷纏足之害，作《小腳》詩三首，述幼女被纏之苦、遇水災之悔、遭匪劫之慘，字字有淚，句句刺心。」「裙底弓鞋三寸許，下輕上重怕風吹，一步艱難如萬里」，「阿娘作履命纏足，指兒尖尖腰兒曲。號天叫地娘不聞，宵宵痛楚五更哭」，都通俗淺顯，平易如話，怪不得林紓會預感「談格調者，將引以為噱」了。

正因為有這樣的觀念與創作的基礎，當「白話一興，則喧天之鬧，人人爭撤古文之席而代以白話」情勢下，林紓沒有絲毫厭惡與抵制，反在《杭州白話報》發表《白話道情》，與改革維新的形勢相呼應，就一點也不奇怪了。《白話道情》今未見，諒與白話口語摻雜的《閩中新樂府》相去不遠。可見，林紓不僅不曾反對白話文，而且是晚清白話運動的積極參與者。他所追求的目標，就是維新，就是改革。

二、第一代中學國文讀本的成功編纂者

1932 年，為紀念北平師範大學三十週年校慶，黎錦熙參以「四庫提要」體例，作《三十年來中等學校國文選本書目提要》，主張「舉凡六百年間，科舉未廢以前的八股、試帖、經義、策論諸選本，和學校既興以後的小學中學各科教科書」，都是教育史上切實的資料，都有整理和研究的必要。此書收錄1908～1931 年間出版的六十餘種課本，逐一作提綱挈領之介紹。《引言》曰：「站在教育的立場上說，須知這些書的勢力，把二十多年以來青年們對於本國文字與文學的訓練，和關於本國文化學術的常識，都給支配了；這是他們必讀而又僅讀的書，簡直是取從前『四書五經』而代之。」《提要》將光緒三

十四年（1908）林紓所編《中學國文讀本》作為第一套中學語文教材，雖有人提出不同意見，以為應是光緒三十二年（1906）劉師培編、國學保存會出版的《中學文科教科書》；但名曰「國文讀本」者，林紓所編確是第一套。

作為新政的組成部分，清廷於光緒二十八年（1902）頒布《欽定學堂章程》，規定大學文學科目為七：經學，史學，理學，諸子，掌故，詞章，外國語言文字。二十九年（1903），又規定大學本科文學科分九門：中國史、萬國史、中外地理、中國文學、英國文學、法國文學、俄國文學、德國文學、日本國文學。始設之「中國文學」一科，乃相對於「外國文學」而言，尚未用「國文」之名。三十三年（1907），奏定女子師範科目，中有：修身、教育、國文、歷史、地理、算學、格致、圖畫、家事、裁縫、手藝、音樂、體操；小學科目，亦有：修身、國文、算術、女紅、體操等，方出現了「國文」的名稱。初一看去，「國文」似是「中國文學」的簡稱，細思之，又不盡然。《清稗類鈔·譏諷類》曾記一故事：「京伶小百歲者，丑角也。一日，演《法門寺》，去小監，科白時，謂扮趙廉之生曰：『作官亦識字麼？吾道你只識洋文，不識國文呢。』又嘗於《五花洞》中，自唱『做官不論大小，懂得洋文就好』。其言若有意，若無意。」則「國文」實與「洋文」相對也。

「國文」這門課程，在漫長的古代是從未有過的。自晚清設立「國文」以後，也無人對它作過界定。精明的上海商務印書館，抓住晚清復行新政、廣設學校的機遇，組織中小學教科書的編輯，林紓所編《中學國文讀本》，無形中就成了「國文」課程的範本。

與先於1904年出版的《最新初等小學國教科書文》，採取合議制由蔣維喬、莊俞等合作編寫，聘請日本文部省圖書審查官兼視學官小谷重、日本高等師範學校教授長尾槙太郎任顧問不同，更高水平的《中學國文讀本》，是由林紓獨立完成的。林紓的國文功底，是舉世公認的；他於1901年任京師金臺書院國文總教席，後又任五城學堂總教習，講授修身、國文課程，具五年國文教學的實踐經驗。選編《中學國文讀本》，自會得心應手。《中學國文讀本》共十冊，按時代逆推選文：第一、二冊清文，第三冊明文，第四冊金元文，第五冊宋文，第六冊唐文，第七冊六朝文，第八冊漢文，第九冊秦文，第十冊周文；各冊選文又集中於本時期之代表作家，如第二冊清文選30篇，曾國藩文入選13篇。第六冊唐文選47篇，韓愈文入選20篇，柳宗元文入選7篇。第六冊序文解釋道：「余嗜唐文，至此二家，無復旁及，故在是集之成，二家之

文，據十之七。雖嗜好之偏，然文之正宗，亦不能外此而他求。」又說：「獨昌黎之文，理蓄於中，文蕭其外，篇同而局不復，則先後處置之適宜也。語激而詞不囂，則吐吞研練之出於自然也，或千旋百繞，而不病其繁細。或東伏西挺，而愈見其奇倔。……至柳州之文，則華山之石，一拔萬仞，其上珍松古柏，奇花異卉，皆間出重巒疊巘之間。蓋其澤古深，故伏采潛發。」林紓為古文高手，深悉文章三昧，於課文逐篇詳加評語，皆極精當。如韓愈《馬說》，首評：「筆筆凌虛，不肯一句呆說。將吐復茹，欲伸即縮，呂黎絕調。」中評：「『馬之千里者』五字，破空叫起，奇壯而洪，即插入『不知』二字，令人掃興。雖昌黎自寫牢騷，然千古才人遭際，亦往往如此。」尾評：「策、食、鳴三語，仍挺接名材，無盡枉屈意，盡此三語中。忽接入『天下無馬』四字，將天下英雄一筆抹倒。此處宜繼以不平之詞，顧乃以滄宕之筆出之，蕭閒中卻帶無數深悲極慟矣。」林紓還別具匠心地編選了《淺深遞進國文讀本》，選取70篇古文為範文，各按原題原意重寫兩篇，其一文字較淺，其二文字較深，以幫助學生掌握古文的寫法，可見良苦之用心。

　　與「洋文」相對的「國文」是中國之文，文字，文章，文學，文化，皆可由此而生發；識字綴文，由文而學，由學而化，涵義無窮。「國文」，「國文」，乃堂堂一國之文，何其響亮，且暗含對母語的體認，對中國五千年文明的認同。不料後來「改國文為語體文」，「國文」變成了「國語」。這一變，卻是非同小可。與英文即是英語、法文即是法語不同，不用拼音的中國，是但有中文，沒有「中語」的；不稱「中語」而稱「國語」，實屬不得已之舉。在權威的解釋中，「國語」就是白話，將所謂「少數文人用的文字」即真正「國文」，驅逐出中小學的課堂了。從「工具」意義上看待「國語」，詞類、語法便是教學的重點，文化品位、審美情趣、人文素養、科學素質等，全都被拋到九霄雲外去了。百年語文教學的風風雨雨，可以說都是由此派生出來的。

　　應該順便提到的是，1955 年人民教育出版社編輯的《高級中學文學課本》，其選文文質兼美，多是名家名篇，故在歷年課本中最令人稱許。但其編輯依時代先後，將《詩經》、《楚辭》置於唐詩、宋詞之前，《左傳》、《史記》置於唐宋八大家之前；學生是先學了《七月》再學《琵琶行》，先學了《晉公子重耳出亡》再學《小石潭記》的，即此便不及林紓《中學國文讀本》按逆推選文之為愈也。至於後來多次編寫修訂的中學語文教科書，都不能夠使人滿意。看來，好好吸取林紓《中學國文讀本》的成功經驗，注重整體國文素養的

提高，仍有極強的現實意義。

三、民國小說史的首席作家

　　1912 年 1 月 1 日，孫中山在南京宣布中華民國成立，臨時大總統宣言書強調：「國家之本，在於人民，合漢、滿、蒙、回、藏諸地為一國，即合漢、滿、蒙、回、藏諸族為一人，是曰民族之統一。」並通告廢除陰曆，改用陽曆，以 1912 年為民國元年。

　　但是，小說史家卻竭力忘卻民國的存在。他們講「現代小說」，一律以 1918 年 5 月發表的《狂人日記》為開端；講古代小說，最晚只講到清末「譴責小說」：於是，中國小說史便出現了整整七年的空缺。更不可解的是，幾乎所有「現代小說」，都缺少正面反映辛亥革命的興趣。如《阿 Q 正傳》第七章雖以「革命」標題，卻只借從黑魆魆中蕩來的大烏篷船，將「革命黨要進城」的消息影影綽綽地透了出來，那準確度又是打了很大折扣的。長期以來，「現代小說史」被定為正統教科書，在教學傳播中成了「標準答案」，民國開初六、七年中產生的作品，便被逐漸遮蔽，逐漸忘卻，銷聲匿跡了。

　　但中華民國的創立，終是中國歷史上劃時代的事件。從民國成立到「現代小說」出現的六七年，是真實的歷史階段；其間問世的眾多小說，更是真實的存在。若要填補這六七年的空白，撰寫一部《民國小說史》，第一章論述的第一位作家該是誰呢？答案是：林紓！

　　先來討論一下入選作家的標準，恐怕至少該包含以下三條：

　　　1. 應該是民國最早的小說作品的作者；

　　　2. 應該是民國初期最有成就的小說作品的作者；

　　　3. 應該是反映或記錄了辛亥革命風雲變幻的小說作品的作者。

　　且先從第三條說起。汪辟疆《光宣以來詩壇旁記》，將林紓、李寶嘉、吳沃堯、劉鶚、曾樸並稱為「清末五小說家」，道是「顧其時亦頗喜瀏覽今人所為小說，其最賞者，譯著則以閩縣林琴南（紓），撰著則以李伯元（寶嘉）、吳趼人（沃堯）、劉鐵雲（鶚）、曾孟樸（樸）所著為篤嗜。」李伯元死於 1906 年，吳趼人死於 1910 年，劉鶚死於 1909 年，其時惟曾樸尚在。民國十六年，曾樸在上海開真美善書店，續寫他的《孽海花》，又創作了小說《魯男子》。晚清另外兩位小說家黃小配（1872～1912）與陸士諤（1878～1944），以最快速度寫出了反映辛亥革命的小說。黃小配的《新漢建國志》，「將廿年來中國革

命之運動，及一切歷史，源源本本，據實詳敘，俾成信史」。黃小配是辛亥革命當事人，「閱此數十年，所見所聞，固多且確」（《新漢日報》1911年11月9日創刊號廣告）。可惜他不久就慘遭陳炯明殺害，齎志以沒。陸士諤於辛亥年（1911）十一月出版了謳歌武昌起義的「時事小說」《血淚黃花》。開卷《滿江紅》道：「遍地腥膻，何處是唐宮漢闕？歎底事，自由空氣，無端銷歇！」由於對立憲的失望，陸士諤迅速地轉到革命立場上來，成了從最近距離反映辛亥革命的第一位小說家。《血淚黃花》以湖北新軍隊官黃一鳴和徐振華的愛情為線索，敘寫八月十九日（10月10日）前後武昌革命形勢的急邃變化，盡情嘲弄了滿人官僚的窮途窘態，熱情抒寫了革命志士的豪情壯志。陸士諤首創的借革命隊伍普通一員的經歷和愛情來反映重大歷史事變的模式，一直為後世革命題材的文學作品所傚仿。小說把革命寫得堂堂正正，說「革命黨個個都是好人」，是「國民的救主」；「革了命，一則是報雪舊恥，二則是改良政治」；革命黨舍生拼死，「無非替同胞求幸福，為國家謀治安」。但進入民國以後，陸士諤對時局產生了嚴重的失望，開始沉緬於武俠小說的寫作。

從晚清走來的林紓，先是創作了第一部長篇《庚辛劍腥錄》，1913年10月北京都門印書局出版。《劍腥錄》所反映的戊戌變法與庚子國變，晚清小說家已屢試之矣，且不乏良篇佳作，如旅生的《癡人說夢記》和吳趼人的《新石頭記》，皆足稱道。就林紓本人的動因而言，尤是「意在表彰修伯弽之忠」與林旭的「死以報國亦無所愧」耳。最值得稱道的是他的第二部長篇《金陵秋》，全書三十章，1914年4月商務印書館出版。其緣起曰：「冷紅生者，世之頑固守舊人也。革命時，居天津。亂定復歸京師，杜門不出，以賣文賣畫自給，不求於人，人亦以是厭薄之。一日，忽有投剌於門者，稱曰：『林述慶請受業門下。』生曰：『將軍非血戰得天保城，長驅入石頭者耶？』林曰：『不如先生所言。幸勝耳。』生曰：『野老不識貴人。將軍之來，何取於老朽？』將軍曰：『請受古文。』生曰：『如老朽之文，名為文耶？若將軍不以為劣者，自今日始。但論文不論時事。』」不久，忽言將軍以暴疾卒，夫人以其軍中日記四卷見授，言：「亡夫生平戰跡悉在其中。」作者當即日記中所有者編為小說，命曰《金陵秋》。何海鳴（1886～1945）《求幸福齋隨筆》評論道：「林氏之作此書，全關係『將軍禮我』一語，蓋所以報知己也。世道日衰，論友者鮮有始終，觀於此可以風矣。……二林均可人，此作尤可感歎，較之無行之文人假筆墨阿諛權勢，如劉師培之請開方略館者，相去奚啻霄壤耶？」

與陸士諤僅寫武昌起義的一隅不同，《金陵秋》寫的是辛亥革命的全局，重點在「鄂變」（武昌起義）後之的上海與江蘇，塑造了發動鎮江新軍起義、「血戰得天保城，長驅入石頭」的林述慶的英雄形象，謳歌了他的巨大功績和豪邁人格，並對他的解職淪廢，深表憫惜之情。

《金陵秋》對歷史的描述，選取「世之頑固守舊人」的獨特視角，反映出林紓對於民國的複雜心理。與陸士諤相仿，林紓對立憲曾懷有殷切的期望，但形勢的急劇發展，使他又對革命持同情的態度。小說第一章標題「腐責」，開頭云：

> 一夕，蒼石翁忽大聲吒曰：「阿雄，汝今日果從革命黨人起事矣！吾家世忠厚，祖宗積書盈屋。汝弗紹祖烈，從此輕薄子為洞腹斷脰之舉！方今重兵均握親藩之手，糧糈軍械，一無所出，謂可倉卒以成事。天下有赤手空拳之英雄，排肉山以受精鐵耶？吾行哭汝於東市矣！」阿雄受責，顏色不變，就燈取火，上淡巴菰〔註1〕於翁曰：「阿翁勿怒。翁守經蹈常，一腔忠愛，雖不仕於清，而恒眷眷君國，兒知之稔矣。《叔苴子》〔註2〕有言：『當權時而執經，皆可言而不可行；處經時而用權，皆可行而不可言。』今日天下洶洶，名為經時，實則亂萌已長。父老子弟之心，皆知愛新覺羅氏之不臘。凡有血氣者，無人不懷革命之思。兒固不能以赤手空拳當此精鐵；翁能以資忠履義，扶彼衰清耶？」

冒然以蒼石翁吒阿雄之對話開頭以製造懸念，與吳趼人《九命奇冤》效西方小說近是。蒼石翁之名，則於自言中道及：「王子履一生未涉仕途，亦知邪陰之湛溺太陽至矣。」分明有自況的意味；但其所言，實乃老成人之殷憂：「若中華人物多綜於省會之中，而山縣僻壤，木然不知國會為何事、議員為何物。一聞足柄天下之大權，則土豪惡衿必在當選之列。否則身擁重資，出而購票，即可驅駕一鄉一邑之人。爾謂仗此人物，即可坐致承平？老人正患專制未除，特憫憫歸於沉瘵，國會一立，必匆匆成為暴亡。汝勿欣暢，且姑待之。」實為深切國情之論。子履讀到長子伯凱自鎮江貽次子仲英書，中云：「會中薰蕕雜收，好惡非一，為國者鮮，為利者多。今雖徒黨布滿東南，或有奮不顧身者，正恐破壞以後，建設為難，坐無英雄為之鎮攝耳。此間林標統

〔註1〕淡巴菰，煙草。
〔註2〕《叔苴子》，明人莊元臣撰。

述卿，為閩產，儇銳忠摯，臨難有斷，全軍屬心，阿兄與之朝夕從事。將來以鎮兵進規江南，或易得手。林君之意，頗望弟一臨。能否棄諸老親，一蒞鎮江相見？」歡曰：「吾衰矣，雖未沾祿粇，而祖、父皆仕清朝。革命一語，吾萬不出諸口吻。實則親藩大臣，人人自種此亡國之孽。兒子各有志向，寧老人所能力挽？」淋漓盡致地表達出了林紓對時局的見解：「果戊戌變政得行，亦不至有今日武昌之事」。他此時的同情，是在年青的革命者一邊的。

林紓雖對革命表示認可，但卻是有先決條件的。第十四章「圖寧」，敘鎮江光復後，王子履致書論二子，道是：「不圖武昌夜呼，而海內立時崩析；鎮江之役，至兵不血刃，而闔城外向，事乃大奇！今乃知種族之辨，雖九世之仇猶復也。」面對不日將進趣金陵的形勢，老人提醒道：「然既稱同胞，自不以多殺為威。」第十三章「聞敗」，敘旗人以炸彈襲擊統制府，王仲英以為「亂黨不可留」，建議一一取而殲之，述卿曰：「王仲英君乃不聞前清入關時，驅逐病痘之百姓乎？當時百姓病痘者，攝政王多爾袞令驅之四十里之外，盡室皆行。滿兵遂入取其家具，俾之一空。而痘童道死無算，家人流離之狀，不堪屬目。今日旗人以報仇之故，擲彈府門，其罪可誅，其心可諒。且吾尤不能效多爾袞所為，夜中無分良莠，盡驅出城。彼果繳出兇器，以兵監之，蓋可恕也。」林紓的「須知革命者，救世之軍，非闖、獻比也」，真是擲地作金石聲的仁者之言。

隨著形勢的變化，林紓的思考亦越顯深刻。第十六章「誓師」開頭即云：「讀吾書者，當知革命非易事也。」其下列舉種種促使革命暴發的原因，道是：「非驕王弛紊其權綱，非奸相排笮其忠讜，非進退繫乎賕請，非賦斂加以峻急，非是非顛倒，使朝野暗無天日；非機宜坐失，使利權蝕於列強；非糜四海之財力，用之如泥沙；非出獨夫之威棱，行之以殘殺；非無故挑邊，任邪教興師於無名；非妄意憤軍，使天下同疲於賠款，而國又烏得亡！而革命之軍又胡從起！」但革命者並非天生聖人，「新人稱謂，實本舊人」，人的素質的劣根性，將導致革命的失敗或變質。第四章「鄂變」，在抄錄二十四條條例後，曰：「諸君試觀革命中英雄，有堂堂正正，心存民國，坐鎮武漢，堅如山嶽，如黃陂黎公者耶？冷紅生與公初無一面，亦不必揄揚其人，為結好之地。但見名為時傑者，多不如此，且以私意徵及外兵，戕其同胞，尚覥然以國民自命，其去黎公寧止霄壤！」第十章「收吳」，敘蘇撫陳德荃既受事，大張告諭，大要謂：「意見二字，最為可懼。其潮流所及，實足以亡國滅種而有

餘。大凡意見之起，綜由權利之一念。目今志士組織敢死決死團，為光復共和計，雖犧牲性命，尚所不顧。我同志同事，但期可以達其光復共和之目的，則犧牲其權利，更何足惜。蓋個人有意見，則不能成團體；各團體有意見，則不能成一邦；各邦有意見，則不能成一國。相爭相軋，黨派紛歧，人民或因此而受剝膚之痛，尚何共和幸福之足云哉。」冷紅生即評曰：「嗚呼！陳公之見，何其遠也。當蘇州獨立之始，南北之見初未融洽。及東南各省分立都督，藩鎮之局已成。陳公老謀壯事，已確知有後來之局，故預宣此言。今日一一驗矣。」第二十五章「探梅」，敘大總統宣言書有「各省聯合，互謀自治」，仲英曰：「吾亦決其難行。自治二字，即獨立之別名。唐之藩鎮，皆欲自治，而成為獨立。調劑二字，流弊必出於姑息。將來各省自為風氣，決不受中央號令，在吾意中。此條告弊病百出，何能一一討論如議員？」第三十章「寓詞」，敘孫中山遜位於項城，大祭明太祖於孝陵，仲英評曰：「明祖，專制之君也。今中山主共和之政體，祭之何為？且徐達以克復江南，至前清時尚與曾國藩廟食於鍾山。今克復金陵者誰耶！林述卿屏跡鄉園矣。天下不平之事，至此已極。想孝陵之鬼知之，亦當齒冷。」秋光曰：「仲英，汝謂讓位出之至誠耶！」仲英曰：「黨人怏怏，後此禍機，正復難定。」無不寄寓著林紓對時局的殷憂。

《金陵秋》以王仲英、胡秋光的戀愛為全書脈絡，似有陸士諤《血淚黃花》意韻而成熟過之。在小說中，他們不僅是辛亥革命的親歷者，而且是辛亥革命的評論者。王仲英與王子履的「代溝」，反映了林紓自身對辛亥革命的矛盾態度。而胡秋光的形象，則表達了林紓平實的女性觀。他不贊同那激揚慷慨的「殆同燭灶」的「女界革命」，不主張讓「纖弱不勝兵」的女子去作不能勝任的北伐，所以「專以紅十字為宗旨」的胡秋光才值得肯定，這種出於對女性特點的考慮，並不是舊道德的偏見。在林紓筆下，胡秋光是位有遠見的新女性。第三章「遇豔」，敘其縱論時局，真能得其要領，令仲英佩服得五體投地，道是：「敘江南形勝及攻取之法，若掩其姓名讀之，則堂堂一策士書也。」第九章「復滬」，敘其作書語仲英曰：「知君與述公方規劃鎮江，述公持重，非萬全不發。然鎮江不得，無以進規金陵。金陵惟天保城最扼要。徒取雨花臺，尚不為功。吳帥儒者，不解兵事。且軍隊半已解體，所恃者但有北軍。今武昌已扼長江上流，而滬上又為民軍所有。海軍中人人亦有光復之志，以說客動之，當立下。北軍但有直趨浦口，向徐州而退。此著在我意中，

想述公必有部署。」因得王仲英之贊許曰:「天下見地之高,持論之正,料事之精,寧有如我秋光者邪?」第二十四章「審勢」,敍預選臨時大總統,孫文得十六票當選,仲英歸語秋光曰:「大總統選定矣。百戰而得金陵者乃如喪家之狗,而海外寓公一旦得志,人固有幸不幸也。」頗有不平之意;秋光曰:「羊胛已熟,且進杯酒。羊胛似較蛤蜊美也。」有弦外之音。第二十六章「和議」,敍仲英忽得述卿書,詞至憤鬱,秋光奪而讀之,曰:「此君血熱,於世途閱歷殊鮮。彼人以虛名擁大位,寧解用兵。且北軍嚴扼要害,南中洞兵要者,亦知不可驟突。又有唐使居間,和局已在早晚。述公已解兵柄,有言胡足動人。且不擇人而言,愈見其戇。如此將才,乃令淪廢,深堪憫惜。」皆非庸凡輩所能道。

林紓還善於通過對話,刻畫人物微妙的內心世界。第十八章「看護」,敍仲英傷後,得秋光看護,日就痊可,問:「吾夢中作何讕言?」秋光紅潮被頰,久不能答。仲英趣問,秋光低頭曰:「呼吾名耳。」仲英赧然曰:「心之所念,夢寐中竟不為諱。嗟夫秋光!吾何幸活君之掌中耶!」秋光久不語,但曰:「願君早痊。」其後,仲英康復出院,臨別,秋光強制其悲曰:「王雄,我以仲英付汝,汝為我晝夕調護。」王雄,字仲英,原是一人,今囑王雄,「以仲英付汝」,其言別致,故即仲英亦覺愕然。既而悟之曰:「如敢食言,有如天日。」第二十五章「探梅」,在議論新總統之條告後,秋光曰:「不審西湖孤山之梅,較此如何?」仲英曰:「汝言孤山梅耶?無論何人,均可攀折,轉不如是間有人管領。」本是比較上海張園之梅與西湖孤山之梅的,因了是否有人「管領」,卻引發了秋光的笑問:「然則共和不如專制耶?」這一問,乃「共和」與「立憲」的優劣之爭,林紓自覺難以回答,故以「仲英不答」四字了之,足見高明。

林紓早就「以小說得名」,卻是以翻譯小說得來的;他的《技擊餘聞》1908年3月上海商務印書館出版,但影響不大。如今自己動手創作長篇小說,挾其盛名,自當有極大影響。對他自己來說,是完成了由翻譯到創作的轉化;對時代來說,是完成了由古到今的轉化。前擬入選首席作家標準的第一、二兩條,就林紓來說,更是毫無問題。加之他還寫了《冤海靈光》,1916年6月上海商務印書館出版;《巾幗陽秋》(再版易名《官場新現形記》),1917年8月上海中華小說社出版;《劫外曇花》,1918年1月上海中華書局出版。此外,《踐卓翁短篇小說》第一集,1913年11月由都門印書局印行,其後又續出兩

集；《合浦珠傳奇》、《天妃廟傳奇》、《蜀鵑啼傳奇》，1917 年 2 月由商務印書館出版。民國二年，林紓作《畏廬漫錄》，自序云：「余年六十以外，萬事皆視若傳舍。幸自少至老，不曾為官。自謂無益於民國，而亦未嘗有害。屏居窮巷，日以賣文為生，然不喜論證，故著意為小說……蓋小說一道，雖別於史傳，然間有紀實之作，轉可備史家之採撫。如段氏之《玉格》、《天尺》，《唐書》多有取者。余伏匿窮巷，即有聞見，或且出諸傳訛，然皆筆而藏之，能否中於史官，則不敢知，然暢所欲言，亦足為敝帚之饗。」民國小說史首席作家的榮譽，林紓是當之無愧的。